어린 시절 나는 아기갈매기를 키운 적이 있다.

우리 가족. 나와 아버지 닐 니컬슨과
어머니 에이브릴 니컬슨, 누나 홀리 니컬슨.

나와 친구 리키.
세계 일주 준비를 마칠 무렵
친구가 찍어준 사진이다.

날라와 처음 만난 후, 몬테네그로 바닷가에서 놀던 순간.

몬테네그로 부드바의
성벽 위에 있는 날라.

알바니아 티라나로
가는 자전거 위의 날라.

2018년 크리스마스 때의 날라. 날라가 태어나서 처음 맞은 크리스마스였다.

생쥐 인형 장난감을 갖고 노는 날라.
내가 가본 바닷가 중에서도 손꼽히게 멋진
알바니아 히마라 해변에서 복싱 데이 때
드론으로 촬영한 것이다.

강아지 발루를
알바니아의
동물병원에 데려다준
직후의 날라와 나.

알바니아 티라나의 반려동물
훈련사가 촬영한 발루의 모습.

그리스에 온 첫날 저녁, 해변에 있는 날라.

그리스 테베를 지나는 날라와 나.

그리스 아테네에서 일리아나, 닉,
리디아와 함께 지냈을 때.

그리스 산토리니 해변
카약 여행사의 토니와 나.

그리스 산토리니의 카약 보관소
해먹에 누운 날라와 나.

중성화 수술을 받고 카약 보관소에서
급조한 넥 칼라를 쓴 날라.

중성화 수술을 받고 회복 중인 날라를 돌보는 나.

그리스 산토리니에서 처음으로 카약에 타본 날라.

그리스 산토리니의 상냥한 식당 주인에게
생선을 선물받은 날라.

카약 안에 있는 날라.

산토리니 동물복지협회를 방문한 날.

그리스 산토리니의 도자기 공방에서 만든 사발을 들고 찍은 사진. 이 사발을 복권 경품으로 내놓아 자선단체 기부금을 마련했다.

자전거 위의 날라. 그리스에서 터키로 가는 페리를 타려고 기다리던 도중.

터키 여행 중 바람을 피해 버려진 수영장 안에서 야영하는 날라와 나.

터키에서 야영할 때.

시렘과 제이슨.
터키에서 여권을 잃어버렸을 때 그들이
운영하는 게스트하우스에서 신세를 졌다.

터키에 살면서 길고양이를 구조하는
스코틀랜드 여성 지니와 함께.

버스정류장 벤치에서 야영할 때.

터키 카파도키아에서
열기구를 구경하는 날라.

조지아에서 자전거를 타고 있는 날라와 나.

한 살 생일 때 양초 꽂힌
참치 캔을 선물받은 날라.

조지아 트빌리시의 식당
화분 속에서 잠든 날라.

아제르바이잔 여행을 함께한
독일인 커플 다비트와 린다.

아제르바이잔에서의 날라.

아제르바이잔 바쿠에 있는
아파트 발코니에서.

아제르바이잔 바쿠에서
조지아 트빌리시로 가는
기차를 타려는 날라.

강아지 고스트와 노는 날라.

파블로와 그의 강아지들,
그리고 고스트와 함께.

터키 앙카라에서
나무에 올라간 날라.

외할머니의 구순 잔칫날.

불가리아 플로브디프를 산책하는 날라와 나.

세르비아에서 안개에
갇혀 야영하던 무렵.

헝가리 부다페스트의 부다 성 앞에 있는 날라.

호텔 방에서 노트북에
달라붙어있는 날라.

터키에서 앙카라행
기차를 탄 날라.

자전거 앞쪽 주머니에서 잠든 날라.

텐트에서 잠든 날라와 나.

날라와 함께한 세상

Nala's World

날라와 함께한 세상

내 인생을 구하러 온
고양이

딘 니컬슨, 게리 젠킨스 지음 · 신소희 옮김

시공사

- 본문에 나오는 책, 영화, 노래 등은 문장부호로 구분하여 표기했다.
  소설 및 단행본은 『 』, 신문 및 잡지는 「 」, 영화 및 드라마나 노래는 〈 〉,
  SNS 계정은 ' '으로 묶어 표시했다.
- 본문에 나오는 국가명, 지역명 또는 고유명사는 독자의 편의를 위해
  영어로 표기했다.

우리는 아무것도 찾지 않을 때
비로소 찾던 것을 발견하곤 한다.

익명의 작가

고양이에게 사랑받는 것보다
더 큰 선물은 없다.

찰스 디킨스 Charles Dickens

차례

(첫 번째 이야기)

일어날 일은 일어나기 마련

#길고양이 간택 #고양이가 사람을 구한다 #운명은 가까이

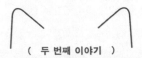

(두 번째 이야기)

거북이가 되는 것도 나쁘지 않아

#고양이는 유유자적 #느려도 꾸준히 #운명이 시키는 대로

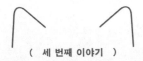

(세 번째 이야기)

고양이와 함께라면 모든 게 완벽하지

#최고의 털북숭이 친구 #든든한 옆자리 #날라와 함께한 세상

(첫 번째 이야기)

일어날 일은
일어나기 마련

#길고양이 간택
#고양이가 사람을 구한다
#운명은 가까이

보스니아헤르체고비나 ···→ 몬테네그로 ···→ 알바니아 ···→ 그리스

컴 홈

Come Home

나의 고향 스코틀랜드에는 옛 속담이 하나 있다.

'일어날 일은 일어나기 마련이다.' 인생에는 언젠가는 일어
나기로 예정된 일들이 있다. 일어날 일은 일어나고 마는 것이
다. 그게 바로 운명이다.

날라를 처음 만난 순간 나는 생각했다. 날라와 내가 함께
하게 된 건 운명이라고. 우리가 같은 시간에 같은 외진 길 위에
있었다는 게 우연일 수는 없다. 날라가 그토록 완벽한 타이밍
에 내 인생에 들어왔다는 것도 우연일 수는 없다. 어쩌면 날라
는 방향감각을 잃고 목표도 없이 방황하던 내게 보내진 존재
가 아닐까. 알 수 없는 일이지만, 나 역시 날라가 찾던 것을 녀
석에게 가져다줬다고 생각하고 싶다. 곰곰이 생각해볼수록 정

말 그렇다는 확신이 든다. 날라와 나, 우리의 우정은 그야말로 운명이었던 것이다. 우리는 함께 성장하고 세상을 구경할 운명이었다.

날라를 만나기 세 달 전인 2018년 9월, 나는 스코틀랜드 북동부의 해안 도시인 고향 던바Dunbar를 떠났다. 자전거 세계 일주를 시작한 것이다. 당시 나는 막 서른 살이 된 참이었다. 익숙한 일상과 익숙한 세상의 좁은 구석을 탈출해서 뭔가 가치 있는 일을 해내고 싶었다. 하지만 모든 게 계획대로 되진 않았다. 어찌어찌 중부 유럽을 횡단하긴 했지만 그때까지도 우회와 혼동, 잘못된 출발과 지연이 이어졌다. 대부분은 내가 자초한 것이었다. 원래는 친구 리키와 끝까지 동행할 계획이었지만, 리키는 일찌감치 여행을 포기하고 고향으로 돌아갔다. 솔직히 말하면 잘된 일이었다. 우리는 서로에게 악영향만 끼치고 있었으니까.

12월 첫째 주에 나는 자전거로 보스니아헤르체고비나 남부를 지나고 있었다. 몬테네그로와 알바니아, 그다음엔 그리스로 가기 위해서였다. 이제야 뭔가 제대로 진행되는 느낌이 들었다. 내가 예전부터 바랐던 경험을 만끽할 준비가 되어있었다. 나는 오래전부터 아나톨리아를 횡단하고 고대의 무역로 실크로드를 통과하여 동남아시아로 가기를 꿈꿨다. 거기서 오스트레일리아로 넘어가고 태평양을 건너 남아메리카, 북아메리카까지 관통하고 싶었다. 베트남의 논두렁을, 미국 캘리포니아 California의 사막을, 러시아 우랄 산맥의 산길을, 브라질의 해변을 따라 자전거로 달리는 내 모습이 눈앞에 선히 그려졌다. 가능성은 무궁무진했다. 나는 원하는 만큼 오랫동안 여행할 수 있었다. 정해둔 시간표는 없었으니까. 그런 건 필요없었다. 그 누구에게도 내 생각을 구구절절 설명하지 않아도 되었다.

그날 아침 나는 트레비네Trebinje 근처의 작은 마을에서 텐트를 철수하고 자전거에 올랐다. 시간은 오전 일곱 시 반 정도였고 서서히 해가 뜨려는 참이었다. 반짝이는 자갈길은 휑하니 비어있었다. 짖어대는 개 몇 마리와 지나가는 청소차밖에 보이지 않았다. 베이지색 자전거를 탄 나는 깜박깜박 졸다가도 바퀴 아래서 자갈이 덜컹덜컹 굴러가는 소리에 깨곤 했다. 마침내 몬테네그로 국경으로 이어지는 산길에 이르렀다.

다음 날부터 며칠 동안 진눈깨비가 예보되어 있었지만, 하늘은 맑고 날씨는 따스했다. 나는 금세 상당한 거리를 나아갔다. 몇 주를 낭비하고 다시 길 위로 돌아와 자전거를 타니 기분이 좋았다. 나는 지난주 내내 석고 붕대 신세를 진 터였다. 트레비네에서 북쪽으로 조금만 올라가면 모스타르Mostar라는 도시가 있는데, 그곳의 유명한 스타리 모스트Stari most 다리에서 다이빙하다가 다리 부상을 입었기 때문이다. 애초에 그런 바보짓을 하지 말았어야 했다. 현지 주민들도 겨울이면 강의 수위가 깊어지니 위험하다고 충고하지 않았던가. 하지만 나는 평생 바보짓을 하지 않고선 못 배기는 성미였다. 한번 광대는 영원한 광대이기 마련이다.

여행 가이드의 말을 곧이곧대로 믿은 게 결정적인 실수였다. 그는 내가 고향의 바닷가 절벽에서 다이빙하던 때와 다른 방식으로 뛰어내려보라고 부추겼다. 그 탓에 다리는 살짝 굽어진 채로 얼음처럼 차가운 물과 충돌하고 말았다. 물에서 나오자마자 뭔가 잘못되었다는 것을 느꼈다. 병원에 갔더니 오른쪽 무릎 전방십자인대가 파열되었고 앞으로 3주일 동안 석고 붕대를 감고 있어야 한다는 진단을 받았다.

하지만 나는 일주일 만에 석고 붕대를 풀어달라고 요청했고, 다음 진료 예정일이 되기도 전에 모스타르를 떠났다. 조바심이 나서 더는 지체할 수 없었다. 트레비네를 떠나던 날 아침, 눈앞에 떠오르는 해를 보며 산속으로 길게 뻗은 길을 오르는 동안에도 내 머릿속에는 여정에 복귀한 이후부터 걱정한 문제, 즉 어떻게든 다리 부상을 악화시켜서는 안 된다는 것밖에 없었다. 무릎을 좌우로 움직이지만 않는다면 아무 문제없으리란 건 확실했다.

나는 박자에 맞춰 수직으로 무릎을 움직이는 데 집중했다. 위, 아래, 위, 아래. 내 몸은 금세 박자에 적응했다. 모든 게 잘될 것 같았다. 저녁까지 80km, 어쩌면 160km도 갈 수 있겠다는 자신감이 들었다.

오전 열 시쯤 보스니아헤르체고비나 남단의 산악 지대에

접어들었다. 문명의 흔적이라고는 보이지 않는 외진 곳이었다. 사람이 사는 마을로 가려면 내가 온 길을 따라 16km 이상 돌아가야 했다. 몇 킬로미터 가니 채석장이 나왔지만 버려진 상태였다. 사방에 나 말고는 아무도 없었다. 길은 구불구불했지만 크게 가파르지 않았다. 길고 완만하게 굽어진 오르막이라 내 무릎 상태로도 문제없었다. 고맙게도 군데군데 내리막이 있어 잠시 다리를 쉬어갈 수도 있었다. 주변 경치는 환상적이었다. 높다란 산등성이를 따라가다 고개를 들면 눈 덮인 산봉우리들이 하늘을 찌를 듯 솟아있었다. 짜릿한 순간이었다.

기분이 좋아지니 음악을 틀고 싶었다. 자전거 뒤쪽에 묶어 놓은 스피커에서 내가 좋아하는 가수 에이미 맥도널드Amy Macdonald의 신곡 〈컴 홈Come Home〉이 흘러나왔다. 어느새 나도 모르게 코러스 부분을 따라 부르고 있었다.

다른 날 같았으면 노래 가사가 향수병을 불러일으켰을지 모른다. 내가 빨리 고향으로 돌아오기를 기다리고 있을 부모님과 누나가 생각날 때도 있었다. 우리 가족은 사이가 좋았기에 나도 가족이 그리웠지만, 그렇다고 향수병에 잠겨있기에는 여정이 너무나 즐거웠다. '고향으로 돌아가려면 아직 멀었지.' 그때는 전혀 몰랐다. 고향보다 훨씬 가까운 곳에서 또 다른 존재가 나를 기다리고 있으리라는 걸.

그 존재는 내가 또 한 번 완만한 오르막을 지나던 중에 나타났다. 처음에는 내 뒤에서 들려오는 희미하고 새된 소리를 잘 알아듣지 못했다. 자전거 뒷바퀴가 삐걱대는 소리나 옷과 장비 대부분을 실은 커다란 짐가방 고정쇠가 헐거워져서 나는 소리인 줄 알았다. 다음번 휴식 시간에 기름을 좀 쳐야겠군, 생각하면서 흥얼대던 노래를 멈춘 순간 그 소리가 더욱 또렷하게 들려왔다. 나는 그 소리의 정체를 깨닫고 다시 한 번 귀를 기울였다. 설마 그럴 리가, 말도 안 돼.

고양이 울음소리였다.

고개를 돌리자 녀석의 모습이 눈에 들어왔다. 잿빛과 흰색이 섞인 앙상한 아기고양이가 길을 따라 허둥지둥 달려오고 있었다. 어떻게든 나를 따라잡으려는 모양이었다. 나는 브레이크를 잡고 자전거를 세웠다. 어안이 벙벙했다.

"너 대체 여기서 뭐하고 있니?"

길 아래 멀리 내려다보이는 산등성이에 작은 염소 우리와 농장이 점점이 자리 잡고 있긴 했지만, 높이 올라온 뒤로는 몇 킬로미터 내내 건물이라곤 구경도 못했다. 주변에 지나가는 자동차도 거의 없었다. 이 녀석이 어디서 왔는지, 그리고 (더 중요한 문제지만) 어디로 가려는 것인지 짐작도 가지 않았다.

좀 더 가까이 가서 고양이를 살펴봐야겠다는 생각이 들었다. 하지만 내가 자전거를 세우고 산길을 되짚어가자 고양이는 허둥지둥 길에서 벗어나 가드레일 사이로 빠져나가더니 바위틈에 숨어버렸다. 나는 조심조심 바위를 짚으며 고양이에게로 다가갔다. 아직 아기고양이인 건 분명했다. 태어난 지 몇 주밖에 안 된 듯한 작고 볼품없는 고양이였다. 길고 날씬한 몸에 크고 뾰족하게 튀어나온 귀, 다리는 가느다랗고 꼬리는 두툼했다. 성글고 비바람에 거칠어진 털에는 흐릿한 적갈색 얼룩무늬가 있었다. 하지만 녀석의 눈빛은 정말로 강렬했다. 그 커다란 초록색 눈은 내가 어떤 사람인지 알아내려는 듯 나를 골똘히 쳐다보고 있었다.

나는 한 발짝 더 다가갔다. 녀석이 야생동물답게 달아나기를 어느 정도 기대하면서. 하지만 녀석은 날 전혀 두려워하지 않는 것 같았다. 내가 녀석의 목덜미를 쓰다듬어도 가만히 있더니 내게 몸을 비비며 가만히 골골거리기 시작했다. 인간의 손길과 관심에 기뻐하는 듯했다.

가정집에서 살던 고양이구나, 하는 생각이 들었다. 아마도 집을 빠져나왔거나 아니면 십중팔구 이 길가에 버려진 게지. 그런 가능성을 생각하기만 해도 분노가 솟구쳤다. 그때까지 품고 있던 경계심이 순식간에 무너져내렸다.

'불쌍한 꼬마 녀석.'

나는 자전거로 돌아가 짐가방을 열었다. 식량을 많이 갖고 다니진 않았지만, 점심으로 가져왔던 페스토 소스를 한 숟갈 덜어주기로 했다. 걸쭉한 붉은색 소스를 바위에 끼얹자 녀석은 정신없이 달려들었다.

녀석은 일주일쯤 음식이라곤 구경도 못한 것처럼 순식간에 소스를 삼켜버렸다. 나는 이 희한한 만남을 휴대전화로 촬영하기로 했다. 가족과 친구들이 볼 수 있도록 여행의 중요한 순간들을 인스타그램에 올리고 있었으니까. 이 영상도 나중에 공유할 수 있겠지. 녀석이 자갈길 위로 종종걸음 치는 모습은 마치 카메라에 대고 재롱을 떠는 것 같았다. 확실히 사진발을 잘 받는 고양이였다.

하지만 현실적으로 생각해 보면 희망적인 상황은 아니었다. 녀석을 여기 남겨두었다간 얼어 죽거나 굶어 죽을 게 분명했다. 종종 이 길을 지나는 대형 트럭에 치여 죽을 수도 있었다. 아니면 산봉우리 위를 맴도는 맹금류에게 잡아먹힐지도 몰랐다. 이렇게 작고 연약한 고양이라면 독수리나 말똥가리가 채어가는 건 어려운 일이 아니었다.

어린 시절부터 나는 동물을 좋아했고 특히 길 잃은 동물이나 유기동물에 끌렸다. 사막쥐, 병아리, 뱀, 물고기, 심지어 자벌레까지 기른 적이 있었다. 여름방학 때 다친 아기갈매기를 주워서 두 달이 채 안 되는 기간 동안 돌본 적도 있었다. 갈매기는 나를 잘 따랐다. 내가 그 녀석을 어깨에 앉히고 돌아다니는 사진이 아직도 본가에 남아있다. 이후 상처가 낫고 건강해지자 개학하기 바로 전날 날아가버렸지만 말이다. 하지만 동물들을 도우려는 나의 선의가 엉뚱한 결과를 가져올 때도 있었다. 농장에서 일하던 시절 나는 엄마돼지를 잃은 아기돼지 두 마리를 집으로 데려온 적이 있었다. 녀석들을 따뜻하게 해준답시고 둘의 머리 위에 조명까지 켜주는 어처구니없는 실수를 저질렀다. 녀석들은 길길이 날뛰다가 옷가지 속에 뛰어들어 난장판을 만들어놓았다. 게다가 그 울음소리는 어땠는지. 녀석들이 내지르는 비명 소리를 들으면 도살장이 따로 없을 지경이었다. 내 평생 최악의 하룻밤이었다.

나는 내가 '고양이파'보다는 '개파'에 가깝다고 생각해왔다. 고양이는 사나울 거라고 짐작했기 때문이다. 하지만 이 아기고양이는 파리 한 마리도 못 잡을 듯 연약하고 순진해 보였다. 내 가슴은 이 녀석을 데려가야 한다고 말했지만, 내 머리는 좀 더 이성적인 충고를 건넸다. 여기까지 오면서도 사고는 충분히 저질렀잖아. 이제 간신히 탄력받으려는 참인데, 오늘 밤까지 몬테네그로에 도착하려면 이 녀석 때문에 지체해선 안 돼.

나는 자전거를 끌며 걷기 시작했다. 자전거 옆을 나란히 달리는 고양이를 외면하면서. 무슨 근거였는지는 모르지만, 녀석도 곧 지겨워질 테고 다른 놀잇감이 눈에 띄면 가버리겠거니 생각했던 것이다. 하지만 오 분쯤 걷고 나자 녀석은 아무 데도 갈 생각이 없다는 게 분명해졌다. 더 중요한 점은 녀석에게 갈 데가 없다는 것이었다. 주위는 온통 관목에 둘러싸인 험준한 바위뿐이었고, 게다가 일기예보에 따르면 곧 눈이 쌓일 터였다. 녀석이 여기 남는다면 기껏해야 하루밖에 살지 못할 것이었다.

나는 한숨을 쉬었다. 가슴이 머리를 이긴 것이다. 다른 방법이 없었다.

나는 아기고양이를 집어들어 자전거에 실었다. 녀석의 몸은 내 손바닥에 쏙 들어왔고 깃털처럼 가벼웠다. 쑥 튀어나온 갈비뼈가 만져졌다. 내 자전거 앞쪽에는 영상이나 사진 촬영에 쓰는 드론을 담은 기계 장비 주머니가 실려있었다. 나는 드론을 꺼내 짐가방에 집어넣고 주머니 속에 티셔츠를 깐 다음 살며시 고양이를 집어넣었다. 주머니 밖으로 쏙 튀어나온 조그만 얼굴이 불안한 듯 나를 쳐다보았다. 뭔가 불편하다고 말하려는 기색이었다. 하지만 나로서는 더 이상 해줄 수 있는 일이 없었다. 달리 이 녀석을 집어넣을 곳이 없었으니까. 나는 녀석이 어떻게든 주머니 속에 자리 잡길 바라며 자전거를 탔지만, 얼마 지나지 않아 녀석에겐 딴생각이 있다는 게 밝혀졌다.

수백 미터도 가기 전에 녀석은 나를 깜짝 놀라게 했다. 갑자기 주머니에서 뛰쳐나와서는 내 팔을 기어오르더니 목덜미로 덤벼들어 자리를 잡은 것이다. 내 뒷목을 감싼 고양이의 몸이 느껴졌다. 녀석은 내 목이 구부러진 부분에 머리를 기댄 채 부드럽게 숨을 쉬고 있었다. 하지만 불편하거나 거슬리지 않았고, 무척 기분 좋게 느껴졌다. 녀석도 그러고 있는 게 편한 것 같아서 나는 계속 페달을 밟았다. 놀랍게도 녀석은 곧 잠들어버렸다.

이제야 숨 돌릴 여유가 생겼다. 상황을 점검하고 이제부터 어떡할지 고민할 타이밍이었다. 나는 또다시 고민에 빠졌다. 생각해 보니 나 혼자 다니는 것도 즐거웠지만 길동무가 있으면 좋을 것 같았다. 아기고양이는 거의 부담이 되지 않았고 나를 유쾌하게 해줄 터였다. 그 점은 확실했다. 하지만 이건 내 계획에 없는 일이었다. 나는 스스로를 꾸짖었다. 지금까지 몇 번이나 변덕을 부렸잖아, 그런데 또 이러고 있다니.

정오가 다 되었지만 해는 여전히 꾸물꾸물 청회색 하늘을 기어오르고 있었다. 내비게이션을 확인해 보니 국경이 가까워지고 있었다. 이제는 결정을 내려야 했다. 아주 중요한 결정을.

하지만 마음 깊은 곳에서는 나도 알고 있었다. 결정은 이미 끝난 것이다.

일어날 일은 일어나기 마련이다.

그것은 운명이었다.

밀입국자

몬테네그로 국경에 이르기까지는 한 시간 반이 더 걸렸지만, 나의 새로운 길동무는 그동안 내 어깨에 들러붙어 세상모르고 잠들어있었다. 지금의 나도 그때의 녀석만큼 여유만만하게 세상을 살아갈 수만 있다면 얼마나 좋을까.

구불구불한 산길을 올라가면서 나는 깊은 고민에 빠졌다. 내가 올바른 행동을 한 것은 분명했다. 어리고 연약한 생명을 그처럼 위험한 곳에 남겨두고 올 수는 없었다. 하지만 한편으로는 온갖 의구심이 나를 괴롭혔다. 국경을 넘을 때는 어쩌려고? 그리고 그다음엔 어쩔 건데? 아기고양이를 보조 삼을 계획은 전혀 없었잖아.

녀석을 세관원에게 신고하는 게 어떨까 싶기도 했다. 무슨 일이 있었는지 솔직하게 설명하면 될 것이다. 길에서 주운 고양이인데 동물병원에 데려갈 생각이라고. 세관원들도 동정해 주지 않겠는가? 내가 수상한 물건을 반입하려는 것도 아닌데. 그냥 아기고양이일 뿐이잖아. 하지만 잘 생각해 보니 안 될 게 분명했다. 모든 국가에 동물의 이동과 관련된 규정이 있는 건 합당한 이유가 있어서다. 동물은 국경을 넘어 질병을 전파할 수 있으며 특히 아기고양이는 병에 잘 걸리기로 악명 높지 않은가. 어쩌면 녀석은 격리될 수도 있었고, 안락사를 당할지도 몰랐다. 그런 일은 결코 용납할 수 없었다.

내가 원래 키우던 고양이라고 말할까 하는 생각도 잠시 했다. 하지만 녀석의 건강을 증명할 서류나 의학적 증명서가 나에게는 전혀 없었다. 그러니 이것 역시 해결책이 아니었다.

아무래도 어떻게든 녀석을 숨긴 채 몬테네그로에 입국하는 것만이 유일한 선택지 같았다. 일단 그렇게 하고 나서 다음 단계를 고민하기로 했다.

나는 '국경까지 앞으로 5km'라고 적힌 표지판을 지나쳐 도로 옆 갓길에 자전거를 세웠다. 하지만 마음 한구석에서는 여전히 어떤 대안이, 빠져나갈 구멍이 나타났으면 싶었다. 그래서 마지막으로 한 번 더 휴대전화의 지도 애플리케이션을 열었다. 어쩌면 국경 경비대가 지키지 않는 산길이나 오솔길이 있을지도 모르니까. 하지만 지도에 따르면 몬테네그로로 들어가는 길은 하나뿐이었다. 생각해 보면 애초부터 안 될 일이었다. 공식 입국 기록이 없는 상태에서 몬테네그로 경찰한테 검문이라도 당한다면 어떻게 되겠는가?

정신 차려, 딘. 나는 스스로를 꾸짖었다. 피할 길은 없었다. 나는 세관을 지나고 국경 경비대를 통과해야 했다. 하지만 대체 어떻게 해야 아기고양이를 숨긴 채 국경을 넘을 수 있지? 바로 그 점이 문제였다.

스코틀랜드에서 흥청망청하던 시절 나는 음악 페스티벌에 대마초와 술을 밀반입하곤 했다. 신발과 머리띠 등 별별 곳에 약물을 숨겼는데, 성공할 때도 있었고 실패할 때도 있었다. 몇 번 걸리긴 했지만 가벼운 질책만 받은 정도였다. 지금은 완전히 경우가 달랐다. 이 동네 공무원들은 총을 들고 다니니까.

나는 길가에 앉아 자전거만 멍하니 쳐다보았다. 뭔가 기똥찬 아이디어가 떠오르길 바라면서. 그렇다고 자전거 뒤쪽 짐가방에 녀석을 넣을 수는 없었다. 그럴만한 여유 공간이 없었다. 짐가방마다 소지품이 꽉꽉 들어차 있었다. 짐가방에 든 두꺼운 재킷을 꺼내서 입을까 하는 생각도 잠깐 했다. 그걸 꺼내면 고양이를 넣을 자리가 생길 터였다. 하지만 이 역시 어리석은 생각이었다. 꼬물거리는 예민한 녀석이 짐가방 안에 얌전히 앉아 있을 가능성은 제로에 가까웠다. 녀석은 분명 국경 경비원에게 인사하려 들겠지.

사실상 단 하나의 선택지는 녀석을 자전거 앞쪽 주머니에 넣고 지퍼를 잠근 다음, 경비원들이 녀석의 존재를 눈치채지 못하기만을 기도하는 것이었다. 쉽지 않은 일이었다. 가만히 있지 못하던 녀석이 갑자기 얌전해질 리 있겠는가. 하지만 별다른 방법이 없었다. 위험을 감수하는 수밖에.

나는 녀석을 데리고 한참을 놀아줬다. 그러면 녀석도 지쳐버리지 않을까 기대했던 것이다. 길가에 피어있던 줄기가 긴 데이지 몇 송이를 꺾어 흔들며 고양이가 길쭉한 꽃줄기를 쫓아 달리게 했다. 녀석은 열광적으로 빙글빙글 돌면서 보이지 않는 트램펄린이라도 탄 것처럼 깡충깡충 뛰어올랐다. 한동안은 기대했던 효과가 나타나지 않았다. 녀석은 지친 기색이라곤 전혀 보이지 않았으니까. 마치 에너지로 똘똘 뭉친 고무공이나 아니면 '듀라셀' 고양이 같았다(건전지 브랜드 '듀라셀' 광고 속 지치지 않는 토끼 인형 캐릭터 듀라셀 바니를 비유한 말 – 옮긴이). 하지만 이십 분쯤 지나자 고양이는 마법처럼 배터리가 소진되어 다시 잠들려는 것처럼 내 옆의 바위에 축 늘어졌다. 바로 지금이 기회였다. "좋아." 나는 각오를 다지며 중얼거렸다. "해치우자고."

때마침 도로에 나타난 자동차들이 몬테네그로 방향으로 달려가는 걸 보자 용기가 솟았다. 운이 좋다면 저 자동차들은 내가 국경에 이를 때까지 거기 있을지도 모르지. 그러면 경비원들도 저쪽에 정신이 팔려서 나한테는 소홀해질 거야. 하지만 그런 행운은 없었다. 십 분 뒤 내가 국경에 도착했을 때 자동차라고는 단 한 대도 보이지 않았다. 나 혼자뿐이었다. 정확히 말하면 내가 숨긴 아기고양이 한 마리도 있었지만.

국경선에는 현대적인 시설이 갖춰져 있었다. 철제 울타리 아래 수많은 장벽과 부스가 늘어선 데다 벽돌 건물 한 개와 사무용 별채 몇 개도 딸려있었다. 나는 그중 한 부스 옆에 자전거를 세웠다. 자전거 앞쪽이 창가를 비껴나 세관원의 시야 밖에 놓이도록 조심하면서. 고양이는 앞쪽 짐가방 안에서 쿨쿨 자고 있었지만, 언제든 녀석이 깨어나 야옹거릴 것만 같아서 똥줄이 탈 지경이었다. 그래서 스피커로 작게나마 음악을 틀어놓기로 했다. 젊은 세관원은 유리 칸막이 뒤에 서있었다. 다행이었다. 만에 하나 아기고양이가 울더라도 세관원에게는 들리지 않거나 내 스피커에서 나지막이 울리는 쿵쿵 소리에 묻힐 것이었다.

세관원은 지루해죽겠다는 기색이었다. 내 여권을 대충 훑어볼 뿐, 증명사진을 확인하거나 나한테 뭘 물어볼 생각조차 없는 듯했다. 다음 순간 그는 스탬프를 집어들더니 빈 페이지를 찾아 여권을 팔랑팔랑 넘겼다. 나는 미소를 띤 채 차분히 서있으려고 애썼다. 혹시라도 세관원이 나와 눈을 맞추려 할까 싶어 그를 정면으로 쳐다보면서. 상황이 마무리되려는 바로 그 순간, 앞쪽 주머니가 들썩이는 것이 흘깃 보였다. 주머니 표면에 주름이 잡히더니, 제대로 잠그지 않은 지퍼 사이로 녀석이 발을 내밀려 하고 있었다. 녀석은 야옹거리며 울기까지 했다. 그것도 엄청 큰 소리로.

정말이지 간이 떨어지는 줄 알았다. 어떻게든 욕을 내뱉지 않고 그 순간을 넘겼다는 게 나로서는 엄청난 성과였다. 나는 천연덕스럽게 계속 세관원 쪽을 쳐다보려고 안간힘을 썼지만, 그 순간 귀에 들리는 것이라곤 고양이 울음소리뿐이었다. 저 사람이 못 들었을 리 없어. 확실해.

나는 정령이나 수호천사 같은 걸 믿지 않지만, 그 순간엔 대충 그 비슷한 존재가 나를 지켜준 게 분명했다. 그때 갑자기 웬 소형 트럭이 들어왔으니까. 낡아빠진 자동차라서 배기관 소음이 엄청났고, 덕분에 아기고양이의 울음소리는 금세 묻혔다. 정확히 말하면 소음 때문에 다른 소리는 전혀 들리지 않을 정도였다.

세관원은 여권에 스탬프를 찍더니 나를 쳐다보지도 않고 도로 건네주었다. 내가 부스 창가에 서있었던 시간은 일 분 남짓이었지만 내게는 한 시간처럼 느껴졌다. 나는 자전거를 끌고 그 자리를 떠났다. 차마 뒤를 돌아볼 엄두는 나지 않았다. 하지만 기쁨도 잠시였다. 우리는 보스니아헤르체고비나 국경을 넘었지만 곧이어 몬테네그로 국경을 통과해야 했다. 입국은 출국과는 난이도가 다른 문제였다. 이번 과제는 훨씬 어려울 것이 분명했다.

두 번째 국경선에는 군인도 훨씬 많아 보였다. 대형 트럭이 세워져 있었고 그 주위로 몇몇 남자가 총을 든 채 걸어 다니고 있었다. 나는 천천히 자전거를 몰아가서 방금 전과 똑같은 절차를 밟았다. 이번에도 자전거 앞쪽 주머니를 창가에서 멀리 떨어뜨려 놓았지만, 이번에는 좀 더 주의를 기울였다. 스피커 볼륨을 살짝 높이고, 고양이가 갖고 놀 수 있도록 주머니 속에 내 손가락을 슬쩍슬쩍 집어넣었다. 녀석이 몇 번쯤 손가락을 세게 깨물기도 했지만 어떻게든 움찔거리지 않고 버텼다. 쉬운 일은 아니었다. 녀석의 조그만 이빨은 바늘처럼 날카로워서 손가락이 따끔할 정도였으니까.

이번 경비대원은 훨씬 더 세심했다. 증명사진이 붙은 페이지를 들어올린 채 내 얼굴을 쳐다보더니, 내 수염이 사진에 나온 것보다 훨씬 덥수룩해졌다고 지적하려는 듯 자신의 턱을 두드렸다. 나는 고개를 끄덕이며 웃었다. 그는 영어를 전혀 못했기에, 나는 보온을 위해 수염을 길렀음을 암시하려고 두 팔로 내 몸을 감싸는 시늉을 했다. 그도 묵묵히 고개를 끄덕였다.

스탬프가 내 여권에 쾅 하고 찍혔다. 그날 들은 소리 중에서 가장 감미로운 소리였다. 나는 자전거에 올랐다. 국경선을 지나 길을 따라갔다. 온 세상의 무게가 어깨에서 내려진 것만 같았다. 당장이라도 고양이를 주머니에서 꺼내준 다음 성공을 축하하고 싶었다. 하지만 길모퉁이를 돌아 자전거를 세우려던 바로 그때, 끔찍하게도 눈앞에 또 다른 검문소가 나타났다. 방금 지나온 곳보다는 작고 덜 위협적인 분위기였지만 그래도 나를 겁먹게 하긴 충분했다. 나는 천천히 자전거를 끌며 다가갔다. 세 번째 시도에도 운이 따라주기만을 기도하면서.

멍청한 짓만 안 하면 돼, 딘.

내가 자전거를 세우려던 순간 경비대원 하나가 부스에서 걸어나왔다. 휴대전화를 들고 통화에 열중한 모습이었다. 그는 그냥 지나가라는 듯 내게 손을 흔들어 보이더니, 쳐다보지도 않고 통화를 계속했다. 나는 고개를 까딱하고 엄지를 들어 보인 다음 자전거를 몰아갔다. 전속력으로 달리고 싶은 마음이 굴뚝같았지만, 나도 그 정도로 바보는 아니었다. 공무원에게 범죄 현장에서 달아나는 악당처럼 보이고 싶진 않았다. 따지고 보면 그 상황에서 나는 분명 범죄자가 맞았지만 말이다.

두 번째 기회

국경에서 몇 킬로미터 나아가자 대규모 공사가 진행 중인 널따란 시골 들판이 펼쳐졌다. 작업반이 쉬는 날 같았다. 주변에 인기척은 없었고 굴착기와 트랙터도 멈춰있었으니까. 나는 길가에 자전거를 세웠다. 오르막길을 한참 달린 터라 무릎이 쑤셨다. 게다가 오전에 한바탕 소동을 치렀으니 숨을 돌리며 긴장을 풀고 상황을 정리할 시간이 필요했다.

나는 아기고양이를 마음대로 돌아다니게 놔두고 굴착기 바퀴자국 위에 주저앉았다. 녀석은 곧바로 주변을 둘러보더니 신나게 잔디밭과 콘크리트 보도블록 무더기를 탐색하기 시작했다. 자기가 뭘 찾고 있는지 모르는 듯했지만 그래도 상관없는 모양이었다. 불쌍한 녀석, 재밌게 놀고 있구나. 제대로 못 논지 오래된 게 분명해.

　나는 아기고양이 사진을 몇 장 찍고 잠시 휴대전화를 들여다보았다. 몬테네그로의 동물병원 명단을 훑어보니 가장 좋은 병원은 이 길로 몇 시간 가면 나오는 해안 도시 부드바Budva에 있는 모양이었다. 그날 밤까지 거기에 도착할 수 있을지 확실하진 않았지만, 시도는 해볼만했다.

　여정에 오르기 전에 뭔가를 좀 먹기로 했다. 녀석이 먹을 페스토 소스도 좀 더 떠서 바위에 발라줬다. 나는 몇 분 동안 가만히 앉아있었다. 겨울 햇살을 만끽하고 오전 동안 있었던 일들을 곰곰이 되새겨보면서. 심장이 쫄깃해지는 경험이었던 건 확실했다.

　그때 자동차 엔진 소리가 나를 방해했다. 돌아보니 낡아빠진 은색 폭스바겐 골프가 좁은 밭길로 나와 도로에 진입하고 있었다. 새파랗게 젊은 애송이가 운전대를 잡고 있었는데 기껏해야 열여덟이나 열아홉 살로 보였다. 애송이는 옆에 친구까지 태우고 열린 차창 밖으로 쿵쿵 음악 소리를 쏟아내고 있었다. 두 녀석이 날 보더니 깔깔 웃고 손을 흔들며 뭐라고 소리를 질렀다. 자동차가 사라지자 나는 슬그머니 미소를 지었다. 마치 내 과거의 한 장면을 보는 것 같았다. 내 아버지도 한때 폭스바겐 골프를 몰았다. 게다가 나는 그 자동차를 몰고서 이곳으로 여행길에 나설 수도 있었다. 사 년 전의 어느 길고 파란만장한 밤에.

지난 십여 년간의 내 인생은 한마디로 무모한 곡예 같았다. 내가 사고를 칠 때면 십중팔구 그랬듯 그날 밤에도 친구 리키가 내 옆의 조수석에 앉아있었다. 우리는 이십대 초반부터 십여 년간 공범 관계로 지내며 사랑스러운 악당들을 자처했다. 리키와 나는 정기적으로 만나서 대마초를 피우고 말썽을 부리곤 했다. 우리 둘 다 '파티광', 소위 '자유로운 영혼'이었고 무슨 일에든 규칙을 따르길 거부했다.

그날 밤도 그랬다. 우리는 허락도 받지 않고 아버지의 차를 몰았다. 던바에서 한 시간 반을 달려 100km 이상 떨어진 킨로스Kinross의 어느 들판에 도착했다. 그곳은 평범한 들판이 아니라 일주일 뒤에 그 유명한 'T 인 더 파크' 페스티벌이 개최될 장소였다. 우리에게 그 페스티벌은 여름의 절정과도 같았다. 햇볕이 내리쬐는 주말 내내 유명 록밴드들을 구경하며 마음껏 대마초를 피우고 술을 마셔대는 기간이었으니까.

그해에 우리는 어처구니없는 계획을 세웠다. 페스티벌이 열리기 전 공터에 가서 우리가 알아볼만한 한구석에 대마초를 묻어두고, 나중에 짜잔! 하고 숨겨진 보물을 파내 페스티벌이 열리는 사흘 내내 즐기자는 것이었다. 이런 생각을 하다니 우린 천재 아닌가 싶었다. 실제로는 그 반대였지만.

우리는 아무에게도 들키지 않도록 한밤중에 출발하기로 했다. 무대 설치는 아직 시작되지 않았지만, 우리는 오랜 경험을 통해 행사장 펜스와 무대가 대충 어디쯤인지 알고 있었다.

손전등 불빛에 의지해 적당한 장소를 찾고 보물을 묻은 뒤 곧 바로 차를 몰아 귀갓길에 올랐다. 리키에겐 운전면허가 없었기에 오가는 내내 내가 운전대를 잡았지만, 하루 종일 일하고 던 바에서 한 시간 반 동안 차를 몰아온 터라 자꾸만 눈꺼풀이 감기려고 했다.

아무래도 나는 정말로 한쪽 눈을 감았던 것 같다. 내 기억에 따르면 다음 순간 우리가 탄 차는 차선을 벗어나 경찰들이 순찰차를 세워놓고 교통 상황을 살펴보곤 하는 도로변의 높은 단에 충돌했다. 그런 다음 도로로 다시 들어가 중앙분리대에 부딪히고, 높이 9m의 언덕을 굴러내려 밭으로 떨어졌다. 이 모든 과정이 영화 속 한 장면처럼 슬로모션으로 진행되는 것 같았다. 에어백이 부풀어올라 얼굴을 때리던 감촉, 건조기에 들어간 빨래처럼 몸이 빙글빙글 돌아가던 느낌이 아직도 선하다. 하지만 무엇보다도 생생한 것은 함몰된 자동차 지붕이 안전벨트에 묶인 리키와 나의 얼굴 바로 몇 센티미터 앞까지 쑥 들어와 있던 기억이다. 우리는 서로를 얼싸안고 가만히 앉아있었다. 넋이 나가고 몇몇 찰과상에서 흐른 피를 여기저기 묻힌 채. 온몸이 덜덜 떨렸지만, 놀랍게도 크게 다친 데는 없었다. 우리가 살아남았다는 게 감격스러울 뿐이었다.

심각한 교통사고를 당하고도 살아남은 것은 인생을 바꿔놓는 경험이었다. 죽음을 속여 두 번째 삶의 기회를 얻어낸 느낌이랄까. 적어도 내게는 그 일이 전환점이었다. 인생관이 바뀌었고, 더 많은 시도와 경험을 하고 싶다는 강렬한 욕구가 솟았다. 나는 인생을 단 하루도 낭비하지 말자고 거듭 다짐했다. 그러니 2018년 초에 리키가 함께 어딘가로 떠나면 어떻겠냐는 말을 처음 꺼냈을 때 바로 솔깃할 수밖에 없었던 것이다.

우리는 밖에 앉아서 골백번도 더한 짓거리, 즉 대마초 흡연을 하고 있었다. 리키가 맨 처음 꺼낸 아이디어는 남아메리카 일주였다. 여러모로 솔깃한 생각이었다. 몇 년 전 나는 여자친구와 태국을 여행한 적이 있었다. 매혹적인 경험이었지만 한편으로는 실망스럽기도 했다. 대부분의 장소를 버스나 택시를 탄 채 스쳐지나야 했기 때문이었다. 나는 더 많은 것을 알고 싶었다. 저곳에는 어떤 사람들이 살고 있을까? 그 사람들은 어떻게 살아갈까? 고향으로 돌아온 뒤에도 관광객으로서가 아니라 좀 더 밀접하고 생생하게 세상을 구경하고 싶다는 생각이 들었다.

여행을 떠나고 싶었던 데는 한층 더 개인적인 이유도 있었다. 슬슬 던바에서의 생활을 벗어나야 한다는 생각이 들었다. 교통사고가 촉매 노릇을 했을 수도 있겠지만, 그런 생각은 오래전부터 하고 있었다.

사람들은 종종 궁금해한다. 자전거 세계 일주를 떠난 건 무언가로부터 달아나고 싶었기 때문은 아닌지 말이다. 어느 정도는 그럴지 모른다. 하지만 내가 벗어나려고 했던 것이 가족은 아니었다. 물론 우리 가족에게도 좋은 시절과 나쁜 시절이 있었지만, 어쨌든 부모님과 누나와 나 그리고 외할머니 모두가 여전히 한집에 살고 있었다. 세상 반대편에서 새로운 고향을 찾으려고 떠난 것도 아니었다. 나는 내가 나고 자란 동네를 사랑했다. 던바는 좋은 사람들로 가득한 멋진 곳이었다. 내가 벗어나고 싶은 것, 떨쳐내고 싶은 것이 있다면 그건 과거의 나 자신이었다. 나 스스로가 만든 무의미하고 틀에 박힌 삶이었다.

단언컨대 나는 선량한 보통 사람이다. 하지만 어째선지 말썽쟁이이자 광대로 살아왔고 그래서 여러 차례 곤경에 처했다. 술을 잔뜩 마셨을 때는 더 그랬다. 몇 번쯤 경찰에 체포되어 벌금을 물었고 싸움에 휘말리기도 했다. 나는 대체로 느긋한 성격이었지만 술을 많이 마시면 사나워지는 경향이 있었다. 그런 면에서 술은 내게 악마와 같았다. 서른 살 생일이 가까워지자 슬슬 새로운 시도를 하고 싶은 생각이 간절했다. 내가 잘못된 방향으로 가고 있는 건 아니었지만 같은 자리를 빙빙 맴도는 기분이 들었기 때문이었다.

나의 부모님과 누나는 돌봄 노동자였다. 어머니는 공립병원 수간호사였고, 아버지는 정신건강 분야에 종사하다가 간병인으로 일하고 계셨다. 반항아였던 나는 가족들이 일하는 분야에서 일하길 거부했다. 군 복무를 하셨던 할아버지 덕분에 입대를 염두에 두고 육군 전기 기계 대대에서 기초 훈련을 받았지만 몇 달 만에 싫증이 나서 그만두었다. 이후에는 던바에서 장기 육체노동 일자리를 전전하며 지냈다. 농장 일꾼으로 일한 적도 있고 물고기 사료 공장에 용접공으로 취직하기도 했다.

나는 뭔가 만들거나 고치는 일을 잘했지만, 내 인생만큼은 제대로 만들어내지 못했다. 학창 시절 친구들은 경력을 쌓고 집을 사고 가정을 꾸렸지만 나는 여전히 정착할 기미가 보이지 않았다. 고향을 떠나 세상의 다른 곳에서 시간을 보내다 보면 어떻게든 나 자신을, 적어도 나답게 살 방법을 찾을 수 있을 것 같았다. 예전에 누군가 내게 이렇게 말해준 적이 있었다. "네가 길을 떠난 것은 길을 찾기 위해서였어." 그 말이 딱 맞았던 것 같다.

리키가 처음 여행 이야기를 꺼내고 몇 주가 지나면서 나는 여행을 떠난다는 생각에 더욱 열중하게 되었다. 나는 자전거를 즐겨 탔고 리키 역시 그랬다. 먼 길로 돌아 유럽과 아시아를 지나고 남아메리카까지 가면 좋겠다는 생각이 들었다. 리키에게나 나에게나 일생일대의 기회, 오랜 시간이 지난 뒤에도 흐뭇하게 돌아볼 수 있는 성취가 될 터였다. 하지만 리키는 시큰둥한 기색이었다.

부모님에게 여행 떠나는 것을 허락받을 수 있을지 걱정되었지만, 놀랍게도 두 분은 내가 뭔가를 진지하게 시도하기로 결정했다는 사실에 기뻐하는 듯했다. 내가 저러다 완전히 비뚤어지는 건 아닌지 내심 염려하신 모양이었다. 두 분 모두 모험이 내게 유익할 거라고 말씀하셨다. 아버지의 표현에 따르면 '인격 수양'의 기회가 될 거라고 말이다. 부모님의 동의는 그동안 내게 절실했던 격려를 보태주었다.

여행을 떠나려면 돈이 필요하다는 건 리키도 나도 잘 알았다. 그래서 일단은 저축부터 하기로 했다. 우리 둘 다 중노동도 마다하지 않고 반년 동안 고되게 일했다. 리키는 시멘트 공장에서 일했고 나는 글래스고Glasgow의 놀이공원에서 선로 공사 일자리를 구했다. 부업으로 술집 아르바이트나 잡다한 육체노동도 했다. 둘이 합쳐 다섯 가지 일을 하며 주당 평균 여든두 시간을 일했던 적도 있다. 2018년 가을에는 각자 수천 파운드씩 모았고 구체적인 계획도 짰다. 일단 유럽 대륙으로 들어가서 프랑스, 스위스, 이탈리아를 거쳐 발칸 반도까지 내려간 뒤 그리스로 가기로 했다. 나는 여행 장비를 마련하는 데 착수했다.

최대한 좋은 자전거를 장만하기로 결심했던 터라 최상급 여행용 자전거 구입에 거금을 탕진했다. 드롭 핸들바와 산악 주행용 바퀴를 장착한 트렉Trek사의 베이지색 920을 장만했다. 돈이 거의 2,000파운드나 들었지만, 도착한 자전거를 포장 상자에서 꺼낸 순간 제대로 돈값을 하겠다는 확신이 들었다. 가장 마음에 드는 건 경량 모델이라 짐을 싣지 않았을 때는 무게가 13kg도 안 나간다는 것이었다. 나는 시험 주행을 해 보고 몇 군데를 더 개조하기로 마음먹었다. 더 크고 강한 페달과 새 안장을 달기로 했다. 엄청난 장거리 자전거 여행이 기다리고 있었으니까.

나는 금세 자전거에 홀딱 반했다. 주행을 마치고 자전거를 집 마당에 세워놓은 뒤에도 경이로운 눈빛으로 한참을 바라보곤 했다. 완벽하게 아름다운 녀석이었다. 내 자전거에 어찌나 푹 빠졌는지 이름까지 붙여주었다. 게일어로 '태양' 혹은 '빛나는 자'를 뜻하며 영어의 '헬렌Helen'에 해당하는 '에일리드Eilidh' 였다.

여행에 필요한 나머지 장비도 구입했다. 그중에는 여분의 짐을 실어 자전거 뒤에 연결할 외바퀴 트레일러도 있었다. 반면 리키는 내 예전 자전거, 내가 몇 년간 닳도록 타고 다녔던 여행용 트렉 자전거면 충분하다고 했다. 낡고 진흙투성이였지만 좋은 자전거였다. 나처럼 새 자전거를 사라는 사람들의 충고는 무시하기로 작정한 모양이었다. "이 녀석이 1km를 갈 수 있다면 30,000km도 갈 수 있겠지." 리키는 이렇게 우겼다.

하지만 리키의 자전거도 약간의 개조를 거쳤다. 타이어를 새로 교체하고 근사한 새 브룩스 안장을 다는 등 몇 군데를 손보니 잘 굴러가는 듯싶었다. 시험 주행은 문제없었고, 해발 180m 정도의 정상까지 한 시간이 걸리는 험준한 노스베릭로North Berwick Law산에도 올랐다. 우리는 산꼭대기에서 하룻밤 묵었다. 앞으로 몇 달, 어쩌면 몇 년간 계속될 야영 생활에 대비하기 위해서였다. 그리하여 2018년 9월, 우리는 어설픈 계획만 갖고 여정에 나섰다.

그 계획은 곧바로 어긋나버렸다. 출발부터 엉망이었다. 우리 둘 다 스코틀랜드에 있을 때와 전혀 달라지지 않은 멍청이 그대로였으니까. 계획대로라면 스코틀랜드 북동쪽 해안을 따라 자전거로 달려 영국으로 들어간 다음 뉴캐슬Newcastle upon Tyne에서 배를 타고 네덜란드 암스테르담Amsterdam으로 건너가야 했다. 하지만 출발하기 전날 밤 흥청망청 파티를 벌이는 바람에 다음 날 오후 다섯 시에야 출발할 수 있었고 그때도 둘 다 술에 취한 상태였다. 여정 전체가 그런 식이었다. 우리의 그 여행은 그럴싸하게 포장된 술집 답사인 것 같았다. 얼마 지나지 않아 예약해둔 배의 탑승 일정에 맞추기 어려워진 것도 당연한 일이었다.

뉴캐슬로부터 50km쯤 떨어진 소도시 안윅Alnwick에서 리키의 이가 빠져 치과 응급실로 달려갔던 날, 마침내 인과응보가 닥쳤다. 나는 대기실에 앉아 서류를 뒤적거리고 있었다. 그때까지만 해도 배를 타기로 한 것이 그다음 날인 줄로만 알았다. 사실은 그렇지 않았다. 다시 살펴보니 탑승 시간은 그날 저녁이었다. 그러니까 내가 그 사실을 깨달은 건 오후 다섯 시였는데 배는 한 시간 반 뒤인 오후 여섯 시 반에 떠날 예정이었다. 시간을 맞추기는 불가능했다. 우리는 배를 놓치고 며칠이나 그곳에 발이 묶여있었다.

간신히 자리를 구해 배에 오르던 날, 부모님이 우리를 배웅하러 뉴캐슬까지 오셨다. 부모님도 나도 울고불고하지 않았다. 우리 모두 내가 옳은 일을 하고 있다는 걸 알았으니까. 아버지는 내가 여행하는 동안 두 분을 잊지 않도록 작은 기념품을 준비하셨다. 원래 뉴캐슬 출신인 데다 뉴캐슬 유나이티드 축구 팀 열성팬이셨기에 행운을 비는 뜻에서 그 팀의 배지를 주셨다. 나는 배지를 배낭에 달고 배에 올랐다.

암스테르담으로 가는 동안 리키와 나는 진지하게 여행에 임하자고 다짐했지만 아무것도 달라지지 않았다. 우리는 금세 예전의 나쁜 습관으로 돌아갔다. 네덜란드에 도착하자마자 주말 내내 열리는 레이브 파티로 달려갔다. 가끔씩 서로 다그치는 말을 건네기는 했다. "이런 식으로 계속할 순 없어." 하지만 버릇을 고칠 수가 없었다. 리키와 나는 서로에게 악영향만 미치고 있었다.

여행을 계속할수록 우리가 서로 다른 것을 원한다는 점이 명확해졌다. 벨기에를 지나 프랑스로 들어간 우리는 파리Paris 를 향해 달렸다. 내 계획에는 전혀 없던 일이었다. 나는 대도시를 좋아하지 않았다. 내가 보고 싶은 것은 탁 트인 길과 시골 풍경이었다. 나는 다양한 야생 환경을 체험하고 흥미로운 사람들을 만나고 싶었지, 턱없이 비싼 음식을 사먹고 관광객과 씨름하며 대로변을 걷고 싶진 않았다. 한편 리키는 나보다도 스코틀랜드에 두고 온 여자 친구 곁에 있고 싶은 생각뿐이었다. 뒤돌아보면 애초부터 잘될 리 없는 계획이었다.

그렇다고 리키와 함께하는 동안 즐거운 순간이 없었던 것은 아니다. 솔직히 말하면 즐거운 순간도 많았다. 스위스에서 푸르카 패스를 통해 알프스 산맥을 지나다가 유서 깊은 '호텔 벨베데르'를 발견하기도 했다. 영화 〈007 골드핑거Goldfinger〉 (1964)에 등장한 곳으로 유명했지만 이제는 폐쇄된 채 버려져 있었다. 호텔 뒤쪽에서 창문이 깨진 곳을 발견한 우리는 그리로 들어가 스위트룸을 하나씩 차지하고 묵었다.

하지만 나 홀로 자전거 여행을 한다면 어떨까 생각이 드는 순간도 가끔 있었다. 리키가 여행을 중단하고 여자 친구를 보러 가는 바람에 프랑스 일부 지역을 혼자 달려야 했던 때처럼 말이다. 널따란 도로 위에 있는 게 좋았고, 마음 내킬 때마다 아무 데서나 야영하는 것도 좋았다.

리키와 재회하여 이탈리아에 들어서자 또다시 온갖 곤경이 닥쳐왔다. 내 여권을 도둑맞아서 스코틀랜드까지 돌아가 새 여권을 만들어야 했고, 리키가 자전거를 도둑맞았다가 기적적으로 되찾기도 했다. 대부분의 짐이 들어있던 가방은 이미 사라져버렸지만 말이다. 그 일이 있은 뒤 리키는 우울해했다. 엎친 데 덮친 격으로 그가 모은 여비도 떨어져가고 있었다. 크로아티아를 통과하여 보스니아헤르체고비나의 도시 모스타르에 이르렀을 때 결국 일이 터지고 말았다.

리키는 헝가리 부다페스트Budapest에서 열리는 총각 파티에 초대받았다고 했다. 파티 장소까지는 자전거를 타고 가겠지만 그걸로 여행은 끝이라는 것이었다. 리키는 내게도 같이 가자고 했다. 파티가 끝난 다음 혼자 보스니아헤르체고비나로 돌아와서 여행을 계속하든 말든 내 자유라면서. 하지만 별로 내키지 않았다. 일기예보도 나빴던 데다 서둘러 남쪽으로 달려 몬테네그로와 알바니아, 그리스로 가고 싶었으니까. 나는 리키의 제안을 거절했다.

더 이상의 대화는 필요하지 않았다. 우리는 각자 다른 길을 가기로 결정한 것뿐이었다. 리키와 함께한 마지막날 저녁 나는 모스타르의 호스텔에 묵었고 리키는 부다페스트로 돌아갔다. 그걸로 끝이었다. 포옹도, 악수도, 작별 인사도 없었다.

한동안은 서운한 마음이 들었다. 애초의 계획이 망가졌으니까. 내가 절호의 기회를, 어쩌면 마지막 기회를 날려버린 것처럼 느껴졌다. 하지만 시간이 지나자 이러는 게 옳았을지도 모르겠다는 생각이 들었다. 솔직히 말하면 이렇게 될 수밖에 없었으리라. 이 모험이 성공하려면 내 방식대로 내 타이밍에 맞게 진행되어야 했다.

그로부터 2주일이 지나 몬테네그로의 도로변에 앉아있으니 새삼 우리가 각자의 길을 가기로 한 것이 현명한 결정이었다는 생각이 들었다. 그날 오전의 모험이 완벽한 증거였다. 내가 리키와 함께 있었다면 아기고양이의 존재를 알아보기나 했을까? 우리가 녀석을 데려가기로 결심했을까? 만약 그랬다 해도 국경선을 무사히 통과할 수 있었을까? 장담할 순 없겠지만 아마도 가능성은 훨씬 줄어들었으리라.

이런 생각 때문에 리키가 밉지는 않았다. 사실 그 반대였다. 내가 리키에게 많은 빚을 졌다는 사실을 깨달은 것이다. 그 때까지의 여정에서 리키가 보인 행동이 내게 반면교사가 되어 주었으니까. 이제는 어떻게 여행에 임해야 할지 알 것 같았다.

고양이가 다시 내 무릎 위로 뛰어오르는 바람에 상념은 거기서 끝났다. 녀석은 숨이 가쁜 듯 불규칙하게 할딱거리는 소리를 내면서 내게 딱 붙어 몸을 둥글게 말았다. 산중에서 홀로 추위에 시달리다 보니 탈진한 모양이었다. 나는 녀석을 안심시키려고 쓰다듬어준 다음 꼭 끌어안았다. 녀석이 이젠 위험하지 않다는 것, 내 곁에서 안전하고 편안해 보인다는 것을 생각하니 기분이 좋아졌다.

무엇보다도 기쁜 것은 내가 녀석에게 두 번째 기회를 줄 수 있었다는 사실이다. 앞으로 우리에게 무슨 일이 닥칠지는 알 수 없었지만, 어쩌면 이 말라깽이 새 친구가 나의 두 번째 기회를 제대로 활용하도록 도와줄 수 있을지도 몰랐다.

나는 녀석을 안심시키려고
쓰다듬어준 다음 꼭 끌어안았다.

녀석이 이젠 위험하지 않다는 것,
내 곁에서 안전하고 편안해 보인다는 것을
생각하니 기분이 좋아졌다.

룸메이트

오후 서너 시부터 날씨가 급격히 나빠졌다. 맑고 푸르던 하늘이 장대비를 예고하는 진회색 구름으로 뒤덮였다. 도로가 휑뎅그렁하게 비어있어서 나는 거센 맞바람을 그대로 맞으며 힘겹게 자전거를 몰아야 했다. 시간이 지체되는 바람에 저녁까지 몬테네그로 부드바에 도착하는 것으로 목표를 바꿨다. 그날 안으로 동물병원에 가기엔 이미 늦었고, 비가 쏟아지기 전에만 시내에 도착할 수 있으면 다행이었다.

　내 길동무는 여전히 느긋하게 내 목에 휘감겨있었다. 아까보다도 더 편안해 보였다. 잠을 실컷 잤는지 이리저리 고개를 돌리는 게 느껴졌다. 어쩌면 주변 경치를 즐기고 있는지도 몰랐다. 충분히 그럴만했다. 날씨가 나빠지고 있긴 했지만 몬테네그로 해변은 산과 호수, 오래된 교회, 붉은 타일 지붕이 빼곡한 예쁜 마을이 어우러져 아름다웠으니까.

고양이를 숨기고 무사히 국경을 넘었다는 게 아직도 믿기지 않았다. 마음 한구석에서는 지금이라도 경찰이나 지방 공무원에게 붙들리는 게 아닐까 싶었다. 누군가 나를 유심히 쳐다본다면 뭔가 못된 짓을 저질렀음을 알아볼 것 같았다. 마치 내 티셔츠 가슴팍에 '국제 고양이 밀수꾼'이라고 대문짝만하게 적혀있기라도 한 것처럼.

우리는 오후 늦게 아름다운 소도시 코토르Kotor의 자동차 선착장에 도착했다. 거기서 배를 타고 호수를 건너야 했다. 승강대로 다가가는데 제복 차림을 한 검표원이 줄지어 선 자동차들을 따라 걸어오며 운전자들에게 말을 거는 게 보였다. 겁에 질린 나는 반사적으로 고양이를 다시 자전거 주머니에 쑤셔넣었다. 녀석은 저항하듯 야옹거렸지만, 그 소리는 페리의 둔중한 엔진 소리에 묻히고 말았다.

호수를 반쯤 건너오고 나서야 퍼뜩 제정신이 들었다. 내가 대체 뭘 걱정하는 거지? 검표원이 왜 고양이한테 신경 쓰겠어? 이 배에 탄 사람들도 다들 신경 쓰지 않을 텐데.

내가 고양이를 꺼내 어깨에 올리자 당연하게도 사람들의 시선이 집중되었다. 자동차에 타고 있던 어느 남자아이는 신이 나서 펄쩍펄쩍 뛰며 우리 쪽을 가리켰다. 다른 운전자와 일행들도 우리에게 고개를 끄덕여 보이며 미소를 지었다. 처음에는 살짝 민망했지만, 생각해 보니 그들이 쳐다보는 것도 당연한 일이었다. 우리는 보기 드문 구경거리였으니까. 턱수염과 문신을 뽐내며 자전거를 끄는 거구의 남자가 마치 소설 『보물섬』에 나오는 실버 선장의 앵무새마냥 아기고양이를 어깨에 얹고 있으니 눈길을 끌 수밖에 없었다. 하지만 더 중요한 점은 그들의 반응을 보니 더 이상 걱정할 필요가 없겠다는 것이었다. 고양이와 나는 누가 봐도 일행이었다. 기묘한 한 쌍이긴 했지만, 누가 뭐래도 어엿한 한 쌍이었다.

부드바가 눈앞에 나타날 무렵 서쪽 산 너머로 해가 떨어지더니 순식간에 황혼이 내렸다. 마침내 목적지에 도착하니 안심이 되었다. 그날은 일곱 시간이나 페달을 밟아 거의 100km를 달려온 터라 다친 무릎이 살려달라며 비명을 지르고 있었다. 그래서 바닷가 근처 공원에서 작은 캠프장을 발견하자 안도감이 몰려왔다. 나는 고양이가 마음껏 주변을 탐색하도록 풀어주고 서둘러 텐트를 쳤다. 녀석은 여전히 경계심이 많아 멀리 나가진 않았고, 소음을 듣거나 예상치 못한 물건이라도 발견하면 허둥지둥 내게로 돌아왔다. 녀석이 나를 신뢰하고 있다는 확신이 들어서 저절로 입가에 미소가 떠올랐다. 우리 사이의 유대가 굳어지고 있다는 게 느껴졌다.

시내 가게에 들러 우리의 식량도 마련했다. 내가 먹을 파스타와 녀석이 먹을 페스토 소스였다. 가게 진열대엔 제대로 된 고양이 사료가 없었던 데다가 녀석도 페스토 소스가 마음에 드는 것 같았다. 나는 버너에 요리한 파스타를 저녁으로 먹었다. 나의 새로운 길동무와 나란히 텐트 밖에 앉아 바다를 내다보면서. 하지만 바다가 잘 보이지는 않았다. 어느새 수평선은 잿빛으로 흐려져있었고 선득한 바닷바람에 실려 빗방울이 날아왔다. 내가 녀석을 집어올려 텐트로 돌아가려 하자 녀석이 갑자기 큰소리로 야옹거렸다. 그때까지 들은 것과는 다른 소리였고, 훨씬 절박하게 들렸다. 녀석은 뭔가 말하고 싶은 듯 나를 빤히 쳐다보았다. 밥이랑 물을 먹었으니 이제 볼일을 보러 가고 싶은 모양이었다. 나는 녀석을 집어들어 바다가 내려다보이는 담벼락 위에 올려놓았다. 예상대로 녀석은 모래밭에 폴짝 뛰어내리더니 순식간에 사라졌다. 아마도 잠시 혼자 있고 싶은 거겠지.

나는 한동안 가만히 경치를 바라보았다. 바닷가를 따라 800m쯤 펼쳐진 모래밭에는 반려견과 놀아주는 사람 하나밖에 없었고, 몇 분이 지나자 그 둘도 모래밭을 떠나 담벼락 쪽으로 걸어왔다. 슬슬 녀석이 뭐하고 있는지 걱정되기 시작했다. 혹시 지금까지 고마웠다는 인사도 없이 도망친 건 아니겠지? 하지만 쓸데없는 걱정이었다. 내가 모래밭에 나가보려던 순간, 녀석이 단번에 담벼락 위로 뛰어오르더니 마치 유도 미사일처럼 정확히 내게 덤벼들었다. 근처로 다가오는 개 냄새를 맡았거나, 아니면 나랑 같이 있고 싶은 모양이었다. 어느 쪽이든 간에 녀석이 돌아와서 기뻤다. 만약 녀석이 사라졌더라면 밤새 잠도 못

자고 걱정했을 테니까.

주변이 깜깜해지고 폭풍이 닥쳐올 무렵 우리는 텐트로 들어갔다. 곧바로 바람이 휘몰아치고 텐트 윗부분에 빗줄기 떨어지는 소리가 들려왔다. 나는 누워서 휴대전화를 들여다보며 저녁 일과에 착수했다. 하루 동안 찍은 영상을 살펴보고 인스타그램에 올리는 일이었다.

친구 리키와 나는 던바를 떠나기 전 인스타그램 계정을 만들었다. 스코틀랜드에 남아있는 사람들에게 우리가 얼마나 왔는지 알려주기 위해서였지만, 우리 스스로 여정을 기록해두고 싶다는 생각도 있었다. 중부 유럽을 지나는 동안 팔로워가 상당히 늘어서 놀랍게도 수천 명에 이르렀다. 그날의 우연한 만남은 반드시 인스타그램에 올려야 할 것 같았다. 그래서 길가에서 고양이를 발견했을 때 찍은 영상과 녀석이 자전거 주머니 속에 편안히 앉아있는 사진을 올렸다. 두 가지 모두 인기가 좋았다.

나는 텐트 안에 혼자 있는 것을 좋아했지만 그날 밤은 사정이 달랐다. 이제는 혼자서 공간을 독차지할 수 없었다. 새로 만난 룸메이트끼리는 항상 그렇듯 우리도 서로 익숙해지기까지 다소 시간이 걸렸다. 처음에 고양이는 초조한 듯했고, 한바탕 움직인 탓인지 또다시 숨을 쉴 때 쌕쌕 소리를 냈다. 게다가 좀처럼 한곳에 가만있지 못하고 내 발치에 누웠다 목덜미에 달라붙었다 하며 꼼지락거렸다. 한동안 내 허벅지를 가로질러 벌러덩 드러눕기도 했지만, 결국은 내 얼굴 바로 밑 가슴 한복판에 아늑하게 자리를 잡았다. 녀석이 어찌나 몸을 똘똘 말았는지 매듭이라도 지을 수 있을 것 같았다. 이따금씩 숨결이 불규칙해지긴 했지만 대체로 편안해 보였다. 고양이는 금세 깊이 잠들었다. 나 역시 하루 종일 자전거를 타느라 지쳐서 바로 곯아떨어졌다. 바깥에서 점점 거칠어지는 바람소리가 잠기운을 부추겼다.

내가 침낭 속에서 움찔하며 눈을 뜬 것은 새벽 두세 시쯤이었다. 여전히 나른한 데다 어둠 때문에 정신이 혼미했다. 고양이는 다시 내 발치에서 잠들어있었지만, 내가 깬 것은 그 때문이 아니었다. 뭔가 다른 문제가 있었다. 엄청난 악취가 풍겼다.

상황을 파악하는 데 잠시 시간이 걸렸지만, 마침내 그 악취가 침낭 속 어딘가에서 나고 있다는 걸 깨달았다. 손전등을 켜보니 침낭 바닥과 내 다리에 뭔가 끈적끈적한 것이 묻어있었다. 노란 기름얼룩이었는데 냄새가 지독했다. 그 정체가 무엇인지는 의심의 여지가 없었다. 고양이에게 먹인 페스토 소스가 소화되지 않고 그대로 나왔던 것이다. 웃어야 할지 울어야 할지 알 수 없었다. 녀석을 위해 최선을 다했는데 이런 식으로 보답하다니.

당장은 비바람이 요란하게 몰아치고 있었기에 비좁은 텐트 안에서 할 수 있는 만큼 얼룩을 닦아냈다. 하지만 악취는 밤새도록 사라지지 않았다. 다시 눈을 떴을 때는 다행히 날이 밝고 비바람도 가라앉아있었다. 나는 야외 수돗가로 가서 침낭을 깨끗이 빨았다. 그때 고양이란 녀석이 파리 한 마리도 못 죽일 듯 순진무구한 얼굴로 슬그머니 기어나와서, 나는 웃음을 터뜨리고 말았다. 이 녀석과의 관계를 다져가는 과정에서 많은 것을 새롭게 배워야 할 모양이었다. 그리고 첫 번째로 배운 점은 바로 이것이었다.

"이 녀석, 이제 페스토 소스는 주면 안 되겠어." 나는 침낭을 산들바람에 말리려고 가까운 나무에 걸면서 중얼거렸다.

일단 동물병원에 전화부터 걸었다. 그날 오전에 진료가 가능하다기에 아침식사를 끝내자마자 어깨에 고양이를 얹고 시내로 달려갔다. 구시가를 지나는 동안 사진도 몇 장 찍었다. 흥미롭다는 듯 흘끔흘끔 쳐다보는 사람도 있었지만 대부분은 우리를 가리키며 미소 지었다. 몇몇 아이들이 달려와서 고양이를 쓰다듬어도 되냐고 묻기까지 했다. 나는 기꺼이 그러라고 허락해주었다. 고양이도 사람들의 관심을 즐기는 듯했다.

동물병원은 구시가의 언덕 위에 있었다. 현대적이고 설비가 잘된 병원이었다. 턱수염을 기르고 안경을 쓴 수의사는 영어를 유창하게 구사했다. 나는 몬테네그로어를 모르니 다행스러운 일이었다. 수의사는 우선 고양이의 몸을 꼼꼼히 검사했다. 이빨과 눈을 들여다보고 갈비뼈와 등뼈도 손으로 하나하나 더듬어보았다. 그 광경을 사진으로 남기면 좋겠다는 생각이 들었지만, 내가 휴대전화를 들이대자 수의사는 나를 쏘아보았다.

"계속 그럴 거면 밖에 나가계세요." 그가 엄하게 경고했다. 나는 휴대전화를 주머니에 집어넣었다. 인스타그램에 사진 몇 장 올리자고 그런 대가를 치를 수는 없었다.

"좀 야위었네요." 잠시 후에 수의사가 말했다. "이 아가씨, 밥을 잘 먹여야겠어요."

"아가씨라고요?" 내가 되물었다.

"네. 확실히 암컷이네요. 생후 7주일쯤 되었고요."

나는 녀석이 뛰어다니고 나면 숨을 쉴 때 쌕쌕 소리가 난다는 얘기를 꺼냈다. 수의사는 청진기를 꺼내 고양이의 폐에서 나는 소리를 들어보았다.

"어디서 데려온 건가요?" 그가 물었다.

"산길에 버려져 있던 걸 주웠어요."

수의사는 우울하게 고개를 내저었다.

"유감스럽게도 자주 있는 일이지요. 사람들이 차창 밖으로 내던지고 가버린다니까요. 아마도 바깥에서 추위에 떨었나보네요. 폐가 좀 약해요. 하지만 자라면서 나아질 거예요. 평소에 조심하면 돼요."

다행히도 반려동물 등록은 되어있지 않은 것 같았다. 설사 등록이 되어있었더라도 주인에게 돌려줄 생각은 없었지만. 녀석을 내다버린 사람이 누구든 간에 동물을 키워서는 안 될 작자였다.

"그래서 이 녀석을 어떻게 할 건가요?" 수의사가 고양이 피부에 기생충 약을 발라주면서 내게 물었다. 그런 질문을 받은 것은 처음이었다. 하지만 사실 나는 이미 뭐라고 대답할 것인지 알고 있었다. 보스니아헤르체고비나 산속에서의 비현실적인 첫 만남 이후로 계속.

"제가 키우려고요. 같이 세계 일주를 할 생각이에요."

수의사는 살짝 놀란 기색이었지만 곧바로 서랍을 열더니 서류 양식을 하나 꺼냈다.

"그럼 동물 여권이 필요하겠군요. 국경 경비대원들은 서류를 안 갖춘 동물을 좋아하지 않으니까요."

나 역시 양심에 꺼림칙한 일은 하고 싶지 않았기에 그가 내민 서류 양식을 받아들었다. "어떤 절차를 밟으면 되나요?"

"우선 반려동물 등록을 하고 마이크로칩을 넣어야죠. 예방 접종도 해야 하고요. 주사 하나는 오늘 놓아줄 테니 일주일 뒤에 다시 와서 다른 주사를 맞도록 해요. 마이크로칩도 그때 넣지요. 그러면 동물 여권을 발행할 수 있어요."

"좋아요." 내가 대답했다.

부드바에서 일주일쯤 머문다고 문제될 건 없었다. 아름다운 도시였고, 고양이와 나도 서로 함께하는 일상에 적응만 하면 캠프장에서 편안히 지낼 수 있을 것 같았으니까. 앞으로 며칠간은 일기예보도 심상치 않았다. 또다시 폭우가 쏟아질 예정이었다. 이렇게 된 김에 녀석과 좀 더 친해지고, 새로운 길동무를 데리고 다니기 위해 필요할 장비도 추가로 장만하면 될 터였다.

수의사가 고양이에게 첫 번째 주사를 놓았다. 주삿바늘이 들어가자 녀석은 살짝 움찔했지만, 내가 앞발을 꼭 붙잡고 있었더니 금세 아픔을 잊은 듯했다.

"참, 이 녀석 이름이 필요한데요." 수의사는 내게 청구서와 카드 결제기를 건네며 말했다. "동물 여권에 적어야 해요."

나는 당황했다. 이름 같은 건 전혀 생각하지 않았는데. "다음 주에 와서 말씀드려도 괜찮을까요?" 나는 수의사에게 신용카드를 건네고 카드 결제기에 비밀번호를 입력하며 대답했다.

"물론이지요."

시내에 미리 봐둔 반려동물 용품 가게가 있었다. 나는 캠프장으로 돌아가는 길에 그 가게에 들러 몇 가지 기본 용품을 구입했다. 플라스틱 밥그릇과 물그릇 몇 개, 그리고 녀석이 가지고 놀 수 있는 줄 달린 작은 생쥐 인형 장난감이었다. 목줄도 하나 골랐다. 녀석은 벌써 몇 번이나 자전거에서 떨어질 뻔한 데다 아직 어리숙한 꼬맹이라서 더욱 염려가 되었다. 행여나 자동차 앞으로 돌진하거나 높은 곳에서 뛰어내리다 다칠 수도 있었다. 목줄을 매고 있으면 안전할 터였다.

마지막으로 이동장도 하나 샀다. 가게에는 딱 두 가지 종류가 있었다. 사면이 막힌 검은색 가방은 폐소공포증을 불러일으킬 것처럼 보였다. 그래서 알록달록한 고양이 무늬가 있는

가방을 선택했다. 옆쪽에 작은 창문도 있어서 녀석이 자전거에 탄 채 이동장 안에서도 바깥세상을 구경할 수 있었다.

나는 캠프장에 돌아와서 쫀쫀한 고무줄로 자전거 뒤쪽에 이동장을 동여맸다. 크기가 딱 맞았다. 유감스럽게도 목줄은 그렇지 않았다. 가게에 있던 목줄 중 가장 작은 걸 골랐는데도 정작 채워보니 많이 헐거웠다. 목줄을 채우기엔 녀석이 너무 작았다. 머리가 쉽게 빠져서 안정적이지 못했다. 그냥 버릴까 하던 차에 문득 좋은 생각이 떠올랐다.

근처의 다른 가게로 달려가서 강력 접착제를 사왔다. 목걸이 부분을 한 토막 잘라내고 다시 고양이 목에 감았다. 그런 다음 접착제로 붙여 딱 맞게 조절했다.

"다 됐다." 나는 스스로의 손재주에 감탄하며 중얼거렸다.

잠시 후 나는 녀석에게 목줄을 매고 산책에 나섰다. 녀석은 불편해 보였다. 계속 목줄을 잡아당기며 야옹대고 목을 움찔거렸다. 캠프장으로 돌아와서 목줄을 풀어주려 했을 때에야 뭐가 문제인지 깨달았다. 목줄에 바른 접착제가 녀석의 털에 묻었던 것이다.

"이런, 난 형편없는 집사구나."

다행히도 목줄은 떼어낼 수 있었다. 나는 곧바로 가위를 가져와 접착제가 묻은 털을 잘라내는 데 착수했다. 쉽지는 않았다. 녀석은 자꾸만 꼬물대며 내 손을 빠져나가 도망쳤으니까. 끈끈한 접착제를 완전히 제거하는 데 반 시간이 걸렸다. 늦은 오후에 잠시 해가 나자 나는 고양이를 자전거에 태우고 바닷가를 달리며 기분을 풀어주려 했다. 얼마 지나지 않아 아름다운 만灣이 나왔다. 작지만 끝내주게 아름다운 해변에 폐건물 하나가 솟아있었다. 나는 자전거를 세우고 탐험에 나섰다.

우리는 해변을 독차지했다. 고양이는 나보다 앞서 뛰어다니며 파도가 밀려나가고 남은 나뭇가지와 잡동사니에 코를 대고 킁킁거렸다. 우리 둘 다 물 만난 물고기처럼 신이 났지만, 잠시 후 해가 산 뒤로 넘어가버렸다. 내가 바위에 앉아있는 동안에도 녀석은 계속 깡충대며 돌아다녔다. 용감한 꼬마답게 단숨에 이 바위에서 저 바위로 거의 3m 거리를 뛰어넘더니, 어느새 바다를 향해 튀어나온 커다란 암반 위에 서서 아기사자처럼 당당한 태도로 해안을 내다보고 있었다. 그 순간 머릿속에 전구가 반짝 켜지는 듯했다.

어린 시절 내가 좋아한 애니메이션 중 하나는 〈라이온 킹 Lion King〉(1994)이었다. 그 영화에서 우리 누나가 가장 좋아한 캐릭터는 심바의 소꿉친구이자 나중에 배우자가 된 암사자 날라였다. 내 기억에 따르면 날라 역시 혈기 왕성하고 용감한 성격이었다.

마침 휴대전화에 와이파이 신호가 잘 잡히기에 인터넷 검색을 해 보기로 했다. 조사한 결과 날라Nala가 스와힐리어로 '선물'이라는 뜻임을 알게 되었다. 단 하루를 함께 보냈을 뿐이었지만, 이 아기고양이는 이미 내게 선물처럼 느껴졌다. 아니, 선물이 아니라 보물 같았다.

"좋아, 결정했어." 나는 녀석의 목덜미를 장난스럽게 쓰다
듬으며 말했다.

"네 이름은 날라야."

폭풍 속을 달리다

　　이후 며칠간은 스코틀랜드 고향의 우울한 12월을 연상시키는 잿빛 구름 속에서 지냈다. 비가 좀처럼 그치지 않았다. 그래서 잠깐씩 가게에 들르거나 날라가 볼일을 보도록 모래밭에 데려갈 때 외엔 대체로 작은 텐트 안에 갇혀 지냈다.

　　하지만 지루하지는 않았다. 날라를 구경하는 것만으로도 재밌었으니까. 날라는 몇 시간이고 나와 티격태격하며 놀거나 내가 사준 생쥐 인형 장난감을 쫓아다녔다. 밤이 되고 내가 손전등을 켜서 텐트 위로 비추면 날라는 전등에서 나오는 불빛을 쫓아 팔짝팔짝 뛰어다녔다. 몇 번을 덤벼들어도 전등 불빛을 잡지는 못했지만 그래도 결코 지치거나 실망하지 않는 듯했다. 날라의 재롱은 아무리 봐도 지겹지 않았다.

게다가 날라는 다정했다. 인스타그램에 우리 이야기를 올리거나 휴대전화로 넷플릭스를 보고 있으면 날라는 바짝 달라붙어 내 이마에 코를 비벼대곤 했다. 전반적으로 날라는 나무랄 데 없는 길동무였다.

일주일 정도 함께 보내자 날라를 돌보는 일이 훨씬 쉬워졌다. 다행히도 첫날 밤에 있었던 '페스토 소스 설사 사건'은 반복되지 않았다. 몬테네그로 부드바 시내에서 고양이 사료를 파는 가게도 발견했다. 우리는 종종 나란히 앉아 식사를 했다. 내가 포장해온 칩과 파스타를 우적거리는 동안 날라는 그릇에 자기 얼굴이 비칠 정도로 밥을 싹싹 핥아먹었다. 밥을 달라거나 화장실에 데려다달라고 조를 때를 제외하면 날라는 거의 손이 가지 않았고, 내가 곁에 있으면 편안하고 느긋해 보였다. 게다가 인간 동행자와는 달리 언제 어디로 가야 할지 자기주장을 내세우지 않았다. 그런 결정은 전적으로 내 자유였다. 날라야말로 완벽한 여행 파트너가 되겠다는 느낌이 들었다.

물론 여정에 복귀하고 나서도 날라가 얌전히 있을지는 두고 봐야 할 문제였다. 나는 자전거를 타고 싶어 몸이 근질근질했지만 날라의 첫 진료 이후 엿새를 기다려 다시 동물병원을 찾아갔다. 수의사는 날라에게 두 번째 주사를 놓고 목덜미 부분을 살짝 절개해서 마이크로칩을 넣었다. 폐 상태도 확인해주었다. 지난번보다 나빠지진 않았다고 했는데, 그간 날씨가 얼마나 습했는지를 고려하면 희소식이었다. 그다음은 반려동물 등록 서류와 동물 여권을 만들 차례였다. 푸른색 지갑형 케이스에 든 서류의 정확한 명칭은 '국제 동물 예방접종 및 건강 증명서'였다. 영어와 몬테네그로어 두 가지로 되어있어 유용할 듯했다.

날라의 이름 옆에 내 이름과 고향 주소가 적혀 있는 걸 보니 흐뭇했다. 이제 날라는 공식적으로 내 소유였다. 그러니까 적어도 공권력 앞에서는 말이다. 나는 인간이 동물을 '소유'할 수 있다고 믿지 않으며 아기고양이처럼 독립적인 동물이라면 더더욱 그렇다. 내게 있어 날라는 지금껏 그랬듯 앞으로도 항상 자유로운 영혼일 것이다. 바로 나처럼.

수의사는 지난번과 같이 몬테네그로 화폐로 된 청구서를 내게 건넸다. 나 역시 지난번처럼 카드 결제기에 비밀번호를 입력했다.

"그럼 이제 알바니아로 가도 되나요?" 결제가 처리되길 기다리면서 내가 물었다.

수의사는 흠칫 놀란 기색이었다. "아뇨, 국경을 넘어가려면 광견병 예방접종을 마쳐야 해요."

나는 이번에도 그냥 예약만 하면 되겠거니 생각했다.

"알았어요. 우린 얼른 떠나고 싶으니까 며칠 내로 예약을 잡아줄 수 있나요?"

수의사는 뭐 이런 멍청이가 있냐는 듯 나를 빤히 쳐다보았다.

"안 돼요. 생후 3개월은 되어야 맞을 수 있는 주사거든요."
그는 서류를 힐끗 보며 대답했다. "생년월일은 10월 2일로 적어
뒀어요. 그러니 1월 말이나 2월 초쯤 예약을 잡을 수 있겠네요."

심장이 덜컹 내려앉는 듯했다. 내가 생각해둔 계획표에 따
르면 새해 전에, 적어도 1월 안에는 그리스로 들어가려 했으니
까. 이렇게 되면 일정에 심각한 차질이 생기는 셈이었다.

"더 일찍 처리할 방법은 없을까요?"

수의사는 못마땅한 듯 고개를 저었다. "없어요. 기다리셔
야 합니다."

나는 그날 오후와 저녁을 꼬박 텐트 안에서 보냈다. 어떻
하면 좋을지 깊은 고민에 잠겨 지도를 살펴보았다. 알바니아
국경까지는 며칠 안에 갈 수 있었다. 거기서 그리스까지 자전
거로 가려면 1~2주일은 걸리겠지. 크리스마스까지 일주일 정
도 남았으니 1월 초면 무난히 그리스 국경에 닿을 수 있을 거
야. 한번 해볼만하잖아? 익숙한 감정이 밀려왔다. 나는 결정을
내리지 못하고 갈팡질팡했다. 반드시 1월까지 그리스에 도착
해야 하는 것도 아니잖아? 여기 머문다고 안 될 게 있나?

한편으로는 이런 생각도 들었다. 이곳 수의사에게 도움을
받은 건 감사한 일이지만 세상에 수의사가 그 사람 하나만 있
는 건 아니야. 가다 보면 다른 수의사들도 있겠지. 여정을 계속
하다가 다른 수의사한테 날라를 데려가면 되잖아? 뭐든 간에
다음 번 예방접종은 그 의사한테 받으면 되지 않겠어? 나는 잠

을 잘 자는 편이지만, 그날 밤은 평소와 달리 잠들지 못하고 뒤척였다. 마침내 곯아떨어졌을 무렵엔 나름대로 결단을 내린 상태였다.

다음 날 잠에서 깨니 날라의 얼굴이 코앞에 있었다. 날라가 내 이마를 핥아대자 녀석의 차분한 숨결이 얼굴에 와닿았다. 내가 눈을 껌벅이며 잠기운을 쫓는 동안 날라는 애처롭게 몇 번이고 야옹거렸다. 날라와 함께 지내며 깨달은 또 하나의 교훈은, 녀석이 밥 먹을 시간만 되면 보챈다는 것이었다. 지금 날라의 행동은 이런 뜻이었다. '이봐, 친구. 내 아침밥은 어디 있어?'

나는 침낭에서 굴러나와 날라에게 밥을 준 다음 텐트 밖으로 고개를 내밀어 보았다. 다행히도 날씨가 개어있었다. 열대 지역처럼 눈부신 햇살은 아니었지만 적어도 비는 그친 듯했다. 남쪽으로 몇 킬로미터나 뻗은 해안선이 며칠 만에 처음으로 뚜렷하게 보였다. 그것은 하나의 전조, 알바니아 국경을 향해 움직여도 된다는 신호처럼 느껴졌다. 나는 텐트를 정리하고 날라를 자전거 뒤쪽의 새 이동장에 집어넣은 다음 아침나절에 출발했다.

하지만 얼마 못 가서 멈춰야 했다. 여정을 시작한 지 몇 분 만에 날라가 난리법석을 피우기 시작했던 것이다. 어찌나 큰소리로 울어대는지, 내 뒤에서 경찰 사이렌이 울리는 걸로 착각할 정도였다. 처음에는 새 이동장이 익숙지 않아서라고 생각했다. 조금만 있으면 적응할 거라고 말이다. 하지만 날라의 울음소리는 시간이 지날수록 더욱 요란하고 맹렬해졌다. 내가 돌아보니 날라는 이동장 안쪽을 쾅쾅 두드려대고 있었다. 빠져나오고 싶은 게 분명했다.

자전거를 세우고 날라를 이동장에서 끄집어내자 녀석은 순식간에 내 어깨로 뛰어올랐다. 나는 녀석이 진정할 때까지 잠시 거기 앉아있도록 내버려두었다가 적당한 시점에 붙들어 다시 자전거 앞쪽 주머니에 넣었다. 날라는 한동안 주머니 속에서 몸을 돌돌 말고 있었지만, 잠시 후 얼마나 왔나 확인하려는 듯 머리를 빠끔히 내밀었다. 거기 있는 게 훨씬 더 좋은 모양이었다. 그 모습에 용기를 얻은 나는 최대한 속도를 내기 위해 맹렬히 페달을 밟았다.

일기예보에 따르면 바람이 거셀 것이며 폭풍도 올 수 있다고 했다. 처음에는 날씨가 꽤 괜찮아 보였다. 흐린 하늘 아래 은은한 바닷바람이 불어왔다. 어쩌면 무사히 빠져나갈 수도 있겠다는 생각이 들었다. 그러나 얼마 가기도 전에 상황이 완전히 바뀌어버렸다.

나는 시원하게 쭉 뻗은 길을 달리고 있었다. 휴대전화로 지도 애플리케이션을 보니 남쪽으로 몇 킬로미터씩 이어지는 길을 따라가면 여정이 단축될 듯했다. 적어도 날씨가 좋다는 전제 하에 말이었다. 하지만 결국 그리 되지는 않았다. 가장 먼저 닥쳐온 난관은 바람이었다. 자전거 뒤나 옆에서 불어오는 바람이었다면 그 정도로 고역스럽진 않았을 것이다. 하지만 바람이 자전거를 정면으로 불어왔기에 얼마 지나지 않아 자전거로 달리기가 무척 힘들어졌다. 나는 자전거를 탄 경험이 풍부했고 악천후를 뚫고 달린 적도 있었지만, 이번엔 짐이 거의 없는데도 갑자기 너무 힘들다고 느꼈다. 자전거가 계속 뒤로 밀려나는 듯했다. 설상가상으로 순간순간 몸이 뒤흔들릴 만큼 거센 돌풍이 불어왔다. 한 번은 정말로 자전거를 놓치고 휙 날아갈 뻔했다. 마침 초대형 트럭이 내 옆을 지나가던 참이었다. 내가 넘어지기라도 했다면 트럭 앞에 떨어졌을 가능성이 높았고, 그랬다간 날라와 나 모두 뼈도 못 추렸을 것이다.

반 시간쯤 달리다 보니 하늘이 깜깜해졌다. 잿빛 구름 덩어리는 어느새 무시무시한 칠흑빛 어둠으로 변해있었다. 멀리서 요란한 천둥소리가 들리고 번갯불이 기괴하게 번득였다. 폭풍이 몰아치려는 참이었고, 우리는 그 한가운데로 나아가고 있었다. 곧이어 비가 쏟아지기 시작했다. 나는 잠시 멈춰 날라의 상태를 확인했다. 바람이 불어오기 시작했을 때 날라의 머리만 빼고 온몸을 수건으로 감싸주었다. 녀석은 바로 주머니에 들어갔고 이제는 몸을 둥글게 만 채 누워있었다. 나도 저기 들어가 나란히 누울 수 있다면 좋을 텐데. 나는 날라가 비를 맞지 않도록 주머니 지퍼를 꼭 채웠다. 녀석이 다시 쌕쌕거리며 숨 쉬는 일이 생기면 안 될 일이었고, 감기나 더 심한 병에 걸리는 건 생각하기도 싫었다.

그다음부터는 폭풍의 신이 볼륨을 최대한 높이기로 작정한 것 같았다. 온몸이 쭈뼛해지는 바람도 모자라 억수 같은 비가 쏟아지기 시작했다. 빗줄기가 얼마나 세찬지 맞으면 얼얼할 지경이었다. 반바지 차림이던 내 맨다리가 비를 맞아 금세 시뻘게졌다. 처량하기 그지없는 상황이었다. 시야가 뿌얘져서 아무것도 보이지 않았다.

끝도 없는 언덕길을 올라가기 시작했을 때 마침내 한계가 왔다. 나는 계속 맞바람을 헤쳐가며 자전거를 몰았지만, 이제 강풍이 온몸을 내려치고 있었다. 내 몸이 또다시 돌풍에 흔들리더니 이번에는 아예 안장에서 나가떨어졌다. 이제 자전거를 끌고 걸어갈 수밖에 없었다. 그것조차도 끔찍하게 힘들었다. 바람을 감내하고 최대한 앞으로 나아가면서 자전거가 옆으로 날아가지 않도록 안간힘을 다해 붙잡아야 했다. 한순간 이런 생각이 스쳐갔다. '다 끝났어. 그만두자. 더는 못 가겠어.'

잠시 동안 지나가는 자동차들을 향해 엄지손가락을 내밀고 서있기도 했다. 하지만 운전자들에게 내가 보이긴 할지, 그들이 날 본다 해도 차를 길가에 무사히 세울 수 있을지 의심스러웠다. 그래서 그 짓도 금방 집어치웠다. 어떻게든 홀로 나아가는 수밖에 없었다. 20km쯤 가자 곧 몬테네그로 바르Bar에 도착한다는 표지판이 눈에 들어왔다. 나는 손실을 줄이기로 결정했다. 이 폭풍우를 뚫고 알바니아 국경까지 가는 건 불가능했다. 너무 위험한 짓이었다. 앞으로 날씨가 더 나빠졌으면 나빠졌지 좋아질 일은 없었으니까. 유일한 위안은 주머니 속을 들여다볼 때마다 여전히 몸을 말고 잠들어있는 날라의 모습이었다.

　오후 서너 시쯤 대로를 벗어나 바르로 향했다. 넉넉잡아 두 시간이면 충분했을 여정이 다섯 시간이나 걸렸다. 시내에 이르렀을 무렵에는 뼛속까지 흠씬 젖어있어 기진맥진했다. 나는 자전거를 세우고 그날 밤 묵을 호텔을 잡았다.

　내 평생 그날 밤만큼 실내의 온기에 감사한 적이 없었던 것 같다. 나는 날라를 수건으로 잘 닦아주고 젖은 옷을 벗은 다음 뜨거운 샤워를 즐겼다. 천국이었다. 젖은 옷은 빨아서 라디에이터에 널어 말렸다. 밖에는 밤새 비바람이 몰아쳤지만 우리는 서로 꼭 붙어 누워있었다. 날라는 평소보다 불안해 보였고 몇 번쯤 기침 소리를 냈다. 비참한 기분이 들었다. 어쩌자고 이런 날씨에 녀석을 데리고 나온 걸까?

　날라는 나와 티격태격하는 걸 좋아했다. 나는 녀석의 눈앞에서 손을 흔들며 내 손가락을 깨물어보라고 부추기다가 녀석이 뛰어올라 덤비기 직전에 뒤로 빼곤 했다. 하지만 장난이 항상 성공한 것은 아니었다. 날라가 정말로 내 손가락을 꽉 물 때도 있었다. 일단 그렇게 되면 손가락을 빼내기가 쉽지 않았고 날라가 남긴 잇자국도 좀처럼 사라지지 않았다. 가끔은 우리의 놀이가 진짜 싸움으로 번지기도 했다. 그렇다 해도 심각한 싸움은 아니었지만. 날라는 혈기 왕성하고 소란스러웠으며, 내가 자기를 들어 올려 매트리스나 탁자에 살짝 떨어뜨려주면 신나했다.

그날 밤 나는 폭풍우 속에 날라를 끌고 나온 게 미안했던 나머지 녀석과 실컷 놀아주기로 마음먹었다. 얼마 지나지 않아 우리는 침대 탁자 옆에서 거창한 레슬링 시합을 시작했는데, 날라가 들뜬 나머지 탁자에 뛰어올라 그 위에 있던 물건을 전부 떨어뜨리기로 작정한 모양이었다. 평소 같으면 별문제 없었을 것이다. 하지만 나는 마침 휴대전화를 충전하고 있었고, 다음 순간 내가 어떤 실수를 저질렀는지 깨달았다.

그 순간이 영화 속 한 장면이었다면 나는 슬로모션으로 공중을 날아가며 절박하게 양팔을 내뻗은 채 소리치고 있었을 것이다. 휴대전화가 탁자 가장자리에서 흔들거리다가, 내 손가락이 닿기 직전에 요란하게 쾅 소리를 내며 딱딱한 돌바닥에 떨어졌다. 화면이 깨졌고 전원도 나간 상태였다. 전원 버튼을 눌러도 아무런 반응이 없었다. 아, 망했다.

'난 왜 이렇게 멍청할까?' 날라의 잘못이 아니었다. 내 잘못이었다. 휴대전화를 탁자에 놔둬선 안 되었다. 내가 바보였다.

호텔 로비로 걸어나오는 내 모습이 마치 세상의 모든 짐을 어깨에 짊어진 사람처럼 보인 모양이었다. "무슨 일 있어요?" 호텔 주인이 내게 물었다. 나는 휴대전화를 들어 보였다.

"방금 전에 깨먹었어요."

그는 잠시 기다려보라는 듯이 한 손을 쳐들었다.

"잠깐만요. 내가 도울 수 있을지도 몰라요." 그가 자기 휴대전화를 집어들며 말했다. 이십 분 뒤 나는 호텔 주인의 아들과 함께 근처 휴대전화 수리 센터에 와 있었다.

"화면이랑 액정이 망가졌네요." 수리 센터 주인이 말했다. "두 시간 정도 있다가 다시 오세요."

나는 저녁 무렵 휴대전화를 되찾았다. 수백 파운드 정도 깨지긴 했지만, 까딱하면 훨씬 더 많은 돈이 들었을 수도 있으니까. 지난번 은행 잔고를 확인했을 때는 아직 600~700파운드가 남아있었다.

"덕분에 또 하나 교훈을 얻은 것 같구나." 호텔로 돌아온 나는 날라에게 말을 건넸다. "너랑 놀 때는 반드시 휴대전화를 한쪽으로 치워둬야겠어."

다음 날 아침나절 우리는 국경을 향해 출발했다. 아마도 생각할 시간이 더 생겨서 그랬겠지만 보스니아헤르체고비나를 떠났던 때보다 한층 긴장되었다. 알바니아가 얼마 전까지만 해도 공산주의 국가였고 유럽의 다른 국가들과 단절되어 있었다는 건 나도 알았다. 이제는 관광객에게 개방적인 분위기라고 하지만 그래도 국경 수비에 있어서는 다른 국가보다 철저할 것 같았다.

나는 몬테네그로 국경에서 거쳤던 것과 똑같은 과정을 겪었다. 검문소 몇 킬로미터 앞에서 자전거를 세우고 날라를 자전거 주머니에서 꺼냈다. 전날 내내 고생한 탓에 날라도 많이 지친 모양이었다. 놀아준 지 십 분도 지나지 않아서 도로 주머니에 들어가 몸을 말고 누웠으니까. 내가 지퍼를 잠그는데도 날라는 찍소리 한번 내지 않았다.

　알바니아 국경은 정말로 내가 염려한 것만큼 무시무시한 곳이었다. 횡단 지점은 마치 병영의 축소판처럼 보였다. 준엄해 보이는 장벽과 부스 뒤로 막사와 일종의 본부 건물도 있는 듯했다. 자동차들이 길게 늘어서있었고 총을 든 제복 차림의 남자들이 왔다 갔다 했다. 그중 몇몇은 차체 아래쪽을 들여다볼 때 쓰는 거울을 들고 있었다. 하지만 내가 날라를 데리고 천천히 줄 뒤로 가면서 걱정한 것은 다른 경비대원 두 명이었다. 그들은 목줄을 맨 탐지견을 데려오고 있었던 것이다.

　나는 당황해서 어쩔 줄 몰랐다. 마음속에 온갖 최악의 시나리오가 떠올랐다. 탐지견이 마약이나 폭발물 냄새를 맡도록 특수 훈련된 개이긴 하다. 하지만 저 녀석들은 아기고양이도 놓치지 않을 테지. 고양이 냄새를 맡는 순간 바로 우리한테 덤벼들 게 분명해. 게다가 날라는 어떻고? 얘도 개 냄새랑 소리 때문에 흥분해버릴 텐데, 그러면 무슨 일이 일어날지 몰라. 여기 있는 사람들은 내가 지금까지 본 경비대원들보다 훨씬 더 엄격해 보이는데 말이야. 나는 마음을 진정시키려고 애썼다. 어쨌든 날라가 내 고양이임을 증명하는 서류를 갖고 있으니까, 녀석을 내게서 함부로 압수해갈 수는 없겠지.

　다행히도 또다시 나의 수호천사가 나타난 모양이었다. 내가 자동차들 뒤에 서있은 지 몇 분 만에 훨씬 짧은 다른 줄이 생겼다. 나는 경비대원들에게 그쪽으로 가라는 손짓을 받았고, 덕분에 탐지견들로부터 멀리 떨어질 수 있었다. 탐지견을 데리고 있던 경비대원들은 대형 트럭 몇 대가 검문을 받는 다른 줄로 소환되어 갔다.

나는 얼른 부스 창가에 자전거를 세우고 여권을 내밀었다. 창문 안쪽에 앉은 남자가 내게 몇 가지를 물어왔다. 그리스로 가는 중이며 자전거로 세계를 일주할 생각이라고 대답하자 그는 아연실색한 듯 고개를 내저으며 '당신 돌았구만.' 하는 눈빛을 던졌다. 그러고는 내 여권에 스탬프를 찍더니 이만 가보라는 듯 손을 내저었다. 전부 삼십 초도 걸리지 않았다. 나는 휴, 하고 안도의 한숨을 내쉬었지만, 군대 막사를 지나 알바니아로 들어서면서도 몬테네그로에 입국했을 때만큼의 희열은 느끼지 못했다. 이번에도 운이 좋았다는 생각뿐이었다. 하지만 앞으로 몇 번이나 지금처럼 무사히 빠져나올 수 있을까?

그날은 더 이상 자전거를 타지 않기로 했다. 그럴 기분이 아니었다. 몸이 지친 데다 마음도 편치 않았다. 그래서 알바니아 국경에서 가장 가까운 대도시 슈코더르Shkoder로 들어가 배낭여행자를 위한 호스텔에 투숙했다. 들어서자마자 내 집처럼 편하게 느껴지는 곳이었다. 알고 보니 호스텔 주인아주머니도 구조한 유기견 몇 마리를 (다행히도 건물 밖 뒤뜰에) 키운다고 했다. 아주머니는 체크인을 할 때 날라를 보고 귀엽다며 난리법석을 떨더니 우리에게 아주 멋진 방을 내주었다. 같은 방을 쓸 룸메이트는 보그단이라는 홀쭉하고 수다스러운 세르비아 청년이었다. 그도 알바니아를 횡단하는 중이었지만 나와 달리 도보여행자라고 했다.

날라와 나는 슈코더르 시내를 구경하며 오후 반나절을 보냈다. 카페가 늘어선 구시가는 고풍스러웠고 조용했다. 관광객이라고는 우리 둘뿐인 것 같았는데 비수기였으니 놀랄 일은 아니었다. 나는 사진을 찍었고 시내가 내려다보이는 성벽 위에서 드론을 날려 짧은 영상도 촬영했다. 우리는 호스텔로 돌아와 공용 공간의 난롯가에 편안히 늘어졌다. 날라가 또다시 쌕쌕대며 숨을 쉬는 것 같아서 나는 녀석의 가슴에 귀를 대보았다. 아무래도 내가 과민한 듯싶었지만, 날라를 담요로 최대한 따뜻하게 감싸주었다. 날라는 금방 곯아떨어졌다.

날라가 잠든 사이 나는 보그단과 잡담을 나누었다. 그는 영어를 잘했으며 알바니아에서 어디가 좋고 어디는 별로인지 훤히 알고 있었다. 그리스를 향해 남쪽으로 내려가는 동안 들르면 좋을 장소들도 추천해주었다. 보그단과의 대화가 끝나자 나는 인터넷을 켜고 그동안 무슨 일이 있었는지 둘러보았다.

나는 인스타그램 프로필에 그간 지나온 국가들을 국기 이모티콘으로 표시했다. 영국도 포함시킨다면 알바니아는 열 번째 국가인 셈이었다. 세계 일주 계획이 이제야 제대로 진척되고 있다는 느낌이 들었다. 가장 최근의 사진과 댓글을 훑어보니 지난 몇 주 동안 내게 이 여행의 의미가 얼마나 달라졌는지 실감할 수 있었다.

친구 리키와 헤어지고 나는 인스타그램 계정을 '1bike-1world'로 바꿨다. 내 상황을 한눈에 보여주고 눈에도 잘 띄는 말이었다. 자전거 하나로 지구를 도는 한 남자. 이제 그 말은 정확하지 않았다. 지금은 한 남자뿐만 아니라 한 고양이도 있었으니까.

날라를 만난 뒤로 나는 녀석의 사진과 영상을 지속적으로 올렸다. 팔로워는 이천여 명에 이르렀지만 대부분은 내 스코틀랜드 고향 사람들이었다. 다들 고양이 사진을 좋아하는 듯했다. 부드바의 고대 성벽에 올라선 날라의 사진은 엄청난 인기를 끌었다. 내가 날라를 구조한 것에 대해서도 칭찬이 쏟아졌다. 특히 처음 날라를 발견했을 때 찍은 영상에 칭찬 댓글이 많았다.

그날 저녁 나는 댓글들을 몇 번이나 거듭해 읽었다. 이유는 모르겠지만 기분이 나아졌다. 내가 옳은 일을 했다는 걸 아직도 확신할 수 없었던 걸까? 아니면 위로가 필요했던 걸까? 나는 생각에 잠겼고, 나의 새로운 상황을 다른 관점에서 정리해보기 시작했다.

날라를 발견한 뒤로 인스타그램 팔로워가 수백 명 늘었다. 특히 미국에서 팔로워가 부쩍 늘어난 것이 눈에 띄었다. 날라를 향한, 그리고 어느 정도는 나에게도 주어진 관심과 애정. 과연 내게 그만한 가치가 있을까? 나로서는 알 수 없었다. 날라를 데리고 폭풍 한가운데를 달린 것은 도박이었다. 날라의 폐가 불안한 상황에서는 더더욱 그랬다. 광견병 예방접종도 안 하고 몬테네그로를 떠나온 것, 그날 또다시 날라를 숨긴 채로 국경을 통과한 것도.

나는 가만히 고개를 내저었다. 그래, 의심의 여지가 없는 사실이었다. 그동안의 내 행동은 상당히 무모했다. 내가 날라를 얼마나 큰 위험에 빠뜨렸던 걸까? 우리가 국경에서 붙잡혔다면 날라는 어떻게 되었을까? 내 자신감이 지나쳤다고 말할 수밖에 없었다. 생각할수록 지금 나를 괴롭히는 감정이 무엇인지, 그리고 앞으로는 어떻게 해야 할지 확실해졌다. 이제부터는 좀 더 진지하게 행동해야 했다.

물론 가끔은 위험을 감수해야 할지 몰랐다. 그러지 않고서는 아무것도 해낼 수 없을 터였다. 우리는 리무진이나 자가용 비행기가 아니라 자전거로 세계를 일주하는 중이니까. 때로는 날씨, 관료제, 혹은 내 실수 때문에 우리의 여정이 중단될지 모른다. 현실이란 그런 것이니까. 하지만 어쨌든 나는 더 나은 사람이 되어야 했고, 필요할 때면 더욱 신중하게 생각할 수 있어야 했다.

새로운 현실이 내 눈앞에, 인스타그램 상단에 뚜렷이 나타나 있었다. 1bike1world. 진실은 이제 하나가 아니라 둘이라는 것이었고, 그 점이 가장 중요했다. 이것은 나의, 그리고 날라의 여행이었다. 우리 둘의 여행. 나는 날라를 내 자신과 마찬가지로 책임지고 돌봐야 했다. 사람들의 기대에 부끄럽지 않게 행동해야 했다.

결심

다음 날 오전은 이후의 여정을 계획하며 보냈다. 나뿐만 아니라 날라에게 가장 좋은 길이 무엇일지 고민하면서. 날씨가 조금씩 추워지고 있었기에 계속 남쪽으로 내려가고 싶었다. 그리스와 지중해에 가까워질수록 날씨도 포근해질 것이었다. 온화한 기후는 나에게도 좋겠지만 날라에겐 더욱 좋을 터였다. 몬테네그로 동물병원의 수의사가 말했듯 정말로 날라의 폐가 약하다면 말이다. 게다가 다음에 국경을 넘을 때는 날라를 정식으로 입국시키겠다고 결심했던 터라, 보그단이 추천한 알바니아 횡단로를 살펴보며 언제 어디서 날라에게 광견병 예방접종을 시킬지도 계획했다.

모든 게 결정되니 기분이 좋았다. 오랜만에 마음속이 후련해지는 듯했다. 나는 계획을 완성했고 모든 걸 미리 정해놓았다. 물론 한 가지만은 예측할 수 없었지만. 왜, 그런 속담이 있지 않은가? '신을 웃기려면 당신의 계획을 들려주어라.' 게다가 그 계획에 고양이도 포함시키려 든다면, 신은 그야말로 폭소를 터뜨릴 것이다.

우리는 다음 날 아침나절에 출발했다. 날씨는 어느 정도 화창해졌고 알바니아를 관통하는 대로를 달리다 보니 가끔씩 해가 비치기도 했다. 따스한 햇볕이 얼굴에 와닿으니 기운이 솟았다. 날라도 한결 명랑해졌다. 여행이 내키지 않는 듯해서 걱정한 건 옛날 얘기였고, 이제는 주머니 속에 있는 데 완전히 적응한 것처럼 보였다. 졸리면 온몸을 웅크리고 주머니 속에 드러누웠지만, 잠에서 깨면 일어나 앉아 지퍼 사이로 고개를 쏙 내밀곤 했다. 목 아래는 여전히 주머니에 따뜻이 감싸인 채. 날라는 이쪽저쪽 두리번거리다가 관심 가는 것이 나타나면 뚫어져라 쳐다보곤 했는데, 그런 모습을 바라보며 자전거 페달을 밟는 건 유쾌한 일이었다.

어딜 가든 볼 것은 많았다. 알바니아는 아름다운 국가였지만 얼마 전까지 고난을 겪은 자취가 뚜렷이 남아있었다. 우리가 지나친 마을 대부분은 황폐해진 농촌이었다. 도로 여기저기 구덩이가 패여있어서 일일이 피해 다니기가 힘들었다. 도로에 자동차가 많을 때면 더욱 그랬다. 몇 킬로미터쯤 지방도로로 달리려고도 해봤지만, 지방도로 상태는 더 나빴기에 결국 포기했다. 자전거가 구덩이에 걸린 것만도 한 번 이상이었고 그럴 때마다 자전거와 함께 나 또한 충격을 겪어야 했다. 다행히도 날라는 비교적 안전했다. 안감을 댄 주머니가 완충 역할을 해 줬으니까.

한번은 타이어가 펑크 나는 바람에 들판 한가운데서 사악하게 생긴 염소들의 눈총을 받으며 땜질을 해야 하는 상황에 처했다. 그중 한 마리는 짐가방에서 빠져나온 목도리에 코를 대고 킁킁거려서 멀리 내쫓아야 했다. 그러다 보니 알바니아의 수도 티라나Tirana에 이르렀을 때는 감사할 수밖에 없었다. 적어도 이곳의 도로 사정은 좀 더 나았으니까.

나는 대도시보다는 시골과 자연풍경을 선호하는 편이다. 반면 날라는 물 만난 물고기처럼 신이 났다. 갑작스레 눈앞에 펼쳐진 광경과 소음과 냄새에 압도된 모양이었다. 구소련 시대의 유물인 대형 조각상과 건물, 알록달록한 청과 노점상을 지날 때는 주머니 밖으로 몸을 쭉 뻗어 자전거 손잡이에 앞발을 올려놓기까지 했다. 호기심이 많은 편이다 보니 단 하나의 구경거리도 놓치기 싫은 것 같았다.

나는 티라나에서 하룻밤 머물며 몇 가지 일을 처리한 다음 히마라Himare로 가기로 했다. 히마라는 소위 '알바니아의 리비에라Riviera'로 통하는 해안을 따라 남쪽으로 320km쯤 가면 나오는 도시였다. 그리스 국경과 가까우니 꼭 가보라고 보그단이 추천해준 곳이었다. 크리스마스를 보내기 좋은 아름다운 도시인 데다, 날라가 1월에 생후 3개월이 되면 그곳 동물병원에서 광견병 예방접종을 마치고 알바니아를 떠날 수도 있을 터였다.

티라나에서 처리해야 할 일 중 하나는 파운드를 알바니아 화폐 레크로 환전하는 것이었다. 히마라에 예약해둔 호스텔은 현금 결제만 가능했고, 다가오는 크리스마스 동안에는 상당수의 은행이 문을 닫는다고 했다. 은행 현금 지급기를 찾아 카드를 넣고 출금 버튼을 누르니 현재 잔고가 화면에 나타났다. 예상보다 훨씬 적은 액수였다. 몬테네그로 바르에서 휴대전화를 고치느라 쓴 200파운드를 감안한다고 해도. 나는 고개만 내저으며 멍하니 서있었다. 뭔가 착오가 생긴 게 분명해. 머리를 쥐어짜보았다. 카드를 해킹당할 만한 온라인 사이트에서 물건을 구입한 적이 있나? 카드를 복제할만한 사람한테 건네준 적이라도? 아냐, 그런 일은 없었는데. 나는 공황 상태에 빠지기 전에 간신히 마음을 가라앉혔다. 일단 내 거래 은행과 통화를 해봐야지.

나는 뒷골목의 싸구려 호텔에 방을 잡았다. 휴대전화도 잘 터지지 않는 곳이었지만 간신히 전파가 잡히는 지점을 찾아 영국에 전화를 걸었다. 은행 측에서는 내 최근 결제 내역을 확인해주었다. 대부분은 나도 기억이 났다. 하지만 일주일 전 두 번에 걸쳐 총 400파운드 이상의 거액이 결제되었다고 했는데 그것만큼은 결제한 회사 이름을 들어도 전혀 감이 잡히지 않았다. 세르비아에 있는 어느 회사에서 청구한 것이라고 했는데 나는 그곳에 들르지도 않았으니까.

"내가 결제한 것일 리 없어요. 난 세르비아에 가지도 않았다고요."

"하지만 비밀번호 입력 결제였는데요. 고객님이 카드를 직접 건네주고 비밀번호를 입력했다는 거죠." 상담원이 설명해주었다.

그제야 무슨 일인지 알 것 같았다. 몬테네그로 부드바에서 들른 동물병원. 그곳은 프랜차이즈 산하의 지점이라고 했다. 몬테네그로 말고 보스니아헤르체고비나와 세르비아에도 지점이 있다고 간판에 적혀있던 게 기억났다. 그때는 날라의 동물 여권 문제를 해결하는 데 정신이 팔린 바람에 파운드를 몬테네그로 화폐로 환산해 보는 걸 깜빡했다. 얼마 안 되는 액수일 거라고만 생각했는데. 백 퍼센트 내 실수였다. 그것도 엄청난 실수.

은행과 통화를 마치고 나자 멍청이가 된 기분이었다. 잠시 내 자신에게 분노를 느꼈지만 얼마 지나지 않아 진정되었다. 그렇게 심각한 상황은 아니었다. 아직 계좌에 적지 않은 돈이 있었고 나는 최대한 절약했으니까. 가장 싼 음식을 사 먹고 가능한 아무 장소에나 텐트를 치면 그만이었다. 어찌 보면 그런 생활이 여행의 매력이기도 하다. 하지만 그렇다 해도 이제부터는 더욱 조심하고 허리띠를 졸라매야 했다. 말만큼 쉬운 일은 아닐 것이었다.

내 자전거도 이제 3,200km 이상을 달려온 터였다. 고향에서 내가 조립했을 때는 번쩍거리는 신제품이었지만, 지금은 비바람에 시달린 티가 나서 한번 제대로 손봐야 할 것 같았다. 당연한 일이었다. 지난 며칠간 지나온 알바니아의 구덩이 패인 도로 외에도 온갖 험난한 여정을 통과하면서 여기까지 왔으니까. 가장 큰 문제는 앞브레이크가 도무지 말을 듣지 않는 것이었다. 아무래도 브레이크 패드가 닳은 듯했다. 인터넷으로 검색해 보니 청년들이 운영하는 자전거 정비소가 근처에 있다고 했다. 나는 도시의 얽히고설킨 뒷골목을 따라 정비소로 갔고, 정밀 점검을 위해 자전거를 맡기고 나왔다. 직원들 말에 따르면 부품 교체는 필요없을 테니 수리비도 적게 나올 거라고 했다.

　날라를 데리고 가까운 공원을 산책하다가 반 시간쯤 지나서 정비소로 돌아갔다. 들어서는 순간 나쁜 소식이 있다는 걸 직감할 수 있었다. 정비소 책임자가 당황한 표정을 짓고 있었으니까. 그는 내 자전거에 별문제는 없지만 브레이크 상태가 유난히 심각하다고 말했다. 브레이크가 많이 손상되었으리라는 건 나도 짐작하고 있었다. 특히 스위스 산길의 아찔한 내리막을 달리는 동안에 말이다. 정비소 직원들이 보여준 브레이크 패드의 상태는 충격적이었다. 앞쪽 브레이크 패드가 마모된 건 알고 있었지만, 홀더에서 꺼내 보니 문자 그대로 종잇장처럼 닳아있었다. 뒤쪽 브레이크도 나은 상태는 아니었다.

　이런 자전거로 날라를 태우고 다녔다고 생각하니 새삼 죄책감이 들었다. 게다가 신품 브레이크 패드로 교체하는 비용도 경악스러웠다. 하지만 정비소 직원들이 점잖아 보였기에 나는 그들의 말을 믿기로 했다. 브레이크 패드는 원가로 주고 최소한의 교체비만 청구하겠다는 것이다. 다행히도 총합계는 50파운드 정도에 그쳤다.

자전거 수리가 끝나는 한 시간 동안 나는 근처 카페에 있었다. 실제로 정비소 직원들은 자전거를 말끔히 고쳐주었고 당황스럽게도 물청소까지 해주었다. 고향을 떠난 뒤 처음으로 한 세차였다.

호텔로 돌아와서도 예상보다 많아진 지출로 속상한 마음이 가라앉지 않았다. 저녁은 간단히 포장음식을 사서 방에서 먹기로 했다. 날라와 놀아주고 인스타그램을 보면서 조용히 밤을 보내면 돈도 아낄 수 있을 터였다.

밤이 깊자 내가 있던 공동 침실에 세 명이 더 들어왔다. 영국인 두 명, 그리고 놀랍게도 보그단이었다. 그는 알바니아 슈코데르에서 직행버스를 탔다고 했다. 이미 친해진 보그단과 날라는 이번에도 곧바로 같이 놀기 시작했다. 날라는 팔짝팔짝 뛰어다니며 아무 데나 달려들어 작은 발톱으로 매달렸다. 나도 끼어들자 녀석은 더욱 신이 난 듯했고, 내가 쫓아가는 시늉을 했더니 이층 침대에서 뛰어내려 침대 옆에 쳐진 커튼에 덤벼들었다. 발톱으로 커튼에 매달려 그네를 타려고 한 거겠지만 유감스럽게도 생각처럼 되진 않았다. 날라가 커튼을 붙잡으려 했을 때 발톱 하나가 커튼 자락에 걸렸고, 그것만으로는 무게를 지탱할 수 없었기에 날라의 몸은 옆으로 뒤집히며 붕 하고 허공을 날아갔다. 물론 고양이는 '자체 균형 잡기 시스템'을 갖춘 것으로 유명하며 언제 어디서든 네 다리로 착륙할 수 있다고들 한다. 하지만 날라의 경우 아직 시스템이 완성되지 않았는지 머리부터 거꾸로 방바닥에 떨어져버렸다. 한순간 공동 침실 안에 무시무시한 침묵이 흘렀다. 보그단은 백짓장처럼 창백해졌다.

나는 얼른 침대에서 뛰어내려 날라의 몸 옆에 무릎을 꿇었다. 날라는 한동안 꼼짝 않고 누워있었다. 그 시간은 영겁처럼 느껴졌지만 사실 오 초 정도였을 것이다. 하지만 머릿속에 별별 생각이 스쳐지나가기엔 충분한 시간이었다. 잠시 동안은 날라가 정말로 죽은 줄 알았으니까. 그러나 죽음이라는 생각이 실감나기도 전에 녀석은 몸을 일으켰고, 한 번 부르르 떨더니 절룩거리며 조심스레 내 품으로 돌아왔다. 그리고 십 분 뒤에는 완전히 예전 상태로 돌아와 있었다. 모두가 안도했고 특히 보그단은 말할 것도 없었다.

고양이에게 목숨이 아홉 개 있다면 날라는 그때 하나를 쓴 게 아닐까. 덕분에 날라도 결코 잊지 못할 교훈을 얻었던 모양이다. 이후로 다시는 그런 장난을 치는 걸 못 봤으니까.

다음 날 아침 날라와 나는 보그단에게 작별 인사를 하고 히마라를 향해 남쪽으로 출발했다. 그림 같은 풍경이 펼쳐졌다. 우리는 길을 따라 압도적인 산골짜기와 무너져가는 고대로마의 유적을 통과했다. 공산주의 시대의 유물인 오래된 군사용 벙커도 여럿 보았다. 보그단의 말에 따르면 알바니아 전역에 약 칠십오만 개 정도의 벙커가 있다고 했다. 그 말을 들었을 때는 믿지 않았지만 이젠 거짓말이 아니란 걸 알게 되었다.

첫날은 자전거를 타는 게 즐거웠지만 둘째 날은 지독하게 힘들었다. 도로가 계속 오르막이었고 가파르기까지 해서 자전거를 끌며 걸어야 했다. 어느 작은 산골 마을 근처에서는 하도 속도가 느려져서 당나귀를 탄 동네 노인들이 우리를 앞질러 가곤 했다. 노새를 타고 터벅터벅 나를 지나쳐 간 백발 영감님이 이가 하나도 없는 잇몸을 드러내고 씩 웃으며 양손 엄지손가락을 들어 보이기도 했다. 마치 이렇게 말해주려는 듯했다. "포기하지 말게, 젊은이. 거의 다 왔어." 적어도 날씨만은 줄곧 화창했다.

오후 열 시가 되어서야 아름다운 해안 도시 히마라에 들어설 수 있었다. 계획보다 한참 늦은 시간이었다. 내가 예약해둔 호스텔에는 투숙객과 관리인을 겸하는 장발 남자 한 명 외에는 아무도 없었다. 그의 이름은 마이크라고 했다.

호스텔 시설은 소박했다. 만灣을 내려다보는 언덕 위 좁다란 포장도로변에 세워진 오래된 건물을 개조한 곳이었다. 하지만 커다란 거실과 해먹이 쳐진 안뜰, 더블 이층 침대 세 개를 갖춘 널따란 침실이 있어 무척 편안했다. 나는 짐을 풀었다. 날라는 침대에 눕자마자 곤히 잠들어버렸다. 혹시 날라가 잠에서 깼을 때 겁먹을까봐 문을 열어둔 채 침실에서 나왔다. 호스텔에는 나와 마이크밖에 없었으니 별일 없을 터였다.

마이크는 재밌는 녀석이었다. 독일인이고 나보다 몇 살 아래인 그는 자신이 여행자이자 DJ라고 소개했다. 우리는 친해져서 새벽이 올 때까지 대화를 나누며 그날 밤을 보냈다. 마이크의 설명에 따르면 호스텔 주인은 커플인데 잠시 코르푸Corfu로 휴가를 떠났다고 했다. 마이크는 그들이 돌아올 때까지 호스텔을 봐주는 대신 무료로 숙박하고 있었다.

"너도 그러는 게 어때?" 마이크가 물었다. "잡일 몇 가지만 해주면 되는데."

나는 돈을 아낄 수 있다면 뭐든 할 생각이었다. 돈 들이지 않고 보내는 크리스마스 휴가라니, 지금 내게 필요했던 것이다.

"그거 좋지." 내가 대답하자 마이크는 다음 날 아침에 주인 커플과 통화해 보겠다고 약속했다.

마이크는 약속을 지켰다. 크리스마스 이브인 다음 날 아침, 그는 활짝 웃으며 내게 다가와 양손 엄지손가락을 들어 보였다.

"잘됐네. 내가 무슨 일을 하면 돼?"

"장작 좀 패고 아침식사용 오렌지 주스를 만들면 돼. 이곳 개들도 돌봐주고."

"좋았어."

나는 신바람이 났다. 크리스마스가 하루 일찍 온 것 같은 기분이었다. 그날 나는 하루 종일 축제 분위기에 젖어있었다.

알바니아 주민의 상당수는 무슬림이었고, 기존의 공산주의 정부는 반종교 성향이었다. 그래서 그날 오후 날라를 데리고 산책을 나갔을 때도 크리스마스치고 무덤덤한 히마라의 분위기가 놀랍진 않았다. 몇몇 건물 창가에 불빛이 환히 켜진 크리스마스트리가 놓여있었고 가게 진열창엔 크리스마스에 먹는 파네토네panettone가 쌓여있었지만, 영국의 요란하고 상업적인 크리스마스와는 전혀 달랐다. 내게는 이런 분위기가 신선하게 느껴졌다.

우리가 길을 걸을 때면 날라는 자석처럼 사람들을 끌어들였다. 현지 주민들도 날라를 쓰다듬으러 다가왔고 십대 아이들이 함께 사진을 찍자고 요청하기도 했다. 우리가 담벼락에 앉아 경치를 즐기는 동안 머릿수건을 쓴 노부인이 귀여워 죽겠다는 표정으로 날라를 거의 오 분이나 바라보고 있었다. 기도라도 드리는 것처럼 뭔가를 계속 중얼거리면서. 물론 나로서는 그분이 무슨 말을 하는지 알 수 없었지만 적어도 한 가지 놀라운 사실만은 이해할 수 있었다. 날라에게는 종교, 나이, 문화를 떠나 모든 사람들이 미소 짓게 하는 초능력이 있는 것 같았다.

그날 저녁에는 방에서 편안히 곯아떨어진 날라의 밥그릇과 물그릇을 가득 채워놓고 마이크와 함께 몇 시간쯤 동네 술집에 다녀왔다. 사람들은 우리를 반기며 알바니아 전통주를 몇 잔이고 권했다. 자두로 빚은 라키아rakia라는 증류주였다. 첫 잔은 페인트 제거제 같은 맛이 났지만 계속 마시다 보니 그 맛에 익숙해졌다. 지역 뮤지션들이 연달아 음악을 연주했다. 전반적으로 편안하고 차분한 분위기였다. 나는 오후 열 시가 되기 전에 날라가 있는 호스텔로 돌아왔다.

크리스마스 당일 역시 조용했다. 나는 일어나자마자 잡일에 착수했다. 장작을 패고 마당의 오렌지나무 열매를 따고 호스텔 옆 안뜰에 사는 개들에게 밥을 주었다. 그중 한 마리는 강아지 몇 마리를 키우고 있는 셰퍼드였는데 자식들에 대한 보호 본능이 대단했다. 내가 밥그릇을 채워주는 동안에도 녀석은 계속 나를 노려보며 으르렁거렸다.

점심 시간에는 스코틀랜드에 있는 부모님과 누나, 외할머니와 통화했다. 우리는 사이가 돈독했고 매년 크리스마스를 함께 지내곤 했다. 내가 가족을 그리워하는 만큼 그들도 나를 그리워하는 게 분명했다. 내가 우리 집이 아닌 곳에서 크리스마스를 보내는 건 처음이었으니까. 하지만 내가 크리스마스를 보내기 좋은 곳을 찾았으며 마침내 여행도 잘 풀리기 시작했다는 소식에 다들 기뻐했다. 아버지는 힘내라며 나를 격려해주셨다. "네 평생 다시는 없을 기회잖니, 얘야. 그러니 최대한 즐기고 오거라." 그 말씀에 나도 한결 기운이 났다. 고향에 있는 가족들은 전통에 따라 거창한 크리스마스 만찬을 즐기고 있겠지만, 나는 주방에 있던 채소를 넣은 파스타로 만족했다. 내겐 그거면 충분했다.

그날 밤에는 휴대전화로 영화를 보면서 새로운 여행 계획에 착수했다. 일이 잘 풀리면 새해쯤 날라의 광견병 예방접종을 마치고 1월 첫째 주에는 그리스 국경을 넘게 될 터였다. 모든 게 다시 잘 굴러가려는 것처럼 보였다. 적어도 나는 그러길 바랐다.

*

복싱 데이(크리스마스 이후의 첫 번째 평일. 영국에서 공휴일로 지정되어 있다 – 옮긴이)에는 몇 주 만에 해가 났다. 눈 아래로 보이는 지중해가 가슴 저리도록 새파랗게 빛났다. 나는 날라를 데리고 바닷가에 나갔다. 날라가 생쥐 인형 장난감을 쫓아다니며 신나게 노는 모습에 동네 사람들은 즐거워했다. 화창한 날씨를 즐기려고 많은 이들이 가족과 함께 외출했던 것이다. 날라에게 다가와 사진을 찍거나 쓰다듬어주는 이들도 있었다. 나는 굳이 말리지 않았다. 날라는 뭔가 마음에 안 들 때면 분명히 의사를 표현하는 고양이였으니까. 게다가 녀석도 사람들의 관심을 즐기는 듯했다.

그날 저녁 호스텔로 돌아와 바닷가에서 노는 날라의 사진을 인스타그램에 올리고 보니 날라가 또다시 쌕쌕거리며 숨을 쉬고 있었다. 귀에 익은 소리였지만 이번에는 희미한 기침도 섞여있었다. 기분이 우울해졌다. 이 문제는 해결된 줄 알았는데. 날라가 자라면서 폐도 튼튼해졌을 거라고만 생각했다. 그날

일어날 일은 일어나기 마련

바닷바람을 쐬게 한 것이 새삼 후회되었다.

　마이크의 말에 따르면 새해 전에 수의사가 강아지들을 살펴보러 올 거라고 했다. 그는 수의사에게 전화를 걸어서 오는 김에 날라도 봐줄 수 있는지 물었다. 수의사는 하루 이틀 뒤에 가겠지만 그동안 날라를 실내에서 따뜻이 있게 하라고 당부했다. 사실 그런 말은 들을 필요도 없었다. 절대 날라를 밖에 내보내지 않을 생각이었으니까. 추운 날씨가 예보된 상황에서는 더더욱.

　수의사는 새해 전전날에 찾아왔다. 몸에 안 맞게 헐렁한 양복 차림의 유쾌한 남자였다. 그는 날라의 가슴에 청진기를 대보고 전반적인 건강 상태도 살폈다. 내겐 아랑곳없이 의사 특유의 습관대로 고개를 휘휘 젓거나 흐음 하고 중얼거리면서. 나는 조마조마해 죽을 지경이었지만 꾹 참았다. 얼마 뒤 수의사는 왕진가방을 뒤져서 약품과 주사기 하나를 꺼냈다.

　"고양이 가슴에 염증." 그가 서툰 영어로 말하며 주사기를 들었다. "항생제 주사 맞아야 돼. 지금 한 번, 3주일 뒤 한 번."

　나는 고개를 끄덕였다. 가엾은 날라, 이러다간 온몸이 주삿바늘 구멍투성이가 되겠어. 하지만 날라가 나으려면 이 방법밖에 없었다. 날라는 나와 처음 만났을 때부터 폐가 약했으니 지금 이 문제를 해결해야 했다.

　주삿바늘이 들어가자 날라는 움찔했지만, 그 이상 저항하진 않았다. 수의사가 건넨 청구서를 확인하기 전에 나는 마음의 각오를 했다. 이번에야말로 파산하는 걸까? 계산해 보니 놀랍게도 20파운드 정도밖에 되지 않았다. 나는 안심하며 그에게 현금을 건넸다.

마이크는 날라가 1월엔 광견병 예방접종을 해야 한다고 나를 대신해 수의사에게 설명해주었다.

"나아지면." 수의사는 내게 손가락을 흔들어 보이며 대꾸했다.

나는 잠시 날라 곁에 앉아서 방금 있었던 일을 돌이켜보았다. 내 완벽한 계획이 또다시 무너져버렸지만, 이번에는 서운하지 않았다. 지난번 같은 실수는 두 번 다시 없어야 했으니까. 나는 수의사의 말에 충실히 따를 생각이었다. 자전거 여행은 중단하고 날라가 회복할 때까지 알바니아에 머물러야지. 필요하다면 겨울 내내 있어도 돼. 내가 해야 하는 일을 할 거야. 날라를 위해, 그리고 나 자신을 위해.

나는 그날과 섣달 그믐날인 다음 날 내내 날라를 실내에 있게 했다. 날라도 저항하지 않았다. 고양이는 본능에 따라 움직이니, 아마 녀석도 자신이 회복하려면 체력을 아껴야 한다는 걸 알았던 게 아닐까. 다음 날 아침엔 날라의 기침도 좀 나아진 듯했지만, 그렇다고 서두를 생각은 없었다. 날라가 푹 쉬는 동안 나는 잡일을 했다.

히마라의 섣달 그믐날은 내게 익숙한 스코틀랜드의 흥청망청한 새해 전야와는 전혀 달랐다. 자정이 되어 제야의 종이 울렸을 때는 항구 주변 거리가 가족을 데리고 나온 사람들로 가득 찼지만, 몇 분 뒤엔 다들 사라졌다. 밤샘 파티 같은 건 내가 아는 한 전혀 없는 듯했다. 살짝 향수병이 느껴지긴 했지만 날라 덕분에 그런 기분을 잊을 수 있었다. 날라와 함께 호스텔에 머물며 녀석이 따뜻하게 감싸여있는지, 불꽃놀이에 겁을 먹지는 않았는지 살펴야 했으니까. 불꽃놀이라고 해봤자 몇 분만에 끝나서 무서울 것도 없었지만.

알바니아는 영국보다 두 시간이 빨랐기 때문에, 나는 스코틀랜드가 새해를 맞는 시간까지 자지 않고 기다렸다가 인터넷 채팅으로 가족과 친구들에게 인사를 전했다. 내 인스타그램에도 메시지가 가득 쌓였다. 스코틀랜드뿐만 아니라 다른 국가에서도 수십 명의 팔로워가 메시지를 보내온 터였다. 대부분 지난 일주일 사이에 날라와 나를 알게 된 사람들이었다.

그중에는 뉴욕에 있는 동물 관련 유명 사이트 '도도The Dodo'에서 온 메시지도 있었다. 우리에 관한 기사를 싣고 싶다는 내용이었다. 그쪽과는 일단 새해에 좀 더 얘기를 해 보기로 했다. 사실 나는 그들의 메시지를 진지하게 받아들이진 않았다. 내가 그 정도로 흥미로운 이야깃거리라고 생각지 않았으니까. 하지만 덕분에 내가 뭔가를 성취했는지, 다른 사람들에게 자극을 주고 있는 것인지 생각해 보게 되었다.

하지만 이제부터는 어떻게 해야 할지 좀처럼 감이 오지 않았다. 소위 인스타그램 '인플루언서'로 경력을 쌓는 사람들 애기를 듣긴 했지만 나도 그렇게 될 수 있으리라고는 생각해본 적이 없었다. 그때까지는 날라와 내가 사람들의 일상에 즐거움을 준다는 사실만으로도 보람을 느꼈으니까. 하지만 그날 밤 처음으로 이 일을 진척시킬 수 있지 않을까, 일종의 '직업'으로 삼을 수 있지 않을까 하는 생각이 들었던 것이다.

생각할수록 의욕이 생겼다. 내가 세상에 유익한 일을 할 수 있을지도 몰랐다. 동물복지나 환경보호처럼 내가 관심을 가진 문제에 대해 경각심을 일깨울 수도 있겠지. 그렇게 되면 정말로 뭔가를 성취했다고 느낄 것 같았다. 아무래도 이걸 새해 결심으로 삼아야겠어. 나는 마음속으로 생각했다. 뭔가 좋은 일을 하자, 딘. 좋은 일을 하는 거야.

노아의 방주

수의사가 다시 오기까지 남은 2주일의 시간이 너무 길게 느껴졌다. 설상가상으로 날씨도 한층 추워졌다. 1월 첫째 주의 어느 날 아침, 밖에 나가 보니 저 멀리 산에 흩뿌려진 눈발이 눈에 띄었다. 이맘때 고향 남서쪽의 람메르무어Lammermoor 언덕이 눈으로 하얗게 뒤덮인 모습은 내게도 익숙했지만, 그리스로부터 자동차로 한 시간도 안 걸리는 지역에서 눈 덮인 산을 보는 건 초현실적으로 느껴졌다. 어쨌든 덕분에 잡생각 없이 바쁘게 지낼 수 있었다. 호스텔 난방에 필요한 장작을 더 많이 때야 했으니까.

날라는 장작불 앞에서 몸을 말고 누워만 있어도 좋은 듯했지만, 나는 가만히 앉아있는 성격이 아니었다. 어머니가 나한테 주의력결핍과잉행동장애ADHD가 있는 것 아니냐고 종종 농담하실 정도였으니까. 그래서 나는 추운 날씨에도 새해에 한 결심을 실천하러 밖으로 나갔다.

우선 오래전부터 눈에 거슬렸던 문제부터 시작했다. 이곳 알바니아뿐만 아니라 몬테네그로에서, 그리고 한참 전에 크로아티아와 심지어 이탈리아에서도 생각했던 문제였다. 바닷가에 버려진 쓰레기 말이다. 모래밭을 거닐 때마다 여기저기 널린 플라스틱 무더기가 보이지 않는 날이 없을 정도였다. 먼 곳에서 파도에 쓸려온 것도 있었지만 페트병, 포장지, 비닐봉지 등 현지 주민들이 버린 일상생활 쓰레기가 더 많았다. 정말로 화가 나는 상황이었다.

나는 쓰레기 문제를 다룬 다큐멘터리를 여러 편 보았다. 그래서 전 세계의 동물들이 플라스틱 쓰레기 때문에 죽어간다는 걸 알고 있었다. 남아메리카 해변에서는 거북이가 버려진 어망에 얽혀 죽었고, 유럽에서는 물고기와 새가 플라스틱 조각을 먹이로 착각하고 삼켰다가 질식해 죽곤 했다. 나도 비슷한 일을 겪은 적이 있다. 날라가 플라스틱 파편을 갖고 놀 때마다 날카롭게 찢겨나간 가장자리에 발을 베일까봐 말려야 했던 것이다.

새해가 며칠 지난 뒤 히마라에서 해안선을 따라 1~2km 떨어진 작은 해변을 청소하러 갔다. 이십 분 만에 대형 쓰레기봉투 두 개가 플라스틱 페트병으로 가득 찼다. 그 밖에도 음식 포장지와 비닐봉지, 옷 쪼가리와 전자기기 등 바닷가에 버려진 쓰레기를 치우고 나니 오전이 다 지나갔다. 바위 사이에 컴퓨터 키보드도 있었다. 버린 지 꽤 된 물건인 듯 녹색 해초가 잔뜩 달라붙어있었다. 여기에 이런 걸 버리겠다고 생각한 건 도대체 어떻게 돼먹은 사람일까? 아니, '생각'이라는 말 자체가 부적절했다. 누구든 간에 생각이라곤 없는 사람이었을 테니까.

이렇게 한적한 해변에도 플라스틱 쓰레기가 가득하다는 사실을 알린다면 많은 사람들이 이 문제의 심각성을 깨닫지 않을까 하는 생각이 들었다. 호스텔로 돌아와 해변을 치우는 사진을 인스타그램에 올리고 몇 마디 설명을 덧붙였다. 너무 설교조가 되지 않도록 조심했다. 나는 데이비드 애튼버러David Attenborough 나 그레타 툰베리Greta Thunberg 가 아니고 스스로 활동가라고 생각한 적도 없으니까. 하지만 내 주장을 확실히 전달하고 싶다는 욕구는 떨쳐낼 수 없었다. 우리는 해변을 보존해야 하며, 나아가 플라스틱 대신 친환경 제품을 사용해야 한다고.

이제 이천오백 명 이상의 눈이 나를 지켜보고 있는 데다 그중 상당수는 세계 반대편에 사는 낯선 사람들이다 보니 아무래도 그런 사진과 글을 올리는 데 신경이 쓰였다. 하지만 얼마 지나지 않아 고무적인 반응들이 나타났다.

'이것 봐. 내 의견을 표현하는 걸 두려워해선 안 돼. 나도 남들만큼 내 생각을 드러낼 자격이 있으니까.' 나는 스스로를 격려했다.

며칠 동안은 호스텔에서 빌린 카약을 타고 먼 해변을 돌아보았다. 쓰레기를 치워야 할 다른 만들도 발견했다. 오염이 어느 정도 되었는지 확인하려고 얼음처럼 차가운 물속으로 잠수하기도 했다. 얻은 것이라고는 기껏해야 성게에 쏘인 상처 정도였지만 말이다. 나와서 손에 박힌 작은 가시를 일일이 뽑아내야 했다. 그리 즐거운 경험은 아니었다. 이후로도 오랫동안 손이 쑤시고 가려웠으니까.

인스타그램에 환경 문제를 언급하는 건 유익한 일이었지만, 그렇다고 내 자신을 속일 수는 없었다. 낯선 사람들이 우리 인스타그램을 팔로우하는 이유가 무엇인지 나도 잘 알았다. 그래서 날라의 사진과 녀석의 건강 상태를 충실히 업데이트했다. 지난 일주일 동안 날라는 부쩍 상태가 좋아졌고 놀 때도 전혀 지친 기색이 없었다. 호스텔 곳곳을 맹렬하게 내달렸지만 셰퍼드가 있는 안뜰은 피해 다녔다. 그 개는 날라를 처음 만난 순간부터 으르렁거리고 짖어대며 자기 감정을 확실히 표현했던 것이다. 날라는 용감했지만 멍청하진 않았고, 이후에는 셰퍼드와 충분한 거리를 두었다.

1월 중순에 이르자 날라가 충분히 회복되었다는 게 느껴졌다. 녀석이 어찌나 느긋해졌는지 새해 첫째 주에 있었던 소규모 지진에도 쿨쿨 자고 있을 정도였다.

지진이 닥쳐왔을 때 나는 마이크와 함께 밖에 앉아있었다.

최초의 징후는 개들이 야릇한 울음소리를 내며 짖기 시작했던 것이다. 잠시 후 갑자기 호스텔의 벽이 젤리로 변한 것처럼 미묘하게 진동하는 게 보였다. 바깥 거리에서는 가정집과 자동차의 경보 장치가 울려대기 시작했다. 사람들의 비명과 고함 소리도 들려왔다. 지진은 몇 초 만에 그쳤지만, 내가 공포에 질리기엔 충분한 시간이었다. 지진을 겪은 건 내 평생 처음이었다. 반면 날라는 전혀 동요하지 않은 듯했다. 진동이 일어나자마자 녀석은 괜찮은지 확인하려고 달려왔더니, 자기가 가장 좋아하는 소파 위에서 곯아떨어져있었으니까.

그래서 1월 셋째 주에 수의사가 날라와 강아지들을 살펴보러 왔을 때도 나는 낙관적인 상태였다. 그는 내 요청을 기억하고 두 번째 항생제 주사와 광견병 예방접종도 준비해왔다. 날라가 주사 두 방을 한꺼번에 맞는 걸 보고 있으니 안쓰러웠지만 어디까지나 녀석을 위한 일이었다. 이제는 한동안 주사 맞을 일이 없기를 바랄 뿐이었다.

수의사는 전반적으로 날라의 상태에 만족한 듯했다. 청진기를 가슴에 대보더니 양손 엄지손가락을 척 들어올렸다. 몬테네그로 동물병원의 수의사 예언대로 불규칙한 호흡이 개선되고 폐도 나아지는 중이라는 것이었다.

"이 친구를 데리고 그리스로 자전거 여행을 떠나고 싶은데, 괜찮을까요?" 나는 그에게 물었다.

수의사는 어깨를 으쓱할 뿐이었다.

"안 될 건 없죠?"

내가 기대했던 열광적인 찬성은 아니었지만, 그 정도로도 충분했다.

히마라에 머문 지 한 달 가까이 지났다. 이제는 이곳이 두 번째 고향처럼 느껴졌고 어쩌면 지나치게 익숙해진 것 같았다. 내 자신이 나태해졌다는 느낌이 들었다. 곧 주인 커플이 돌아오면 내가 여기서 할 일도 없을 터였다. 그래서 수의사가 방문한 지 이틀 뒤 날씨가 풀리자 밖으로 나와서 짐을 싸고 자전거를 준비했다. 떠나야 할 시간이었다.

이젠 짐을 싸는 일도 간단하지 않았다. 나뿐만 아니라 날라에게 필요한 물건도 전부 챙기려면 시간이 꽤나 걸렸으니까. 기억해야 할 것이 많다 보니 뭔가 빠뜨렸을 거라는 생각이 들었다. 마이크와 연락처를 교환하고 작별 인사를 주고받을 무렵에는 이미 정오가 다 되어있었다.

히마라를 떠나는 건 살짝 섭섭했지만, 다시 여행에 나선다는 생각을 하니 기운이 솟았다. 빨리 그리스로 가고 싶었다. 오래전부터 가보고 싶었던 데다 유럽을 나서는 출구처럼 느껴졌기 때문이다. 그리스 다음에는 터키로 건너갈 생각이었고, 어쩌면 여름에 태국에 도착할 수 있을지도 몰랐다.

한 시간쯤 달렸을 무렵 날라가 자전거 손잡이로 기어올라왔다. 내가 알기로 그것은 볼일을 보러 가고 싶다는 날라의 신호였다. 나는 이참에 두 가지 일을 함께 처리하기로 하고 날라의 점심식사를 준비했다. 날라가 배를 채우고 푹 잠들면 국경까지 빨리 갈 수 있을지도 몰랐다.

출발하기 전 나는 호스텔에서 도시락을 만들어두었다. 하지만 그걸 찾으려고 가방을 뒤지다가 문득 도시락 챙기는 걸 까먹었음을 깨달았다. 은박지로 싸인 채 호스텔 주방 싱크대에 놓여있던 샌드위치가 눈앞에 선했다. 한순간 도시락을 챙기러 돌아갈까 생각도 했지만 금세 포기해버렸다. 나는 순조롭게 이동하고 있었고, 어느새 바다 건너 코르푸 섬의 윤곽선이 눈앞에 나타나려는 참이었다. 그리스가 가까워지고 있는데 지금 돌아설 수는 없었다. 하지만 계속 나아가려면 텅 빈 뱃속을 감내해야 했다. 아무래도 길가에서 먹을 걸 찾아야 할 모양이었다.

당연하게도 몇 킬로미터 지나지 않아 오렌지나무 숲이 나타났다. 과일이라, 마침 의사가 먹으라고 했던 음식이군. 나는 자전거를 세웠다. 산비탈을 미끄러져 오렌지나무 사이로 들어가서 그중 한 그루에 손을 뻗쳤다. 껍질이 두껍긴 했지만 열매 자체는 충분히 익은 듯해서 한 개 따다 껍질을 벗겼다. 하지만 한입 물자마자 도로 뱉어야 했다. 역겨울 정도로 쓴 맛이 났고 전혀 안 익은 상태였다. 입안을 몇 번이나 물로 헹궈내고 있는데, 아래쪽 도랑에서 뭔가 움직이는 게 보였다. 갈색과 검은색 무늬가 있고 살짝 굴곡진 형태밖에 알아볼 수 없었지만, 순간 뱀이나 도마뱀이 아닐까 호기심이 솟았다. 하지만 더 가까이 가보니 양쪽 다 아니었다.

"말도 안 돼." 나는 혼자 중얼거렸다.

강아지였다.

또다시 보스니아헤르체고비나의 산길로 돌아간 기분이었다. 이런 일이 또 생기다니 믿을 수가 없었다. 대체 왜 이 녀석이 여기 있지? 주변 몇 킬로미터는 농장은커녕 가정집 하나 없는 황무지 그 자체였다. 강아지는 무척 어렸다. 생후 몇 주일 정도로 보였으니 처음 발견했을 때의 날라보다도 더 어린 셈이었다. 끔찍하게 야윈 데다 온몸을 씰룩대며 벌벌 떨고 있었다. 아마도 열이 나거나 굶주려서 그렇겠지, 두렵기도 할 테고. 내 손이 닿는 순간 강아지는 고통을 못 이기고 비명을 지르듯 깽깽거렸다.

나는 강아지를 집어올렸다. 공기처럼 가벼웠다. 녀석은 거칠게 숨을 몰아쉬었고 털 상태도 엉망이었다. 벼룩이나 옴이 오른 모양이었다. 날라는 가까이서 놀고 있었지만, 내가 길 위로 돌아오자마자 깡충깡충 뛰어왔다. 날라의 얼굴에 떠오른 표정을 보니 몇 분 전 내가 어떤 표정이었을지 짐작할 수 있었다.

'이게 대체 무슨 일이야?'

이번에는 나도 전혀 망설이지 않았다. 날라를 들어 자전거 앞쪽 주머니에 넣고 강아지는 뒤쪽 이동장에 넣었다. 나중에 이동장을 소독한 다음 날라를 넣으면 된다. 안 그러면 날라가 끔찍한 병에 걸릴 수도 있으니까. 완벽한 건강 증명서를 받은 지 얼마 지나지도 않았는데.

나는 잠시 지도를 살펴봤다. 왔던 길로 되돌아갈 생각은 없었다. 그렇다면 그리스 국경에 인접한 해안선을 따라가야 했다. 그 길로 갈 때 가장 가까운 도시는 사란다Saranda라는 곳이었다. 인터넷으로 찾아보니 사란다의 동물병원이 쉬는 날이라 다음 날에나 진료가 가능했다. 몇 주 전 있었던 일의 반복이었다. 하룻밤을 기다려야 한다니, 벌써부터 조용히 두려움이 몰려오는 듯했다.

"이 녀석을 병원에 데려가면 파산할 텐데."

그렇다고 해서 강아지를 버릴 순 없었다. 그건 불가능했다.

그날 밤은 사란다에서 몇 킬로미터 떨어진 낡고 황폐한 차고에서 잤다. 강아지에게 물을 먹이고 먹을 것도 좀 주려고 했지만 녀석은 식욕이 없는 듯했다. 그저 날라의 이동장 안에서 조용히 쉬고 싶은 모양이었다.

날라는 새로운 일행에게 관심을 보였다. 계속 강아지에게 다가가려 했고 그쪽 공기를 킁킁거리며 냄새 맡았다. 마치 강아지의 병을 코로 느낄 수 있는 것처럼. 나는 날라가 강아지한테 너무 가까이 가지 못하게 했다. 저 불쌍한 녀석은 아무래도 뭔가 단단히 옮은 것 같았으니까. 어스름 속에서 벼룩 여러 마리가 털 밖으로 튀어나오는 걸 본 것도 같았다. 끔찍한 일이었다.

그날 밤은 마음이 어수선해서 제대로 잠을 이루지 못했다. 한동안 화가 나서 견딜 수 없었다. 누군지 몰라도 그 강아지를 들판에 버리고 간 사람은 녀석이 무척 아프다는 걸 알았을 게 분명했다. 그냥 죽으라고 내버린 거지. 얼마나 무자비하면 그 런 짓을 할 수 있을까? 그러다 서서히 현실적인 문제들이 머릿 속에 떠올랐다. 저 고아 녀석을 어떡해야 하지? 날라는 나를 만 났을 때 연약하긴 했지만 대체로 건강했다. 반면 이 강아지는 당장 치료를 받아야 했고 어쩌면 몇 주쯤 입원해야 할 수도 있 었다.

히마라에서 한 달 가까이 처박혀있다가 겨우 출발한 지 몇 시간밖에 안 됐는데. 저 불쌍한 녀석이 회복하는 동안 또 한 달 을 멈춰있어야 할까? 설사 그런다고 해도 그다음엔? 저 녀석도 날라와 나의 여정에 동참하는 건가? 내가 무슨 이동 동물원, 아 니면 현대판 노아의 방주라도 되나? 아냐, 그럴 순 없어. 말도 안 돼. 하지만 강아지를 버리는 것 역시 말도 안 되는 일이었다. 제3의 해결책을 찾아내야 했다.

다음 날 아침 나는 사란다의 동물병원에 전화를 걸었다. 다행히도 수의사는 영어를 할 수 있었다. 게다가 유기동물이나 병에 걸린 동물도 받아준다고 했다. 일단 강아지를 데려오면 어떻게 해줄 수 있을지 살펴볼 테니 시내에 도착해서 다시 전 화하라고 했다.

가장 큰 걱정은 돈 문제였다. 전날 밤 스코틀랜드의 친구 에게 강아지 이야기를 했더니 크라우드 펀딩 페이지를 만들어 보라고 했다. 그러면 사람들이 치료비를 모아줄 거라고. 나는 크라우드 펀딩을 해본 적이 없었지만 친구가 바로 일을 처리해주었다. 잠들기 전 내 인스타그램에 크라우드 펀딩 페이지를 올렸더니 아침에 벌써 어느 정도 기부금이 들어와 있었다. 대개는 10파운드나 20파운드씩이었지만 그래도 모이니 금세 상당한 액수가 되었고, 내가 동물병원을 향해 출발할 때쯤엔 수백 파운드에 이르러 있었다. 마음이 한층 가벼워졌다. 어쨌든 강아지 치료비는 낼 수 있게 되었으니까.

내가 동물병원에 다시 전화를 걸자 수의사는 시내 한복판의 광장에서 만나자고 했다. 처음에는 좀 수상하다고 생각했다. 동물병원으로 찾아가면 안 될 이유라도 있나? 하지만 쓸데없는 걱정이었다.

수의사의 이름은 셰메였다. 그는 상냥하고 붙임성 있는 데다 영어도 유창했다. 처음 봤지만 믿음이 가는 사람이었다. 셰메는 강아지를 보자마자 가만히 고개를 저었다.

"왜 사람들은 동물한테 이런 짓을 하는 걸까요." 그가 얼굴에 분노를 뚜렷이 드러내며 말했다. 셰메가 강아지를 좀 더 자세히 살펴보고 있을 때 날라가 나타났다. 번잡한 광장 여기저기를 뛰어다니며 탐험하고 온 참이었다.

"이 녀석은 어디서 데려왔죠?" 셰메가 날라를 쓰다듬으며 내게 물었다.

"보스니아헤르체고비나 산속에서요. 얘도 길가에 버려져 있었어요."

셰메는 미소를 지으며 머리를 내저었다.

"당신도 나 같은 사람이군요. 당장 우리 집에도 개가 네 마리 있지만, 마흔 마리도 더 기를 수 있어요. 유기동물을 만나기만 하면 구조하고 싶거든요. 하지만 내가 전부 데려올 수는 없겠죠."

나는 고개를 끄덕였다.

"네, 무슨 말인지 알겠어요."

셰메가 강아지를 쳐다보는 표정만 봐도 걱정스러워하는 걸 알 수 있었다. 녀석은 정말 끔찍한 상태였던 것이다.

"수컷 같네요. 생후 3~4주일밖에 안 됐고요. 수술을 해야겠는데요. 그런 다음 우리 집에 데려가서 회복시키죠."

"뭐든 필요한 치료는 다 해주세요." 내가 대답했다. "돈은 문제가 안 되니까요."

셰메는 깜짝 놀란 기색이었다. 딱 봐도 내가 부자같지는 않았을 테니까. "좋아요. 하지만 당신이 녀석을 입양할 사람을 찾아줄 수 있다면 큰 도움이 되겠는데요." 그는 이렇게 말하더니 손목시계를 흘끗 보았다. 어딘가 가야 할 곳이 생각난 모양이었다.

"이제 가봐야겠네요. 이 녀석은 나한테 맡겨요."

내 표정이 살짝 걱정스러워 보였던 모양이다.

"염려 말아요. 얘는 나랑 같이 있으면 돼요." 셰메는 강아지를 한 팔로 안아들고 머리를 쓰다듬으며 말했다. "내 휴대전화에 댁 전화번호가 있잖아요. 얘가 어떻게 지내는지 소식 전해줄게요."

나는 마지막으로 강아지를 쓰다듬어주고 작별 인사를 건넸다. "잘 지내야 해, 꼬마 친구."

녀석이 떠나는 걸 보니 마음이 흐뭇했다. 나는 강아지를 적당한 곳에 데려다줬던 것이다. 셰메는 믿을 수 있는 보호자처럼 보였다.

날씨가 또다시 흐려지고 있었다. 하늘에 무시무시하게 생긴 잿빛 구름덩어리가 나타났고 기온도 쭉쭉 떨어지는 참이었다. 나는 해변에서 지붕이 있는 쉼터를 발견하고 거기에 텐트를 쳐서 하룻밤 묵어가기로 했다. 날씨가 나아지는 대로 그리스 아테네Athens를 향해 출발할 생각이었다. 셰메는 약속한 대로 그날 이른 저녁에 문자 메시지를 보내줬다. 강아지를 특수약품으로 씻겨서 옴을 일으킨 진드기를 몽땅 제거했다는 것이다. 털을 잘 말려주고 체온이 올라가도록 항생제를 주고 밥도 좀 먹였더니 강아지가 바로 곯아떨어졌다고 했다. 이런 소식을 듣고 나니 그날 밤은 안심이 되었다. 하지만 일단 강아지가 회복되고 체력을 되찾은 다음엔 어떻게 될지 계속 걱정스러웠다.

그날 밤 나는 인스타그램에 강아지의 상태가 어떤지 올렸다. 이미 이름도 지어놓은 터였다. 셰메와 헤어진 뒤 자전거로 달리다가 문득 건물 옆의 어느 간판이 눈에 들어왔다. '발루Ba-lou'라고 적힌 간판이었다. 이 지역의 성씨인지 이름인지 알 수 없었지만, 그걸 보니 디즈니 애니메이션 〈정글북The Jungle Book〉

(1994)에 나오는 곰 발루Baloo가 떠올랐다. 그 강아지에게도 어울리는 이름 같았다. 내 팔로워들도 그렇게 생각했던 모양이다. 몇 시간이 지나지 않아 발루를 입양하고 싶다는 사람들의 문의가 속속 들어왔으니까. 그중에서도 영국 런던London에 산다는 한 여자가 딱 좋은 입양처일 것 같았다. 더 기쁜 일은 발루 외에도 입양 가능한 개가 있는지 문의하겠다며 셰메의 연락처를 묻는 사람들이 있었다는 것이다.

이렇게 친절한 사람들을 보니 인류애가 다소 회복되는 듯했다. 발루를 셰메에게 맡기고 오길 잘했다는 생각도 들었다. 셰메의 말이 옳았다. 내가 여행 중에 만나는 모든 유기동물을 데려간다면 세계 일주를 하는 데 백 년은 걸릴 테고 대형 트럭이 필요할 것이다. 애초에 불가능한 일이다. 나는 하나의 개인에 불과하니까. 하지만 적어도 내가 사람들의 인식을 일깨우고 도움을 요청할 수는 있으리라.

학대받고 버려지고 집이 없는 동물들은 세계 어디서나 골칫거리다. 하지만 내가 발견했듯 그런 동물을 기꺼이 입양하려는 선량한 사람들도 아주 많다. 내가 그들을 서로 연결해줄 수 있다면 모두 함께 세상을 바꿔갈 수 있다고 생각했다. 사실상 그 일은 이미 시작된 셈이었다.

바로 그 순간이 전환점이었다. 머릿속에 또 한 번 전구가 켜지는 듯했다. 해변에 떠내려온 플라스틱 쓰레기와 마찬가지였다. 내가 지구상의 모든 해변을 청소하고 다닐 수 없지만, 다른 사람들도 이 문제를 생각해 보도록 일깨울 수는 있었다. 애초에 쓰레기를 버리지 말자고.

날라와 함께 텐트 안에 누워 휘몰아치는 바람 소리를 들으며 이런 생각을 하니 짜릿한 흥분이 느껴졌다. 나는 오랜 시간 하루 근무가 끝나기만을 기다리며 일해왔다. 주급 봉투를 손에 쥐는 날 말고는 낙이 없는 일자리였다. 하지만 이젠 하루하루가 기다려지는, 심지어 일이라고 느껴지지도 않는 일을 하고 있지 않은가.

그렇다. 이 새로운 '일'은 내 예상보다 한층 미묘하고 복잡할 수 있었다. 물론 이 일을 잘해낼 방법을 배우고 요령을 익혀야 할 것이었다. 하지만 나는 신념을 가질 수 있고 해볼 가치가 있는 일을 발견한 것이다. 그때까지의 내 인생에서 거의, 어쩌면 단 한 번도 없던 일이었다.

내가 발견했듯 학대받고 버려지고
집이 없는 동물들을 기꺼이 입양하려는
선량한 사람들도 아주 많다.
내가 그들을 서로 연결해줄 수 있다면
함께 세상을 바꿔갈 수 있다고 생각했다.

날라와 함께한 세상

자전거 타기의 좋은 점 하나는 생각할 여유를 준다는 것이다. 휴대전화를 내려놓고 남들과 떨어져 홀로 탁 트인 길을 달리다 보면 머릿속이 한결 맑아진다. 크고 작은 고민들, 좋거나 나쁜 문제들을 생각해 보고 정리할 시간도 생긴다. 다음 날 내가 그리스 국경을 향해 나아가는 동안에도 날라는 주머니 속에 앉아있었다. 귀를 쫑긋 세우고 이리저리 정신없이 고개를 돌리면서. 나는 어느새 날라에 관해, 녀석이 내게 미친 영향력에 관해 생각하기 시작했다.

믿기 어려운 일이었지만, 날라는 단 몇 주 만에 예상치도 못했던 다양한 면에서 내 삶을 바꿔놓았다. 이제 내게는 정해진 일과가 생겼다. 그날도 날라는 평소대로 해가 뜨자마자 내 얼굴을 핥고 몸을 부벼대고 아침밥을 달라고 야옹거리면서 나를 깨웠다. 날라가 밖에 나가서 아침 일과를 수행하는 동안(쿵쿵대며 냄새 맡기, 영역 표시하기, 어딘가 숨어서 볼일 보기) 나는 침낭에서 기어나와 날라의 밥그릇을 채워주고 이를 닦은 다음 하루 계획을 짜기 시작했다.

날라를 만나기 전 나는 실컷 자고 아무 때나 일어났으며, 마음이 내키면 늦잠을 잤다. 그런 나날은 완전히 끝났다. 이제 나에겐 아침부터 저녁까지 날라를 돌봐야 하는 임무가 있었으니까. 그 임무를 제대로 수행하려면 새로운 언어를 익혀야 했다. 나는 날라와 소통하는 방법을 배워야 했다. 배고플 때, 피곤할 때, 볼일을 보고 싶을 때와 같은 기본적인 울음소리는 제법 빨리 이해할 수 있었다. 하지만 날라의 또 다른 신체 언어는 좀 더 까다로웠다.

예를 들어 자전거를 타고 갈 때 날라가 왜 내게 기대어 내 입술을 핥는지 알 수 없었다. 맨 처음 그런 일을 겪었을 때는 식겁했다. 대체 왜 이러는 거지? 정말 묘한 느낌이었다. 나는 서너 번 같은 일이 반복되고 나서야 이유를 알아차렸다. 내가 물을 벌컥벌컥 들이켜다가 턱에 약간 흘렸더니 날라가 평소처럼 내 입술을 핥기 전에 턱도 핥았던 것이다.

"아, 알았다. 너 목이 마르구나."

그때까지는 내가 날라에게 물을 충분히 주는 걸로 착각하고 있었다. 하지만 그 뒤로는 날라가 혀를 내밀어 보이기만 해도 얘가 목이 마르구나 하고 이해할 수 있게 되었다.

기분 좋을 때 내는 '골골' 소리와 기묘하고 애처로운 '야옹' 소리를 제외하면 날라는 과묵한 편이었고, 뭔가 필요할 때 외에는 좀처럼 '말하지' 않았다. 날라는 항상 자신의 의사를 뚜렷이 표현했고 내가 제대로 이해했는지 확인하곤 했다. 예를 들어 이제 슬슬 자전거에 오르는 게 좋겠다고 판단했을 때 말이다.

나는 날라가 언제든 무슨 일이든 내가 하는 대로 따라오겠거니 생각했지만, 얼마 지나지 않아 그건 착각이었음을 깨달았다. 내가 자전거를 탈 준비를 하고 있으면, 날라는 주머니속에 뛰어들어 가만히 앉아서 출발을 기다리는 것으로 동의를 표현했다. 가끔은 내가 자전거를 탈 생각이 전혀 없는데도 무턱대고 주머니에 들어가 앉아서 재촉하듯 나를 빤히 쳐다보기도 했다. 마찬가지로 날라는 출발하고 싶지 않을 때도 자기 의사를 명확히 밝히곤 했다. 바로 그날 아침이 좋은 예였다. 내가 떠나려고 준비하는 사이 날라가 그냥 사라져버린 것이다.

전날 밤 우리는 바다를 내다보는 곳帶에 텐트를 치고 묵었다. 날라는 저녁 시간 대부분을 근처의 작은 소나무 숲에서 뛰놀며 보냈다. 바로 그 숲에 가보니 당연하게도 소나무 가지 사이에 들어가있는 날라의 모습이 보였다. 자기가 나한테 보인다는 걸 몰랐는지 이따금씩 머리를 쏙 내밀었다가 도로 집어넣곤 했다. 정말 우스웠다. 저 녀석, 숨어있으려던 거였구나.

나는 날라를 꾀어내는 최고의 수단을 동원했다. 크리스마스에 사준 쫀득한 고양이 간식을 꺼냈던 것이다. 몇 분이 걸리긴 했지만 결국에는 날라가 팔짝팔짝 뛰어나왔다. 이런 순간에는 빠르고 단호하게 행동해야 한다는 걸 나는 경험을 통해 터득한 터였다. 날라가 미처 눈치채기 전에 얼른 목줄을 자전거 손잡이에 걸고 날라를 주머니 속에 집어넣은 다음 도로로 나섰다.

"우리가 갈 곳엔 나무가 훨씬 더 많단다, 날라야." 내가 웃으며 말하는 동안 날라의 사납고 반항적인 야옹 소리가 바닷바람에 스쳐갔다.

돌이켜보면 날라가 내 삶에 미친 영향은 경이로웠다. 날라는 나의 세상을 바꿨을 뿐만 아니라 내 주변 세상도 바꿔놓았다. 우리가 어디를 가든 사람들은 날라에게 홀딱 반했고, 처음 보는 사람이 나는 안중에도 없는 것처럼 날라를 향해 다가오기도 했다. 그렇다고 화가 나거나 속상한 건 아니었다. 오히려 그 반대였다.

친구 리키와 함께 다닐 때는 노천 카페나 마을 광장에 앉아있어도 사람들이 좀처럼 다가오지 않았다. 우리는 험상궂게 생긴 거구의 스코틀랜드 사내들이었고 모르는 사람에겐 관심이 없을 것처럼 보였다. 그러니 다들 우리와 거리를 뒀다. 당시에는 별생각이 없었지만 지금 돌이켜보면 아쉬운 일이었다. 이 여행의 묘미는 새로운 사람들을 만나고 그들이 무슨 생각을 하는지, 나와 같거나 다른 점은 무엇인지 이해하는 것이기도 하니까. 리키와 함께하는 자전거 여행에 그런 경험은 빠져있었다. 물론 몇 사람을 알게 되긴 했지만, 그들도 대체로 수줍고 서먹한 태도를 보였다. 날라와 함께 다니면서 상황이 완전히 바뀌었다. 날라는 내게 새로운 세상을 열어준 것이다.

나는 페달을 밟으며 계속 생각에 잠겼다. 날라는 내 삶의 대부분을 점령했으며, 내가 그 무엇보다 집착하는 대상이 되었다. 아마도 그 점이 가장 큰 변화라고 해야 할 터였다. 우리가 어딜 가든 내 머릿속엔 줄곧 이런저런 생각들이 떠오르곤 했다. 날라는 어디 있지? 기분은 좋으려나? 밥 줄 때가 된 거 아냐? 이 정도면 날라도 충분히 따뜻할까? 오늘 밤은 날라가 어디서 자려나? 마치 아이를 키우는 기분이었다. 날라는 나의 최우선 순위이자 내 세상의 중심이었다. 생각해 보면 애초에 내가 그리 중요한 존재인지도 확신할 수 없었다. 어쩌면 날라에게 내가 세상의 중심일 수 있을까?

나는 주머니 속에 당당히 앉아있는 날라를 내려다보았다. 내가 기관실에서 열심히 페달을 밟는 동안 상갑판에서 세상을 내려다보며 우리의 작은 배를 지휘하는 선장처럼 보였다. 우리는 〈스타 트렉Star Trek〉 시리즈의 스콧과 커크 함장이었다.

"그래, 맞아." 나는 웃음을 터뜨렸다. "이제 여긴 날라의 세상이야. 난 단지 그 세상을 살아갈 뿐이고."

국경이 가까워지자 묘한 긴장감이 엄습했다. 필요할지 모르는 서류는 전부 준비해놓았는데도 머릿속이 또다시 뒤숭숭해지고 있었다. 정말로 서류가 정확할까? 뭔가 사소한 문제라도 있어서 날라가 통과하지 못하면 어쩌지?

나는 부스 창가에 자전거를 세우고 여권 두 개를 건넸다. 경비대원은 꾀죄죄한 제복 차림에 콧수염을 기른 거구의 남자였고, 우리보다도 구석에 놓인 소형 텔레비전에서 중계되는 축구 시합에 관심이 있는 듯했다. 그는 나를 흘끗 보더니 날라에게로 시선을 돌렸다. 날라는 고개를 한쪽으로 갸웃한 채 자전거 주머니 속에 꼿꼿이 앉아있었다. 최대한 귀엽게 보이려고 작정한 것처럼. 그는 당황한 기색을 띠며 내가 건넨 서류를 훌훌 넘겨보았다. 동물 여권은 난생 처음 본 모양이었다. 채 삼십 초도 지나지 않아서 경비대원은 슬며시 미소를 띤 채 고개를 흔들며 내 여권에 스탬프를 찍어주었다. 그는 내 쪽으로 서류를 슥 밀어주며 이만 가보라는 듯 손을 내저었지만, 날라에게는 윙크를 보냈다.

나도 모르게 히죽 웃음이 나왔다. 우리가 처음으로 함께한 정식 국경 횡단인데 이걸로 끝이라니? 그간의 걱정과 노력, 적당한 서류를 준비하려고 쓴 돈이 허망해질 지경이었다. 사실상 내가 해야 할 일은 날라의 치명적으로 귀여운 얼굴을 보여주는 것뿐이었다. 그 자체가 날라의 여권이었다.

나는 오랫동안 남유럽을 향해 달려오면서 순진하게도 그리스가 항상 햇살이 빛나는 곳일 거라고 기대했다. 거기서는 1월에도 티셔츠 차림으로 거니는 사람들을 보게 될 줄 알았다.

나의 환상은 얼마 지나지 않아서 무참히 깨졌다. 원래는 자전거로 그리스를 횡단하여 아테네로 직진할 계획이었지만 도중에 날씨가 엄청나게 추워졌다. 북쪽에서부터 살을 에는 바람이 불어왔고, 그쪽 방향으로 갓 내린 눈에 뒤덮인 산봉우리가 보였다. 겨울이 끝나려면 아직 멀었던 것이다.

얼마 지나지 않아 날라는 다시 사람들의 시선을 끌기 시작했다. 이제는 전혀 예상치 못했던 이들에게서도.

오후 늦게까지 실컷 잠을 잔 날라는 주머니 속에 똑바로 앉아 시골 풍경을 구경하고 있었다. 작은 농촌 마을을 연달아 지나는 동안 사람들이 우리를 가리키며 미소 지었다. 작은 학교 옆을 지나칠 때는 운동장에 있던 아이들이 손을 흔들며 소리치기도 했다. 나는 날라의 목털을 살짝 헝클어주었다.

"꼭 무슨 왕족이랑 같이 다니는 것 같구나."

하지만 그리스로 들어와 20km 조금 넘게 달렸을 때 우리 뒤로 경찰차 한 대가 나타났다. 먼저 지나가라고 손을 저어 보아도 그 차는 계속 일정 간격을 두고 따라왔다. 아무래도 우리를 쫓아오는 듯했다.

"이런." 나는 혼자 중얼거렸다. "골치 아파지겠어."

염려했던 대로 2km쯤 더 가자 경찰차가 전조등을 쏘아보내기 시작했다. 뒤돌아보니 차 안에 경찰관 한 명이 타고 있었다. 그는 내게 자전거를 세우라고 손짓해 보였다. 나는 길가로 가서 작은 교회 옆에 자전거를 세웠다.

마치 영화의 한 장면 같았다. 칙칙한 푸른색 제복 차림의 땅딸막한 중년 남자가 경찰차에서 내리더니 천천히 우리에게로 걸어왔다. 그의 엉덩이 위로 권총대가 늘어져 있는 게 눈에 들어왔다. 내가 아는 한 나는 규칙을 어긴 적이 없었지만, 혹시 모르니 주머니를 뒤져 서류를 찾기로 했다. 경찰관은 나를 지나쳐 자전거 앞쪽으로 다가갔다.

"고양이 참 예쁘네요." 그는 날라에게로 몸을 굽히며 말했다. "이름이 뭔가요?"

"날라요."

"안녕, 날라." 경찰관은 날라의 목덜미를 가볍게 쓰다듬으며 말을 건넸다. 나는 여권을 꺼내 그에게 건넸지만, 그는 됐다는 듯 손을 내저었다.

"어디 가는 길인가요, 친구?" 그가 내게 물었다.

"목적지는 아테네예요. 도착하려면 며칠 걸리겠지만요." 나는 대답했다. 경찰관은 멀리 보이는 산과 그 위의 잿빛 구름을 가리켜 보였다.

"날씨가 엄청 나빠질 거예요. 내가 당신이라면 몇 킬로미터 앞에 있는 캠프장에서 묵어가겠어요."

"알았어요. 그럴게요."

"고양이가 감기라도 들면 안 되니까요."

경찰관은 몸을 굽혀 한 번 더 날라를 쓰다듬더니 살짝 뽀뽀하는 시늉까지 했다.

"조심해서 가렴, 날라야." 그는 인사를 건네고 내게 고개를 끄덕한 다음 경찰차로 돌아갔고, 몇 분 뒤에는 자취를 감추었다. 그걸로 끝이었다.

나는 어이가 없어서 고개를 내저었다. 방금 그 경찰관, 정말로 비가 올 것을 경고해주려고 나를 붙잡아 세운 거야? 아니면 사실은 날라한테 인사하고 싶었던 건가? 어느 쪽인지 알 수가 없었다. 어느 쪽이든 어처구니없기는 마찬가지였으니까. 어쨌든 경찰관의 충고는 정확했다. 내가 도시라고 할만한 지역에 이르렀을 무렵에는 이미 날이 흐려지고 있었다. 나는 최대한 빨리 텐트를 치고 날라와 함께 따뜻한 침낭 속에 드러누웠다. 금세 텐트 지붕을 두드리는 빗소리가 들려왔다. 나는 인터넷으로 몇 가지 일을 처리하고, 아테네에 도착하면 뭘 할지 계획하는 일을 마무리하기로 했다.

예산이 빡빡했기에, 여행 초반 리키와 함께 다닐 때 이용했던 카우치 서핑 사이트에 들어갔다. 며칠 무료로 숙박할 수 있다면 경제적 부담이 줄어들 터였다. 이미 스코틀랜드에 계신 숙모님의 친구분들에게 묵고 가라는 초대를 받긴 했다. 그분들은 테살로니키Thessaloniki로 가는 길에 있는 네오스 스코포스Neos Skopos에 살고 계셨다. 하지만 아테네에서도 며칠 머물 곳을 찾아야 했다. 스코틀랜드 에든버러Edinburgh가 '북쪽의 아테네'라고 불린다는 걸 알았기 때문에 원조 격인 도시를 꼭 구경하고 싶었다.

곧바로 어느 가족이 기꺼이 우리를 재워주겠다며 연락해 왔다. 나로서는 그저 친절한 사람들이구나 하고 생각했지만, 사실 그들에게도 나름의 이유가 있었다. 딸아이가 고양이를 좋아하는데 카우치 서핑 사이트 프로필을 보고 내가 고양이와 함께 여행하고 있다는 걸 알아냈던 것이다.

"얘가 빨리 날라를 만나보고 싶대요." 아이 엄마는 메일에 이렇게 적어 보냈다.

유감스럽게도 일자리 문제에 있어서는 날라가 도움을 줄 수 없었다. 나는 돈을 좀 더 벌어야겠다고 결심한 터였다. 날라와 함께 다니면서 여행 비용이 예상보다 늘어났던 것이다. 만에 하나라도 여행 중에 날라가 아픈데 치료비가 없는 상황을 맞기는 싫었다. 4월 초면 날라도 생후 6개월이 되니 수의사를 찾아가 추가예방접종을 해야 했다. 어쩌면 중성화 수술을 해야 할 수도 있었다. 크라우드 펀딩 사이트에서 모은 발루의 치료비가 있기는 했지만, 발루는 알바니아에서 셰메의 치료를 받고 있었으니 그 돈에 손을 댈 순 없었다. 그래서 카약 강사를 찾는 구인 광고에 지원하기로 했다.

나는 십대 시절부터 카약을 종종 타봤기에 지원서를 작성해 여행사 십여 군데로 보냈다. 몇몇 곳에서 답장이 왔지만 하나같이 이번 시즌 가이드는 구했다는 내용이었다. 대부분은 답장조차 주지 않았다. 하지만 나는 계속 밀어붙이기로 했다. 어쩌면 여행 가이드 외에 쥐잡이도 필요한 여행사가 있을지 모르니까.

다음 주 내내 오락가락하는 날씨가 이어진 탓에 여정이 지체되었다. 햇살이 눈부신가 하면 뇌우가 쏟아지고 그러다 몇 분 만에 다시 맑아지곤 했다. 해가 날 때면 그리스 북부는 말 그대로 천국이었다. 우리는 그리스 북서부 쪽으로 내려갔다. 저녁이 되면 인적 없는 만ِ 끄트머리에서 야영했고, 물 위로 날아다니는 바닷새들을 구경하거나 파도가 부서지는 소리에 귀 기울였다. 비가 내릴 때는 스코틀랜드와 똑같이 우울하고 흐리고 축축했지만, 그래도 상관없었다. 이리저리 옮겨 다니며 여행한다는 것만으로도 좋았다. 자연 속 생활을 만끽하는 자전거 여행이라니, 딱 내 취향에 맞았다. 그 여정을 장난기 많은 고양이와 함께한다는 것은 내 계획에 없었지만 말이다.

날라는 하루가 다르게 자라고 있었다. 아직도 몸집이 작긴 했지만 내 한쪽 손바닥에 쏙 들어가던 시절은 지난 지 오래였다. 이제 날라는 나와 떨어져 있어도 불안해하지 않았고 안전하다는 확신만 있으면 꽤 멀리까지 돌아다니곤 했다. 새로운 장소에 도착했을 때 날라의 반응을 구경하는 건 재미난 일이었다. 날라는 법의학 수사관처럼 그곳을 철저히 돌아다녔다. 구석구석 킁킁대며 다른 생물의 냄새가 나지 않나 확인하고 자기 냄새를 묻히기 위해 여기저기 몸을 문댔다. 그때쯤엔 나도 고양이가 냄새를 통해 많은 정보를 얻는다는 사실을 알고 있었다. 고양이에게는 그런 행위가 사람이 안내서를 읽거나 지도를 들여다보는 것과 같았다. 일단 주변 환경에 만족하면 날라는 마음껏 뛰어놀기 시작했다.

날라는 원기 왕성한 고양이였고, 내가 보기엔 못 넘을 것 같던 장애물도 아무렇지 않게 뛰어넘거나 기어올랐다. 그것 역시 날라의 초능력인 모양이었다. 날라는 다리에 강력 스프링이라도 달린 것처럼 도움닫기 없이 3m씩 뛰어오를 수 있었다. 게다가 뭐든지 두려워하는 법이 없었는데, 나로서는 그것도 우리 둘의 닮은 점이라 생각하고 싶었다. 하지만 내가 그렇듯 날라도 종종 사고를 치고 자기가 감당 못할 짓을 저지르는 버릇이 있었다.

그 일주일 동안의 어느 저녁에 있었던 일이다. 그날도 그림같이 펼쳐진 해안선이 내려다보이는 곳에 텐트를 치고 있는데 문득 날라가 야옹야옹 울어대는 소리가 들려왔다.

나는 한동안 그 소리를 무시했다. 저녁밥이랑 물도 먹었겠다, 볼일도 봤겠다, 더 필요한 게 뭐가 있겠어? 하지만 날라의 울음소리는 그치기는커녕 오히려 점점 더 크고 격렬해졌다. 마치 분노를 터뜨리는 소리처럼 들렸다. 모르는 사람이 들었다면 '고양이도 욕을 할 수 있나?' 하고 생각했을 것이다.

나는 치다 만 텐트를 내버려두고 무슨 일인지 살펴보러 갔다. 날라가 어느 잡목 숲으로 들어간 건 알고 있었다. 낮은 나뭇가지를 죽 훑어보았지만 날라는 흔적조차 보이지 않았다. 그때 또다시 야옹야옹 소리가 들려왔다. 이번에는 더욱 커다랗게. 나는 그 소리가 머리 위에서 들려온다는 걸 알아차렸다. 올려다 보니 거기 날라가 있었다. 높이가 적어도 6m는 될 어느 가느다란 나뭇가지 끝에 아슬아슬하게 서서.

"아니, 어쩌다 거기까지 올라갔어?"

처음에는 나무줄기를 타고 올라갔겠지만, 위험을 생각지 못하고 잔가지로 뛰어오른 모양이었다. 말 그대로 위험을 자초한 셈이었다(위험을 자초한다는 뜻인 'out on a limb'에서 'limb'에는 잔가지라는 뜻도 있다 – 옮긴이). 그런데 잔가지가 계속 바람에 흔들리다 보니 겁이 나서 나무줄기로 뛰어내리지 못하고 있었던 것이다.

나는 얼른 나무를 훑어보고 줄기를 2m쯤 기어올라가 굵고 옹이진 가지에 올라섰다. 그런 다음 날라가 고립되어 있는 잔가지 쪽으로 뻗은 또 다른 잔가지를 붙잡았다. 잔가지는 가늘고 유연해서 손으로 쉽게 움직일 수 있었다. 나는 잔가지를 잡고 흔들며 날라 가까이로 내밀었다. 그 잔가지를 탈출용 사다리처럼 타고 내게로 내려오면 될 터였다. 처음에 날라는 내키지 않는 기색이었고, 자기가 서있던 잔가지 끝에서 왔다 갔다 하며 망설였다. 뛰어내릴 용기를 끌어모으는 것 같았다.

"어서, 날라." 나는 몇 번씩 날라를 향해 외쳤다.

"넌 할 수 있어."

마침내 날라가 몸을 날렸고, 초고속 줄타기 곡예사처럼 후다닥 탈출용 사다리로 뛰어내렸다. 녀석은 굳이 나한테 올 생각도 안 하고 줄기 아래쪽까지 달려가서 쿵 뛰어내렸다. 내가 나무에서 내려왔을 땐 날라는 아무 일도 없었다는 듯 천연덕스럽게 다른 곳으로 가버린 뒤였다.

"도움이 되어 영광입니다, 여왕님." 날라가 텐트로 돌아왔을 때 나는 이렇게 농담을 던졌다. 날라가 짧게 야옹 하고 대꾸했지만, 나로서는 무슨 뜻인지 알 수 없었다. 아마도 욕설 같았다.

그리스 아테네까지 자전거로 일주일이 걸렸다. 대도시를 좋아하지 않는 나도 눈앞에 솟아오른 파르테논 신전을 보자 생각이 바뀌었다. 나는 도시 전체에서 느껴지는 역사적이고 생생한 분위기에 압도되었다. 모퉁이를 돌 때마다 무너져가는 고대의 기념물이나 조각상이 나타나곤 했다.

우리를 재워주기로 한 가족은 아테네 시내 근처의 아름답고 나무가 울창한 교외 지역에 살고 있었다. 그들의 근사한 저택에 가까워지자 슬쩍 불안감이 느껴졌다. 며칠간 길바닥에서 지내느라 제대로 샤워도 못 한 데다 그들에 관해 아는 바가 전혀 없었으니까. 메일 내용만 보면 아주 좋은 사람들 같았지만, 카우치 서핑에서는 어떤 사람을 만나게 될지 알 길이 없었다.

다행히도 일리아나와 닉, 그들의 딸 리디아는 지극히 상냥하고 사려 깊은 사람들이었다. 그들 가족은 오랜만에 만난 친구처럼 우리를 환영해주었다. 다음 날 닉은 내 자전거 제조사인 트렉의 아테네 지사에 연락해서 점검 서비스를 신청했고,

심지어 나 대신 비용을 내주기까지 했다. 생판 모르는 사람에게 이처럼 친절할 수 있다니 믿기지 않을 정도였다.

날라 역시 이들 가족과 친해졌다. 그들이 날라를 보고 얼마나 난리법석을 피웠는지를 생각하면 당연한 일이었지만 말이다. 리디아는 하루 온종일 날라와 놀아주고 싶은 기세였다. 둘은 마치 평생 알아온 친구처럼 나란히 텔레비전 앞에 누워 엎치락뒤치락하다가 껴안곤 했다. 나도 그런 모습을 바라보는 게 좋았다. 덕분에 모처럼 날라를 돌보는 임무에서 벗어나 다른 문제들을 돌아볼 시간이 생겼으니까.

알바니아를 떠난 이후로도 나는 꾸준히 셰메와 연락을 주고받았다. 발루는 잠시 상태가 악화되어 링거 주사를 맞아야 했지만 이제 고비를 넘기고 회복 단계에 접어든 터였다. 조만간 티라나에 있는 정식 반려동물 훈련사에게 맡겨질 것이라고 했다. 발루를 입양하기로 한 영국 여자도 녀석을 데리러 직접 올 예정이었다. 모든 일이 제대로 돌아가고 있었다. 다행이라고 생각했지만, 발루가 아팠던 때의 모습만 본 게 안타깝기도 했다. 돌아가는 상황을 보니 발루는 곧 영국으로 가게 될 듯했고 그 뒤엔 다시는 만날 수 없을 터였다. 닉과 일리아나도 내 인스타그램을 팔로우하고 있었기에 어느 날 저녁식사 때 발루는 어떻게 지내냐고 내게 물었다. 내가 대답하면서 속마음을 잘 숨기지 못했던 모양이다. 두 사람은 즉시 내 심정이 얼마나 착잡한지 알아차렸으니까.

"직접 가서 만나보지 그래요." 일리아나가 제안했다.

닉도 고개를 끄덕이며 미소 지었다.

"날라는 우리가 하루 이틀 돌봐주면 돼요. 그렇지, 리디아?"

리디아는 그 말을 듣자 기뻐서 까무러칠 듯 보였다.

나는 깜짝 놀랐다. 그런 방법은 생각지도 못했다.

"정말요?"

"물론이죠." 세 사람은 이구동성으로 대답했다.

나는 곰곰이 생각해 보았다. 아테네 중앙 터미널에서 직행 버스를 타면 국경을 넘어 알바니아 사란다까지 갈 수 있었다. 발루와 하루를 보내고 그다음 날 야간버스로 돌아온다면 아테 네에서 서른여섯 시간쯤 떠나있는 셈이었다.

날라를 놔두고 가려니 속상했다. 우리는 보스니아헤르체 고비나의 산길에서 만난 이후로 단 한 번도 떨어진 적이 없었 다. 하지만 날라를 맡기기에 이보다 더 안전한 사람들도 없을 터였다. 며칠 뒤 나는 오후 늦게 슬며시 그 집을 나섰지만, 날라 는 리디아와 노는 데 정신이 팔려 내가 나가는 줄도 몰랐다.

여섯 시간의 여정은 끔찍했다. 버스 안 난방이 최대한도로 켜져 있었기 때문이다. 이러다 내가 녹아내리는 건 아닌가 싶 었다. 다음 날 아침나절 무사히 사란다에 도착해서 지난번 셰 메와 만났던 시내 중앙광장으로 향했다. 몇 분 뒤 셰메가 나타 났다. 그가 목줄을 매어 데리고 나온 활기 넘치는 강아지는 몇 주 전 맡기고 간 발루와는 완전히 다른 녀석이었다. 내가 길가에서 주웠을 때보다 덩치가 두세 배는 커져 있었고, 털가죽도 반드르르한 데다 이리저리 쏘다니는 모습이 건강함 그 자체였다. 셰메가 발루를 몇 시간 맡겨준 덕분에 나는 녀석을 데리고 시내를 산책할 수 있었다. 발루가 개답게 목줄을 잡아당기거나 길가 나무 덤불에 뛰어드는 모습을 보니 무척 흐뭇했다. 녀석이 잘 지내리라는 것은 의심의 여지가 없었다.

날라를 오랜 시간 혼자 두고 싶진 않았기에 나는 그날 밤 돌아가기로 했다. 발루와 셰메에게 기쁘게 작별 인사를 하고 전날과 같은 버스를 탔다. 하나의 장을 무사히 마친 기분이 들었다. 아마도 다시는 발루를 만날 수 없겠지만, 누가 알겠는가? 확실한 것은 내가 발루에게 새로운 삶을 주는 데 나름의 기여를 했고 큰 보람을 느꼈다는 사실이었다.

돌아가는 길에도 버스 안 난방이 최대로 켜져 있었지만 이번에는 신경 쓰이지 않았다. 국경을 통과하는 일도 이젠 심드렁해져서 깜박 잠이 들었는데, 알바니아 경찰이 내가 탄 버스를 길가에 세우는 바람에 깨고 말았다. 마약이나 다른 불법행위 제보가 있었는지 경찰은 버스 안을 이 잡듯 뒤졌고 버스 차체와 그 안의 모든 것을 엑스레이 장비에 통과시켰다. 그것도 한 번이 아니라 두 번이나. 결국 두 청년이 경찰에게 붙들려 길가의 작은 건물 안으로 끌려갔고, 다시는 돌아오지 않았다.

버스가 몇 시간이나 멈춰있는 바람에 생각할 여유가 생겼다. 지난번 날라와 함께 국경을 넘었을 때는 제대로 서류를 준비하지도 않았다. 날라의 귀여운 얼굴만으로 무사 통과였으니까. 대체 내가 무슨 짓을 했던 걸까? 정식으로 필요한 서류를 전부 준비하지 않은 채 이런 식의 검문에 걸린다면 빠져나갈 길이 없었다. 날라를 데리고 세계를 돌아다니려면 항상 철저한 준비를 갖춰야 했다. 국가마다 나름의 규범이 있을 텐데, 날라를 아까 두 청년처럼 내쫓기게 하는 위험을 감수할 수는 없었다.

아테네로 돌아와 현관에 들어서자마자 날라가 달려나와 내 품에 뛰어들었다. 녀석은 엄청난 기세로 골골거리며 내게 온몸을 부벼댔다. 나는 잠시 날라를 꼭 껴안고 서있었지만, 잠시 후 녀석은 '뭐, 그렇게까지 보고 싶지는 않았다고.'라는 눈길로 나를 쳐다보았다. 그러고는 바로 리디아에게 가서 놀기 시작했다.

2월이 끝나갈 무렵 나는 절박한 상태였다. 아직도 일자리를 구하지 못했던 것이다. 에게 해와 이오니아 해에 있는 모든 섬의 카약 여행사에 재차 지원서를 보냈지만 답장이 온 곳은 몇 곳뿐이었다. 한 곳에서는 내 경력과 자격이 어떻게 되는지 묻기도 했지만, 내게 정식 자격증은 없었다. 슬슬 다른 계획을 고려해봐야 할 것 같았다. 어쩌면 술집 구인 광고에 지원해야 할지도 몰랐다.

그러던 어느 날 날라와 자전거로 아테네 시내를 한 바퀴 돌고 점심을 먹으러 돌아왔더니 새로운 메일이 도착해있었다. 에게 해 남쪽의 산토리니Santorini섬에서 카약 여행사를 운영한다는 해리스라는 사람이었다. 나한테 맞는 자리가 있는데 최대한 빨리 일을 시작해줬으면 한다는 메일이었다. 해리스와 그의 동생은 올여름 사업계획을 짜는 데 도움이 필요했기에 내가 4월 초부터 일할 수 있는지 알고 싶어 했다. 빨리 답장을 보내야 했지만, 나는 그리스 섬의 지리는 잘 몰라서 닉과 일리아나에게 물어보기로 했다. 두 사람은 내 질문에 미소를 띠었다.

"산토리니라고요? 그리스에서도 가장 아름다운 곳 중 하나예요." 일리아나가 말했다.

"아니, 세상에서 가장 아름답죠." 닉이 덧붙였다. "기회가 있다면 반드시 가봐야 할 곳이에요. 아테네에서 출발하는 배편도 있고요."

그 말에 나는 바로 결정을 내렸다. 3월 말까지는 그리로 가겠다는 답장을 보내고 아테네에서 떠나는 배편을 알아봤다. 아테네의 주요 항구 피레우스Piraeus에서 일주일에 몇 번 산토리니로 가는 배가 출발한다고 했다. 결정적으로 고양이도 이동장에 넣는다면 승선이 가능했다.

산토리니행 배를 타기까지 한 달도 안 남았기에 그동안 그리스 북부를 좀 더 둘러보기로 했다. 닉과 일리아나는 전혀 그런 기색을 보이지 않았지만, 슬슬 우리가 그들의 따뜻한 환대를 남용하고 있다는 느낌이 들었다. 원래 이틀만 묵겠다고 말했는데 2주일도 넘게 머물러 있었으니까. 네오스 스코포스와 테살로니키를 방문하고, 오래전부터 가보고 싶었던 테르모필레Thermopylae의 유명한 온천에도 들를 계획이었다. 일단 온천부터 가보기로 했다.

날라를 리디아에게서 떼어놓는 일은 엄청나게 힘들었다. 내가 자전거에 짐을 싣는 걸 보자마자 날라는 집 안으로 도망쳐 소파 밑에 숨어버렸다. 리디아가 나를 도와 날라를 꾀어내서 자전거 주머니에 넣기까지 이십 분이나 걸렸다. 마지막 작별 인사는 할리우드 멜로드라마의 한 장면처럼 길고도 서글펐다. 온 가족이 펑펑 눈물을 흘렸다. 우리 뒤에서 갑자기 관현악단이 연주했더라도 전혀 놀랍지 않았을 터였다. 어쨌든 나는 간신히 눈물을 참을 수 있었다. 안 그랬다면 아마 지금까지도 그 집에 머물러 있었을 것이다.

"걱정 마, 다시 만날 수 있을 거야." 나는 자전거 페달을 밟으면서 날라에게 말을 건넸다. 날라는 나지막한 끼잉끼잉 소리로 대꾸했다. 그때까지 한 번도 들어본 적 없는 울음소리였다. 차마 그 의미를 해석하고 싶진 않았다. 분명 나를 칭찬하는 말은 아니었을 테니까.

축복

3월로 접어든 지 며칠 뒤 우리는 그리스 테르모필레의 온천 지대에 도착했다. 목적지가 가까워지고 있다는 건 쉽게 알 수 있었다. 자전거를 몰아갈수록 꼬불꼬불 굽이진 산길을 따라 둔중하게 쏟아지는 폭포 소리와 썩은 계란 냄새 같은 유황 온천수의 미묘한 악취가 생생해졌으니까. 온천은 약 이천오백 년 전 스파르타의 레오니다스 왕과 군인 삼백 명이 페르시아 군대를 막아내려 했다는 고갯길과 맞닿아있었기에 성수기에는 많은 사람들이 찾는 관광지였다. 다행히도 여름 성수기까지는 세 달이 남아있었다. 레오니다스 동상과 공식 관광 안내소 겸 박물관을 지나 온천 옆 주차장에 들어서니 프랑스와 스웨덴 등 해외 번호판을 단 자동차 몇 대만 서있을 뿐 사방이 조용했다.

온천 본류는 폭포를 중심으로 그물처럼 퍼진 형태였고 풀장과 욕탕, 바위 위로 세차게 흘러 굽이굽이 주변 삼림 지대를 관통하는 강줄기로 이뤄져 있었다. 나는 날라를 어깨에 얹고 주변 탐사에 나선 지 얼마 지나지 않아 인적이 없고 물도 느리게 흐르는 구간을 발견했다. 날라는 유백색이 도는 짙푸른 강물을 수상쩍은 듯 바라보았다. 물에서 김이 뿜어져 나오고 강한 유황 냄새까지 풍겼으니까. 날라는 골똘히 생각에 잠겨 자꾸만 공기 냄새를 맡았다. '대체 이 악취가 나는 건 뭐지?' 내가 옷을 벗고 팬티 차림으로 물속에 뛰어들자 날라는 믿을 수 없다는 듯 나를 빤히 쳐다보았다. 그래 봤자 날라 손해였다. 40℃ 정도의 온천이었고 물도 좋았으니까. 거대한 천연 온수 욕조에 들어간 기분이었다. 길에서 힘든 일주일을 보낸 터라 목욕이 필요했다는 걸 인정하지 않을 수 없었다.

자전거로 온천까지 오는 데 나흘쯤 걸렸다. 고된 여정이었다. 아테네를 떠난 뒤로 며칠 동안은 만곡彎曲이 내려다보이는 언덕 위의 오래된 요새에서 야영했다. 텐트를 치기에 적당한 자리는 아니었기에 날라와 나는 지붕 없이 별을 보며 자야 했다. 우리가 방수 침낭에 들어가 누웠을 때는 하늘이 종소리처럼 쨍했지만, 새벽 다섯 시쯤 무시무시한 천둥이 나를 깨웠다. 침낭 바로 옆에서 폭탄이라도 터진 것처럼 시끄러웠다. 비구름이 내 머리 위에 자리 잡고 비를 퍼붓기 시작했다. 빗방울이 어찌나 굵은지 침낭을 때려대는 게 느껴질 정도였다. 다행히도 폭풍우는 거친 만큼 빠르게 지나갔다. 방수 침낭 덕에 내 몸은 젖지 않았고, 날라는 줄곧 내 몸 아래 웅크린 채 깨지 않고 잠들어있었다. 쏟아지는 폭풍우 아래 누워있으니 왠지 처량하게 느껴졌다. 이틀 뒤 대로를 벗어났다가 진흙탕 길을 지났을 때도 비슷한 심정이었다. 간신히 자전거를 끌고 나왔을 때는 온몸에 진흙이 덕지덕지 달라붙어있었다. 마침내 이렇게 따뜻한 온천 속에 누워서야 남은 진흙을 말끔히 닦아낼 수 있었던 것이다.

수천 년 전부터 사람들은 이 온천을 찾았다. 지구 중심에서 뿜어나오는 유황 광천수가 건강에 좋다고 알려졌기 때문이다. 온천욕을 마치고 나니 확실히 기분이 좋아졌다. 이렇게 몸이 깨끗해진 것도 오랜만이었다.

온천 지대에는 볼 것이 많았기에 나는 하룻밤 야영하고 가기로 했다. 온천에서 살짝 떨어진 숲속에는 호텔이나 호스텔처럼 보이는 건물이 있었다. 온천 지류를 내려다보는 노란색 건물이었는데 예전에는 근사했을 것 같았다. 지금은 주변 땅에 풀이 무성하게 자라 너저분했다. 건물 앞에는 관목이 우거진 널찍한 공터가 있었다. 거기에 텐트를 치면 딱 좋을 것 같았지만, 우선 건물 부지의 일부가 아닌지 확인해야 했다. 힘들게 텐트를 쳐놓고 쫓겨나기는 싫었으니까. 호텔 진입로 담벼락 앞에 한 청년이 서서 관광객들에게 무화과 잼을 팔고 있었다. 그는 나를 보자 "괜찮아요, 괜찮아요."라고 말하면서 양팔을 휘저어 보였다.

"정말로 여기서 야영해도 돼요?" 나는 확인차 되물었다.

"네, 확실해요. 문제없어요."

나는 단 것을 좋아했기에 감사의 표시로 그에게서 무화과 잼 한 병을 샀다. 그는 무척 고마워했다. 아마도 하루 종일 손님이 없었던 듯했다.

날라가 주변을 돌아보는 동안 나는 텐트 칠 자리를 고르기 시작했다. 호텔 앞에서 웬 아이들이 놀고 있나 했더니 텐트를 다 치기도 전에 그중 몇몇이 가까이 와 있었다. 검은 머리에 운동용 바지와 후드를 입은 여자아이들이었다. 아이들이 무엇에 이끌려 다가왔는지는 언제나 그랬듯 곧바로 알 수 있었다.

주변 탐사를 마치고 돌아온 날라는 내가 차려준 밥을 열심히 먹었다. 나는 손을 흔들어 아이들을 불렀다. 아이들은 1~2m쯤 떨어진 곳에 무릎을 꿇고 앉아 날라를 들여다보았다. 그리스어처럼 들리지 않는 말로 뭔가 속삭이고 깔깔거리면서. 내가 날라의 이름을 말해주자 아이들도 무슨 뜻인지 알아듣는 듯했다.

"날라, 날라." 아이들이 날라를 불렀다. 사람들의 관심을 거부하는 법이 없는 날라는 얼른 아이들에게 달려가 함께 놀기 시작했다. 십 분쯤 뒤에 좀 더 나이가 많은 여자아이가 오더니 손을 흔들며 큰 소리로 동생들을 불렀다. 저녁식사 시간이 된 게 분명했다. 여자아이는 내게 친근한 태도로 인사를 건네더니 동생들을 데리고 떠났다. 아이들은 가면서도 뒤돌아보고 손을 흔들며 "마 살라마Ma Salama, 날라!" 하고 외쳤다. 아마도 작별 인사인 모양이었다.

내가 알기로 유황 온천수는 고약한 냄새가 나긴 해도 식수 로 쓸 수 있었다. 하지만 날라는 그 물 근처에도 안 갈 것이 분 명했기에 나는 호텔에 가서 물을 쓸 수 있을지 알아보기로 했 다. 거기에는 정수된 물이 있을 테니까. 가까이 갈수록 그곳이 평범한 호텔은 아니란 게 확실해졌다. 대부분의 발코니에 빨래 가 널려있었고, 나머지 발코니에는 사람들이 해먹을 치고 잠들 어있었다. 어느 객실 옆에서는 몇몇 여자들이 불을 피워 토끼 로 보이는 동물을 요리하고 있었다.

호텔 안으로 들어가니 로비는 텅 비어있었다. 구석에 놓인 낡은 가죽 소파 몇 개 말고는 가구랄 것이 없었다. 몇몇 남자들 이 소파에 앉아 볼륨을 한껏 높인 텔레비전을 보고 있었다. 텔 레비전에서 나오는 말은 아랍어처럼 들렸다. 내가 그쪽으로 다 가가려 할 때 한 청년이 나타났다. 작은 유리 찻잔들을 쟁반에 받쳐든 그는 나를 보고 깜짝 놀란 듯했다. 나는 그를 향해 물병 을 흔들어 보이며 내 어깨 위의 날라를 가리켰다.

"고양이 주려고요."

그도 영어를 조금은 할 줄 아는 모양이었다.

"아, 네. 물이요." 그는 살짝 안심한 표정을 짓더니 소파에 앉은 남자들에게 쟁반을 넘겨주었다. "잠깐만요." 그러고는 내게 따라오라고 손짓했다. "같이 가시죠."

그는 나를 작은 주방으로 데려가더니 대형 플라스틱 탱크에 담긴 물을 따라주었다. 충분히 마실만한 물이었다. 주방 역시 수리가 필요한 상태였다. 벽은 얼룩이 졌으며 페인트칠이 벗겨지고 있었다. 조리 시설은 한동안 쓰지 않은 듯 녹슬어있었다.

"그런데 여긴 어떤 곳인가요?" 나는 청년에게 물었다.

"예전엔 호텔이었죠." 그가 대답했다.

"예전에요? 그럼 지금은요?"

"아, 우리는 난민이에요. 이제 여기는 난민촌이 된 거죠."

나는 깜짝 놀랐다. 순진하게도 난민촌이라고 하면 높다란 철조망에 둘러싸인 수많은 텐트, 음침하고 임시변통으로 만든 장소만을 생각해왔던 것이다. 하지만 이 숙소는 투박할지언정 좋은 곳에 위치해있었다. 물론 그들이 처한 상황에서 이런 곳에 갇혀있는 것이 어떻게 느껴질지는 다른 문제였지만 말이다.

뭐라고 말해야 할지 몰랐던 나는 물을 줘서 고맙다는 인사만 하고 밖으로 나왔다. 공터를 한 바퀴 돌아서 천천히 텐트 쪽으로 걸어갔다. 그곳은 무척 묘한 분위기였다.

적어도 아이들은 행복해 보였다. 아이들 여럿이 바위에 올라서서 건물 옆을 흐르는 급류 속으로 뛰어들고 있었다. 또 다른 아이들은 호텔 뒤의 담벼락을 골대 삼아 축구를 했다. 아무 근심도 없는 모습이었다. 하지만 눈을 돌려보면 어른들이 바위나 낡고 부서진 의자에 모여 앉아 가만히 대화를 나누고 있었다. 아이들과 달리 세상 모든 근심을 어깨에 짊어진 표정으로.

그들을 방해하고 싶지 않았던 나는 가만히 텐트로 돌아와 날라와 함께 저녁밥을 먹었다. 어둠이 내리고 있었다. 여기까지 자전거를 타고 오느라 지쳤기에 눕자마자 곯아떨어져버렸다. 다음 날 아침 날라가 평소처럼 나를 깨웠다. 아니, 평소보다는 조금 늦은 시간이었다. 날라를 밖에 내보내주려고 텐트 지퍼를 연 순간 나는 깜짝 놀랐다. 자전거 옆에 비닐봉지 하나가 놓여있었다. 비닐봉지 안을 들여다보니 놀랍게도 오렌지, 토마토, 빵과 물이 가득 들어있었다. 버젓한 한 끼 아침식사였다.

"대체 무슨 일이지?" 난민촌 사람들이 준 게 분명했다. 가진 것이 많지도 않을 텐데 내게 음식을 나눠준 것이다. 마음이 먹먹해졌다.

그날 아침은 날씨가 맑았기에 나는 텐트 밖에 앉아서 배부르게 음식을 먹었다. 선물받은 빵은 어제 산 무화과 잼과 잘 어울렸다.

여기로 올라오는 길에 자전거 체인이 이상하다고 느꼈던 터라, 자전거 상태를 간단히 점검하며 오전을 보내기로 했다. 자전거를 거꾸로 뒤집어놓자마자 어제 왔던 여자아이들이 나타났다. 새로운 얼굴도 몇몇 눈에 띄었다.

"날라, 날라." 어제 왔던 아이들은 신이 나서 새로 온 친구들에게 고양이 이름을 알려주고 있었다.

나는 날라와 함께 노는 아이들의 사진을 찍었다. 아이들은 행복하고 만족스러워 보였다. 흔히 생각하는 난민촌 아이들과는 다른 모습이었다. 떠나온 고국에서의 생활보다 이곳 생활이 차라리 나은 모양이었다. 그들이 여기까지 오느라 어떤 일을 겪었을지 짐작하기도 무서웠다.

계속 자전거를 손보고 있는데 웬 중년 남자가 다가왔다. 청바지와 운동복 셔츠, 낡아서 너덜너덜해진 야구 모자 차림이었다. 그는 여자아이들과도 아는 사이인지 한동안 대화를 나누다가 내 쪽으로 걸어왔다. 말투가 차분했고 교육을 많이 받은 듯 영어도 유창했다. 내게 혹시 도움이 필요하냐고 묻더니 괜찮다는 대답을 듣자 잔디밭에 가만히 책상다리를 하고 앉았다.

"어디서 왔어요?" 그가 내게 물었다.

"스코틀랜드요."

"아, 백파이프." 그는 미소를 띠며 팔을 겨드랑이에 넣고 입으로 부는 흉내를 냈다. 전혀 비슷해 보이진 않았지만 아마도 하일랜드Highlands 지역의 백파이프 연주자 흉내인 듯했다.

"맞아요."

"어디까지 자전거를 타고 갈 생각인가요? 아테네? 테살로니키?"

"세계 일주를 하고 있어요. 저기 있는 내 고양이랑요." 내가 대답했다. 그는 뒤돌아서 여자아이들과 놀고 있는 날라를 보더니 내게 미소 지었다.

"우리가 믿는 무슬림 예언자 무함마드는 고양이를 무릎에 앉힌 채 설교했다고 해요. 하루는 그분의 옷소매 위에서 잠든 고양이를 깨우지 않으려고 옷소매를 잘라냈다죠." 그는 활짝 웃는 얼굴로 이야기했다. "그래서 고양이를 아끼는 것은 지금까지도 훌륭한 신자의 표지標識로 통해요."

나는 고개를 끄덕였다. 그 말을 듣고 보니 알바니아 사람들이 날라에게 보였던 반응이 이해가 갔다.

그는 갑자기 무슨 생각을 떠올린 듯했다. "터키도 지나갈 건가요?"

"네, 계획대로 된다면요."

"터키 사람들도 당신 고양이를 좋아할 거예요." 그의 얼굴에서 웃음기가 가셨다. "하지만 조심해요. 북부 지역으로만 다니고 시리아 국경 근처로는 가지 말아요."

"당신 고향이 그곳인가요?"

그는 천천히 고개를 끄덕였다.

"그곳은 상황이 나빠요." 그가 눈을 내리깐 채 말했다. "아주 나빠요."

나도 지난 몇 년간 시리아 난민에 관한 텔레비전 뉴스를 여러 차례 접했다. 그들은 목숨을 걸고 총탄과 폭탄 속을 빠져나와서 조각배에 의지해 그리스로 건너온다고 했다. 끔찍한 광경이었다. 그들이 어떤 경험을 했을지 감히 상상할 수 없었다.

"여기 있는 사람 모두 시리아 출신인가요?" 내가 물었다.

"전부는 아니에요. 이라크 사람도 있고 쿠르드 사람도 있어요. 다들 여기서 꼼짝 못 하고 있지요."

"꼼짝 못 하다니요?"

"우린 움직이면 안 돼요. 독일이나 스웨덴, 아니면 스코틀랜드로 가고 싶지만." 그가 미소를 지어 보였다. "그리스와 우리 목적지 사이에 있는 국가들이 우리가 국경을 넘도록 허락해 주지 않거든요."

언뜻 그런 얘기를 들은 기억이 났다. 발칸 반도의 국가들 상당수가 난민이 통과하지 못하도록 장벽을 쳤다고. 그래서 이들은 여기까지 와서 꼼짝달싹 못하고 있었던 것이다. 유럽 북쪽으로는 갈 수 없지만 고향으로 돌아가기는 두렵기에.

"하지만 꼼짝 못 하고 있기에 나쁜 곳은 아니네요." 나는 분위기를 밝게 해 보려고 한마디 건넸다.

그가 주위를 휙 둘러보더니 말했다.

"여긴 원래 호텔이었으니까요."

"네, 누가 그렇게 말해주더군요."

"그리스 정부가 여기를 난민 센터로 바꿨어요. 그래서 여기 머물게 되었지요. 아이들을 위한 작은 도서관도 있고요." 그는 가까이서 노는 아이들을 보고 웃으며 덧붙였다. 하지만 그의 얼굴은 곧바로 다시 어두워졌다. 아까보다 더욱더.

"하지만 여기서도 오래는 못 있을 거예요. 곧 우리를 옮긴다고 하더군요. 아마도 터키로 돌려보내거나 아니면 다른 난민촌으로 보내겠죠."

한동안 우리는 침묵을 지켰다. 뭐라고 말해야 할지 알 수 없었다. 내가 무슨 말을 할 수 있겠는가?

잠시 후 그가 침묵을 깨뜨렸다.

"참, 자전거로 오스트레일리아도 갈 건가요?"

"오스트레일리아요? 네, 아마도요. 언젠가는요."

"나도 오스트레일리아에 가고 싶네요. 캥거루를 보러요." 그가 말하면서 구부정한 자세를 취했다. 이번엔 캥거루를 흉내 내려는 모양이었다. 그는 자신의 농담이 만족스러운 듯 낄낄 웃기까지 했다.

나는 아침에 받은 오렌지 하나를 그에게 건넸다.

"슈크란Shukran. 고마워요." 그는 오렌지를 받더니 미소 지으며 인사했다.

나도 오렌지 하나를 집어들고 껍질을 벗겼다. 알바니아 도로변에서 땄던 오렌지보다 훨씬 달콤한 맛이 났다.

"아녜요, 고마워해야 할 쪽은 나죠." 내가 대답했다. "이곳의 누군가가 준 오렌지인 걸요. 당신이 고마워할 이유는 없어요."

그는 여자아이들을 향해 고개를 까딱하더니 잠시 내 얼굴을 바라보았다.

"남들에게 축복이 되면 당신도 축복을 받게 마련이지요."

여자아이들이 날라와 함께 놀게 해준 것 정도를 제외하면 내가 그들에게 베푼 것이라곤 없었다. 적어도 내 생각에는 그랬다. 하지만 그의 말이 무슨 뜻인지는 이해했고, 굳이 그와 옥신각신할 생각도 없었다. 나 역시 그와 똑같이 믿었으니까.

그는 한참 더 거기 앉아서 오렌지를 먹으며 내가 자전거를 고치는 모습을 지켜보았다. 나를 지켜보는 것이 단조로운 생활 속에서 일종의 기분 전환이라도 되었던 것일까. 결국엔 그는 가버렸다. 기도드리듯 양손을 모으더니 고개를 한번 꾸벅 하고서.

하루 종일 그런 식이었다. 나는 이따금 햇볕을 피해 텐트에 들어가서 드러눕곤 했지만, 마음 놓고 쉴 수는 없었다. 잊을 만하면 누군가 고개를 들이밀었기 때문이다. 날라에게 줄 물을 가져왔다고 말하는 사람도 있었지만, 그저 문신이 많고 이상한 스코틀랜드 억양을 쓰는 남자가 궁금했던 사람도 있었다. 날라와 나는 난민촌의 새로운 오락거리가 된 듯했다. 그래도 기분 나쁘진 않았다. 오히려 그곳의 분위기를 띄워줄 수 있어서, 특히 어른들에게 도움이 될 수 있어서 기뻤다. 물론 이 모든 건 날라 덕분이었다. 날라가 함께 있지 않았더라면 아무도 내게 말을 붙이러 오지 않았겠지. 날라는 내가 한층 더 넓은 세계를 향해 눈뜨게 해준 것이다.

점심식사를 하고 나서 잠시 아이들과 축구를 했다. 축구공은 낡아서 바람이 다 빠져있었다. 영국에서라면 쓰레기통에 버려졌을 공이었지만 이곳 아이들은 신경 쓰지 않았다. 그다음엔 가방에 들어있던 프리스비를 꺼내와서 던지고받는 법을 가르쳐주었다. 날라는 물 만난 물고기처럼 프리스비를 쫓아다니다가 공중에 뛰어오르기까지 했고, 그러자 아이들이 비명을 지르며 웃어댔다.

나는 그 아이들이 정말 좋아졌기에, 오후에 잠시 날라와 자전거를 타고 호텔로 올라오는 길에 있던 가게에 다녀왔다. 초콜릿과 과자를 잔뜩 사와서 골고루 나누어줬다. 아이들은 생일이라도 맞은 듯 신나게 과자를 먹었다. 다들 얼굴에 웃음을 띤 걸 보니 기분이 좋았다. 이 아이들이 얼마나 자주 과자를 먹을 수 있는지 나로서는 알 길이 없었지만, 아까 시리아 남자가 말한 그대로였다. 난민촌의 누군가가 내게 친절하게 대해주었으니 나도 최소한 이 정도 보답은 해야 마땅했다.

여자아이 네 명은 계속 날라 곁에 있었다. 해가 북쪽의 거대한 산 뒤로 가라앉고 엄마가 저녁 먹으라며 아이들을 부를 때까지, 아이들이 뿔뿔이 흩어져 각자의 집으로 뛰어가려는 순간 나는 그중 한 명에게 프리스비를 선물로 주었다. 아이는 처음엔 무슨 뜻인지 이해하지 못했지만 내 의사를 이해하자 활짝 웃어 보였다.

그날 밤 내 인스타그램에 날라와 여자아이들의 사진을 올렸다. 정치적 의견을 늘어놓고 싶지는 않았다. 내게 그럴 자격이 있다고 생각하진 않았으니까. 난민촌에서 아이들을 비롯한 이런저런 사람들과 얼마나 즐거운 하루를 보냈는지 설명했을 뿐이었다. 그것이 내가 할 수 있는 최선이었다. 내 인스타그램으로 한 사람이라도 난민들의 상황을 좀 더 생각하게 된다면 그걸로 충분했다.

다음 날 아침 일찍 난민촌을 떠나고 나서도 자꾸 그곳 사람들이 생각났다. 가진 것을 전부 빼앗긴 채 고향과 지역사회에서 강제로 떨어져나온 사람들. 하지만 아무것도 갖지 못한 그들에게도 여전히 남에게 베풀 것이 있었다. 그런 생각을 하면 경이로움에 절로 고개가 숙여졌다.

"앞으로는 불평하지 말자. 너도, 그리고 나도." 나는 페달을 밟으면서 날라에게 말을 건넸다.

난민들과의 우연한 만남은 북쪽으로 가는 여정 내내 마음속에 남아있었다. 나는 다음 목적지 네오스 스코포스의 조용하고 작은 마을로 향했다. 아테네에 두고온 나의 '가족'이 그랬듯 헬렌 숙모님의 친구분들도 놀랍도록 관대했다. 몇 블록 떨어진 곳에 날라와 내가 머물 작은 집을 구해주셨고, 그리스에서 사십일간의 사순절을 시작하는 전통행사인 성대한 '재의 수요일' 만찬에도 초대해주셨다. 하지만 후무스hummus(병아리콩으로 만든 스프레드 – 옮긴이)와 타라마살라타taramasalata(그리스의 전통음식인 생선 알 요리 – 옮긴이), 피타pita 빵(그리스 또는 중동지역에서 먹는 납작한 모양의 빵 – 옮긴이)이 가득 담긴 접시에 달려들면서도 식량이 부족한 난민촌과는 얼마나 대조적인 광경인지 생각하지 않을 수 없었다. 나로서는 어쩔 수 없는 일이라고 스스로를 타일러봐도 마찬가지였다. 그리스 제2의 도시 테살로니키로 가는 동안에도 그런 생각은 계속 이어졌다. 도중에 며칠간 텐트를 치고 야영을 했다. 지난번과 똑같이 빗방울에 실컷 두드려 맞았지만, 이번에는 조금이라도 나 자신이 불쌍하게 느껴지면 이런 말을 주문처럼 되풀이하곤 했다.

"그 아이들은 어떤 일을 겪어온 걸까? 어떤 곳에서 잠을 자야 했을까?"

우리가 테살로니키에 도착한 것은 우기가 잠시 주춤한 참이었다. 덕분에 고대와 현대가 매력적으로 뒤섞인 시내를 찬찬히 둘러볼 수 있었다. 테살로니키는 비잔틴 제국 시절 최대 도시 중 하나였다. 나는 날라를 어깨에 얹은 채 고대 유적을 찾아다녔다. 로마 시대의 광장과 원형 건축물, 유명한 승전 기념물인 갈레리우스 개선문도. 당연하게도 날라는 공원을 비롯한 야외 구경에 더 관심이 많았다. 녀석은 조류 관찰에 큰 관심을 보였고 나뭇가지에 앉은 새를 올려다보면서 괴상한 딱딱 소리를 내곤 했다. 아마 저녁식사로 좋겠다고 생각하는 모양이었지만, 나는 날라의 목줄을 놓아주지 않았다. 날라가 정말로 그런 짓을 했다간 어떻게 될지 생각하기도 싫었다.

테살로니키에 머무는 동안 처리하고 싶은 일들이 있었다. 몇 가지는 중요했지만 나머지는 좀 더 사사로운 일이었다.

나는 열아홉 살 무렵 한쪽 다리에 첫 번째 문신을 새겼다. 이후 여남은 개의 문신을 추가로 새겼는데 대부분 내 인생의 중요한 사건을 표시하는 것이었다. 그래서 얼마 전부터 날라를 기념하는 문신을 받으려던 참이었다. 날라가 내 몸의 일부와 같은 존재임을 확실히 하고 싶었다. 나는 괜찮은 문신 가게를 찾았고, 그곳의 젊은 타투이스트에게 내 손목에 날라의 발자국 모양 문신을 해달라고 주문했다. 내가 언제든 볼 수 있는 부위에 하는 게 좋겠다고 생각했기 때문이다. 결과물은 아주 만족스러웠다.

예약해둔 작은 호스텔로 돌아온 뒤, 마침내 유명 사이트 '도도'의 직원 크리스티나와 잠시 통화할 수 있었다. 처음에는 내 이야기를 한다는 게 민망했다. 언제나 그랬듯 내 억양도 신경 쓰였다. 크리스티나가 내 던바 사투리를 도저히 못 알아들을 것 같았다. 하지만 시간이 지나면서 긴장이 풀려 날라를 처음 만난 순간을 자세하고도 생생하게 묘사할 수 있었다. 크리스티나는 기사에 내가 찍은 영상도 같이 올리면 좋겠다고 말했다. 영상 중 쓸만한 것을 골라 크리스티나에게 전송하는 데 시간이 꽤 걸렸다. 인터넷 상태가 좋지 않아서 도중에 포기할 뻔했지만 결국은 전송을 완료했다. 크리스티나는 기사가 실릴 거라고 확언하진 않았기에, 나는 이 일을 금세 잊어버렸다. 이유는 간단했다. 도대체 누가 스코틀랜드 출신 부랑자와 길고양이에 관한 글이나 영상을 보려 하겠는가?

아테네로 돌아가는 여정은 유쾌하고 파란만장했다. 나는 볼로스Volos 라는 도시에 잠깐 들러 카우치 서핑을 했다. 나를 재워준 펠리치아는 무척 친절했고, 몇몇 사람들과 함께 나를 데리고 나가 시내 구경도 시켜주었다. 고마운 일이었다. 파티광 시절로 돌아갈 생각은 없었지만 가끔은 느긋하게 즐기고 싶었으니까.

남쪽으로 내려가는 도중에 몇 번의 말썽이 있었다. 강을 건너려다 자전거가 옆으로 넘어지는 바람에 모든 장비가 물에 빠지고 날라도 겁을 먹었던 것이다. 물건을 전부 강둑에 꺼내놓고 말려야 했지만 그렇다고 속상하진 않았다. 이 여정을 선택한 것은 나 자신인데 어찌 내가 속상해하겠는가. 아무 잘못 없이 인생이 뒤집혀버린 사람들을 내 눈으로 똑똑히 보았는데.

아테네로 돌아가는 길에 테르모필레와 난민촌을 지났다. 잠시 들러 인사라도 하고 싶었지만 가까이 갈수록 일주일 전보다 주위가 번잡하다는 게 느껴졌다. 가방과 배낭을 든 사람들 수십 명이 길을 따라 걸어가고 있었다. 공무원처럼 보이는 사람들도 눈에 띄었고, 그중 몇몇은 제복 차림이었다. 나는 지난번 야영했던 곳 근처의 진입로로 자전거를 끌고갔다. 자전거 속도를 늦추자 누군가 외치는 소리가 들려왔다.

"날라! 날라! 날라!"

낡은 호텔에서 아이들이 달려나와 우리에게 인사했다. 그중 몇 명은 지난번에 만난 여자아이들이었다. 다들 자전거 주위로 몰려들었다. 날라를 살짝 쓰다듬는 아이도 있었다. 나 역시 거기 머물고 싶은 마음이 굴뚝같았다. 잠시라도 텐트를 치고 지내다 갈까 생각했다. 난민들에 관해 더 많이 알아보고 그들의 자세한 사연을 듣고 싶었다. 하지만 얼마 지나지 않아 아이들을 부르는 목소리가 들려왔다. 상황이 변하고 있었다. 호텔 밖에 몇몇 가족이 소지품을 내려놓고 집합해있었다. 어쩌면 내가 오렌지를 건넸던 시리아 남자의 예언대로 그들을 이전시키려는 것인지도 몰랐다. 그들이 어디로 가는지, 그곳에 도착하면 무슨 일을 겪게 될지 궁금했다. 하지만 생각하기가 무서웠다. 나는 아이들과 난민촌을 향해 손을 저어 작별 인사를 보냈다. 그들의 앞길에 행운이 있기를 빌면서.

다음 날은 내 생일이었다. 나는 바다 전망이 멋지게 내려다보이는 곳에 텐트를 쳤다. 그날 하루는 스코틀랜드에 있는 가족과 채팅을 하고 날라와 뒹굴거리며 푹 쉬었다. 난민촌이 남긴 인상 때문인지, 아니면 지난 한 달 동안 다른 가정에서 많은 시간을 보내서인지는 모르겠지만 평소보다 향수병이 심해진 듯싶었다. 내 인생 최초로 고향이 아닌 곳에서 보내는 생일이었다. 부모님과 누나와 이야기를 나누니 기분이 나아졌다. 서로 소식을 전하고 듣는 것도 즐거웠다. 내 여비가 떨어지진 않았는지 걱정하고 있던 가족들은 내가 산토리니에서 일하며 여름을 보낼 생각이라는 얘기에 기뻐했다. 어머니는 내 생일 축하 케이크도 만들었다. 부모님과 누나가 케이크를 나눠먹는 광경을 나는 휴대전화로 지켜보았다.

"남기면 안 돼요. 그 케이크로 한 달을 먹고살 사람도 있을 테니까요."

"맙소사, 꼭 너희 아빠 같은 소리를 하는구나." 어머니가 웃었다.

어머니 말씀이 옳았다. 누나와 내가 어렸을 때 아버지는 종종 세계의 굶주린 사람들에 관해 설교를 늘어놓곤 하셨다. 그들에 비하면 우리가 얼마나 잘먹고 잘사는지 알아야 한다고 말이다. 대부분의 아이들이 그렇듯 나 역시 아버지의 말을 귀 담아듣지 않았지만, 이제는 그 말을 이해할 수 있었다.

그날 이후로 너댓새를 달려 아테네에 도착했다. 산토리니 행 배를 타는 날까지 며칠 남아있으니 좀 더 묵고 가라는 일리 아나와 닉, 리디아의 초대를 받아들이기로 했다. 특히나 리디아 는 날라를 만나고 싶어서 안달이 나있었다. 나도 잠시나마 그 들을 다시 만날 수 있어서 기뻤다. 당연하게도 날라는 리디아 에게 키스 세례를 받았고, 금세 지난번처럼 귀여움을 받는 데 익숙해졌다.

승선권을 구입할 때 배 안에서는 날라를 이동장에 넣어두 어야 한다는 안내를 받았다. 일리아나가 안내해준 동물용품 가 게에서 적당한 크기의 이동장을 찾았다. 커다란 창도 있어 날 라가 계속 나를 내다볼 수 있을 터였다. 그날 밤 바로 날라를 이 동장에 넣어보았다. 녀석은 영 마음에 들지 않는 모양이었지만 어쩔 도리가 없었다. 일단 배에 타고 나면 어떻게든 날라를 슬 쩍 꺼내 갑판을 돌아다니게 해줄 수 있겠지.

악천후 때문에 몇 차례나 운항이 연기되었지만, 결국 3월 말에는 배를 탈 수 있었다. 일리아나, 닉, 리디아 모두가 우리를 배웅하러 나왔다. 이번에는 아무도 울고불고 하지 않았다. 내가 시간을 내서 또 들르겠다고 약속했기 때문이다. 저녁 늦게야 승강대가 거둬지고 거대한 배가 움직이기 시작했다. 산토리니까지는 하룻밤을 꼬박 항해해야 했다. 나는 자전거를 거치대에 세워놓았다. 상갑판에서 한적한 곳을 찾은 다음 날라를 이동장에서 꺼내 내 어깨에 앉혔다. 우리는 저 멀리 피레우스 항구의 불빛이 희미해져가는 광경을 지켜보았다. 항구가, 그리고 잠시후에는 아테네 전체가 수평선 위에서 깜박이는 한 줄기 흐린 빛에 지나지 않게 되었다. 왠지 그 순간이 중요하게 느껴졌다. 마치 우리 여행의 첫 단계가 마무리되고 새로운 장이 열리려는 것처럼.

나는 내 여정의 진도를 거리 단위로 측정하지 않았다. 새로운 성취 하나하나가 내게는 격려이자 보람이었다. 그래서 날라와 내가 보스니아헤르체고비나의 산길에서 만난 뒤로 함께 1,000km 이상을 지나왔다는 걸 깨달았을 때 내심 뿌듯했지만 그만큼 감사함도 느꼈다. 우리는 지금까지 온갖 경험을 함께해왔다. 하지만 그 모든 고난과 경악과 지연에도 불구하고, 나는 날라와 함께한 시간을 이 세상 그 무엇과도 바꾸고 싶지 않았다.

날라는 내 여정을 훨씬 풍요롭게 해주었다. 나를 한층 책임감 있고 사려 깊은 인간으로 만들었으며 내게 목표를 주었다. 내가 기억하는 한 지금까지 내 인생에 날라만큼 큰 행운은 없었다.

　문득 난민촌에서 받은 오렌지를 나눠먹은 시리아 남자의
말이 생각났다.

　"남들에게 축복이 되면 당신도 축복을 받게 마련이지요."
날라의 우정이 보스니아헤르체고비나의 산길에서 녀석을 데
려온 것에 대한 보답이라면, 나는 정말로 축복받은 사람인 셈
이었다.

'남들에게 축복이 되면
당신도 축복을 받게 마련이지요.'

날라의 우정이 보스니아의 산길에서
녀석을 데려온 것에 대한 보답이라면,
나는 정말로 축복받은 사람인 셈이었다.

(두 번째 이야기)

거북이가 되는 것도
나쁘지 않아

#고양이는 유유자적
#느려도 꾸준히
#운명이 시키는 대로

그리스 ···▸ 터키 ···▸ 조지아 ···▸ 아제르바이잔

만우절

누구나 세상이 뒤집힌 것처럼 느낄 때가 있기 마련이다. 예상하지 못했던 일이 일어나고 모든 것이 예전과 달라질 거라는 직감이 드는 순간 말이다. 날라와 함께 그리스 산토리니에 도착했던 바로 그날 내가 겪은 것이 그런 순간이었다. 마침 그날이 4월 1일이었기에 한동안은 정말로 누가 내게 만우절 장난을 친 것인 줄 알았다.

그 일이 일어난 것은 날라와 내가 피레우스 항구에서 배를 타고 오느라 지쳐있던 때였다. 야간 항해는 대체로 지루했고 날라는 거의 잠만 잤다. 한적한 갑판 구석에 누운 내 가슴 위에 언제나처럼 온몸을 뻗고 드러누워서. 하지만 배가 산토리니에 접어들자 나는 서둘러 거치대로 가서 자전거와 짐을 챙기기로 했다. 바로 그게 실수였다. 페리의 거대한 엔진이 내는 굉음, 커다란 금속 문이 열리며 날카롭게 끽끽거리고 삐걱대는 소리를 듣자 날라는 공황 상태에 빠졌다. 녀석이 그런 모습을 보인 건 처음이었다. 소음이 커질수록 날라는 온몸을 덜덜 떨며 내 어깨를 발톱으로 움켜쥐었다.

나는 엄청난 자책감을 느꼈다. 그래서 승무원들이 방호벽을 거두자마자 인파를 제치며 승강대를 내려갔다. 한 손으로 자전거를 끌고 다른 손으로는 날라를 꼭 붙잡고서. 우리는 곧바로 섬의 가파른 절벽 그늘에 늘어선 카페 중 한 곳에 들어갔다. 날라는 여전히 나뭇잎처럼 파들파들 떨고 있었다.

날라에게 밥과 물을 담아주고 가만히 곁에 앉아서 유명한 칼데라를 내다보았다. 수백만 년 전에 폭발하여 이 멋진 섬을 만들어낸 거대한 함몰 화산의 흔적이었다. 날라는 서서히 기운을 되찾는 듯했다.

아테네에서 출발할 때 나의 새로운 고용주 해리스에게 그의 동생이 날 데리러올 거라는 문자를 받았지만, 주차장에는 아무도 보이지 않았다. 배에서는 휴대전화가 터지지 않았고 배터리도 얼마 남지 않았기에 전원을 꺼둔 터였다. 혹시라도 해리스가 연락할지 몰라서 나는 다시 휴대전화를 켰다.

카페 종업원이 내가 주문한 커피를 가져왔다. 휴대전화 전원이 켜지자마자 온갖 수신음이 터져나왔다. 문자와 메일, 알림 메시지가 엄청나게 쏟아져 들어오고 있었다. 한순간 덜컥 겁이 났다. 해리스에게 문제라도 생긴 게 아닐까 걱정했지만, 얼마 지나지 않아 다른 일이라는 걸 깨달았다. 그쪽에서 연락하는 것치고는 들어오는 메시지가 너무 많았으니까. 인스타그램 알림창도 폭발 직전이었다. 누군가 내 사진에 '좋아요'를 눌렀거나 날 팔로우했다고 알려주는 메시지가 무더기로 쌓여 쉴 새 없이 수신음이 울려댔다. 내 휴대전화가 핀볼 게임기로 변한 것 같았다.

"대체 무슨 일이 일어나고 있는 거지?" 나는 날라를 쳐다보며 말했다.

메일함을 열어 보니 대부분의 메일 제목에 '도도 비디오'라는 단어가 들어가있었다.

"흠." 나는 중얼거렸다. 우리를 다룬 짧은 기사가 사이트에 올라간 모양이었다. 덕분에 팔로워가 몇 명 늘었나 보군. 어디 인스타그램 좀 열어볼까. 다음 순간 나는 하마터면 펄펄 끓는 커피를 온몸에 쏟을 뻔했다.

"이게 무슨 일이야?" 내 외침이 너무 컸는지, 나이 든 영국인 한 명이 불쾌한 눈빛을 보냈다.

아테네를 떠날 때 내 인스타그램 팔로워는 분명 삼천여 명이었다. 그 정도면 상당한 숫자라고 생각해서 뿌듯했다. 이제는 십오만 명이 나를 팔로우하고 있었다. 전날의 오십 배였다. 게다가 그 숫자는 내 눈앞에서 계속 늘어나고 있었다. 몇 초마다 백여 명꼴로 팔로워가 늘고 있었으니까. 휴대전화는 계속 미친 듯이 울려댔다. 경악스러운 일이었다. 믿을 수 없었다. 무슨 착오가 있거나 농담인 게 분명했다. 스코틀랜드에 있는 친구 중 하나가 내 계정을 해킹해서 만우절 장난을 치는 게 아닐까? 충분히 있을 법한 일이었다. 그런 장난이라면 나라도 쳐보고 싶을 테니까.

하지만 보면 볼수록 실제 상황이라는 생각이 들었다. 날라의 사진 중에는 '좋아요'가 무려 만 개나 찍힌 것도 있었다. 2월 초 그리스에 입국하면서 찍었던 짧은 동영상의 재생횟수는 십오만 번을 넘긴 터였다. 말도 안 돼. 누가 이런 걸 조작할 수 있겠어. 그럴 리 없잖아?

어쩌다 이렇게 된 것인지는 얼마 지나지 않아 알 수 있었다. 고향 친구가 보낸 한 줄짜리 메일 덕분이었다. "딘, 이거 봤어?" 그리고 '도도' 페이스북에 올라온 동영상 링크가 걸려 있었다. 나는 재생 버튼을 누른 뒤 또다시 욕설을 내뱉었다. 동영상 제목은 단순했다. '자전거 세계 일주를 떠난 남자가 버려진 아기고양이를 줍다.' 하지만 차마 볼 수가 없었다. 내 목소리가 너무 마음에 안 들었기 때문이었다. 하지만 화면을 언뜻 보고 재생횟수가 장장 삼백만 번이 넘었다는 걸 알게 되었다. 삼백만 번이라니. 세상에.

온라인에서 입소문이 퍼진 사람들에 대한 이야기를 들은 적은 있었지만 그런 일이 어떻게 일어나는지는 전혀 몰랐다. 단계적으로 진행되거나, 아니면 도화선에 불을 붙여야 폭탄이

터지듯 거창한 계획이 선행되어야 하는 줄로만 알았다. 하지만 이번에는 전혀 그렇지 않았다. 아무런 경고도, 준비도 없이 쾅! 하고 터진 것이었다.

나는 다시 칼데라를 내다보았다. 이 사건이 저 화산만큼 거대한 폭발은 아니겠지만, 적어도 내게는 그렇게 느껴졌다. 벌써부터 이로 인해 내 인생 전반에 큰 변화가 있을 것 같은 느낌이 들었다.

내가 여전히 생각에 잠겨있는데 자동차 한 대가 가까운 곳에 멈추더니 경적을 울렸다. 턱수염을 기른 청년이 운전석 창문을 열고 환하게 웃으며 엄지손가락을 들어 보였다.

"딘이군요." 그가 외치는 소리를 들으니 해리스의 동생이 분명했다.

"네, 전데요." 나는 짐을 집어들면서 대답했다.

날라는 훨씬 차분해져 있었다. 나는 녀석을 어깨에 올리고 자전거와 트레일러를 끌며 자동차를 향해 걸어갔다. 청년은 내가 짐을 싣도록 트렁크를 열어놓고 있었다.

"난 토니에요." 그가 한 손을 내밀며 말했다. "나도 카약 여행사에서 일해요. 거기 데려다줄게요."

토니는 자전거와 트레일러를 끌고 온 나를 보고 놀란 듯했다. 게다가 어깨 위에 고양이까지 데리고 있었으니까.

"예쁜 고양이네요. 이름이 뭐죠?" 토니가 물었다.

"날라요."

"안녕, 날라. 산토리니에 온 걸 환영해."

토니의 자동차는 소형 폭스바겐이라 뒤에 자전거를 실을 공간이 없었다. 그래서 짐을 덜기 위해 트레일러와 짐가방은 자동차에 싣고, 나는 자전거를 타고 뒤따라가기로 했다.

여러 개의 급커브를 거쳐 절벽 위까지 이어지는 오르막길은 날씨가 어떻든 간에 자전거로 달리기 힘들었지만, 태풍에 가까운 돌풍까지 반 시간 내내 불어왔다. 한번은 날라가 바람에 실려 바다까지 날아가는 줄 알았다. 게다가 도로도 붐벼서 자전거를 타는 게 더욱 고역이었다. 마침내 절벽 위에 이르렀을 때 나는 기진맥진해있었다.

일단 절벽에 오르자 경치가 한눈에 들어왔다. 산토리니는 아테네의 닉과 일리아나가 장담한 것만큼 마법같고 아름다운 곳이었다. 반달 모양의 화산암 절벽 가장자리에 온통 흰색으로 칠한 마을들이 옹기종기 모여있는 모습은 경이로웠다. 절벽을 둘러싼 바다는 내 평생 본 바다 중에서도 가장 푸르렀다. 심지어 그날처럼 만灣 전체에 바람이 불어 하얗게 물마루가 솟아오른 날씨에도 바다는 파랗고 맑았다. 다른 날 같았으면 기꺼이 한 시간쯤 풍경을 감상할 수 있었겠지만, 바람이 몰아치는 데다 휴대전화에서 계속 울리는 난리법석 때문에 여전히 머리가 아팠던지라 나는 계속해서 페달을 밟았다. 빨리 목적지에 도착하고 싶었다.

토니는 산토리니 섬 반대편에 있는 아크로티리Akrotiri 마을 근처에 있는 큰 집으로 나를 안내했다.

"카약 강사 전원이 여기서 묵어요. 지금 당장은 댁이랑 나
뿐이지만요."

토니는 날라와 나를 숙소에서 자동차로 십 분쯤 걸리는 섬
북동쪽의 작은 해변에 데려갔다. 지형이 섬 남쪽보다 훨씬 폐
쇄적이라 바람도 한층 약하게 불었다. 4월 초밖에 안 되었는데
도 아이들을 데려온 몇몇 관광객이 파도를 가르며 헤엄치고 있
었다. 나는 그들을 이해할 수 있었다. 모래밭은 화산암 성분 때
문에 잿빛이나 검은색이었지만 바다 자체는 아름다운 청록색
이었으니까. 나도 당장 뛰어들고 싶을 지경이었다.

우리는 토니를 따라 몇몇 카페와 술집을 지나쳤다. 한두
곳은 벌써부터 붐볐다. 우리가 도착한 곳은 해변 맨 끝의 좁다
란 모래톱이었다. 높이 10m의 희뿌연 붉은색 절벽이 모래톱을
둘러싸고 있었다. 그곳도 한번 싹 청소를 해야 할 것 같았다. 말
라붙은 해초 무더기와 온갖 쓰레기가 모래 위에 밀려나와 있었
다. 플라스틱과 나뭇가지를 비롯한 잡동사니가 파도에 쓸려온
것이다. 그곳을 깨끗하게 만들려면 할 일이 많을 듯했다.

카약 보관소는 만灣 끄트머리에 있었다. 절벽 옆구리를 파
고든 본부 건물 주위로 석조 창고가 덧붙어 있었다. 실내로 들
어가자 토니는 창문을 열고 줄을 당겨 천장의 전등을 켰다. 겨
우내 문틀과 창틀 사이로 들어온 먼지와 모래가 가득 쌓여있었
다. 곰팡이 냄새도 풍겼다. 하지만 카약뿐만 아니라 헬멧과 노,

구명조끼와 밧줄까지 온갖 장비로 가득해서 마치 '알라딘의 보물 동굴' 같았다.

"한번 제대로 청소해야겠네요." 토니가 말했다. "페인트칠도 새로 하고요. 오늘은 쉬고 내일 아침에 시작하죠."

그날 밤에는 토니와 술자리를 갖긴 했지만 몇 잔만 마시고 일찍 숙소로 돌아왔다. 오늘 오전에 고생한 날라가 괜찮은지 확인하고 온라인에서 무슨 일이 일어난 건지 제대로 파악하고 싶었다. 그 문제로 하루 종일 신경 쓰였으니까. 나는 날라 곁에 누워 다시 휴대전화를 들여다보았다. 아까보다도 더 어처구니없는 상황이었다. 이제 내 인스타그램은 팔로워가 이십만 명이 넘었고 전 세계 사람들이 백여 개의 댓글을 달아놓았다. 게다가 '도도' 페이스북의 동영상은 오십만 번 이상 재생된 상태였다. 다른 숫자들도 비슷하게 늘어나있었다. 내 메일함은 온갖 사람들뿐만 아니라 이런저런 기업에서 보낸 메시지로 가득했다. 그중에서 '넷플릭스'라는 이름이 내 눈에 띄었다. 거기서 일하는 직원 누군가가 나를 촬영하러 가도 되겠냐는 내용이었다. 하지만 당장은 그런 생각을 할 엄두가 나지 않았다. 통신사나 신문사에서 보낸 문의 메일도 많았다. 나는 그중 몇 곳에 답장을 썼다. 고향에서 부모님이 즐겨 읽으시던 「데일리 메일」, 그리고 미국의 「워싱턴 포스트」였다. 그 신문사 이름을 들어본 기억은 있었지만, 진지한 신문사가 왜 나한테 연락했는지 이해가 안 됐다. 어쨌든 두 신문사와는 조만간 인터뷰를 하겠다고 약속했다.

만사가 버겁게 느껴지면 나는 그냥 신경을 끄고 무시하는 편이다. 사람에 따라서는 현실 회피라고 하겠지만 나로서는 숨 돌리기 전략이라 생각하고 싶다. 상황을 재정비하는 것이다. 당장 모든 것을 자세히 파악하려든다면 벌집을 건드리는 셈이고 결국 머리가 핑 돌아버릴 테니 말이다. 그런 상황은 내게 좋지 않다.

나는 일단 인스타그램을 업데이트한 후, 다시 말해 모두에게 감사를 표하고 새로운 팔로워들을 환영한 후 휴대전화를 한 구석에 치워놓고 잠을 자려 애썼다. 다음 날은 하루 종일 바쁠 예정이었으니까.

다음 날 새벽에 해가 뜨자 토니와 함께 카약 보관소로 내려갔다. 토니는 페인트통과 브러시를 가져왔지만, 실내를 꾸미기 전에 청소부터 해야 했다. 눈 닿는 곳마다 카약 장비와 상자가 잔뜩 쌓여있었다. 우리는 먼지를 마시지 않도록 마스크를 쓰고 작업에 착수했다.

토니는 괜찮은 친구였다. 느긋하고 웃기를 좋아하는 사람이었다. 지난밤에는 주변에 다른 사람들이 많아서 얘기를 길게 나누지 못했지만, 그가 본부에 있던 오디오로 음악을 튼 순간 서로 잘 지낼 수 있겠다는 느낌이 들었다. 토니의 음악 취향이 나와 같았기 때문이다. 토니는 하우스 뮤지션 DJ 솔로문Solomun을 좋아한다고 했는데, 나도 그의 음악을 즐겨 들었다. 우리는 청소를 가볍게 해치웠다. 노래하고 춤추며 쓰레기를 내다버리고 본부 안을 깨끗이 쓸어냈다. 무척 즐거워서 일처럼 느껴지지도 않았다.

날라도 신나게 놀고 있었다. 본부 몇 미터 앞의 작은 바위 무더기에서 뛰놀며 밀려들어 왔다 나가는 파도를 쫓아다녔다. 나는 날라의 장난감으로 적당해 보이는 빈 상자 몇 개를 밖에 내다놓았고, 본부 입구를 활짝 열어놓고서 청소하는 내내 날라를 주시했다.

"그래서 저 고양이는 어찌된 거야?" 페인트칠을 하던 도중 토니가 내게 물었다.

"말하자면 길어요." 내가 대답했다. "간단히 말하면 내가 보스니아헤르체고비나에서 구조한 녀석이에요. 네 달 전에. 그 뒤로 계속 함께 다녔어요."

"쟤가 널 구조한 게 아니고?" 토니가 눈을 찡긋하며 말했다. "네가 쟤를 쳐다보는 눈빛만 봐도 알겠더라. 이 자식, 운명의 상대를 만난 모양인데."

나는 미소 지었다. 누가 봐도 명백한 사실이었지만, 그 점을 딱 짚어서 말한 사람은 토니가 처음이었다. 이제 날라와 나는 한 쌍이었다. 토니와 나는 오후 늦게까지 페인트칠을 끝내고 우리의 솜씨를 감상했다. 카약 보관소는 그날 아침과 같은 곳이라는 게 믿기지 않을 만큼 근사해졌다.

"그럼 어디 가서 맥주나 마실까?" 토니가 말했다.

"고양이도 출입 가능한 곳이라면요." 내 대답에 그는 웃음을 터뜨렸다.

해변을 따라 몇백 미터 걸어가자 술집이 나왔다. 우리는 구석에 앉아 바다를 내다보았다. 해는 섬의 다른 쪽으로 넘어가고 석양이 붉게 빛났다. 완벽한 저녁이 될 것 같았다.

토니와 내가 맥주를 한 모금 마셨을 때 그 동네에 사는 여자 몇 명이 지나갔다. 내 옆 담벼락 위에서 바다를 내다보던 날라가 그들을 향해 야옹거렸다. 그중 한 명이 우리 쪽을 보고 미소를 띠었지만, 다음 순간 갑자기 가던 길을 멈추더니 경악이라고밖에 표현할 수 없는 묘한 표정을 지었다. 그러고는 곧바로 우리를 가리키며 친구들에게 뭐라고 속삭였다. 그중에서 영어를 할 줄 아는 여자가 우리에게로 다가왔다.

"저기요, 당신, 인스타그램의 그 남자 맞아요? 고양이를 구조한 사람이요."

"아, 네." 나는 잠시 머뭇거리다가 대답했다. 너무 놀라서 더 이상 말이 나오지 않았다.

"내 친구가 당신 팔로워거든요. 같이 사진 찍어도 될까요?"

"물론이죠."

날라와 나는 곧 자세를 잡고 몇 장의 사진을 찍었다. 여자들끼리 외출을 하던 참이었는지 그들은 바로 가던 길을 갔다. 방금 찍은 휴대전화 사진을 들여다보고 깔깔거리면서. 토니는 잠시 기묘한 얼굴로 나를 쳐다보았다.

"이봐, 이게 대체 무슨 일이야?"

이 얘기를 꺼낼 생각은 없었지만, 이제는 다른 방법이 없었다. 나는 토니에게 '도도' 페이스북의 동영상과 내 인스타그램을 보여주었다. 토니는 요란하게 휘파람을 불었다.

"그러니까 올여름엔 우리 여행사에서 유명인사가 일하는 셈이구만." 그가 웃으며 말했다.

그런 생각은 미처 하지 못했다. 그리고 당장은 그런 생각을 하고 싶지 않았다.

"아뇨, 저 사람이 내 인스타그램을 본 건 그냥 요행이죠. 다시는 이런 일 없을 거예요." 내가 대답했다.

"물론 그렇겠지." 토니는 능글거리는 미소를 지으며 대꾸했다.

토니가 옳았고, 우리 둘 다 그 사실을 알고 있었다. 이 일은 시작일 뿐이었다.

다음 날에도 우리는 카약 여행사 재개장 준비를 마치기 위해 분주히 일했다. 며칠만 있으면 강습 시작날이 다가오기 때문이었다. 가장 좋았던 순간은 토니가 테스트할 겸 카약을 타보자고 말했을 때였다.

"이게 아직 제대로 뜨는지 확인해야 하거든." 토니는 농담조로 말했다. "자네가 관광객들을 어디로 데려가야 할지도 알려줘야 하고."

날라도 언제 한번 카누에 태우고 싶었지만, 일단은 그러지 않을 생각이었다. 나 자신도 아직 이곳의 바다와 해안선에 익숙지 않았다. 어리석은 짓을 해서는 안 되었다. 그래서 나는 밥그릇과 물그릇을 가득 채운 다음 날라를 카약 보관소에 남겨놓았다. 우리는 노를 저어 해안을 한 바퀴 돌기로 했다. 음악을 들으며 가려고 카약 뒤쪽에 오디오를 묶어놓았다. 토니와 나는 몇 시간 동안 해안선을 따라 나아갔다. 청소년 시절부터 카약을 탔던 터라 금세 감을 되찾을 수 있었다.

"정말로 배 좀 탄 적 있나 보네." 바람이 불어닥쳐 아슬아슬한 구간 한 곳을 타고 넘은 뒤 토니가 나를 향해 외쳤다.

토니는 물길을 자기 손바닥처럼 잘 알았다. 그는 우리가 카약을 타고 지나갈 코스를 쭉 보여줬고, 조류의 방향이 바뀌거나 갑자기 강풍이 불어와서 주의해야 할 지점을 가르쳐줬다. 그다음엔 나를 작은 만灣으로 이끌었다. 앞으로 점심 시간마다 멈춰 도시락을 먹을 장소였다. 토니의 경고에 따르면 에게 해 주위로 종종 불어오는 강풍 때문에 거기 배를 대기가 어려울 때도 있다는 것이었다.

우리는 한동안 음악을 듣고 수다를 떨며 물 위로 미끄러져 갔다. '올여름 내내 이렇게 보내는 거라면 앞으로 평생 여기 살아도 되겠어.'라는 생각이 들었다. 완벽한 시간이었다. 내가 꿈꾸던 일자리를 찾은 것 같았다.

다음 날 함께 일할 사람이 한 명 더 왔다. 슬로베니아에서 온 다비드라는 친구였는데 인상이 좋아 보였다. 다비드는 나와 같은 숙소에서 지낼 것이었다. 해리스도 우리에게 인사하러 잠시 들렀다. 해리스는 토니보다 몇 살 위였고 영어는 좀 서툴렀지만 동생만큼 유머러스했다. 우리가 해리스를 만날 일이 드물 것은 분명했다. 그는 그리스의 다른 섬에서도 이런저런 사업을 벌이고 있어서 산토리니 카약 여행사의 실제 운영은 토니에게 맡긴 듯했다.

강사진이 다 모이자 토니는 올여름 계획을 자세히 설명했다. 다비드와 나는 토니가 칠판에 쓴 내용을 메모했다. 정해진 코스를 하루에 한두 번 돌 예정이었고, 관광객들은 대부분 카약 경험자라고 했다. 카약 보관소에서 출발하는 경우도 있고 섬 반대쪽 칼데라에서 출발하는 경우도 있었다.

세부 일정을 말하자면 첫 번째 관광객 팀은 오전 아홉 시경에 도착할 예정이었다. 카약 액티비티에 대해 간단한 설명을 마친 뒤 장비를 챙기고 카약에 태워 두세 시간 코스를 돌면 되었다. 점심식사 때가 되면 중간에 있는 만에 배를 대고 도시락을 나눠줘야 했다. 두 번째 관광객 팀은 오후 늦게 출발하는데, 사람들이 산토리니를 찾는 이유 중 하나인 유명한 석양을 보기 위해서였다. 소문을 듣자니 장관인 모양이었다. 그렇게 몇 시간을 보내고 이른 저녁에 카약 보관소로 돌아오는 것이었다.

토니의 설명을 듣자 가슴이 철렁했다. 심각한 걱정거리가 생겼다. 이른 아침부터 저녁까지 날라를 혼자 숙소에 남겨

둘 수는 없었다. 그러면 나와 너무 멀리 떨어져 있게 되니까. 하지만 토니에겐 아무 말도 할 수 없었다. 그는 매일 카약 투어를 인솔하라고 나를 고용한 것이니 내가 마음대로 빠질 수는 없었다. 다행히도 나는 금세 해결책을 생각해냈다. 다음 날 본부로 내려갈 때 토니의 자동차 짐칸에 내 배낭과 캠핑 장비를 실었다. 본부에 도착하자마자 해먹을 꺼내 먼지를 털었고, 카약 보관소 한구석에 내 옷을 건 다음 고양이 용품을 늘어놓기 시작했다.

"뭐 하는 거야?" 토니가 날 보고 말했다. "파파라치한테서 도망치려고?"

"이곳에 경비 고양이가 있으면 좋겠다 싶어서요." 나도 웃으며 대답했다.

날라를 숙소에 두고 오는 게 걱정된다고 솔직히 말하자 토니는 내 생각대로 하도록 허락해주었다. 심지어 내가 바다에 나간 동안은 누구든 카약 보관소에 남은 사람이 날라를 돌봐주는 게 어떠냐고 제안했다.

"아무 문제없을 거야, 장담할게." 토니의 말에 나도 한결 마음이 가벼워졌다.

우리의 임시 주거지를 만드는 데 많은 것이 필요하지는 않았다. 나는 해먹을 치고 해안도로변의 상점에 가서 커피와 파스타, 날라의 사료를 사왔다. 준비 완료. 본부에서 보낸 첫날 밤은 마치 우리가 함께 살 아파트를 구해 이사 온 것처럼 느껴졌다. 날라와 나의 저녁밥을 차리고 잠시 앉아서 별을 보다가 다음 날 새벽에 일어나기 위해 일찌감치 잠자리에 들었다. 며칠간 계속 바람이 거셌는데 다음 날은 날씨가 갤 예정이라고 했다. 올여름의 첫 번째 관광객 팀이 예약되어 있었다. 이제 진짜로 일을 시작하는 셈이었다.

날라가 내 가슴팍에 누워 쿨쿨 자는 동안 나는 메일을 확인했다. 내 인스타그램 팔로워는 삼십만 명을 넘었고 '도도' 페이스북의 동영상 재생횟수도 오백만 번에 이르렀다. 해변에서 노는 날라의 사진을 올렸더니 하루도 안 지나서 '좋아요'가 십만 번 찍혔다. 희한한 일이었다. 이제는 모든 숫자 뒤에 숫자 '0'이 잔뜩 붙은 것처럼 보였다. 많은 사람들이 자기에게 이런 일이 일어나길 꿈꾸겠지만, 나로서는 지금 이 상황을 어떻게 처리해야 할지 알 수 없었다. 이런 상황은 내 계획에 없었던 것이었다.

일단 나에게 연락해온 기자 몇 사람과 인터뷰를 했다. 첫번째 인터뷰 상대는 「데일리 메일」에 기사를 쓸 예정이라는 인상 좋은 영국 여자였다. 그다음에는 「워싱턴 포스트」의 진지하게 생긴 남자와도 인터뷰를 했다. 인터뷰를 하면서도 실감이 나지 않았다. 나 같은 사람보다는 전쟁 등 중요한 정치 사안을 다루어야 하는 것 아닌가? 나에 관해 이야기하는 건 여전히 어색했지만, 같은 이야기를 반복하다 보니 조금씩 나아졌다. 보스니아헤르체고비나의 산길에서 날라를 발견한 이야기, 날라를 숨긴 채로 국경을 넘은 이야기, 날라와 친해져 마침내 스콧과 커크 함장처럼 한 팀이 된 이야기. 두 사람 모두 언제쯤 기사가 실릴지 확실히 말해주지 못했지만, 아무래도 기사가 실릴 것 같지는 않았다. 이 모든 건 반짝 인기일 뿐이었으니까.

하지만 인스타그램에서의 인기는 부정할 수 없었다. 팔로워가 꾸준히 늘면서 댓글과 메시지로 나에게 쏟아지는 찬사도 열렬해졌다. 다들 나를 무슨 현대의 성인군자처럼 여기는 것 같았다. 사람들이 써놓은 내용을 읽으면 고개를 내저을 수밖에 없었다. 어이없는 일이었다. 그저 성실한 인간이라면 누구나 할 행동을 했을 뿐인데. 나한테 특별한 점이라곤 없고 오히려 그 반대인데. 이런 생각을 하다 보면 머리가 핑핑 돌곤 했다. 상황이 점점 부담스러워졌고, 나로서는 도무지 완수할 수 없을 일을 시작해버린 것 같았다.

다행히도 내 곁에는 그런 걱정을 잊게 해줄 날라가 있었다. 날라는 내 가슴에 늘어진 채 깊이 잠들어있었다. 죽은 파리처럼 네 다리를 공중에 쳐들고서. 날라가 어디서든 잠들 수 있다는 것은 언제 봐도 신기했다. 내 자전거 손잡이 위든 나무 꼭대기든, 날라는 어느 곳에서나 적응할 수 있었다. 그래, 날라가 옳아. 나는 휴대전화를 내려놓으며 생각했다. 나도 새로운 상황에 적응해야 해. 어떻게 하면 좋을지 알아내야지. 앞으로 무슨 일이 일어나든 편안하게 받아들일 방법을 찾자. 날라가 그러듯이. 우린 괜찮을 거야. 내겐 시간이 필요한 것뿐이야.

바깥에서 부드럽게 철썩이는 파도 소리에 나는 곧 잠들어
버렸다.

간호사 날라

동이 트자마자 나를 깨우는 날라의 습관에도 장점은 있었다. 그다음 날 잠이 덜 깬 눈으로 본부 문을 열고 날라가 볼일을 보도록 밖으로 내보낸 덕에 내 평생 최고의 해돋이를 볼 수 있었으니까. 게다가 그 시간에는 사람이 없어 해변 전체를 우리 둘이서만 차지할 수 있었다. '이렇게 지내는 것도 괜찮겠는걸.' 하는 생각이 들었다.

날라가 파도를 쫓아 내달리며 밤새 밀려온 싱싱한 해초 냄새를 맡는 동안, 나는 해변에 내려가 잠시 산책을 했다. 바닷바람을 들이마시며 무시무시할 정도의 고요를 만끽했다. 오전 여섯 시 반이 조금 넘은 시간이었다. 들리는 것이라고는 부드럽게 파도가 부서지는 소리와 저 멀리 개 한 마리가 짖는 소리뿐이었다. 문득 고향에서 겨울철마다 황량한 모래톱을 즐겨 걸었던 기억이 떠올랐다. 물론 이곳은 기온이 고향보다 20℃나 더 높았지만.

전날처럼 강풍이 불진 않았지만, 바다로 조금만 들어가도 파도가 하얗게 물거품을 내며 부서지는 게 보였다. 몇 시간 뒤 첫 번째 관광객 팀을 인솔할 때면 물살이 꽤 거셀 듯했다. 하지만 크게 걱정되진 않았다. 빨리 나의 새로운 일을 시작하고 싶었다.

오전 여덟 시쯤 되자 조깅이나 아침 수영을 즐기려는 사람들이 해변에 나타났고, 나도 하루 일정을 준비하기 시작했다. 잠수복을 꺼내는데 휴대전화 수신음이 울렸다. 문자 메시지를 확인하자 가슴이 철렁 내려앉았다.

나는 열린 문밖으로 날라를 보며 한숨을 쉬었다. 날라는 여전히 신나게 놀고 있었다. 가장 좋아하는 놀이터가 된 바위 무더기 주위를 뛰어다니면서. 가엾은 것. 이제 우리 둘 다 거친 파도를 헤쳐나가야겠구나.

문자 메시지를 보낸 사람은 내가 그리스 산토리니에 도착한 직후 전화를 걸었던 동물병원의 수의사였다. 다음 날 날라의 중성화 수술을 받으러 오라는 내용이었다. 믿기지 않았지만, 우리가 산토리니에 도착한 바로 다음 날 날라는 생후 6개월이 되었다. 많이 자라기는 했어도 여전히 유연하고 날렵했다. 허리가 어찌나 가느다란지 내 한 손으로 감쌀 수 있을 정도였다. 게다가 성격도 어린아이 같았다. 적어도 나랑 같이 있을 때는. 녀석은 기회만 있으면 여전히 하루 종일 줄에 달린 장난감이나 벽에 비치는 햇살을 쫓아다니며 놀곤 했다. 한마디로 그렇게 무시무시한 수술을 받기에는 너무 어리고 순진한 고양이였다.

사실 나도 날라가 중성화 수술을 받아야 할 시기가 됐다는 건 알았지만, 최대한 미루려고 애썼다. 수의사 외에 루치아라는 여자에게도 연락했다. 루치아는 산토리니에서 가장 많은 고양이를 돌보고 있는 자선단체 '스테릴라Sterila'의 운영자였다. 산토리니도 길고양이 문제가 심각한 듯해서 내가 아크로티리에 머무는 동안 어떻게든 도움을 주고 싶었다. 어떤 방법으로 도울 수 있을지 물어보기 전에 우선 날라의 중성화 수술에 관한 조언을 요청했다. 알바니아의 수의사 셰메와도 메일을 주고받았다. 발루는 티라나를 떠나 영국에서 행복하게 살고 있었지만, 셰메는 계속 발루의 소식을 전해주었다.

나는 세 사람에게 똑같은 질문을 했다. 꼭 중성화 수술을 해야 하는지, 나랑 같이 여행하면 괜찮지 않을지. 하지만 세 사람 모두 단호히 대답하길 중성화 수술을 받지 않으면 암이나 종양, 감염에 취약해진다고 했다. 즉, 수술을 하지 않으면 날라의 수명을 단축시키는 셈이었다. 무엇보다도 중성화 수술을 하면 날라가 새끼를 낳을 가능성이 없어진다는 장점이 있었다. 충분히 설득력 있는 근거였다. 자전거에 아기고양이들을 잔뜩 신고 다니는 건 불가능했으니까.

날라의 건강과 관련된 중요한 결정을 회피하면 안 된다는 교훈은 지금까지 충분히 깨달은 터였다. 그래서 가슴 아프긴 했지만 마음을 굳게 먹고 진료 시간이 빌 때 연락해달라고 수의사에게 요청했다. 내심 그가 시간을 낼 수 없길 바랐지만, 문자 메시지를 받고 나니 그런 희망도 사라져버렸다. 수의사는 다음 날 아침에 중성화 수술을 받으러 오라고 지시했다.

오전 아홉 시가 되기 전에 토니와 다비드가 카약 보관소에 나타났다. 한동안은 중성화 수술 생각을 잊을 수 있다는 게 반가웠다. 흔한 수술이라는 건 알았지만 그렇다고 걱정하지 않을 수는 없었다. 어쨌든 나는 날라의 아빠고 날라는 내 어린 딸이니까.

그날은 성수기의 첫날이었다. 우리가 유료 관광객을 처음 받은 날이기도 했다. 토니의 말에 따르면 일기예보는 좋은 편이라고 했다. 내가 카약 여행사에서 정식으로 일하는 첫날이었기에, 토니는 내게 관광객들과 함께 2인승 카약을 타고 관광객이 된 기분으로 코스를 돌아보라고 지시했다. 그는 옆에서 1인승 카약을 탈 것이었다. 그렇게 한 번 다녀오면 관광객의 경험을 이해할 수 있을 거라고 했다. 토니에게 피드백을 주는 것도 잊어서는 안 되는 일이었다. 비용을 낸 만큼의 가치가 있었는가? 가장 좋은 부분과 나쁜 부분은 무엇이었는가? 관광객이 바다에서 최대한 즐거운 하루를 보내려면 어떤 서비스가 필요할까?

오전 아홉 시가 넘어가자 예약한 관광객들이 도착했다. 소규모 팀이었다. 섬 서쪽의 세련된 마을 오이아Oia에 묵고 있다는 미국 남자 세 명이 전부였다. 그중 한 명은 엄청난 거구였다. 키는 180cm를 훌쩍 넘었고 체중도 최소 125kg은 나갈 듯싶었다. 해변을 걸어오는 그의 모습을 보고 토니와 나는 당황한 눈빛을 주고받았다.

"아무래도 더 큰 카약이 필요하겠는데요." 내가 반쯤은 농담으로 말했다.

세 사람 모두 카약에 제법 능숙했다. 유일한 문제는 거구 남자의 신체 치수였다. 우리가 가진 구명조끼 중 사이즈가 가장 큰 것도 그에게는 너무 작았다. 나는 그를 주시하기 위해 함께 2인승 카약에 탔지만, 그의 체중 때문에 카약이 물에 뜬 순간부터 계속 심하게 흔들렸다. 원래 관광객에겐 내주지 않는 1인승 카약으로 바꾸자고 말할까 생각도 했지만, 바로 마음을 고쳐먹었다. 신참인 내가 첫 근무일부터 소란을 피울 수는 없었다.

나는 해안선을 따라 노를 저으면서 카약이 흔들리지 않게 하려고 애썼다. 하지만 카약이 물속에 깊이 잠긴 터라 나아가기가 쉽지 않을 것 같았다. 내 생각대로였다. 토니는 일찌감치 내게 경고했었다. 산토리니 주변 바다는 예측이 불가능하다고.

"항상 예상 밖의 사태가 일어날 것을 예상해야 해."

한 시간쯤 노를 젓고 나니 토니의 말이 무슨 뜻인지 실감할 수 있었다. 산들바람이 갑자기 강풍으로 변했다. 내가 햇볕을 가리려고 쓴 야구 모자가 날아갈 것만 같았다. 미처 알아차리기도 전에 높이 1m에 이르는 파도가 닥쳐왔다.

토니는 다른 카약에 탄 두 사람을 지켜보느라 정신이 없었다. 바람이 거세지자 그는 두 사람을 해안선 가까이로 이끌었다. 하지만 그때 난데없이 파도가 연달아 카약을 후려치는 바람에 그 둘은 물에 빠지고 말았다. 둘 다 구명조끼를 입고 있었으니 위험하진 않았지만, 토니가 그들을 구하러 가야 했다. 두 사람이 카약 가까이로 돌아와 뱃전을 붙잡는 동안 토니는 카약이 떠내려가지 않게 붙잡고 있었다.

이런 일이 일어나는 동안 내가 탄 카약은 서서히 가라앉고 있었다. 파도가 머리 위로 덮쳐와 카약에 물이 가득 차올랐다. 나는 쉽게 겁먹는 성격은 아니다. 물속에서 놀며 자랐고 헤엄도 잘 치는 데다 인명 구조 훈련도 받았다. 하지만 나와 같이 탄 거구 남자는 긴장한 기색이 역력했다. 점점 악화되는 상황이 불안했던 그는 내게 해안으로 가자고 요청했다. 우리가 작은 만灣으로 다가가는데 갑자기 파도가 닥쳐와 카약을 뒤집어버렸다. 나는 노를 놓쳤다. 다음 순간 바다 쪽으로 떠내려가는 카약이 눈에 들어왔다.

토니가 노련한 선원이라는 건 이미 알고 있었지만, 다음 순간 그가 보인 행동은 경탄스러울 정도였다. 한 손으로 다른 카약을 조종하면서 다른 한 손으로 우리가 타고 있던 카약을 붙잡았던 것이다. 나는 토니가 다시 내게로 밀어 보낸 카약을 붙잡고 해변으로 헤엄쳐갔다. 거구의 동행인이 잘 따라오고 있는지 확인하면서. 하지만 그걸로 끝이 아니었다. 만灣에 이르러 살펴보니 사방이 가파른 절벽으로 에워싸여있어 육로로는 벗어날 길이 없었다. 다시 카약을 띄울 수밖에 없었다. 아까보다 해안선에 바짝 붙어서 갔기에 동행인도 한결 차분해졌다.

금세 큰 만灣이 나왔다. 그곳에는 절벽 꼭대기를 따라 빠져나올 통로가 있었다. 몇 분 뒤 토니도 다른 사람들을 이끌고 도착했다. 다들 별문제는 없었지만 무사히 육지를 밟게 되어 안심한 기색이었다. 그사이 바람이 훨씬 거세져서, 오늘은 이만하고 걸어서 카약 보관소로 돌아가자는 데 다들 동의했다. 목적지에 이르렀을 무렵엔 모두 완전히 지쳐있었지만 관광객들은 제법 유쾌해 보였다. 오늘 있던 일을 일종의 모험으로 여기는 듯했다.

"미국 콜로라도Colorado에서 급류 타기를 했던 때가 생각나는데." 거구 남자가 농담조로 말했다.

나는 이 경험이 분명 나중에 유용할 거라고 생각했다. 이런 일이 카약 투어의 본질일 거라고. 올여름 동안 비슷한 사건을 또 겪게 될 것이 분명했다.

본부로 돌아와 보니 날라는 내 점퍼 위에서 깊게 잠들어있었다. 내가 얼마나 파란만장한 하루를 보냈는지 전혀 모른 채.

다비드의 말에 따르면 날라는 내가 없는 동안 아주 얌전했고 밖에 나가려 하지 않았다고 했다. 그 말을 들으니 안심이 되었다. 내가 카약 보관소에 없을 때 날라가 다른 동료들과도 몇 시간쯤 잘 지낼 수 있다면 좋은 일이었다.

나는 토니와 다비드와 함께 카약과 장비를 씻었다. 다음 날 아침에 깨끗한 상태로 사용해야 하니까. 틈새마다 들어가 있는 모래를 한 알도 남김없이 씻어내려니 상당히 오래 걸렸다. 그다음엔 카약을 거치대에 하나하나 단정하게 쌓아서 정리했다. 예상보다 시간이 많이 드는 일이었지만, 어떻게든 익숙해져야 했다. 앞으로 몇 달간 날마다 해야 할 일이었으니 말이다.

그날 예약된 투어는 따로 없어서 오후와 저녁 시간은 대부분 나 혼자 지냈다. 나는 날라와 함께 해변을 산책하며 느긋하게 쉬었다. 물론 날라는 다음 날 무슨 일이 기다리고 있는지 몰랐지만, 나로서는 그 생각을 떨쳐낼 수 없었다. 휴대전화로 몇 번이나 중성화 수술에 관해 검색해 봤다. 하지만 자세한 사진을 들여다보고 싶을 때마다 얼른 그만두자며 내 자신을 말렸다. 많이 알면 도리어 안 좋을 테니까.

다음 날 아침, 나는 날라가 평소보다 십 분쯤 더 해변에서 뛰어놀게 해준 다음 이동장에 집어넣었다. 그러고는 토니의 자동차를 얻어타고 5km 정도 떨어진 피라Fira 의 동물병원으로 갔다.

동물병원의 수술 담당 의사는 노련해 보였고 내가 안심하도록 수술의 전 과정을 상세히 설명해주었다. 수술은 그날 오후에 있을 예정이고, 어느 정도 시간이 지난 다음 마취가 풀렸는지 확인할 것이었다. 그러니 열두 시간이 지난 오후 여덟 시쯤 내게 전화를 줄 것이라고 했다. 하지만 날라가 마취에서 깨는 데 오래 걸린다면 좀 더 늦게까지 기다려야 할 수 있다고도 말했다.

나는 날라를 한번 껴안아준 다음 간호사에게 넘기고 떠났다. 그 병원이 믿을만하다는 건 확실했지만, 병원 문을 나설 때 내가 지독한 배신자처럼 느껴졌다. 차마 날라의 눈을 쳐다볼 수 없었다. 나는 무거운 마음을 안고 카약 보관소로 돌아왔다. 중성화 수술이 날마다 무사히 이루어지고 있으며 걱정할 필요가 없다는 건 잘 알았다. 하지만 날라와의 유대감이 너무 깊어졌기에 이런 감정이 드는 것도 어쩔 수 없었다. 다행히도 내게는 하루 종일 근심을 잊게 해줄 카약 투어가 있었다.

둘째 날은 첫째 날만큼 다사다난하진 않았다. 토니가 내게 관리자 역할을 맡기고 1인승 카약을 타게 해준 덕분에 일이 한결 쉬웠다. 그날 인솔한 팀은 다양한 국적의 사람들로 구성되어 있었다. 영국인과 미국인, 그리고 독일인까지 총 일곱 명이었다. 날씨는 좀 나아졌지만 나는 투어 내내 최대한(파도에 노출된 구간에서는 더더욱) 조심했다. 만족스러워하는 관광객들과 함께 해변으로 돌아와 카약을 대자 안도감이 들었다. 첫날 단추를 잘못 끼우긴 했지만 이젠 모든 게 제대로 풀리는 듯했다.

그날 하루는 최대한 바쁘게 지내려고 애썼다. 반 시간 정도는 습관처럼 된 해변 청소를 하며 보냈다. 이 좁은 해변에도 별 희한한 물건들이 떠밀려오거나 버려져 있었다. 하루는 검정색과 흰색의 짝짝이 크록스 한 켤레를 발견했다. 그 크록스는 내가 갖기로 했다. 신으면 발이 무척 편해서 다시 자전거 여행에 나설 때 유용하겠다고 생각했기 때문이다. 하지만 나는 쓰레기봉투를 채우면서도 자꾸만 휴대전화를 들여다보았다. 시간이 한없이 느리게 흐르는 것 같았다. 기나긴 시간을 보낸 후에야 오후 여섯 시, 일곱 시, 마침내 여덟 시가 되었지만 전화는 오지 않았다. 여덟 시 십오 분, 여덟 시 삼십 분. 머리가 핑핑 도는 것 같았다. 혹시 날라에게 무슨 일이라도 생긴 걸까? 여덟 시 사십오 분이 되어서야 휴대전화가 울렸다.

"와서 고양이 데려가세요." 누군가 무미건조한 목소리로 전달해주었다. 나는 곧장 택시를 타고 운전기사에게 동물병원 앞에서 잠시 기다려달라고 부탁했다.

삑 소리와 함께 병원 문이 열리자마자 회복실로 돌진했다. 날라는 아직도 몸을 제대로 가누지 못했고 나도 못 알아보는 것 같았다. 나는 수의사에게 감사 인사를 하고 날라를 작은 담요로 감쌌다. 택시를 타고 돌아오는 내내 날라를 무릎에 얹고 있었다. 날라를 무사히 되찾았다는 안도감이 얼마나 컸는지 내 자신도 어처구니없을 정도였다. '고양이 한 마리 때문에 이렇게

까지 흥분할 일인가?'

수의사는 날라가 한동안 구토를 할 수 있다고 주의를 줬다. 그래서 본부로 돌아온 나는 해먹에서 자지 않기로 결정했다. 날라와 함께 바닥에 누워있어야지. 녀석이 깨었을 때 어지럽거나 메스꺼울지 모르니까. 바로 옆에 있으면 날라가 눈을 뜬 순간 먼저 나를 보게 되겠지. 자기 혼자 있는 줄 알고 걱정하게 만들긴 싫어.

그렇게 한 것이 옳았던 모양이다. 내가 곁에 눕자 날라는 본능적으로 내 몸에 달라붙더니 안심이 된 듯 금세 곯아떨어졌다. 물론 나는 한숨도 못 잤지만, 그 편이 오히려 다행이었다. 날라가 자다가 속이 뒤집혀 두 번이나 카펫 가장자리에 구토를 했으니까. 몸에서 마취제가 빠져나가는 셈이니 날라에겐 좋은 일이었다. 하지만 지켜보는 나로서는 아무래도 걱정스러웠다. 어찌나 불안했는지 날라가 뒤척이거나 작은 소리만 내도 돌아보게 되었다. 새벽이 되어서야 겨우 잠이 들었지만 오래 눈을 붙일 순 없었다. 잠에서 깼을 때 날라는 내 곁에 서있었다. 마취가 완전히 깬 듯 아랫배의 수술 부위를 꿰맨 실을 이빨로 물어뜯으려 하고 있었다.

"날라, 안 돼!" 나는 벌떡 일어나며 외쳤다.

날라는 나를 보며 작게 하악 소리를 냈다. '이건 내 수술 자국이니까 내 맘대로 뜯을 거야.'라는 뜻이 분명했다. 어떻게든 녀석을 말려야 했기에, 나는 카약 보관소에 있던 나일론 벙거

지모자 하나를 가져다가 대충 넥 칼라를 만들었다. 모자 윗부분을 잘라낸 다음 거꾸로 뒤집어 날라의 목에 씌워준 것이다. 이러면 모자의 넓은 쪽 테두리 때문에 아무것도 물어뜯지 못하겠지. 효과가 있었다. 날라는 반 시간 넘게 불평하듯 야옹거렸지만 결국 포기하고 다시 잠들었다. 우리는 토니가 그날 영업을 준비하러 왔을 때야 잠에서 깼다. 날라의 모습을 보고 토니는 놀라서 눈이 튀어나올 뻔했다.

"대체 우리 모자로 무슨 짓을 한 거야?" 그가 외쳤다.

"원한다면 내 급여에서 빼요." 내가 대꾸하자 토니는 웃음을 터뜨렸다.

날라가 회복되기까지는 며칠이 걸렸다. 녀석은 본부 근처에 드러누워있곤 했다. 시시각각 자기 마음에 들 만큼 따뜻하거나 서늘한 자리를 찾아다니면서. 나는 날라에게 밥과 물을 충분히 챙겨줬지만, 녀석을 지켜보고 있으면 예전에 어디서 읽은 글이 떠올랐다. 고양이는 자가 치료, 즉 몸 상태가 안 좋을 때 스스로 치유하는 일에 도가 텄다고. 평소 날라는 하루에 열 시간씩 바닷가를 뛰어다니고 파도를 쫓고 바위를 타고 넘으며 보냈지만, 지금은 나아지려면 쉬어야 한다는 걸 본능적으로 아는 듯했다. 회복이라는 작업에 적극적으로 착수했던 것이다.

다행히 그날은 바람이 거세어 카약을 타러 나갈 수가 없었다. 덕분에 좀 더 오래 날라를 지켜보면서 곁에 있어줄 수 있었다. 인스타그램에 업데이트도 했다. 그간 많은 일이 있었던지라 글로 쓸 내용이나 올릴 사진도 풍부했다. 팔로워들은 우리가 뭘 하든 진심으로 흥미를 보이는 듯했지만 아무래도 날라가 어떻게 지내는지 관심이 많았다. 그래서 나는 행복하고 건강해 보이는 날라의 사진을 잔뜩 올렸다.

우리에 대한 사람들의 관심은 점점 더 커지는 것 같았다. 그사이 「데일리 메일」과 「워싱턴 포스트」에 기사가 실렸고 전 세계의 다른 언론사들도 우리 이야기를 다뤘다. 이제는 그리스의 여러 섬을 찾아온 관광객들이 우리를 만나려면 어디로 가야 하는지 알려달라는 메시지를 보내고 있었다.

날라가 중성화 수술을 받고 며칠 뒤 어느 스웨덴 여자아이와 부모가 찾아왔다. 그들은 직접 아크로티리까지 와서 카약 보관소에 있던 우리를 방문했다. 나는 깜짝 놀랐지만, 세 사람 모두 상냥했기에 십 분간 이야기를 나누고 사진도 찍었다. 그때쯤엔 날라도 거의 건강을 회복한 상태였다. 여자아이는 날라를 직접 만났다는 사실에 엄청나게 기뻐했다. 아이의 아버지는 내게 바닷가 술집에서 맥주를 한잔 사겠다고 제안까지 했다.

"이번에도 요행이었다는 말은 하지 말라고." 지나가던 토니가 날라와 내 사진을 찍는 그들 가족을 보고는 놀려댔다.

얼마 지나지 않아 피라의 동물병원에 가야 할 날이 왔다. 나는 날라가 중성화 수술을 받는 김에 광견병 항체 검사도 가능할지 문의해둔 터였다. 날라의 여권에 광견병 위험이 없다고 명시되지 않는다면 조만간 입국을 거부당할 수도 있었다. 수의사는 서류 처리가 오래 걸리니 최대한 빨리 검사를 받으라고 권했다. 그리고 검사라 해도 그냥 채혈 정도지만 날라에겐 많이 힘들 수 있으니 중성화 수술을 마치고 몇 주간 회복한 다음이 어떻겠냐고 제안했다. 검사 과정에서 또 마취를 해야 할 가능성도 있었기 때문이다.

중성화 수술을 하고 난 2주일 뒤, 나는 또다시 날라를 이동장에 집어넣고 동물병원으로 갔다. 날라도 목적지가 어디인지 눈치챈 것처럼 보였다. 시간이 얼마 지나지도 않았는데 또다시 날라를 힘들게 하려니 미안해서, 이러는 게 옳은 일이라고 줄곧 마음을 다잡아야 했다. 이 모든 절차를 빨리 끝마쳐야 했다. 그러면 앞으로 1~2년은 날라를 힘들게 할 일이 없을 테니까. 하지만 그렇게 생각해도 별로 기분이 나아지지 않았다.

우리는 아침 일찍 병원에 도착했다. 이번에는 내가 계속 곁에 있어주기로 했다. 날라가 마취받을 일은 없길 바랐지만, 내 희망처럼 되진 않았다. 수의사가 주사기를 꺼낸 순간 날라는 암사자로 돌변해 으르렁대며 거의 피가 날 만큼 그를 할퀴었다. 나는 수의사를 거들어 날라를 붙잡고 주사가 들어가는 동안 녀석을 꼭 껴안아 다독였다. 날라는 곧 잠들었지만, 그래도 안쓰럽고 미안하긴 마찬가지였다. 이번 마취는 지난번만큼 강하지 않았다. 한 시간이 지나자 날라는 어지럽고 졸려 보이긴 했어도 정신을 차리고 동물병원을 떠날 수 있었다. 그사이 나는 수의사 때문에 두 번씩이나 기절할 만큼 놀랐다.

우선 그는 날라의 동물 여권에서 뭔가 미심쩍은 점을 찾아 낸 듯했다. 자기를 거들던 간호사에게도 여권을 보여주면서 얼굴을 찌푸리고 고개를 흔들었던 것이다.

"알바니아에서 만났다는 수의사가 동물 여권에 스탬프를 제대로 안 찍어줬네요."

"그게 무슨 말이죠?"

"그러니까 어쩌면 접종이 무효화될 수도 있다는 겁니다. 다시 주사를 맞아야 할 수도 있고요."

그 순간 내 얼굴 표정은 볼만했을 것이다.

"말도 안 돼요."

내가 제대로 성을 내기도 전에 간호사와 수의사 둘이서 뭔가 열심히 소곤대기 시작했고, 상황은 금세 해결되었다.

"걱정 마요." 간호사가 웃으며 말했다. "그 수의사 이름을 확인했으니까 우리 병원에서 연락하면 돼요. 그쪽에서 아무 문제없다고 확인한 다음에 새로운 서류를 보내줄 거예요."

"그러는 게 좋을 걸요." 나는 성질을 가라앉히며 대답했다.

내가 그 충격에서 미처 회복되기도 전에 다른 직원이 나타나더니, 수의사와 함께 날라의 혈액 샘플 하나를 들고 불빛에 비춰보며 묘한 표정을 지었던 것이다.

"무슨 문제가 있나요?" 내가 물었다.

"피가 너무 탁해서요. 이런 경우는 드물거든요. 흥분해서 그럴 수도 있지만요." 수의사가 대답했다. "하지만 문제가 있다면 검사 결과로 확인되겠지요."

"결과가 나오는 데 얼마나 걸리는데요?"

"한 달 정도요. 그리스 아테네로 보내야 하거든요."

'거참 잘됐군. 안 그래도 걱정할 일이 태산인데.'

동물병원 직원들은 모두 친절했지만, 나로서는 그곳을 벗어나 카약 보관소로 갈 수 있어서 기뻤다. 작은 판지 상자에 담요를 깔아 날라를 집어넣고 남은 하루를 잘 자게 놔두었다. 날라는 이후로 며칠 내내 기진맥진한 상태였고 줄곧 본부 한구석에 숨어서 휴식을 취하곤 했다.

누군가 연약해진 상태로 병원이나 수술실에 있는 모습을 보면 이후로도 쭉 그에게 보호 본능을 느끼기 마련이다. 그런 자연스러운 반응뿐만 아니라 아마도 날라를 고생시켰다는 죄책감 때문에, 내가 정말로 날라의 아빠가 된 것 같은 기분이 들었다. 나는 구할 수 있는 가장 좋은 사료를 사다 먹이고 평소보다 오랫동안 날라와 놀아주었다. 누워서 골골거리는 날라의 머리와 목덜미를 쓰다듬으면서.

악천후가 빨리 지나가는 바람에 카약 투어에 나가야 했다. 하지만 차마 날라를 혼자 두고 갈 수는 없었다. 토니와 다른 동료들을 못 믿어서가 아니었다. 나는 그들을 믿었지만 아무래도 날라가 나를 찾을 것 같았다. 날라에게 문제가 생겼을 때 멀리 떨어져 바다에 나가있긴 싫었다.

그래서 날라가 수술에서 회복되는 동안 결단을 내리고 날라가 입을 구명조끼를 샀다. 날라는 길 위에서 우리 여정의 부조종사였으니 바다에서도 내 항해사가 될 수 있었다. 날라가 다 낫자 나는 녀석에게 구명조끼를 입혀보았다. 샛노란 구명조끼가 멋지게 잘 어울렸다. 그걸 입은 날라의 사진은 인스타그램의 열성팬들에게 곧바로 인기를 끌었다.

바람이 최대한 잔잔해지는 날까지 기다렸다가 날라를 카약에 태우고 나갔다. 날라는 자전거 앞쪽 주머니 속에 앉았듯 카약 조종간에 앉았다. 몸은 포근하고 안전하게 안쪽에 넣고 머리만 쏙 내밀어 모든 걸 바라보면서. 주변 경관에 매혹되고 해변을 따라 늘어선 식당에서 쏟아져나오는 음악 소리에 호기심을 느끼는 것처럼 보였다.

고양이는 원래 물을 싫어하기에, 날라가 물에 적응할 수 있도록 서프보드에 태우고 나가보기도 했다. 날라는 질겁했다. 처음엔 납작한 서프보드에 숨을 곳이 없어서 불안해하며 '대체 무슨 짓을 하려는 거야?'라고 묻듯이 나를 돌아보기도 했다. 하지만 서프보드가 안정적으로 물에 떠서 나아가자 그 위를 걸어다니기 시작했다. 마치 고양이가 물에 익숙해지듯 자연스러운 태도였다(뭔가에 자연스럽게 익숙해진다는 뜻인 '오리가 물에 익숙해지다take to like a duck to water'의 패러디 – 옮긴이). 덕분에 나도 한숨 돌렸다. 날라를 날마다 카약에 태울 생각은 없었다.

현실적으로 불가능한 일이었다. 그래도 필요하다면 날라를 데리고 나갈 수 있게 된 셈이었다.

유감스럽게도 한동안 날라의 건강에만 신경을 써서 나 자신을 돌보는 데엔 소홀했던 모양이다. 날라가 혈액 검사를 받을 즈음 나는 사고로 고프로를 잃어버렸다. 작지만 효율적인 정육면체형 비디오 카메라로, 특히 자전거를 타면서 영상을 찍는 데 유용했다. 고향을 떠나기 전에 구입한 뒤로 잘 썼고 가끔 스트랩에 달아서 이마에 쓰기도 했다. 나는 토니와 함께 주변 탐사를 나간 날 고프로를 가져갔다. 출발할 때부터 날씨가 안 좋았는데 바다로 나간 다음엔 점점 더 궂어졌다. 우리는 카약 보관소 동쪽에서 묵직한 파도와 마주쳤다. 괜찮을 거라고 생각했지만 그때 파도가 내 카약을 들어올려 홀라당 뒤집어버렸다. 간신히 카약에 기어올랐더니 갑자기 높이 2m에 이르는 파도가 뒤에서 밀려와 나를 다시 카약에서 끌어내렸다. 처음엔 몰랐지만, 나중에 이마를 확인해 보니 고프로를 달았던 스트랩이 자취도 없이 사라진 상태였다.

나는 짜증이 났지만 절망하진 않았다. 고프로는 튼튼한 카메라였고 방수 밀폐 케이스에 들어있었다. 아마도 바다 밑바닥에서 찾아낼 수 있을 터였다. 고프로를 잃어버린 지점은 수심이 그리 깊지 않은 곳이었다. 바다만 잠잠해지면 찾을 수 있겠지. 하지만 헛된 기대였다. 이틀간 샅샅이 해저를 뒤지고 다녔지만 결국 찾지 못했다. 게다가 나는 마지막으로 고프로를 찾으러 나갔을 때 날라를 데려가는 실수를 저질렀다. 녀석이 괜찮은지 신경 쓰는 데 정신이 팔려 평소의 준비 과정을 잊어버렸던 것이다. 스코틀랜드 출신인 나의 피부는 그리스의 맹렬한 햇볕을 감당하지 못해서, 자외선 차단 효과가 뛰어난 선크림을 매번 꼼꼼히 팔다리에 발라야 했다. 하지만 그날은 스노클링을 시작하기 전에 등과 목덜미에도 선크림 바르는 걸 깜박했다. 그러고서 한 시간이나 등과 목덜미를 드러낸 채 바닷물 속에 얼굴을 잠그고 있었으니.

그날 저녁 곧바로 후환이 닥쳤다. 버스에라도 치인 기분이었다. 어찌나 속이 메스껍고 어지러운지 몇 번이나 구토를 했다. 온몸에 힘이 하나도 없어서 해먹에 누워있었다. 이유가 무엇인지는 알 수 있었다. 태국에 휴가를 갔을 때도 이런 적이 있었으니까. 일사병이었다. 토니는 내 몸 상태가 얼마나 나쁜지 알아차리고 물과 약을 가져다주었다.

"며칠 쉬어." 토니의 말에 나는 반항조로 끙끙거렸다.

다음 날 아침 내가 장비를 챙기기 시작하자 토니는 내 팔을 붙잡더니 문자 그대로 나를 다시 해먹에 눕혀버렸다.

"회복될 때까지 그런 짓은 엄두도 내지 말라고."

나는 마지못해 다시 자리에 누웠다. 우리의 보금자리는 병실이 되어버렸다. 다만 이번에는 날라가 간호사고 내가 환자였다. 날라는 맹활약을 펼쳤다. 마치 우리의 역할이 뒤바뀐 것 같았다. 종종 그랬듯 본부 주변 여기저기서 잠을 자는 대신, 날라는 내 곁에 딱 붙어 줄곧 골골거리며 얼굴을 핥아주었다. 지금 몸이 안 좋은 건 자기가 아니라 나임을 잘 아는 듯했다. 이제는 날라가 나를 주의 깊게 지켜볼 차례였다. 나도 날라가 곁에 있어주는 것이 좋았다. 적어도 내가 고비를 벗어날 때까지는.

열이 조금 내리나 했더니 이젠 왼쪽 다리에 염증이 생겨 미친 듯이 가려웠다. 처음에는 일사병 때문이거나 벌레에 물린 상처에 패혈증이 생긴 거라고 생각했다. 그래서 진통제와 항히스타민제를 복용했지만 효과가 별로 없었다. 피부가 무시무시하도록 시뻘게지더니 하루를 넘기자 다리를 펼 수 없을 만큼 뻣뻣해졌다. 그런 다리에 무게를 싣는다는 건 말도 안 되는 일이었다. 소설 『보물섬』에 나오는 존 실버 선장이 된 기분이었다. 목발은 없었지만 실버 선장처럼 한쪽 다리로 깡충깡충 뛰어다녀야 했으니까. 구급상자를 뒤져봐도 도움이 될만한 약은 없었다.

다음 날 찾아온 토니는 내 다리를 보자마자 길길이 날뛰었다.

"그 상태로는 카약 못 타. 병원에 가야 된다고."

그날 저녁 카약 투어가 끝나자마자 토니는 나를 자동차에 태워 병원으로 갔다. 나는 이렇게까지 할 필요가 없다고 생각했지만, 간호사들은 그렇게 생각지 않는 듯했다. 눈 깜짝할 사이에 의사가 나타나더니 나를 1인용 병실에 집어넣고 항생제 링거 주사를 맞게 했다. 의사는 내 다리가 감염된 것은 아니지만 알레르기 반응을 일으킨 것 같다고 말했다. 게다가 탈수 증상도 심각하다고 했다. 지루하게 몇 시간을 드러누워있은 뒤에야 의사는 링거 주사를 빼주고 나를 돌려보냈다. 앞으로 며칠은 항생제를 먹으며 푹 쉬어야 한다는 지시와 함께. 나는 의사 말에 따를 생각이 없었다. 이미 며칠을 결근했으니 다음 날 아침엔 카약 투어에 나가야겠다고 다짐한 참이었다.

하지만 간호사 날라의 생각은 달랐다. 흔히 말하길 고양이는 병의 냄새를 맡을 수 있다고 한다. 가끔은 기계보다 더 정확하게 말이다. 나도 어느 보호자가 간질 발작을 일으키려는 걸 미리 알아차린 고양이 이야기를 읽은 적이 있었다. 내가 본부로 돌아와 해먹에 눕자마자 날라는 달려와 곁에 누웠고, 내 몸에 바짝 붙어 조용히 목을 골골거렸다. 내 상태가 좋지 않아 보살핌이 필요하다는 사실을 잘 아는 것처럼.

나는 환자 역할에는 젬병이었다. 어린 시절 스코틀랜드에서부터 줄곧 그랬다. 베이거나 까진 상처 정도는 무시했고, 감기나 독감 기운이 있어도 크게 신경 쓰지 않았다. 럭비를 할 때도 다리 하나쯤 부러지지 않고서는 퇴장할 생각을 안 했다. 대체로 마초적인 헛짓거리였던 건 사실이다. 나는 절대 무너지지 않는 터프가이로 보이려고 허세를 부렸다. 보스니아헤르체고비나 다리에서 다이빙하다 다리가 부러졌을 때도 마찬가지였다. 제대로 나을 때까지 기다렸어야 했는데 그러지 않았다. 운이 좋아서 별일은 없었지만, 까딱하면 남은 평생 다리를 절게 될 수도 있었다.

해먹에 날라와 나란히 누워 이런저런 생각을 하니 정신이 번쩍 들었다. 나로서는 침대에서 일어나 밖으로 나가고 싶은 마음이 굴뚝같았다. 꾀부리는 걸 싫어했고 빈둥거리며 지내는데도 서툴렀으니까. 하지만 내가 목발을 짚고 다니면 날라에게 전혀 도움이 못될 것이었다. 토니는 내가 계속 이런 상태라면 카약 근처에도 못 가게 할 것이 분명했다. 그러니 의사의 지시를 무시해봤자 무슨 이득이 있겠는가? 상황이 더 나빠질 뿐이리라.

날라가 나으려고 얼마나 노력했는지 떠올려보았다. 녀석은 다른 일은 전부 잊고 건강을 회복하는 데만 집중했다. 그때는 바보짓이라고 생각했지만, 어쩌면 나도 날라를 본받아 몸이 다 나을 때까지 여유를 가져야 할지 몰랐다. 이번만은 내 몸이 나에게 하는 말을 들어야 했다. 바로 그 순간 토니가 한구석에서 고개를 내밀었다.

"환자는 좀 어떠신가?"

"아무래도 다 나을 때까지 며칠 쉬어야겠어요." 내가 대답했다.

토니는 깜짝 놀란 기색이었다.

"정말이야? 자네답지 않은데."

"뭐, 외다리 카약 강사는 쓸모가 없을 테니까요."

"그건 그렇지." 토니는 희한하다는 얼굴로 대답했다.

"그런데 누가 자넬 설득한 거야, 의사인가?"

나는 어깨를 으쓱하고 토니의 눈길을 피하면서 대답했다.

"아뇨. 그냥 그러는 게 좋을 것 같아서요."

내게도 자존심이란 게 있었다. 생후 6개월짜리 고양이 덕분에 간신히 상식이 생겼다고 인정할 순 없었다.

산토리니의 스파이더맨

여름 시즌이 본격적으로 시작되었을 무렵 날라와 나도 그리스 산토리니에 완전히 적응했다. 아크로티리 바닷가의 삶은 단순했지만 우리에겐 무척 잘 맞았다. 오전 여섯 시부터 오후 네 시까지 일했던 스코틀랜드에서의 음울한 생활과는 전혀 달랐다. 나는 열심히 일했지만 놀기도 열심히 놀았다. 산토리니는 파티로 유명한 섬이어서 가끔씩은 기진맥진할 때까지 놀기도 했다. 날라도 바닷가 생활에 대만족하는 것처럼 보였다. 날라에게 고민이랄 게 있다면 나와 마찬가지로 무더위 정도였다. 그 무렵엔 평균 기온이 26℃를 넘었고, 오후에는 32℃를 넘어서기도 했다.

지나치게 햇볕을 쬐는 건 인간뿐만 아니라 고양이에게도

해로웠다. 일사병을 겪은 이후로 날라도 더위를 먹지 않도록 주의해야겠다는 생각이 들었다. 나는 인터넷에서 읽은 충고대로 날라의 귀와 코에 고양이용 특제 선크림을 발라주기 시작했다. 맨 살갗이 드러나있어서 심하게 타기 쉬운 부위라고 들었기 때문이다. 날라를 카약 투어에 자주 데리러 가는 일도 피하기로 했다. 잠시 다녀오는 것 정도는 괜찮았지만 세 시간 코스에 데리고 나가면 안 될 것 같았다. 내가 아무리 날라와 함께 다니고 싶다 해도.

유감스러운 일이었다. 날라를 데리고 다니면 마음이 편했지만, 날라 없이 바다에 나가면 자꾸 무슨 일이 생길까봐 걱정하게 되었다. 오늘은 해변에 사람이 많으려나? 카약 보관소에 있는 직원은 누구지? 날라는 본부 안에 무사히 있는 걸까? 인스타그램에서의 난리법석 때문에 한층 더 염려가 되었다.

이제 인스타그램 팔로워는 오십만 명에 가까웠다. 캐나다에서부터 미국, 폴란드, 브라질까지 전 세계 사람들이 우리 계정을 팔로우했다. 그중에는 이곳 산토리니로 휴가를 온 사람도 많았고, 따라서 우리를 만나고 싶다는 메시지는 점점 늘어났다. 그런 메시지가 매일 한두 개씩 꼬박꼬박 들어왔으니까. 나는 모두의 요청에 응하려고 애썼지만 사람들을 항상 만족시킬 수는 없었다. 내가 카약 투어에 나가려는 참에 연락도 없이 불쑥 찾아오는 사람들도 있었고, 그런 이들은 실망할 수밖에 없었다. 하루는 투어를 마치고 카약 보관소로 돌아왔다가 우리를 찾아온 손님들이 있었다는 이야기를 듣기도 했다. 그들 역시 날라를 만나지 못하고 낙심한 채 떠났다. 나로서는 속상한 일이었다. 온갖 수고를 무릅쓰고 때로는 산토리니 섬 반대편에서 아크로티리까지 우리를 만나러 온 사람들이었으니까. 그렇지만 나는 떳떳하게 행동해야 했다. 토니와 해리스는 카약 투어를 인솔하도록 나를 고용했고, 나는 일사병과 다리 알레르기 때문에 상당한 시간을 까먹은 터였다. 게다가 누가 찾아왔다고 무조건 만난다는 건 날라에게도 온당치 못한 일이었다.

실제로 날라를 만난 사람들은 매우 기뻐했다. 그들은 한동안 우리와 이야기하고 사진을 찍은 다음 함박웃음을 지으며 떠나곤 했다. 내게 술 한잔 사겠다고 하는 사람도 있었다. 한번은 영국과 오스트레일리아에서 온 여자들이 나를 시내까지 끌고 나가기도 했다. 나중에는 다 함께 문신 가게로 가서 발목에 파인애플 모양을 새겼다. 꿍장한 밤이었다.

우리의 소박한 사연에 감동한 사람들이 얼마나 많은지 믿기지 않을 정도였다. 더 많은 출판사, 홍보 회사, 언론사에서 메일과 메시지를 보내왔고 '산토리니 섬의 날라와 딘에게'라고 적힌 소포들이 동네 우체국에 도착했다. 전 세계에서 날아온 선물 상자(미국에서 온 것이 가장 많았지만) 안에는 고급 사료, 생쥐 장난감, 방울과 목줄과 캣닙 등 세상에 존재하는 모든 종류의 고양이 용품이 들어있었다.

문제는 그런 소포를 그리스에 반입하려면 관세를 지불해야 한다는 것이었다. 그래서 소포를 찾아올 때마다 보낸 사람들 대신 내가 돈을 내야 했다. 내용물이 쓸모있는 것인지 알 수가 없으니 복불복인 셈이었다. 50유로를 내고 작은 상자 하나를 받았는데 안에 든 건 깃털 달린 막대기 하나였던 적도 있었다. 그렇다고 불평할 수는 없었다. 다들 관대한 사람들이었고 선의로 소포를 보내줬으니까. 하지만 계속 이렇게 지낼 수는 없었기에, 인스타그램에 우리 대신 여러분이 사는 지역 동물보호소에 선물을 보내달라는 글을 올렸다. 언젠가는 여정을 재개해야 하는데 받은 선물을 다 간직할 수는 없고, 그랬다간 내가 세계를 일주하는 이동식 동물용품 행상이 될 거라고. 사람들이 보내준 성원은 감동적이었지만, 나의 주된 목표를 잊어서는 안 되었다. 우리의 새로운 지위와 '영향력'을 유익한 목적과 선행에 활용하고 싶었다. 기쁘게도 5월부터 그럴 기회가 생기기 시작했다.

산토리니의 그림엽서처럼 완벽한 아름다움 뒤에는 어두운 면모가 숨어있었다. 나는 하루 휴가를 내어 피라로 놀러 갔다가 이 섬에 당나귀와 노새가 얼마나 많은지 알아차렸다. 피라의 웅장한 절벽 아래로 드나드는 관광용 보트와 칼데라가 이루는 풍경을 바라보는데, 문득 마을로 들어오는 사람들 상당수가 당나귀를 타고 있는 게 눈에 띄었다. 그 가엾은 동물들은 분명 혹사당하고 있었다. 거구의 남자를 태운 당나귀 하나는 온몸이 땀에 흠씬 젖어 숨을 몰아쉬고 있었는데, 어느 순간에든 무게를 못 이기고 쓰러져버릴 것처럼 위태로워보였다. 왜 불쌍한 동물을 그렇게 혹사시키는지 이해할 수 없었다. 사람들을 가뿐하게 절벽 위로 올려다줄 케이블카도 있었고, 내가 본 바로는 그에겐 두 다리도 멀쩡히 달려 있었는데.

그러고 보니 섬을 돌아다니는 노새들도 눈에 들어왔다. 농부의 수레를 끄는 노새도 있었지만, 개중 늙은 노새 한두 마리는 들판에 홀로 서있거나 길가를 배회하고 있었다. 인터넷에서 읽은 글에 따르면 '택시' 당나귀들은 성수기 내내 하루도 쉬지 않고 해가 뜰 때부터 질 때까지 사람을 태워야 한다고 했다. 그러다 보면 관절과 다리와 등에 문제가 생기고 저녁 무렵에는 기진맥진하기 마련이었다. 유감스럽게도 당나귀 주인들은 동물복지엔 관심이 없기에 늙은 노새들을 내다버린다는 것이었다.

그래서 자선단체 '스테릴라'의 루치아가 늙은 당나귀와 노새를 돌보는 산토리니의 다른 자선단체 방문을 제안했을 때 나는 기회를 놓치지 않고 달려들었다. 산토리니 동물복지협회 Santorini Animal Welfare Association, 즉 SAWA는 피라 근교에 있었다. 늙은 당나귀 외에 유기견 여러 마리도 돌보는 곳이었다. 포인터 개만 해도 우리 하나를 가득 채울 정도였다. 우리 가족이 틸이라는 이름의 포인터를 키웠던 어린 시절부터 나는 그 견종을 좋아했다. 포인터 대여섯 마리와 놀아주고 루치아를 비롯한 자원봉사자들과 수다를 떨다 보니 몇 시간이 훌쩍 지나버렸다.

그리스 아테네 출신의 젊은 자원봉사자가 내게 말해주길, 이 단체는 1990년대 초반에 그의 상사 크리스티나가 세웠다고 했다. 고양이와 개, 당나귀를 돌보는 데 주력하지만 최근에는 돼지 몇 마리와 버려진 가축도 받아들인다고 했다. 구조한 유기동물의 중성화 수술과 예방접종, 질병 및 부상 치료를 마친 뒤 그리스나 해외에서 입양할 사람을 찾아주는 것이 활동 목적이었지만, 궁극적인 저항 대상은 동물복지를 등한시하는 그리스 정부였다. 정부에서는 이들에게 땡전 한 푼 지원해주지 않았는데, 혹한기에 건물이 큰 손상을 입어 수리비가 절실히 필요한 상황이었다.

나는 그들의 활동에 감동했고 그들의 투지에 경탄했다. 그날 저녁 본부로 돌아와서 인스타그램에 당나귀들이 처한 곤경을 설명하며 건물 수리를 도와달라고 요청했다. 큰 기대는 하지 않았고, 글을 올린 뒤에는 날라와 바닷가를 산책하고 쓰레기를 치우며 저녁 시간을 보냈다. 다음 날 아침 크리스티나의 메시지를 받고서야 내가 인터넷에 올린 글의 영향력을 확인했다. 사람들의 반응은 즉각적이고도 경이로웠다. 하룻밤 사이 수천 유로가 모였다. 건물 수리를 시작하기에 충분한 금액이었다. 크리스티나는 놀라서 한동안 아무 말도 하지 못했다.

나 역시 사람들의 반응에 충격받았다. 발루를 위해 모금했을 때도 비슷한 상황이었지만, 그때는 훨씬 소규모였으니까. 이번에는 차원이 달랐다. 짜릿했지만 한편으로 살짝 두려웠다. 이제 내가 얼마나 큰 영향력을 휘두를 수 있는지 깨달았기 때문이다. 그 영향력을 활용할 때는 무척 조심해야 한다는 것도.

내가 홍보만 약속한다면 호텔, 보트 여행사, 식당 등지에서 무료로 서비스를 제공하겠다는 제안은 그전에도 있었다. 상당수는 그리스였지만 훨씬 먼 곳에서 들어온 제안도 많았다. 내게 연락한 어느 남자는 날라와 나를 위한 조지아 투어 프로그램을 만들겠다며 막대한 금액을 제안했다. 그가 데려가는 장소를 방문하고 호텔에 묵은 다음 인스타그램에 올리기만 하면 수천 파운드를 주겠다는 것이다.

조지아는 내가 가보고 싶은 국가 중 하나였다. 나는 카스피 해와 실크로드, 중앙아시아로 이동하고 싶었고 조지아는 그 중간에 있었으니까. 하지만 그 남자의 제안을 받아들여서는 안 될 것 같았다. 그가 데려간 장소가 별로거나 바가지를 씌우는 곳이라면 어쩌겠는가? 나 자신도 신뢰할 수 없는 내용을 홍보해야 할 수도 있었다. 게다가 팔로워들에게 특정 상품이나 사업을 들이밀고 싶지 않았다. 내가 무엇을 홍보할지는 나 자신이 결정하고 싶었고, 그것이 무엇이든 간에 진심으로 추천하고 싶었다.

그 무렵 토니는 좋은 친구이자 카운슬러가 되어있었다. 나는 거의 모든 문제를 그에게 털어놓을 수 있다고 느꼈다. 어느 날 밤에 맥주를 마시면서 내 곤란한 상황을 이야기하자 토니는 공감하며 귀 기울여주었다. 토니의 친구 몇 명도 같이 있었는데, 그중 하나는 아테네에서 온 닉이라는 사람이었다. 열심히 내 말을 듣던 닉이 뭔가 말하고 싶은듯 미소를 띠었다.

"아라크노스Araknos(그리스어로 '거미 인간'이라는 뜻 – 옮긴이)라고 알지? 자네 나라에선 뭐라고 부르더라, 스파이더맨인가?" 닉이 낄낄거렸다.

나는 영문을 모르고 그를 멍하니 쳐다보았다.

"무슨 말이에요?"

"스파이더맨 알잖아. 만화책. 피터 파커Peter Parker가 나오는. 그 친구의 유명한 대사가 뭐였지? '큰 힘에는 큰 책임이 따른다.'"

나는 웃음을 터뜨렸다. "에이, 그게 나랑 무슨 상관이라고요."

"아냐, 정말이야. 자네는 산토리니의 스파이더맨인 거지."

나는 나중에야 닉의 말을 이해할 수 있었다. 물론 과장 섞인 말이긴 했다. 나는 맞서 싸울 악한이나 구출할 약자를 선택할 수 있는 슈퍼 히어로가 아니었으니까. 하지만 내가 처한 상황은 얼추 비슷한 것이었다. 어떤 대의를 지지할지 어떤 기회를 받아들일지 선택하고 그 선택에 대한 책임을 져야 했다. 내가 하는 행동이 항상 옳을 순 없겠지만, 적어도 나 스스로에게는 솔직하고 싶었다.

그날 저녁 나는 조지아 투어 프로그램을 제안한 남자에게 거절하는 메시지를 보냈다.

　물론 내가 무조건 받아들이는 제안도 있었다. 특히 동물복지나 환경보호 관련 활동이라면 말할 것도 없었다. 나는 이미 해당 분야 자선단체들을 위한 기금을 마련하기 위한 작업에 착수한 터였다.

　며칠 휴가를 내고 '갈라테아스Galatea's'라는 도예 공방에 다녀온 적이 있었다. 공방은 아크로티리에서 몇 킬로미터 떨어진 작은 마을 메갈로코리Megalochori 외곽에 있었다. 예전부터 도자기 빚는 법을 배우고 싶었던지라 공방 주인 갈라테아의 꼼꼼한 지도 아래 즐거운 시간을 보냈다. 사발 네 개를 만들고 날라의 발자국을 찍어 장식했더니 내가 봐도 흡족한 결과물이 나왔다. 나는 갈라테아의 격려를 얻어 사발을 경품으로 걸고 인스타그램 팔로워들에게 복권을 팔기로 했다. 복권은 한 장당 1파운드였고, 적당한 시점에 내가 직접 당첨자를 추첨할 예정이었다. 수익금은 모두 자선단체에 기부할 것이었다.

　스테릴라의 루치아에게도 뭔가 보답을 해주고 싶었다. 산토리니에 처음 왔을 때 날라 문제로 많은 도움을 준 데다 SAWA의 크리스티나를 만나게 해준 장본인이기도 했으니까.

　살다 보면 가끔은 우리가 찾던 일이 저절로 우리를 찾아오기도 한다.

　5월 중순 어느 날 아침, 카약을 타고 나가려는데 바닷가에서 조금 떨어진 바위에 기대어 사진을 찍고 있는 여자가 눈에 들어왔다. 무엇 때문에 그러는지는 알 수 없었지만 뭔가 특이한 것이라도 보았는지 정신없이 열중한 모습이었다. 네 시간 후 그 자리로 돌아오니 또 다른 사람이 거의 똑같은 지점에 서 있었다. 이번에는 사진을 찍는 것이 아니라 휴대전화에 대고 열심히 이야기를 하는 중이었다. 나는 그리로 다가갔다. 조그만 아기고양이 두 마리가 담벼락에 기대어 웅크리고 있었다. 하나는 검은색 고양이, 다른 하나는 노란색 고양이였다.

"하루 종일 여기 있더라고요." 거기 있던 남자가 말했다.

언뜻 보니 고양이들이 너무 어려서, 어쩌면 어미가 근처에서 다른 새끼들을 돌보고 있을지 모르겠다는 생각이 들었다. 하지만 그럴 가능성은 희박했다. 노란 고양이와 검은 고양이라면 같은 어미에서 난 새끼는 아닐 것 같았다. 주변에 다른 고양이는 보이지 않아서 내가 두 마리를 데려가기로 했다. 어찌나 작은지 처음 구조했을 때의 날라보다도 더 조그마한 녀석들이었다. 한 손바닥에 두 마리를 올려놓을 수 있을 정도였다. 나는 아기고양이들을 데리고 본부로 돌아왔다.

날라의 반응은 볼만했다. 또다시 자기를 배신했냐는 듯 경멸스러운 눈길로 날 쳐다보더니 내가 쓰다듬어주려고 하자 하악 소리를 냈다. 텃세를 부리는 게 분명했지만, 나로서는 어쩔 수 없는 일이었다. 한동안은 날라가 아기고양이들을 참아줘야 할 터였다.

아기고양이들을 며칠 이상 돌보기는 어려울 것 같아서 루치아에게 전화를 했다. 루치아는 유기동물을 입양해줄 곳을 찾는 동안 산토리니 섬 전역의 임시 보호자들에게 의지하곤 했다. 루치아에 따르면 당장은 아기고양이들을 받아줄 임시 보호자가 없지만 그래도 어떻게든 도움을 주고 싶다고 했다. 내가 며칠만 돌보고 있으면 꼭 입양처를 찾아줄 것이며, 조만간 산토리니의 임시 보호자 중 하나인 마리아나의 집에 자리가 날 거라고. 나도 상황을 진척시키기 위해 최선을 다했다. 아기고양이들을 입양할 사람을 찾는다는 글과 사진 몇 장을 올리고 스테릴라가 어떤 자선단체인지 상세히 설명했다. 그런 뒤엔 녀석들을 피라의 동물병원에 데려가 구충제를 먹이고 벼룩 치료약도 발라주었다.

문득 몬테네그로의 동물병원을 찾아갔을 때가 기억났다. 그때나 지금이나 진료 과정은 똑같았다. 수의사는 아기고양이들이 비교적 건강하고 생후 4~5주일쯤 되었다고 말했다. 검은 고양이는 수컷이고 노란 고양이는 암컷이라고 했다. 고양이들의 이름을 기록해야 한다는 수의사의 말에 나는 또다시 애니메이션 〈라이온 킹〉의 두 캐릭터 이름을 빌려 왔다. 수컷은 코부 Kovu, 암컷은 키아라Kiara 라고 부르기로 했다.

본부로 돌아와 보니 난리도 아니었다. 코부는 기력이 넘쳐났고 모든 일에 참견하려 들었다. 게다가 겁도 없어서 여러모로 날라와 비슷한 녀석이었다. 코부는 본부의 비공식 '사무 공간'인 검은 가죽 의자에 드러눕길 좋아했는데, 의자 색깔과 똑같다 보니 어느 날 저녁에는 토니가 녀석 위에 앉을 뻔했다. 반면 키아라는 수줍음이 많았고 가능하면 하루 종일 잠만 자려고 했다. 며칠이 지나자 날라는 태도를 180도 바꿔 기회만 있으면 아기고양이들과 놀아주었다. 세 마리는 본부 안을 뛰어다니며 서로 쫓아다니고 사람들 발에 걸리적거리곤 했다.

얼마 지나지 않아 스테릴라에서 전화가 왔다. 인스타그램에 올린 글이 효과가 있었는지 어느 독일 사람이 단체로 직접 연락해왔다고 했다. 아기고양이들을 유럽의 절반만큼 이동시키는 데 따르는 의료 및 행정절차도 전부 감당하겠다고 했다는 것이다.

"좋은 소식은 그 사람이 두 마리 모두 데려가겠다고 했다는 거예요." 루치아가 말했다. 목소리에서 왠지 망설이는 기색이 느껴졌다.

"그럼 나쁜 소식은요?"

"아기고양이들을 독일로 보낼 때까지는 임시 보호자인 마리아나가 맡아주겠대요. 그러려면 마리아나 집의 고양이 사육장을 새로 만들어야 하거든요. 혹시 그걸 조립하는 데 도움을 줄만한 사람이 있을까요?"

아마도 내가 산토리니에 온 뒤로 가장 무더웠던 그날, 나는 코부와 키아라를 날라의 이동장에 넣고 피라 변두리의 회칠한 저택을 찾아갔다. 집 주인인 마리아나는 그리스 토박이인

중년 여자였다. 영어는 몇 마디밖에 못했지만 누가 봐도 상냥한 사람이었다. 집 안과 작은 마당은 다양한 연령대의 고양이들로 가득했다. 개중에 바싹 마르고 건강 상태가 퍽 나빠 보이는 고양이도 있었지만, 적어도 그들에겐 애정이 넘치는 보금자리가 있었다.

마리아나는 나를 저택 뒤편의 좁은 땅뙈기로 안내했다. 새로 만들 사육장의 부품들이 잔디밭에 놓여 있었다. 대충 살펴보니 사육장은 철조망으로 둘러싸인 금속 구조물이었다. 마리아나는 사육장이 완성되면 안에 넣을 캣 타워와 스크래처, 장난감도 보여줬다. 사육장 조립 자체는 어려울 것 같지 않았지만 어느 정도 근력이 필요할 듯했다.

다행히도 스테릴라에서는 일손이 필요하다고 홍보를 해놓았고, 나보다 몇 살 많은 영국 런던 출신의 커플이 며칠 전에 지원한 터였다. 그들은 금속 뼈대를 짜맞추고 사면에 철조망을 둘러치는 일을 도와주었다. 그 커플은 오후 늦게 떠나야 했지만, 우리를 뼈대 안에 끼워 넣는 일은 나 혼자서도 할 수 있었다. 내가 사육장을 완성하자마자 첫 번째 입주자들이 들어왔다. 새로운 집에 바로 적응한 코부와 키아라는 어느새 늦은 오후의 햇볕을 받으며 즐겁게 뛰어놀고 있었다.

마리아나는 고마워서 어쩔 줄 몰라 했고, 내게 나무 그늘에 놓인 의자를 권하며 맥주도 가져다주었다. 우리는 나란히 앉아서 새 사육장을 바라보았다. 나는 그리스어를 전혀 몰랐

고 마리아나는 영어를 거의 못했지만, 딱히 긴 말을 주고받을
필요는 없었다. 우리 둘 다 서로의 감정을 이해할 수 있었으니
까. 마리아나를 도울 수 있었다는 것도 기뻤지만, 유기되고 학
대당한 고양이들의 보금자리를 만들어줄 수 있었다는 건 더더
욱 기쁜 일이었다. 이것이야말로 내 영향력을 제대로 활용하
는 방법이었다. 마침내 균형을 잡고 효과적인 방식을 찾아낸
기분이었다.

"스파이더맨도 날 자랑스러워할 거예요." 내 말에 마리아
나는 어리둥절한 표정을 지었다. 마리아나가 내 말을 한 마디
도 못 알아들었다는 게 정말로 다행이었다.

각자의 길

아침 햇살이 본부 창문으로 흘러들어왔다. 누군가 문을 쾅 열고 안으로 들어오는 소리가 들렸다.

"정신 차리고 일어나."

토니의 목소리에서 빈정대는 기색이 느껴졌다. 어젯밤 다들 근처 술집에서 늦게까지 놀았으니 오늘 아침엔 정신이 없으리라는 걸 토니도 잘 알았다. 적어도 일어나고 나서 한동안은. 나는 우물우물 대답하고 간신히 침대에서 몸을 일으켰다. 햇빛에 부신 눈을 제대로 뜨기까지 꽤나 시간이 걸렸지만, 그 와중에도 날라가 매일 아침의 첫 일과대로 반쯤 열린 문틈으로 빠져나가는 건 놓치지 않았다. 평소엔 나도 날라를 따라 밖으로 나가곤 했다. 아침에 일어나자마자 신선한 바다 공기를 마시는 건 기분 좋은 일이었으니까. 하지만 그날은 그저 침대에 눕고만 싶었다. 그래서 토니가 날라를 배웅하도록 내버려두고 반대편 구석의 가스레인지로 다가갔다. 내겐 커피가 필요했다. 아주 진하게 내린 커피가.

정신을 차리는 데 십오 분쯤 걸렸다. 나는 그제서야 (아주 천천히) 바닷가로 걸어나갔다. 어느새 동쪽 하늘 높이 해가 떠올라 있었다. 기온도 이미 21℃는 되는 것 같았다. 날라는 평소 즐겨 찾는 자리인 물가의 바위 틈새에 있겠거니 생각했다. 하지만 어젯밤 본부 계단에 내다놓은 사료에는 전혀 입을 댄 흔적이 없었다. 본부로 돌아가보았지만 그곳에도 날라는 보이지 않았다. 녀석이 좋아하는 본부 안쪽 구석들도 텅 비어있었다. 이상한 일이었다. 아침밥을 빼먹다니 날라답지 않았다.

나는 다시 밖으로 나갔다. 날라는 가끔 본부 옆의 절벽을 미끄러져 내려가 아래쪽 그늘에 누워있곤 했기에, 바닷가를 빠른 걸음으로 왔다 갔다 하면서 날라의 이름을 크게 불렀다. 예전에 날라가 노는 걸 본 적이 있는 몇몇 구멍이나 틈바구니도 살펴보았지만 헛수고였다. 당황스러웠다. 날라가 이런 식으로 사라지는 게 드문 일은 아니었지만 이렇게까지 오래 돌아오지 않았던 적은 없었다. 지금 같은 아침 시간에는 더더욱. 어쩌면 근처 식당에서 밥을 얻어먹고 있는지도 몰랐다. 내가 술이나 가벼운 식사를 위해 들를 때마다 날라의 간식을 챙겨주는 급사들도 몇몇 있었으니까. 그중 한 사람은 아예 생선구이를 접시에 가득 담아 내주곤 했다.

　나는 너무 초조해하지 않으려고 안간힘을 썼다. 날라가 어디선가 재미난 일이라도 발견한 거겠지. 곧 돌아올 거야.

　그때쯤에는 다른 동료들도 해변에 나타나고 있었다. 그들이 본부로 오려면 해변 저쪽 끝에 자동차를 세워놓고 쭉 걸어와야 했다. 그래서 혹시 오는 길에 근처 식당에서 날라를 못 봤냐고 물어봤지만, 다들 멀뚱한 얼굴로 어깨만 으쓱했다.

　아침에 일어났을 때 느꼈던 몽롱함은 사라진 지 오래였다. 찬물을 끼얹은 것처럼 확 정신이 들었다. 나는 침착해지려고 애썼다. 괜찮을 거라고 계속 자신을 타일렀다. 최근 들어 날라가 부쩍 독립심이 강해지긴 했지. 배가 고파지면 금방 돌아올 거야. 난 일하러 나가야 해. 오전 아홉 시쯤 되자 걱정되어 죽을 지경이었다. 한 시간이나 나가 있다니, 아무래도 이상했다. 슬슬 해변이 붐비기 시작할 시간이었다. 아침 산책을 나온 사람이 많았고, 벌써부터 바다에 나가 헤엄치는 사람도 몇 명 있었다. 래브라도 리트리버를 데리고 산책하는 사람도 보였다.

　심장이 벌렁거리기 시작했다. 뭔가 잘못된 게 분명했다. 이런저런 볼일을 처리하러 잠시 나갔던 토니는 돌아오자마자 내 불안을 알아차리고 수색을 돕겠다며 나섰다. 우리는 다시 한 번 해변을 싹 훑었고 내가 찾아본 곳들도 재확인했다. 하지만 소용없었다. 해변 반대편에는 거대한 동굴이 하나 있었다. 혹시 날라가 거기서 놀고 있을지도 몰랐다. 동굴 안에 들어가 손전등을 켜고 둘러보았지만, 이번에도 헛수고였다.

날라가 몇 번쯤 해변 위의 절벽을 기어오르는 걸 본 기억이 났다. 한 번은 올라가다가 개에게 쫓겨 굴러떨어진 적도 있었다. 날라가 다칠까봐 걱정했지만 고양이 특유의 자체 균형 잡기 시스템 덕분에 무사히 옆구리로 착륙했다. 아홉 개의 목숨 중 또 하나를 쓴 셈이었다. 두 개를 썼으니 일곱 개가 남았다.

토니와 나는 절벽을 기어올라 주위를 둘러보았다. 혹시 날라가 햇볕을 쬐며 누워있을까봐 높이 자란 풀밭도 샅샅이 뒤졌다. 하지만 찾아낸 것이라곤 빈 병과 버려진 쓰레기뿐이었다. 평소의 나였다면 깨끗이 치웠겠지만 지금은 그럴 기분이 아니었다. 무엇보다도 날라가 이 길을 따라 30m 떨어진 절벽 끝까지 갔을까봐 두려웠다. 그곳은 붐비는 장소였고, 관광객들이 아침 첫 비행기를 타려고 공항행 배에 오르는 시간이면 더욱 그랬다. 별별 생각이 떠올랐다. 날라가 버스 앞으로 달려나가는 모습이 머릿속에 선명히 그려졌다. 아냐, 그런 상상은 관두자. 날라는 똑똑하고 용감한 꼬마야. 아마도 내가 아는 것보다 훨씬 여러 번 위기에서 살아남았을 거야. 보스니아헤르체고비나 산속에서 나를 만나기 전에도 그랬을 거고. 날라는 괜찮을 거야. 알아서 잘할 거라고. 어디 있든 간에.

토니와 나는 동네 술집과 식당도 둘러보았다. 식탁 주위를 훑어보고 뒤꼍과 화장실도 들여다보았다. 하지만 날라의 모습은 보이지 않았다. 산 중턱에 늘어선 근사한 저택들 사이를 돌아다녀봐도 마찬가지였다. 우리는 주민들에게 혹시 날라를 보았는지 물어보았고, 휴대전화를 꺼내서 인스타그램에 올린 사진까지 보여주었다. 대부분은 예의 바르게 고개를 내저을 뿐이었지만, 한두 명은 우리 카약 여행사 본부의 위치를 묻고 혹시 날라를 본다면 알려주겠다고 약속했다.

어느새 오전 아홉 시 반이 가까워져 있었다. 날라가 나간 지 한 시간 반이 지난 셈이었다. 우리가 함께한 이후로 날라가 이만큼 오래 혼자 나가있는 건 처음이었다. 뱃속이 뒤집히는 듯했다. 최악의 사태를 각오해야겠다는 생각이 들었다. 하지만 나도 마음 한구석에서는 이런 날이 올지 모른다는 걸 알고 있었다. 어쨌든 날라가 내 죄수는 아니었으니까. 녀석은 자유의 몸이었고 주변에 위험만 없다면 언제든 도망갈 권리가 있었다. 그렇다 해도 날라가 정말로 달아났을지 모른다는 생각은 큰 충격이었다. 물론 나도 언젠가는 그 사실에 익숙해지겠지만, 만약 내가 잘 지켜보지 않아서 날라가 위험에 처한 거라면 그 사실에는 도저히 익숙해질 수 없을 터였다. 정말 그렇다면 내 가슴은 찢어지고 말리라.

십오 분 뒤에, 그러니까 평소보다는 조금 늦은 오전 열 시경에 그날의 첫 번째 카약 투어가 시작될 예정이었다. 하지만 날라가 안전하다는 걸 확인하지 않고서는 절대 바다로 나갈 수 없었다. 내 심정을 이해한 토니는 수색을 계속하도록 허락해주었다. 나 대신 다른 사람을 투어에 내보내면 된다는 것이었다.

토니도 나만큼 걱정하고 있었다. 자기가 녀석을 밖으로 내보냈
다고 죄책감을 느끼는 모양이었다. 날라는 평소와 똑같이 행동
한 것뿐인데도.

나는 오 분쯤 더 주변을 돌아다녔지만, 이제 희망보다도
절망을 느끼고 있었다. 생각나는 곳은 모조리 찾아보았고 더
이상은 날라가 있을만한 곳이 없었으니까. 마음이란 건 참 희
한하게 작동해서 금세 편집증에 사로잡히게 마련이다. 정신을
차려보니 술집과 식당 뒤쪽을 따라 걸으며 쓰레기통을 들여다
보고 있었다. 지금 보면 말도 안 되는 생각이지만, 누군가 죽거
나 다친 날라를 발견하고 쓰레기통에 버렸을 수도 있지 않은
가? 다행히 나는 아무것도 찾지 못했다.

다음 식당 골목도 둘러보려는데 문득 눈에 들어오는 것이
있었다. 공터 한쪽에 무성하게 자란 풀밭에서 뭔가 확 스치듯
지나갔다. 아까 토니와 함께 지나갔지만 아무것도 못 본 장소
였다. 나는 풀밭으로 다가갔다. 또다시 뭔가 눈가를 스쳤다. 이
번에는 방금 전보다 더 뚜렷하게 보였다. 검은색, 갈색, 잿빛의
형체였다. 다음 순간 고양이 울음이 분명한 소리가 들려왔다.
아니, 정확히 말하면 고양이들이 싸우는 소리였다. 나는 즉시
그쪽으로 달려갔다.

"날라!"

풀밭에 다다랐을 때는 숨이 가쁘고 심장이 터질 듯했다.
이 섬에는 길고양이가 무척 많았다. 방금 들은 것이 날라의 울

음소리라는 보장은 없었다.

다음 순간 눈앞에 펼쳐진 광경을 보고 나는 세상 그 누구보다도 크고 깊은 안도의 한숨을 내쉬었다. 날라가 다른 아기고양이와 함께 놀고 있었다. 같은 또래로 보이는 작고 야윈 검은 고양이였다. 두 마리는 몸싸움을 하고 이리저리 뛰어다니며 세상만사를 잊은 듯 즐거운 시간을 보내고 있었다. 둘이 어쩌다 어울리게 되었는지, 언제 어디서 만났는지 누가 알겠는가? 녀석들의 모습을 보니 오전 내내 이렇게 놀고 있었던 게 분명했다.

어찌나 기뻤는지 날라를 나무랄 생각마저도 사라졌다. 내가 뭐라고 녀석을 꾸짖겠는가? 게으름을 피우고 빈둥거린 건 나였는데. 게다가 날라는 나를 보자마자 새로 사귄 친구를 버리고 깡충깡충 내게로 달려왔다. 마치 나와 헤어진 게 겨우 일 분 전이었던 것처럼. 나는 날라를 꼭 껴안았다. 내 평생 그 무엇도 이만큼 세게 껴안은 적은 없었다.

다시 해변으로 내려오는 동안 날라에게 백 번도 더 뽀뽀했으리라. 카약 보관소로 걸어오는 우리를 보자 토니는 올림픽에서 금메달이라도 딴 사람처럼 양팔을 공중에 휘둘렀다. 심지어 나보다도 더 안도한 기색이었다. 그의 잘못이 전혀 아니었는데도.

"만약 날라한테 무슨 일이 생겼더라면 나 스스로를 용서할 수 없었을 거야." 토니도 인정했다.

그날의 첫 번째 팀이 바다로 나갈 채비를 하고 있었다. 나도 내 장비를 챙겼지만 토니가 나를 말렸다.

"오전엔 쉬어. 날라 곁에 있어주라고." 토니는 미소를 지었다. 고마운 일이었다.

날라는 내가 준 밥을 먹고 평소 좋아하는 자리에 웅크려 앉았다. 바다가 내려다보이는 계단 위였다. 나도 날라 곁에 앉아서 토니가 카약 투어를 인솔하는 모습을 바라보았다. 머릿속이 복잡했다.

그날 아침의 사건은 얼마 전부터 해오던 고민을 한층 부추겼다. 그리스 산토리니에 도착한 지 3개월이 넘었다. 이곳에서 보내는 목가적인 시간의 매력도 흐려지고 있었다. 이제 슬슬 움직일 때가 된 것 같았다. 그런 생각을 한 이유는 여러 가지 있었지만, 그날 겪은 일은 그중 하나를 압축해 보여주는 증거였다.

나는 산토리니에서 즐겁게 보내고 있었다. 산토리니는 유흥의 장소였고 여름에는 더욱 그랬다. 파티를 좋아했던 나는 그곳에서의 시간을 최대한 즐겼다. 그날 아침의 사건을 겪고 나니 어쩌면 지나치게 즐긴 건 아닌가 싶었다. 숙취가 심한 나머지 날라를 제대로 못 지켜보지 않았던가. 그러다 날라에게 무슨 일이라도 생겼다면? 나는 무척 오랫동안 죄책감에 시달렸을 터였다.

또 다른 이유는 카약 여행사 분위기였다. 그곳은 안 좋은 방향으로 변하고 있었다. 일단 이직률이 높으니 동료들이 계속 바뀌었는데, 그들 모두가 호감 가는 성격은 아니었다. 그중에도 특히 게으르고 이기적인 사람이 한 명 있었다.

성수기로 접어든 지 한 달쯤 지나자 몇몇 동료들이 여기 저기서 돈이나 물건이 없어진다고 불평했다. 나와 동료들은 그냥 산업재해 정도로 생각했다. 이곳은 아무나 드나들 수 있었고 많은 사람들이 주변 바닷가를 오갔으니까. 그곳은 포트 녹스Fort Knox(미국 금괴 보관소가 위치한 미국 켄터키 주의 군사기지 - 옮긴이)가 아니었으니 사실상 피할 수 없는 일이었다. 하지만 어느 날 본부 구석의 내 자리로 돌아와 드론이 사라진 걸 발견하자 나는 정말로 화가 났다. 내 이야기를 들은 토니가 경찰에 신고했지만, 감감무소식이었다. 드론을 도둑맞은 일은 내가 느끼던 초조함을 부추겼다.

다시 여정에 나설 긍정적 동기도 있었다. 일단 날라와 나의 인스타그램은 팔로워가 늘어서 오십오만 명에 근접한 상태였다. 그중에 나를 만나러 카약 여행사 본부까지 찾아온 영리한 미국 남자가 있었다. 그는 나와 함께 맥주를 마시다가 유튜브 채널을 만들어보라고 권했다.

"아기고양이를 데리고 전 세계를 떠도는 사람이라니, 누구나 좋아할 내용 아닌가요?"

그의 말을 듣고 나는 생각에 잠겼다. 내가 찍어둔 멋진 영상이 많긴 했지만 그것만으로는 유튜브 채널을 운영할 수 없었다. 새로운 내용이 필요했고, 그러려면 여정에 나서야 했다. 흘려보낸 시간을 벌충하고 주행거리를 최대한 늘리면서 많은 국가와 문화를 찾아나서야 했다. 그런 생각을 하다 보니 머리가 맑아지는 듯했다. 내게 주어진 행운을 남들에게도 유익하게 활용할 방법을 알게 된 것 같았다.

SAWA의 크리스티나는 언젠간 내가 떠나리란 걸 알고 있었다. 크리스티나가 인터넷에 올린 글은 나를 깊이 감동시켰다. "딘과 날라가 무사히 여행하길 빌어요. 이제 그들은 문자 그대로 동물의 존재를 잊은 곳에 동물복지를 전파하는 최고의 홍보대사니까요. 그들이라면 전 세계에서 어렵게 운영되는 소규모 쉼터들을 바꿔놓을 수 있을 거예요."

크리스티나의 글을 읽은 순간, 내게 주어진 기회를 최대한 활용해야겠다는 확신이 들었다. 무엇보다도 이런 식으로 카약 여행사에서 일하는 건 토니에게도 폐를 끼치는 일이었다. 이제는 도저히 카약 여행사 일에 집중할 수 없는 상황이었다. 나의 우선적인 관심사는 날라와 인스타그램이었으니까. 내가 바다에 나가있을 때면, 날라를 만나려고 뜬금없이 본부까지 찾아오는 사람들을 토니와 동료들이 상대해야 했다. 토니에게 그런 부담을 끼칠 수는 없었다. 이제 나는 그를 친구로 여겼기에 우리의 우정을 망치고 싶지 않았다.

그래서 어느 날 저녁 카약을 정리하고, 나는 냉장고의 맥주를 꺼내 토니에게 면담을 청했다.

아마 토니도 이렇게 되리란 걸 짐작했을 터였다. 그럼에도 그는 내 말을 듣고 슬퍼했다. 나는 9월까지 일하기로 계약했지만 가능한 한 빨리 출발하고 싶다고 이야기했다. 물론 직원을 구하기가 쉽지 않을 것이었고, 곤경에 처한 토니를 두고 떠날 순 없었다. 그러니 나를 대신할 사람이 구해질 때까지 머물면서 아테네로 돌아가는 배를 알아보겠다고 말했다. 아테네에서 터키로 건너간 다음 아나톨리아와 중동 지역을 자전거로 횡단한다는 원래 계획을 실행할 생각이었다.

동물병원에 연락해 필요한 서류를 만드는 작업도 시작했다. 그 무렵엔 아테네로 보낸 혈액 샘플의 광견병 항체 검사 결과도 나왔다. 아무 이상이 없었고, 지난 번 날라의 혈액이 탁했던 것도 별일 아니라고 했다. 알바니아의 수의사가 초래한 혼란도 해결되었다. 이제 날라의 동물 여권에는 이전 접종을 증명하는 스탬프가 전부 제대로 찍혀있었다. 출발하기 전 마지막으로 받은 신체 검진도 날라는 멋지게 통과했다. 이제 떠나기만 하면 되었다. 나는 본부에 있던 짐을 꾸렸고, 해변을 떠나기 전 며칠은 밤마다 토니와 외출해 즐거운 시간을 보냈다. 우리는 계속 연락하며 지내기로 약속하고 언젠가 다시 만날 것을 확신하며 작별 인사를 나누었다.

산토리니에서의 마지막날 밤, 날라와 나는 칼데라 가장자리에 있는 작은 별장에 머물라는 초청을 받아들였다. 산토리니

에서도 고급 저택이 많은 오이아 마을 근처였다. 그 정도 사치
는 누려도 될 것 같았다.

산토리니에서 지낸 세 달 동안 나는 단 한 번도 그 유명한
석양을 관광객으로서 감상하지 못했다. 산토리니 섬 남쪽에 위
치한 아크로티리 마을은 섬의 동쪽 산에 가려져 있었다. 카약
투어를 인솔하여 바다에 나갔을 때도 관광객들 사진을 찍어주
거나 누가 물에 빠질까 걱정하느라 석양을 감상할 여유가 없
었다. 칼데라와 주변 섬들의 모습, 수평선 아래로 가라앉는 주
홍빛 석양 속에 선명하게 떠오른 그 윤곽선은 사람들이 말했던
것만큼 장관이었다. 산토리니가 지구에서 가장 낭만적인 장소
중 하나로 손꼽히고 전 세계의 작가와 시인들에게 영감을 주는
것도 당연한 일이었다. 나는 맥주를 홀짝이며 마치 그리스 철
학자라도 된 것처럼 상념에 잠겼다.

날라는 내 곁에 벌러덩 드러누워있었다. 세상 어떤 근심도
없는 듯 흡족하게 그날의 마지막 햇살을 만끽하는 모습이었다.
나는 날라를 바라보며 고개를 내저었다. 어떤 면에서는 날라가
부러웠다. 날라에게는 어떤 압박도 없었으니까. 직업적 책임도,
지불해야 할 청구서도, 재산도. 운 좋은 녀석. 내가 보기에 인간
이란 더 많이 가질수록 걱정할 일도 늘어나는 것 같았다. 인생
은 단순한 기쁨으로 가득해야 했다. 지금 이 순간처럼. 적막한
바닷가에 뜨고 지는 태양, 친구들과 함께 마시는 맥주 몇 잔처
럼. 인생이 반드시 복잡할 필요는 없었다.

내 삶은 지난 3개월 동안 훨씬 더 복잡해졌다. 어찌 보면 지나칠 정도로. 다시 여정에 오르는 것으로 문제들이 해결되길 바랄 뿐이었다. 나는 인생의 단순한 기쁨들을 되찾고 싶었다. 말로 표현하니 유치하게 들리지만, 그것이 내 진심이었다. 나는 날라와 비슷한 방식의 삶으로 돌아가고 싶었다.

거북이

날라와 나는 거센 바닷바람을 얼굴에 맞으며 페리 상갑판에 서있었다. 터키 서부 해안의 체슈메Cesme 항구가 서서히 시야에 들어오는 동안 나는 미묘하고 복잡한 감정에 젖었다.

한편으로는 기뻐서 펄쩍 뛰고 싶었다. 날라와 함께 여행한 다섯 번째 국가이자 첫 번째 새로운 대륙이라는 중요한 지점에 이르렀으니까. 마침내 유럽을 떠나 아시아로 들어왔다. 한편으로는 사람들도 관습도 유럽과 다른 낯선 문화권에 들어가는 게 걱정되기도 했다. 하지만 나는 염려할 필요가 없었다. 적어도 날라에 관해서는.

페리에서 내려 체슈메 구시가로 페달을 밟기도 전에 스쿠터를 탄 젊은 남자들이 가까이 다가오더니 뭐라고 외치며 신나게 양팔을 흔들었다. 내가 알아들을 수 있는 말이라고는 '케디 kedi'뿐이었다. 아마도 고양이라는 뜻인 듯했다(영어의 고양이 kitty가 이 말에서 나온 걸까?). 몇 분 뒤 우리가 교통체증에 갇혀 있을 때도, 과일 판매대 뒤에 앉아있던 파란색 히잡 차림의 여자가 갑자기 달려나와 날라를 쓰다듬으려 했다. 날라가 순순히 응하자 그는 좋아서 어쩔 줄 몰랐다. 마치 록 스타라도 만난 것 같은 태도였다.

"난민촌에서 만났던 사람 말대로구나." 나는 해안도로를 향해 나아가면서 날라에게 말했다. "이곳 사람들은 널 더욱 좋아해줄 것 같네."

구시가의 자갈 깔린 길로 접어들자 새롭고 낯선 세계로 들어왔다는 느낌이 더욱 커졌다. 좁다란 골목길 양쪽에 아름답게 장식된 목재 발코니가 늘어섰고, 발코니마다 연보랏빛 부겐빌레아 꽃무더기로 뒤덮여있었다. 노점이 줄줄이 늘어선 거리에서는 시나몬과 갓 구워낸 빵 냄새, 꼬치에 꽂아 요리하는 슈와르마 케밥 냄새가 물씬 풍겼다. 해가 지자 모스크에서 신도들에게 기도하라고 외치는 무에진muezzin(모스크 첨탑에서 큰 소리로 기도 시간을 알리는 사람 – 옮긴이)의 독특한 음성이 사방에 울려 퍼졌다. 모든 것이 매혹적이었다. 터키 여행이 즐겁겠다는 확신이 들었다. 걱정이 있다면 단 하나, 무더위였다.

내가 인터넷에서 검색한 바에 따르면 7~8월 터키의 평균 기온은 38℃를 넘을 수도 있다고 했다. 그날 기온도 그 정도 되는 것 같았다. 심지어 에게 해에서 체슈메 만灣으로 불어오는 강한 바닷바람에도 불구하고 말이다. 그리스나 유럽의 다른 곳에서 겪은 것과는 다른 건조한 더위였다. 마치 오븐, 정확히 말하면 컨벡션 오븐(팬으로 내부에 골고루 열을 전달해 단시간에 음식을 익히는 전기 오븐 – 옮긴이) 안에 있는 것 같았다. 오후나 저녁쯤에는 공기가 어찌나 뜨거운지 목구멍 안까지 열기가 느껴졌고 숨 쉬기조차 힘들었다. 몇 미터만 걸어도 온몸에 땀이 줄줄 흘렀다.

토니는 터키에서 한여름에 자전거를 타려면 조심해야 한다고 경고했다. 내가 햇볕을 쬐면 어떻게 되는지 똑똑히 보았으니까. 특히 한낮에는 더 조심해야 했다. "살아서 빠져나오진 못할걸." 이것이 그가 쓴 표현이었다. 물론 토니의 충고가 옳다는 건 나도 알았다. 또다시 일사병에 걸리고 싶진 않았다.

하지만 내게는 선택의 여지가 별로 없었다. 산토리니에 몇 달이나 머물러 있었으니 아시아를 횡단해 멀리 나아가려면 슬슬 속도를 높여야 했다. 이런 상황을 염두에 두고 내가 짠 계획은 다음과 같았다. 체슈메에서 자전거를 타고 이즈미르Izmir로 간 다음, 소위 '터키의 리비에라(아름다운 경관으로 유명한 터키 남서부 해안 지대 – 옮긴이)'를 따라 마르마리스Marmaris, 페티예Fethiye, 카스Kas까지 가는 것이었다. 거기서부터는 카파도키아Kapadokya를 지나 북쪽으로 흑해까지 올라간 다음, 동쪽으로 방향을 꺾어 실크로드와 중앙아시아의 관문인 조지아와 아제르바이잔으로 갈 것이었다.

그야말로 야심찬 계획이었다. 내가 가려는 길은 조지아 국경까지만 계산해도 2,000km가 넘었으니까. 기나긴 고투가 될 게 분명했지만, 그래도 꼭 도전해 보고 싶었다. 터키에서의 첫날 밤을 맞으며 나는 어떻게든 이곳 날씨를 견뎌내야 한다고 다짐했다. 모 아니면 도였다.

그리스 산토리니를 떠난 지 벌써 몇 주가 지났다. 우리는 잠시 아테네로 돌아가 일리아나와 닉, 리디아를 만나고 그다음에는 초청을 받아 나흘간 아테네 앞바다인 사로니코스Saronikos 만灣의 섬들을 돌아보는 유람선 여행을 떠났다. 유람선 회사의 대표는 조지 선장이라 불리는 친절하고 카리스마 있는 그리스 사람으로, 우리가 유명해졌을 때 일찌감치 연락해온 사람들 중 하나였다. 나는 강압적 상술 따윈 없는 조지의 느긋한 태도가 마음에 들었고, 이참에 터키와 그 이후의 여정을 대비하며 충분히 휴식을 취해도 좋겠다고 생각했다. 그때는 아직 몰랐지만, 조지 선장의 배는 날라와 내가 아테네에서 맞닥뜨린 충격으로부터 회복하는 기회도 될 것이었다.

우리는 카페 야외석에 앉아있었다. 갑자기 날라가 움찔하더니 흥분하여 내 어깨 위로 올라왔다. 몇 초 뒤 유리잔이 쨍그랑거리고 탁자와 의자가 바닥을 긁으며 움직이는 소리가 들려왔다. 다음 순간 알바니아에서 본 것처럼 건물 벽이 젤리처럼 진동하기 시작했다. 또 지진이 일어났던 것이다. 십 초 혹은 십오 초 만에 그치긴 했지만 지난번보다 훨씬 더 강한 지진이었고, 날라도 이번엔 더 겁먹은 듯했다. 조지와의 유람선 여행을 마치고 일주일 뒤 아테네로 돌아오니 시내에서는 여전히 복구 작업이 한창이었다.

우리는 또다시 피레우스 항구에서 배를 탔다. 이번에는 동쪽의 키오스Chios섬으로 가는 페리였다. 거기서 터키의 체슈메로 건너가는 연락선을 탈 수 있었다. 내가 바란 것처럼 원만한 여정은 아니었다. 키오스 섬은 양 끝에 항구가 각각 하나씩 있다는 사실을 미처 몰랐던 것이다. 덕분에 그리스와 연결되는 서쪽 끝 항구에서 터키와 연결되는 동쪽 끝 항구까지 50km를 자전거로 이동해야 했다. 설상가상으로 배가 저녁에 도착했기에 우리는 가로등 하나 없는 칠흑같이 어두운 길을 달렸다. 마침 자전거 조명등도 나간 상태여서 결코 느긋한 여정이라고 할 수는 없었다.

다행히도 길에 다니는 자동차가 거의 없어서 무사히 항구에 도착했지만, 그러고도 여덟 시간을 기다려서야 작고 낡은 배에 오를 수 있었다. 반 시간 뒤 우리는 터키에 도착했다. 알바니아에서의 마지막 여권 검사 이후로 나는 터키 출입국 관리소를 은근히 두려워하고 있었다. 유럽을 떠나 아시아로 들어가는 것이니 검문이 더욱 엄중하리라고 생각했던 것이다. 난민촌에서 만난 남자가 시리아에서 터키로 입국하는 게 얼마나 어려웠는지 말해줬으니까. 물론 그의 상황과 우리 상황을 비교할 수는 없었다. 우리는 터키의 관광 지역으로 들어가서 그와는 전혀 다른 방향으로 이동할 예정이었으니까. 그러니 그곳 세관 공무원들이 우리를 엄중히 살피기는커녕 귀찮아하며 서로 떠넘기려는 듯 보인 것도 놀라운 일은 아니었다.

그들 중 아무도 날라의 동물 여권을 어떻게 처리해야 할지 모르는 것 같았다. 창구에 동물 여권을 제시할 때마다 다른 창구로 가라는 지시가 떨어졌다. 이런 식으로 거의 반 시간을 오락가락한 끝에야 한 세관 공무원이 어깨를 으쓱하며 손짓으로 우리를 통과시켰다. 아무래도 나 이전에는 고양이를 세관에 신고하겠다고 나선 입국자가 없었던 모양이다. 적어도 그 공무원들의 태도를 보면 그랬다.

나는 하룻밤 편히 쉬며 풍토에 적응하고 싶어서 체슈메의 호스텔에 묵기로 했다. 날라는 한 시간이나 이층 침대 위를 뛰어다니며 나와의 숨바꼭질을 즐겼지만, 놀이가 끝나자 바로 곯아떨어졌다. 나는 날라만큼 운이 좋지 못했다. 숨 막힐 듯한 더위 때문에 새벽까지 계속 뒤척이고 돌아누우며 몇 분 만에 잠에서 깨곤 했다. 하지만 날라가 평소처럼 오전 여섯 시쯤 일어나 밥을 달라고 야옹거렸을 때도 속상하진 않았다. 나도 빨리 출발하고 싶었기 때문이다.

반 시간 뒤, 내가 탄 자전거는 체슈메의 자갈 깔린 길거리를 덜컹대며 굴러가고 있었다. 비교적 서늘한 아침 시간에 자전거를 타니 기분이 상쾌했다. 3개월간 산토리니에 처박혀있다가 떠돌이 생활로 돌아오니 기뻤다. 하지만 이 생활에도 나름대로 어려움이 있었다.

나는 소지품을 전부 자전거에 싣고 여행하는 데 익숙했지만, 이번 여정을 시작할 때쯤엔 마치 집을 등에 지고 다니는 거북이가 된 기분이었다. 그 집은 예전 어느 때보다 크고 거추장스러워진 것처럼 보였다. 놀라운 일은 아니었다. 내 자전거는 제조사의 안내에 따르면 뒤쪽에 최대 25kg, 앞쪽에 최대 12kg을 실을 수 있었다. 내 집은 이제 한도에 가까워진 듯했고, 따라서 자전거 무게인 13kg를 더하면 총 50kg을 끌고 다니는 셈이었다. 트레일러에 실은 옷과 잡동사니 꾸러미 몇 킬로그램을 제외하고도 그랬다. 나도 짐을 줄이기 위해 노력했고, 불필요한 물건은 전부 버렸다. 하지만 문제는 내게 꼭 필요한 물건이 많아졌다는 것이다.

산토리니에 머물면서 마련한 가장 중요한 물건은 자전거 앞쪽에 단 날라의 새로운 보금자리였다. 동물용품 가게에서 흔히 볼 수 있는 바퀴 달린 이동장을 구입해 원래 날라가 쓰던 주머니 대신 자전거 브래킷에 고정 시켰다. 그렇게 하니 훨씬 널찍하고 편안한 보금자리가 되었고 날라가 그늘에서 쉬고 싶을 때면 안으로 들어갈 수 있었다. 날라도 금세 거기에 적응했다.

카약 여행사에서 일하며 저축한 돈으로 이런저런 새 장비도 구입했다. 성능 좋은 노트북, 새 고프로, 도둑맞은 물건을 대체할 드론 등이었다. 유튜브 채널을 시작하려면 양질의 장비가 필요했다. 이 모든 장비를 챙기는 건 군사작전과 맞먹는 일이었다. 뿐만 아니라 야영 장비와 오디오, 배터리와 충전기, 텐트, 버너와 식량까지 깔끔하게 꾸려야 했다. 거기다 내 옷가지와 점점 늘어나는 날라의 세간도 있었다. 자전거에 짐을 실으려면 과학적(?) 연구가 필요했다. 앞뒤로 엄청난 양의 짐을 실어야 하니 균형을 잃지 않으려면 무게를 양쪽에 최대한 고르게 나눠야 했다. 페달을 밟기 시작한 직후 몇 미터는 정말 힘들었다. 앞으로 나아갈 추진력을 얻는 게 쉽지 않았고, 오르막에서는 더욱 그랬다. 하지만 이 모든 어려움에도 불구하고 탁 트인 길을 달리는 건 예전과 다를 바 없이 짜릿했다. 날라가 함께 있기에 더욱 그랬다. 체슈메에서 동쪽으로 80km 떨어진 고도古都 이즈미르까지 가는 동안 날라는 언제나 활기가 넘쳤고 주위의 모든 것에 반응을 보였다. 이따금씩 윙윙대며 스쳐가는 말벌이나 나비에 덤벼들기도 했다.

이즈미르로 가는 길은 해안을 따라가다 내륙으로 꺾어졌다. 바다에서 멀어질수록 더위는 심해졌다. 정오쯤에는 햇볕을 피해 그늘로 들어가야 했고, 오후 다섯 시가 가까워져서야 다시 출발할 수 있었다. 궂은 일이 있으면 좋은 일도 있는 법이니, 가차 없는 더위 덕분에 야외에서 잠을 잘 구실이 생겼다.

나는 항상 밤하늘을 바라보며 야영하기를 좋아했다. 야영 장소가 특이하다면 금상첨화였다. 어릴 때도 오밤중에 슬쩍 집을 빠져나와 정원의 피크닉 벤치 아래에서 아침까지 자곤 했다. 그런 습관이 나이 들어서도 이어지니 친구들에게 잔소리를 듣긴 했다. 한 친구는 나더러 나사가 빠졌다고 말했던 적도 있다. 굳이 폐건물이나 인적 없는 바닷가에서 자다니 비정상이라는 것이었다. 하지만 내가 자연 가까이 머물 때, 주위의 진정한 세상을 보고 느끼고 냄새 맡으며 변덕스러운 날씨에 몸을 맡길 때 느끼는 쾌감을 남들이 이해하지 못한다면 그건 그들 손해라고밖에 말할 수 없다. 내겐 그보다 더 즐거운 일도 없으니까.

그래서 체슈메를 떠나온 첫날 밤에 버려진 수영장을 발견했을 때는 정말로 신이 났다. 수영장은 대로변에서 100m쯤 떨어진 바닷가 근처에 있었다. 나는 바싹 마른 수영장 안에 자전거와 모든 장비를 내려놓고 침낭과 베개를 바닥에 펼쳤다. 내게는 5성급 호텔만큼이나 근사한 잠자리였다. 그날 밤은 세상모르고 깊이 잠들었다.

터키의 도로 사정은 좋은 편이었고 대체로 폭이 아주 넓어 자전거 타기에 좋았다. 규정된 주행 차선에 머물기만 하면 규칙적으로 지나가는 대형 트럭의 위협에서도 자유로울 수 있었다. 나는 하루 종일 열심히 달려 저녁 무렵에는 이즈미르에 도착했다. 그날 밤은 근사한 호스텔에 묵기로 했다. 덕분에 구시가와 관광지를 돌아볼 여유가 생겼다. 날라는 나보다도 이즈미르에 폭 빠진 것 같았고, 우리가 오래된 시장과 광장을 산책하는 동안 계속 이리저리 뛰어다녔다. 좁고 폐쇄적인 골목길에 바람마저 없으니 폭염이 엄청났다. 어두워질 무렵에는 날라도 나만큼 기진맥진해있었다.

다음 날 아침에는 우리 둘 다 드물게 늦잠을 자버렸다. 더위 탓이 분명했다. 나는 눈썹이 휘날리도록 서둘러서 짐을 싸고 체크아웃을 하고 아침 늦게야 길에 나섰다. 하루 중 자전거 타기에 가장 좋은 시간을 놓친 것에 아쉬워하면서.

그날은 100km쯤 달릴 생각으로 아이든Aydin 시내의 호스텔을 예약해뒀다. 하지만 늦게 출발한 탓에 정오까지 겨우 30km밖에 가지 못했다. 게다가 날씨도 점점 더워졌다. 결국 정오를 조금 넘겨 육교 아래로 피신한 다음 오후 늦게야 다시 출발할 수 있었다. 어두워지기 전까지 호스텔에 도착할 가능성이 점점 줄어들고 있었다. 최대한 노력했지만, 석양이 내리기 시작하자 그날 밤도 야영할 수밖에 없다는 걸 깨달았다. 그래도 최악의 상황은 아니었다. 나는 호스텔에 전화를 걸어 예약을 취소하고 하룻밤 묵어갈 장소를 찾기 시작했다.

해가 지평선 아래로 넘어갈 무렵, 우리는 인적 없는 공사장 옆을 지나쳤다. 야영지로 딱 좋아 보였다. 나는 해먹을 치고 둘이 먹을 저녁밥을 준비했다. 내가 항상 먹는 파스타와 날라가 먹을 닭고기 토막이었다. 날라가 밥을 먹고 잠들자 스코틀랜드의 가족과 채팅을 하고 인스타그램도 업데이트했다. 우리가 야영하는 걸 걱정하는 팔로워들도 많았지만, 그들의 염려는 무시하기로 했다. 우리 인스타그램에 올라오는 모든 의견에 따르려고 한다면 그야말로 죽도 밥도 안 될 터였다. 내 자신에 충실하고 최대한 본능을 따를 수밖에 없었다.

나는 주행거리를 기록하는 휴대전화 애플리케이션을 쓰고 있었다. 그날 터키의 밤하늘 아래 누워 그 애플리케이션을 켜보고 던바를 떠난 뒤로 총 6,400km를 찍었음을 알았다. 이는 모든 의미에서 진정한 성취로 느껴졌지만, 한편으로 나의 여정은 이제 막 시작되었을 뿐이라는 것도 알고 있었다. 터키를 빠져나가는 것도 아직은 먼 얘기였다. 그러려면 1,500km 이상을 달려야 했으니까. 앞으로도 멀고 먼 길을 가려면 서둘러 움직여야 했다.

다음 날 아침에는 죽을 끓여 먹고 나서 자전거에 짐을 싣는 고된 작업에 착수했다. 장비를 담은 큰 가방 두 개를 뒤쪽 짐받이에 끈으로 묶고 보니 뒷바퀴에 바람이 빠진 것 같았다. 엄청난 무게를 떠받치고 있었으니 어쩔 수 없는 일이었다. 한 번 눌러보니 아무래도 바람을 더 넣어야 할 듯했다. 귀찮게도 짐을 도로 내려야 했고 출발도 지연됐지만, 그냥 넘어갈 수는 없었다.

그래도 오전 여덟 시 전에는 출발할 수 있었다. 나는 길을 따라 열심히 페달을 밟았다. 아직 이른 시간인데도 숨 막히게 더웠다. 날라는 현명하게도 그늘진 이동장 안에 들어가있었다. 내가 입은 조끼는 금세 땀범벅이 되었고, 출발한 지 겨우 15km

만에 잠시 멈춰 물을 마셔야 했다.

설상가상으로 이제는 자전거에도 물을 몇 리터씩 싣고 다녀야 했다. 강물은 물론 주유소나 카페 화장실의 수돗물도 마시기엔 꺼림칙했기 때문이다. 마실 물이 떨어지는 상황은 상상만으로도 끔찍했다. 나는 물 반 병을 단숨에 들이켠 다음 손바닥에 물을 담아 날라가 핥아먹게 했다. 녀석이 마지막 한 방울까지 깨끗이 핥는 동안 문득 뒷바퀴에 눈길이 갔다. 버틸 수 있을지 한번 발로 차서 확인해 보는 게 좋을 것 같았다. 발을 쳐들려던 순간 나는 경악에 빠졌다. 놀랍게도 뒤쪽에 실려있어야 할 가방 하나가 없었던 것이다. 그것도 새로 산 드론과 노트북을 비롯해 전자제품이 전부 담긴 가방이. 나도 모르게 신음이 나왔다. 어제 묵은 공사장에 놔두고 온 게 분명했다.

나는 좀처럼 당황하지 않는 성격이지만, 최대한 빨리 왔던 길을 돌아가면서 머릿속으로 아침에 있었던 일을 몇 번씩 되새겨보았다. 비교적 생생하게 기억해낼 수 있었다. 자전거 뒷바퀴에 바람을 넣으려고 짐을 내려 낮은 담벼락 바깥쪽에 놓았던 기억이 났다. 그러고는 날라에게 정신이 팔린 나머지 가방 두개 중 하나만 실은 게 분명했다. 어쩌다 그랬는지 어처구니가 없었지만, 더욱 당혹스러운 건 내가 지금껏 그 사실을 눈치채지 못했다는 점이었다. 자전거에 올랐을 때 분명 평소보다 무게가 가볍다는 걸 느꼈을 텐데. 게다가 뒤쪽 중량이 줄어들었으니 균형이 앞쪽으로 치우쳤을 게 분명한데. 내가 왜 눈치채지 못한 걸까, 그보다 중요한 일이 뭐 있다고? 내가 너무 서둘렀던 걸까?

이렇게 내 자신을 질책하며 왔던 길을 3분의 2쯤 돌아갔을 무렵, 엎친 데 덮친 격으로 자전거에 펑크가 나고 말았다. 터키의 도로변에 작은 금속 파편이 널려있다는 건 눈치챘었다. 정비소에서 물어보니 사람들이 자동차 타이어가 낡아도 좀처럼 갈지 않아 펑크가 많이 나서 그렇다고 했다. 금속 파편은 타이어 내부 배선에서 나온 것이었다. 그 파편들 때문에 자전거에 펑크라도 날까 걱정스러웠는데, 정말로 그렇게 된 것이다.

자전거를 도로변에 세운 나는 큰소리로 욕설을 내뱉고 말았다. 타이어 수리 도구도 내가 두고 온 가방에 들어있다는 게 기억났기 때문이다. 지금 당장은 수리가 불가능했다. 마지막 몇 킬로미터는 자전거를 끌면서 걸어갈 수밖에 없었다. 내 체중까지 실었다가 타이어가 완전히 망가지는 위험을 감수할 순 없었다.

온몸에 땀이 뚝뚝 흘러내릴 때쯤 문제의 공사장이 눈앞에 나타났다. 심장이 터져나올 듯 쿵쿵거렸다. 인부들이 돌아왔으면 어떡하지? 아이들이라도 와서 놀고 있다면? 가방이 내가 놔둔 자리에 그대로 있는 걸 확인하고 나서야 안도의 한숨이 터져나왔다.

잠시 쉬며 신경을 가라앉히고 나서 자전거에 실린 짐을 몽땅 내려놓았다. 펑크 난 타이어를 고쳐야 했으니까. 짐을 내리고 타이어 수리도 마친 다음에는 소지품 목록을 쭉 확인해 보기로 했다. 꼭 집어 말할 순 없었지만 뭔가 마음에 걸렸기 때문이다. 가방에 든 물건을 전부 꺼내보고서야 그게 무엇인지 생각났다. 날라와 나의 여권.

나는 경악하며 가장 중요한 서류들을 넣어두는 작은 주머니를 움켜쥐었다. 하지만 주머니를 열어보기도 전에 이미 알고 있었다. 여권은 주머니 속에 없었다. 심장이 다시 날뛰기 시작했다. 이러다간 심장외과 병동 중환자실 신세가 되겠어. 무릎에 힘이 쏙 빠졌다. 믿기지가 않았다. 내가 완전히 정신이 나간 걸까? 어쩜 이렇게까지 일을 망쳐놓을 수 있지?

근처의 담벼락 위에서 놀고 있던 날라도 내 상태를 눈치챈 모양이었다. 녀석은 가까이 다가와 나를 위로하듯 야옹거렸다.

"미안하다." 나는 날라의 뒤통수를 쓰다듬어주며 중얼거렸다. "아빠가 오늘 운이 안 좋네."

나는 심호흡을 했다. 마지막으로 여권을 본 이후의 여정을 침착하게 되돌아보려고 애썼다. 하지만 당황한 나머지 아무것도 기억나지 않았다. 내 머리가 과열된 자동차 엔진처럼 퍼져버린 것 같았다. 아무리 생각해봐도 떠오르는 게 없었다. 길가에 떨어졌나? 누가 훔쳐갔을까? 어젯밤 야영한 자리를 둘러봤지만 헛수고였다. 이후의 한 시간은 그때까지의 여정을 통틀어 가장 고통스러운 시간이었다.

이런 일을 당하면 머리가 이상한 쪽으로 돌아가게 마련이다. 별별 희한하고 끔찍한 상황을 상상하게 되는 것이다. 영국 내무부에서 일 년 안에 새 여권을 발행해주지 않을지도 모른다는 망상이 한동안 나를 괴롭혔다. 나 같은 멍청이한테는 그렇게 중요한 서류를 맡길 수 없다고 말이다. 그러다 문득 날라는 어떻게 될까 하는 생각이 떠올랐다. 내가 영국에 갔다 오는 동안 얘는 어디에 있어야 하지? 내가 다시 터키로 돌아오지 못한다면 어떡하지?

처음으로 패배감이 느껴졌다. 우리의 모험이 여기서 끝나는 건 아닐까 하는 생각까지 들었다. 어쩌면 이게 최선인지도 몰라. 지난 몇 달간은 거의 움직이지도 못했잖아. 이러다가 어느 세월에 세계 일주를 하겠어? 이 무거운 자전거를 끌고 고향으로 돌아갈 무렵엔 예순 살쯤 되겠는걸. 하지만 시간이 지나면서 서서히 공황 상태를 벗어날 수 있었다. 골치 아픈 일이긴 하지만 최악의 상황은 아니야. 어떻게든 해결할 수 있어. 전에도 겪어봤고 앞으로도 겪을 일인걸. 나는 인터넷으로 가장 가까운 숙소를 검색해 방을 예약했다. 숙박비가 얼마나 나오든 상관없었다. 쉬면서 상황을 점검하고 이젠 어떻게 할지 생각해봐야 했다.

그날 아침에도 수호천사가 내 곁에 있었던 게 분명하다. 반 시간쯤 뒤에는 대로에서 800m쯤 떨어진 작은 게스트하우스 마당에 자전거를 댈 수 있었고, 그사이 타이어에 다시 펑크가 나지도 않았으니까. 그곳은 올리브나무가 우거진 언덕배기에 서있는 소박한 장소였다. 단순한 목조 건물이었지만 수영장과 야외 식당을 갖추고 있었다.

손님은 아무도 없는 듯했다. 프런트에 있던 여자는 터키 사람처럼 보였는데, 상냥하게 영어로 인사를 건네며 자기 이름이 시렘이라고 말했다. 그러고는 바로 다가와 날라를 쓰다듬으며 다정한 말을 건넸다. 잠시 후에는 보기 좋은 구릿빛 피부와 장발의 중년 남자도 합류했다. 그도 영어를 할 수 있었지만 억양이 독특했는데, 알고 보니 오스트레일리아 출신이라고 했다. "제이슨이라고 합니다." 그가 자기소개를 했다.

숙소에 체크인하려면 여권을 넘겨주는 것이 일반적인 절차였기에, 나는 현재 처한 상황을 설명해야 했다. 내가 동요한 기색이었는지 시렘은 곧바로 의자를 권하며 터키식 차를 한 잔 내왔다.

"괜찮아요. 오늘 묵어가도 돼요. 걱정 말아요." 시렘이 말했다.

"어젯밤은 어디서 묵었는데요?" 제이슨이 물었다.

"버려진 공사장에서요." 내 대답에 제이슨은 묘한 표정을 지었다.

"그럼 그제 밤은요?"

나는 주머니를 뒤져 이즈미르의 호스텔에서 체크아웃할 때 받은 계산서를 꺼냈다.

"여기에서요."

"이곳에 당신 여권 번호가 남아있을 거예요. 내가 전화해 보죠. 걱정 마요." 시렘이 나를 안심시키려는 듯 거듭 말하고는 사무실로 들어갔다.

나는 제이슨과 이야기를 나누었다. 그는 이 게스트하우스를 연 지 얼마 되지 않았다고 했다. 아무것도 없던 공터에 몇 년이나 걸려 지은 건물로, 목재 골조에 짚단을 쌓아올리고 회반죽을 발라 벽을 만드는 등 지속 가능한 자재만을 썼다고 했다. 또한 시렘과 제이슨은 직접 채소와 올리브를 기르고 빵을 구웠다. 이곳을 최대한 자급자족에 가깝게 운영하려 했던 것이다. 게다가 두 사람은 동물 애호가였다. 호스텔 곳곳에 고양이 사진이 걸려 있었고, 제이슨에 따르면 유기묘 여러 마리와 유기견 몇 마리도 키운다고 했다.

벌써부터 안심이 됐다. 만약 내가 정말로 새 여권을 만들러 영국에 갔다 와야 한다면 날라를 맡기기에 여기만큼 좋은 곳도 없을 터였다. 시렘과 제이슨이 보여준 따뜻한 태도는 금세 두 사람을 신뢰하게 만들었다.

나는 방에 짐을 풀어놓고 잠시 날라와 놀아주었다. 녀석은 언제나 내 근심을 덜어주는 존재였다. 비디오 카메라를 틀어놓고 날라와 함께 침대 주변에서 숨바꼭질도 했다. 침대 아래 숨었다가 슬쩍 고개를 내밀어 날라의 콧잔등이나 목덜미를 건드렸다. 내가 고개를 내밀 때마다 날라는 난리법석을 피우며 앞발을 휘저었고, 내 손을 깨물려 덤비며 꼬리를 맹렬히 흔들었다. 즐거운 시간이었다.

시렘이 방으로 들어왔을 때, 나는 누나에게 상황을 설명하는 문자 메시지를 쓰기 시작한 참이었다. 시렘은 함박웃음을 띠며 내게 말을 건넸다.

"좋은 소식이 있어요. 당신 여권 말예요, 지난번 묵은 이즈미르의 호스텔에 있어요. 아마도 체크아웃할 때 프런트에 놔두고 온 모양이네요. 그쪽에서 보관하고 있대요."

바보가 된 기분이었다. 내가 어떻게 그 생각을 못했지?

"아, 프런트요. 물론 그렇겠죠." 나는 멍하니 뇌까렸다.

그때 있었던 일이 영화의 한 장면처럼 눈앞을 스쳐갔다. 그제 아침 체크아웃을 할 때 나는 다소 정신이 나간 상태였다. 늦잠을 잔 것 때문에 당황했고 안달이 났던 것이다. 날라와 가방을 실은 자전거를 호스텔 밖에 세워놓고 숙박비를 지불하러 허둥지둥 뛰어들어간 기억이 났다. 프런트 직원이 다른 손님들을 상대하느라 바빴기에 잠시 기다려야 했다.

하지만 그때 날라 주위로 몇몇 사람들이 모여드는 게 눈에 들어왔고, 나는 날라와 자전거를 보호하기 위해 계속 호스텔 로비 안팎을 왔다 갔다 했다. 그러다 보니 숙박비 지불을 마쳤을 때는 급한 마음에 계산서만 주머니에 쑤셔넣고 여권을 깜박했던 것이다. 프런트 직원들도 우리가 떠난 뒤에야 그 사실을 깨달았던 것이고.

안도감에 속이 탁 풀렸다. 이제 걱정거리라고는 이즈미르로 돌아가야 한다는 것뿐이었다. 자전거로 다녀오려면 하루가 걸릴 테니 그날 안으로는 불가능한 일이었다. 오후의 무더위 속에 자전거로 달릴 수는 없었다. 택시를 탄다면 왕복으로 서너 시간쯤 걸릴 터였다. 택시비가 얼마나 나올지는 모르지만 지금은 그게 문제가 아니었다. 그때쯤엔 제이슨도 시렘 곁에 와 있었다. 내가 두 사람에게 택시 회사 전화번호를 묻자 그는 고개를 내저었다. 나는 깜짝 놀랐다.

"혹시 여긴 택시가 없나요?"

"아뇨, 엄청 많죠." 제이슨이 대답했다. "하지만 택시를 잡을 필요 없어요. 내가 거기까지 태워다줄게요."

나는 할 말을 잃었다. 누군가 그렇게까지 해줄 수 있다는 게 믿기지 않았다. 남에게 친절을 베푸는 사람들 이야기야 많이 들었지만, 이 정도는 상상 이상이었다.

"적어도 내가 기름 값은 내게 해줘요."

"괜찮아요. 나도 볼일이 있으니까요."

어느새 우리가 탄 자동차는 이즈미르로 가는 대로 위에 있었고, 날라도 내 곁에 앉아있었다. 우리는 터키의 시골 풍경 속을 달렸다. 버려진 공사장을 비롯해 바로 전날 자전거로 지나쳤던 장소들이 쌩하고 스쳐갔다.

호스텔에 도착하자 프런트 직원이 따로 챙겨둔 내 여권을 내주었다. 어찌나 고마운지 미처 말로 표현하기 어려울 정도였다. 우리는 곧바로 남쪽으로 돌아가는 여정에 올랐다.

하지만 시렘과 제이슨의 친절함은 그걸로 끝이 아니었다. 그날 저녁 일찍 돌아온 제이슨과 나를 위해 시렘은 근사한 터키 전통식사를 요리해주었다. 두 사람은 내게 며칠 밤 더 무료로 묵고 가라는 제안까지 했다. 나도 기꺼이 받아들였다. 인스타그램에 이곳을 극찬하는 글을 올리기로 결심했기 때문이다. 그들이 내게 베푼 친절이 아니었더라도 충분히 칭찬할만한 숙소였다. 우리는 밤늦도록 마당에 앉아 술을 마시고 대화하며 이런저런 이야기를 주고받았다. 시렘과 제이슨이 극구 만류했음에도 나는 몇 번이고 사과하지 않을 수 없었다.

"이러다 언젠가는 날라를 챙기는 걸 깜박해서 녀석이 〈나홀로 집에Home Alone〉 시리즈의 케빈처럼 될까봐 걱정되네요." 내가 농담을 던졌다.

"그럴 일은 없을 걸요." 시렘이 우리 둘 사이에 몸을 말고 누운 날라를 향해 고개를 끄덕이면서 대답했다. "당신은 날라를 깜박하느니 차라리 자전거를 깜박할 거예요."

그 말에 기분이 나아진 나는 어느새 앞으로의 여정을 궁리하기 시작했다. 시렘과 제이슨 둘 다 여행 경험이 풍부했고 터키를 속속들이 잘 아는 듯했다. 그들은 커다란 지도를 펼쳐놓고 카파도키아 주변뿐만 아니라 흑해 근처나 조지아로 가는 길에 들를만한 곳을 몇 군데 추천해주었다. 그때까지 몇 번이나 들은 경고도 다시 나왔는데, 터키 남동부나 시리아 국경 가까이로는 가지 말라는 것이었다.

"그래서 카스피 해까지 간 다음엔 계획이 뭔가요?" 제이슨
이 내게 물었다.

"파미르 하이웨이Pamir Highway(아프가니스탄, 우즈베키스
탄, 타지키스탄, 키르기스스탄을 통해 파미르 산맥을 가로지르는
고속도로 – 옮긴이)를 지나 인도와 태국으로 내려가려고요. 내
년 여름이 끝나기 전까지요."

제이슨이 뒤로 기대앉으며 휘파람을 불었다.

"야심찬 계획인데요."

"네, 그렇겠죠. 더구나 이제는 거의 집 한 채를 지고 다니느
라 거북이 같은 꼴이니까요."

시렘은 가만히 앉아 날라와 놀고 있었다. 둘 다 서로가 마
음에 든 모양이었다.

"그 우화 알죠?" 시렘이 미소 지으며 말했다. "토끼와 거북
이 이야기."

나도 학교에서 배웠던 기억이 어렴풋이 났다.

"네. 느려도 꾸준한 쪽이 경주에 이긴다는 이야기죠."

"바로 그거예요. 게다가 당신은 경주를 하는 것도 아니잖
아요. 그러니 서두를 게 뭐 있어요? 그냥 여정을 즐기면 돼요. 꾸
준히 나아가면서 운명이 당신을 어디로 데려갈지 지켜봐요."

시렘은 아름다운 석양과 눈 아래 구불구불 펼쳐진 골짜기
를 고개로 가리키며 말했다.

"오늘만 해도 운명이 당신을 어디로 데려왔나 보라고요. 내 생각에 때로는 거북이가 되는 것도 나쁘지 않은 것 같네요."

한동안 내가 들어본 가장 지혜로운 말이었다. 바로 그 순간 내게 필요했던 말이기도 했다.

황무지를 달리다

오랜만에 내가 옳은 결정을 내렸다는 느낌이 들었다. 며칠 더 묵고 가라는 시렘과 제이슨의 제안을 받아들이면서 자전거에 새로운 장비를 추가할 여유가 생겼던 것이다. 나는 시렘을 따라 게스트하우스에서 가장 가까운 도시 게르멘지크Germencik에 갔다가 유아용품 가게에서 길이 조절이 가능한 미니양산을 발견했다. 자외선 차단 기능이 있고 날라를 넣는 바구니에 딱 맞는 크기였다. 그것만 있으면 날라가 햇볕을 받지 않고도 자유롭게 움직이며 바깥 구경을 할 수 있었다. 양산은 곧 제구실을 하게 되었다.

우리가 시렘과 제이슨에게 작별 인사를 하고 남쪽 산지로 향한 날은 기온이 38℃까지 치솟았다. 용광로 안에서 자전거를

타는 기분이었다. 이러다 몸이 녹는 건 아닌가 싶었지만, 적어
도 날라는 새 양산 그늘에 무사히 있다는 걸 생각하니 안심이
되었다.

시렘의 현명한 조언이 계속 마음속에 울려 퍼졌다. 느려도
꾸준하게 가는 거야. 빨리 나아가는 것만이 중요한 건 아니니
까. 그 조언을 명심하면서, 나는 인스타그램 메시지로 들어온
어느 리조트의 초청을 받아들이기로 했다. 터키 마르마리스로
가는 길에 잠시 휴식을 취한다고 나쁠 건 없을 터였다. 시렘과
제이슨을 떠나온 지 며칠 뒤 우리는 리조트에 도착했다.

리조트 주인은 우리를 극진히 환대했고, 아름답게 꾸민 정
원과 호화로운 2인실 독채를 내주었다. 체크인을 마치고 들어
가보니 침대 위에 선물이 놓여있었다. 날라의 간식거리, 그리고
나를 위해서는 스코틀랜드의 인기 청량음료 아이언 브루 몇 캔
이 있었다. 우리 인스타그램 계정 '1bike1world'가 적힌 지구 모
양 풍선도 장식되어 있었다.

"우리가 중요 인물이었나봐." 나는 날라에게 농담을 건네
며 리조트에 딸린 정원, 스파, 전용 해변을 거닐었다.

우리 둘 중 누가 더 리조트를 즐겼는지는 막상막하였다.
나는 스파에서 헤엄을 치고 푹 쉬었으며 그간 절실했던 마사
지도 받았다. 그동안의 여정이 다리에 끔찍한 여파를 남긴 터
라 마사지 베드에 누우니 양쪽 종아리와 허벅지가 콘크리트
덩어리처럼 느껴졌다. 마사지사는 내 다리 근육을 풀어주느라

땀깨나 빼야 했다. 날라도 정원을 거닐고 잎이 무성한 나무에 기어오르며 신나게 즐겼다. 리조트 안을 돌아다니는 고양이가 몇 마리 있었는데, 날라는 그중에서도 잿빛 얼룩이 있는 작고 흰 고양이와 친해졌다. 두 녀석은 우리가 묵는 스위트룸 바깥의 잔디밭에서 한참을 엎치락뒤치락하고 서로 쫓아다니며 놀았다.

그곳을 떠날 무렵에는 다시 태어난 기분이었다. 한동안은 힘차게 달릴 수 있을 것 같았다. 나는 신나게 자전거에 짐을 싣고 날라를 태웠지만, 얼마 가지 않아 또다시 곤경에 빠지고 말았다.

그때쯤엔 나도 날라의 건강에 유의해야 한다는 걸 명심하고 있었다. 녀석은 태어난 직후에 너무 심한 고생을 했으니까. 신체 검진과 예방접종은 전부 마친 듯했지만 터키에 도착한 이후로 더욱 주의를 기울였다. 고양이에게 무더위는 치명적일 수 있었다. 탈수 증상이라도 생긴다면 신장을 비롯한 온갖 기관이 손상될 가능성이 있었다. 그래서 날라를 쓰다듬거나 어루만질 때마다 베인 상처나 타박상, 탈모 등이 없는지 피부를 훑어보곤 했다. 날라가 잠들어있을 때면 입을 벌려 이빨과 잇몸에 감염 증상이 있는지도 살펴보았다. 이런 식으로 비교적 수월하게 날라의 건강 상태를 확인했다.

그날 아침 날라를 바구니에 넣으려 할 때 날라의 윗입술에 있는 보기 흉한 상처가 눈에 들어왔다. 베였다가 딱지가 앉은 것처럼 보였는데 무척 아팠을 듯했다. 상처에 손을 대려고 하니 날라가 움찔하며 하악 소리를 냈다. 나쁜 징조였다.

"이거 아무래도 검사를 받아야겠는데."

나는 크게 낙심하진 않았다. 다행히도 그 일에 딱 알맞겠다 싶은 사람을 만나러 가는 참이었으니까. 리조트 매니저가 가까운 도시 고코바Gokova의 동물보호구역에 들러보라고 권했던 것이다. 그곳을 운영하는 스코틀랜드 여성 지니는 동물복지 세계의 영웅 같은 존재라고 했다.

마침내 그곳에 도착한 우리는 극진한 환대를 받았다. 지니는 자기 가족이라도 만난 것처럼 날라와 나를 반겨주었다. 지니가 흥미로운 사람이라는 것은 확실했다. 스코틀랜드 덤프리스Dumfries에서 태어났지만 터키에서 지낸 지 삼십 년이 넘었고 그동안 혼자 힘으로 이곳을 일궜다고 했다. 나는 음료수를 마시며 잠시 쉰 다음 지니의 안내를 받으며 구역을 돌아보았다. 날라도 내 어깨에 딱 달라붙어 동행했다. 언제나처럼 주변 모든 것에 호기심을 보이면서.

1,200평이 넘는 동물보호구역은 저 멀리 마르마리스 만灣을 내다보고 있었다. 지니의 말에 따르면 모든 것은 고양이 한 마리로 시작되었다고 했다. 이제는 고양이 백삼십 마리에 개 대여섯 마리, 당나귀 두 마리와 말 한 마리까지 돌보고 있었다. 지니가 특별히 아끼는 동물은 늙은 수탕나귀 네드였다. 네드는 비탈진 작은 초원에서 조용히 풀을 뜯고 있었다.

"여기서 8km쯤 떨어진 들판 한가운데 버려져 있었지." 지니는 네드를 쓰다듬어주며 말했다. "그냥 죽도록 내버려진 거였어. 한쪽 발바닥에 쇳조각을 꽂고 나무에 묶어둔 채로 말이야. 가엾은 녀석."

지니의 주요 관심사는 역시 고양이였다. 그렇게 많은 고양이가 한곳에 있는 건 처음 보았다. 고양이 세계의 모든 품종과 털빛과 성격이 다 모인 것 같았다. 커다란 털 뭉치 같은 페르시아 고양이부터 산전수전 다 겪은 얼룩 고양이, 야위고 털도 거의 안 난 데다 낯을 가려 지니조차 못 본체하는 아기고양이까지. 날라는 이 많은 고양이들 앞에서 당황한 기색이 역력했고, 발톱으로 내 어깨를 세게 찌르며 나직하게 애원하듯 야옹거렸다. '제발요, 아빠. 날 여기 두고 갈 생각은 말아요.'

정오가 되어 태양이 머리 꼭대기에서 이글거릴 무렵, 지니는 우리를 실내로 데려가 점심식사를 권했다. 식사를 마친 뒤나는 지니에게 날라의 입술을 살펴봐달라고 부탁했다.

날라는 지니의 손길에 순순히 몸을 맡겼고, 지니가 입술을 들여다봐도 전혀 저항하지 않았다.

"흠, 별로 좋아 보이진 않는군." 지니가 말했다. "소위 설치류 궤양 같은데. 여기선 꽤나 흔하거든. 나는 한 시간쯤 볼일을 보러 나가야 하지만, 이따 내 친구가 시내 동물병원까지 태워다줄 수 있을 거야. 내가 친구에게 전화해놓을게."

지니의 판단을 듣자 차라리 물어보지 말걸 그랬다는 생각이 들었다. 지니가 떠난 뒤 우리는 동물병원까지 태워다줄 지니의 친구를 기다렸다.

할 일이 없으면 해로운 짓을 하게 된다는 말도 있지 않은가. 나는 휴대전화로 수의학 사이트를 훑어보면서 설치류 궤양의 정확한 명칭이 '고양이 호산구성 육아종'이라는 것을 알아냈다. 그보다 좀 더 간단한 별칭이 생긴 것도 무리가 아니었다. 이 병은 심각하지 않으며 치료하지 않아도 저절로 낫지만, 가끔은 상처가 암이나 종양으로 악화되기도 한다고 했다. 특히 스트레스성 증상일 경우에는.

머릿속이 또다시 폭주하기 시작했다. 나는 곧바로 최악의 상황을 상상했고, 날라가 왜 스트레스를 받은 건지 알아내려고 열심히 머리를 쥐어짰다. 어려운 일은 아니었다. 짚이는 게 많았으니까. 그리스 아테네에서 겪은 지진, 산토리니에서의 추락, 자전거를 탄 채로 겪은 여러 차례의 폭풍우. 헤아리자니 끝도 없었다. 한참 애를 태우고 있는데 바깥 자갈길에 자동차가 멈추는 소리가 들렸다. 지니의 친구는 현지 주민이었고 영어를 거의 못했지만 상냥해 보였다. 그는 곧바로 나를 언덕 아래 마을로 데려다주었다.

내 또래의 젊고 친절한 수의사는 유창한 영어로 금세 나를 안심시켜주었다.

"그냥 상처인 것 같네요. 저절로 낫긴 하겠지만 계속 지켜봐야 해요. 2주일 정도 지나도 낫지 않으면 다시 병원에 데려오시고요."

좋은 소식이었지만 죄책감이 사라지진 않았다. 어쩌다 날
라에게 상처가 생겼지? 체슈메에서 울퉁불퉁한 자갈길을 달렸
기 때문일까? 무더위 때문에 입술을 자주 핥거나 깨물었나? 그
때 문득 머릿속에 떠오르는 기억이 있었다.

리조트에 머무는 동안 날라는 새로 사귄 잿빛 얼룩 고양이
와 아웅다웅하며 오랜 시간을 보내곤 했다. 한번은 날라가 크
게 울부짖는 소리가 들리더니 잠시 후 어딜 다친 것처럼 허둥
지둥 뛰어들어온 적이 있었다. 그것이 가장 그럴듯한 설명 같
았다.

내가 수의사를 만났다는 말에 지니는 기뻐했고, 의사가 내
린 진단을 듣자 더욱 반가워했다. 그날 저녁 우리는 테라스에
서 지니가 차려준 훌륭한 식사를 하며 대화를 나누었다. 지니
는 젊은 시절의 추억과 이곳을 일궈낸 사연을 한참 들려주었
다. 나 역시 지니가 이룬 성과에 감탄했다. 한쪽 벽에는 고양이
한 마리의 사진이 걸려있었다. 고양이도 이곳을 자랑스러워하
는 것처럼 보였다.

"한 성격 할 것같이 생겼는데요." 나는 사진을 고개로 가리
키며 말했다.

지니가 미소를 띠었다.

"코르키즈Korkiz 라는 녀석이야. '눈 먼 여자아이'라는 뜻이
지. 이리스라는 네덜란드 관광객이 이 근처 호텔의 토대 아래

에서 저 녀석을 발견했어. 이리스는 다음 날 네덜란드로 돌아가야 해서 어쩔 줄 몰랐지. 그래서 호텔 직원이 내게 전화를 걸었고, 난 코르키즈를 데려왔어. 저 녀석 상태가 아주 나빴거든. 양쪽 눈이 멀었더라고. 그래서 그런 이름을 붙여준 거야."

집 한구석에서 혼자 식사를 즐기던 날라가 어느새 우리에게 다가오더니 옆에 있던 의자에 올라앉았다.

"그 뒤로 이리스를 잊고 있었는데, 일 년쯤 뒤에 네덜란드에서 고액 수표가 도착했지 뭐야." 지니가 말을 이었다. "알고 보니 이리스가 일 년 동안 동물보호구역을 위해 기부금을 모은 거였어. 그 일이 내겐 전환점이 되었지. 다른 곳에서 여기로 막 옮겨왔던 터라 재정 상태가 안 좋았거든. 이리스가 아니었더라면 어떻게 됐을지 몰라."

우리가 저녁상을 치우고 난 뒤 지니는 지금껏 참석했던 다양한 시상식 사진을 보여주었다. 터키뿐만 아니라 고향인 영국에서 상을 받은 적도 있었다. 사진 하나를 들여다보니 지니와 이리스, 이 지역 시장이 나란히 서있었다. 그런가 하면 런던 상원의사당에서 열린 시상식 무대에 서있는 지니의 사진도 보였다. 지니는 다시 한 번 코르키즈의 사진을 고개로 가리키더니 미소를 띠며 말했다.

"때로는 동물 한 마리가 모든 걸 바꿔놓기도 하지."

그러더니 뒤로 편히 기대앉아 날라의 뒤통수를 쓰다듬었다. "바로 그래서 자네가 이 아이를 보물처럼 소중히 돌봐야 한다는 거야."

"네, 저도 이 녀석을 정말 아껴요." 나는 웃으며 말했다.

지니가 가만히 고개를 내저었다.

"아냐, 자네는 이 아이가 얼마나 특별한 존재인지 잘 모르는 것 같아. 요즘은 동물보호를 위해 모금하기가 정말 어려워. 사람들에게 도움을 요청하는 자선단체가 워낙 많으니 다들 관심을 끊어버렸거든. 하지만 가끔씩은 사람들이 공감할 수 있는 사연이 나타나지. 자네들 이야기가 그랬듯 말이야. 자네가 산토리니에서 어떤 일을 했는지 알아. 내 생각에 자네와 날라는 앞으로도 더욱 많은 기여를 할 수 있을 거야."

그러더니 지니는 문득 묘한 표정으로 나를 쳐다보았다. 내가 새 학교에 들어가 교복 재킷을 사 입고 왔을 때 어머니가 짓던 표정이었다.

"그러니까 이 아이를 신경 써서 잘 돌봐줘야 해."

다음 날 아침 나는 지니에게 작별 인사를 했고, 앞으로도 연락하겠다고 약속했다. 이미 마음속으로는 가능하다면 지니를 위한 기부금을 모으기로 다짐하고 있었다. 지니는 언제든 금전적 도움을 반길 것이 분명했다. 이런 단체들은 하루 벌어하루 먹고사는 형편이었으니까. 이 세상에 버림받은 동물이 워낙 많다 보니 잠시라도 도움의 손길을 멈출 수가 없었다. 하지만 지금 당장은 더 많은 거리를 이동하는 게 중요했다. 이후로 며칠간은 남쪽으로 마르마리스까지 내려갔다가 터키 해변을 따라 동쪽으로 꺾였고, 카스를 지나서 안탈리아Antalya까지 나아갔다. 주말까지는 카파도키아에 도착하고 싶었기에 나는 멈추지 않고 여정을 이어갔다. 해안 지역을 떠나 내륙 산지로 들어서자 순식간에 지형이 뒤바뀌었다. 사방에 험준한 산과 울창한 숲이 펼쳐졌다. 몇 킬로미터를 쭉 달리는 동안 건물 하나 보이지 않았다. 마치 황무지에 들어선 기분이었다.

진행 속도는 느렸지만, 나는 새로운 좌우명을 마음속으로 계속 되새겼다. '나는 거북이지 토끼가 아니야.'

산지로 들어선 지 며칠 지난 어느 날, 대로에서 몇백 미터 떨어진 숲속에 텐트를 치고 묵어가기로 했다. 그곳에서 보이는 경치는 대단했다. 눈 아래 아찔한 골짜기 전망이 펼쳐졌고 석양도 아름다웠다. 날라와 함께 텐트로 들어갈 때 기묘한 소리가 들렸지만 나는 크게 신경 쓰지 않았다. 뭔진 몰라도 작은 동물이 내는 소리일 거라고 생각했다. 그 숲에 토끼와 여우가 우글거린다는 건 이미 알고 있었기에 텐트 지퍼를 잠그고 누워서 잠을 청했다.

숲속에 들어와 있어도 덥기는 마찬가지여서 좀처럼 잠이 오지 않았다. 결국 나는 헤드폰을 끼고 유튜브를 보기 시작했다. 내일모레쯤 유튜브 채널을 개설할 생각이었기에 남들은 어떤 영상을 올리는지 보고 싶었다. 새벽 한 시쯤 날라가 갑자기 내 몸 위로 뛰어오르더니 어깨에 달라붙었다. 녀석은 그때까지

내 발치에서 미동도 않고 곯아떨어져있었던 터라 나는 소스라 치게 놀랐다. 날라는 무언가에 겁을 먹은 듯했다. 두 귀가 쫑긋 곤두섰고 동공은 찻잔 받침 접시처럼 커져 있었다. 얼마 지나지 않아 나도 날라가 겁에 질린 이유를 알 수 있었다. 헤드폰을 벗고 귀를 기울이니 굵고 무시무시한 숨소리가 들려왔다. 가까운 곳에서 커다란 동물이 천천히 움직이는 소리였다. 사방이 칠흑같이 어두웠고 달빛도 거의 없는 밤이었지만, 무언가 우리에게로 다가오고 있는 게 느껴졌다. 대형 짐승이 분명했다.

머릿속이 핑핑 돌기 시작했다. 뭐지? 자칼인가, 아니면 늑대? 아냐, 그놈들보단 커. 사슴이나 일종의 소일까? 아냐, 그놈들이 내는 소리라면 나도 잘 아는데. 그 순간 복부에 주먹이 꽂히듯 갑작스러운 깨달음이 덮쳐왔다. 그래, 이건 곰이야. 나는 좀처럼 겁을 내지 않지만 그 순간만큼은 정말로 기겁했다.

날라를 움켜잡고 텐트 옆 지퍼를 열어젖혔다. 알몸으로 잠자리에 누워있었지만 지금은 옷이 문제가 아니었다. 나는 간신히 크록스만 발에 꿰고 도망쳤다. 대로변에 이르러서야 발에 못이 찔린 채로 숲에서 달려나왔다는 걸 깨달았다. 발에서 피가 났고 온몸이 덜덜 떨렸다. 날라도 긴장한 듯 젖 먹던 힘까지 다해 내 몸에 들러붙어있었다.

어느 정도 시간이 지나자 마음이 가라앉았지만, 그러고 나니 내가 벌거벗은 채 도로 한복판에 서있다는 걸 깨달았다. 돌아가서 우리 물건을 전부 챙겨야 했다. 무사히 남은 물건이 있다면 말이다. 정말로 우리 근처에 곰이 있는 거라면 그놈이 내 자전거에 무슨 짓을 했을지 상상하기도 무서웠다.

몇 분 뒤 나는 간신히 용기를 끌어모아 다시 숲으로 들어갔다. 잎 하나 떨리는 소리, 잔가지 하나 부러지는 소리에도 소스라치면서. 사방에서 그림자가 살아 움직이는 듯 보였다. 나는 그야말로 질겁한 상태였으니까. 텐트로 돌아와 얼른 티셔츠와 반바지를 꿰어 입고 최대한 빨리 짐을 챙기기 시작했다. 마침 또 배터리가 떨어진 상태라 자전거 조명등을 켤 수가 없었다. 작은 손전등 하나만 켜 들고 어둠 속에 마구 휘저으며 정신없이 움직였다. 날라를 자전거 앞쪽에 싣고 텐트를 꾸렸다. 자동 조종 모드라도 켜진 듯 몇 초 만에 모든 짐을 싣고 자전거를 끌어 위험한 숲을 벗어났다.

무사히 대로변까지 돌아오고 나서야 안도의 한숨이 터져나왔다.

뭔가 빠뜨리고 왔을 게 분명했다. 환한 대낮에 차분히 짐을 싸면서도 물건 챙기는 걸 깜박했는데, 한밤중에 곰 때문에 덜덜 떨며 짐을 싼 경우라면 어떻겠는가? 하지만 그런 게 인생이다. 지금 당장은 그런 걸 걱정할 여유가 없었다. 나는 곰이 추적에 뛰어나다는 걸 알고 있었다. 그놈이 우리 냄새를 맡았다면 계속 쫓아올 수도 있었다. 현실적으로 대로변에서 곰에게 공격당할 가능성은 매우 낮았지만, 그렇다고 해서 그런 상상이 머릿속에서 사라지진 않았다.

나는 최대한 빨리 페달을 밟아 눈앞의 언덕을 올라갔다. 발에 난 상처가 엄청나게 아팠고, 여전히 심장이 터질 듯 쿵쾅거렸다. 계속 뒤를 돌아보았다. 나를 쫓아온 거대한 회색 곰이 어슬렁어슬렁 대로변에 나타난 모습을 보게 되리라 각오하면서.

언덕 꼭대기에 이르자 앞쪽에 희미한 불빛이 보였다. 눈앞에 나타난 대형 공사장을 본 순간 기쁨의 눈물이 터져 나올 뻔했다. 대규모 파이프라인을 건설하는 토목공사가 한창인 모양이었다. 하나의 폭이 최소 2m는 되는 거대한 금속 배관들이 다섯 개씩 높게 쌓여있었다. 그러니 배관 무더기 위에 올라간다면 땅에서 높이 10m 위에 있게 될 터였다.

'저기라면 곰에게서도 안전하겠어.'

나는 침낭과 깔개를 들고 날라를 어깨에 앉힌 채 배관 무더기를 기어올랐다. 우리는 금세 맨 꼭대기에 놓인 배관 속에 편히 누웠다. 거기서는 가만히 누워 점점 차분해지는 내 심장박동 소리를 듣는 것밖에 할 일이 없었다. 다행히 휴대전화 전파는 잘 잡혀서, 스코틀랜드의 가족에게 전화를 걸어 잠시 나의 운 좋은 탈출에 관해 이야기할 수 있었다. 가족들의 반응은 예상 밖이었다. 어머니가 웃음을 터뜨렸던 것이다. 마침 며칠 전에 아버지가 꾼 꿈이 내가 곰에 쫓기는 내용이었다고 했다.

"너희 아빠한테 초능력이 있나 보다." 어머니는 깔깔대며 말했다.

나 역시 우스꽝스러운 일임을 인정할 수밖에 없었다. 어쨌든 정말로 거기 있었던 것이 곰이었다는 증거는 없지 않은가. 내가 알기로 터키 일부 지역에 곰이 사는 건 사실이었지만, 굳이 확인하겠다고 거기서 얼쩡거리지 않은 건 잘한 일이었다.

다행히도 배관 속에서 몇 시간은 편히 잘 수 있었다. 다음 날도 일찍 일어나 서늘한 새벽 시간에 자전거로 달려야 했으니까. 나는 어젯밤의 난리법석을 잊어버리려고 애썼다. 또다시 험난한 하루가 시작될 터였다.

카파도키아로 가려면 계속해서 터키의 산악 지대를 지나야 했다. 자전거로 이동하는 입장에서는 바로 이 구간이 지금껏 닥쳐온 최악의 시험대가 될 것이 분명했다. 내가 선택한 경로는 국립공원인 코프룰루 계곡을 통과해 해발 1500m의 산봉우리를 넘어야 하는 길이었다. 그날 안에 산봉우리를 완전히 넘어가는 것이 목표였다.

시작은 괜찮았다. 발에 난 상처는 생각만큼 심각하진 않았고 이미 아물기 시작했다. 나는 거침없이 페달을 밟았다. 점심때가 되자 경치가 아름다운 강가 급류 옆에 앉아서 밥을 먹었다. 날라의 작은 물병을 가득 채우고 녀석과 나의 몸에 선크림을 치덕치덕 발랐다. 우리는 하루 중에서도 가장 무더운 시간에 산을 넘어갈 예정이었으니까.

산봉우리가 눈앞에 나타나면서 주변 지형이 완전히 바뀌었다. 매끄러운 포장도로가 무섭도록 가파른 자갈과 이판암 길로 변했다. 경사가 8도쯤이라면 자전거로 올라갈 수 있었지만 이곳은 10도라서 무리였다. 어쩔 수 없이 자전거에 내려서 끌고 올라야 했다. 이번에도 여분의 물을 잔뜩 싣고 있었던 터라 자전거가 그 어느 때보다도 묵직했고 조종하기 어려웠다. 이따금 자갈과 이판암이 헐겁게 깔린 지점을 밟았다가 뒤로 미끄러지기도 했다. 나는 제법 힘이 센 편인데도 몇 번이나 산 아래로 미끄러질 뻔한 위기를 넘겼다.

자동차 한두 대가 스쳐지나갔다. 심지어 자동차를 모는 사람들도 고생하는 게 뚜렷이 보였다. 바퀴가 계속 공회전했고, 급커브를 돌 때면 더욱 그랬다. 햇볕은 견디기 어려울 만큼 뜨거웠다. 이 세상 그 어떤 선크림으로도 감당할 수 없는 열기에 내 어깨와 목덜미가 시뻘겋게 익어가는 게 느껴졌다. 설상가상으로 시냇가에서 잠시 쉬려고 하니 벌 떼가 덤벼들었다. 간신히 벌에 쏘이지 않고 도망칠 수 있었지만, 얼마 가지 않아 이번에는 고약하게 생긴 들개 두 마리가 나를 괴롭혔다. 견종이 뭔지도 알 수 없었는데 생김새만 보면 하이에나 사촌쯤 될 것 같았다. 다행히 그놈들은 길가에 늘어진 토끼 사체를 발견하자 곧바로 내게 관심을 잃었다. 고맙게도 날라는 이런 소동이 벌어지는 내내 푹 잠들어있었다.

스위스, 보스니아헤르체고비나, 알바니아와 그리스에서도 험난한 산길을 지난 적이 있었지만, 그 어느 곳도 여기만큼 힘겹진 않았다. 오후 중간쯤에는 전부 포기해버리고 싶을 지경이었다.

몇몇 청년들이 자동차를 타고 지나가며 손을 흔들었다. 나는 엄지손가락을 내밀었지만 그들은 자동차를 세워주지 않았다. 온갖 짐이 잔뜩 실린 내 자전거를 실을 자리가 없었던 것이다. 그때 낡아서 덜덜거리는 평상형 트럭을 탄 가족이 나타났다. 그들 역시 오르막을 오르려고 분투 중이었다. 트럭 엔진에서 고통을 호소하는 듯한 굉음이 터져나왔다. 나는 다시 엄지손가락을 내밀어 보았다. 운전석에는 부모와 그들의 아들딸로 보이는 두 청소년이 타고 있었다. 아이들 엄마는 날 보았지만 미안하다는 듯 고개를 내저었다. 방수포 지붕이 달린 뒤쪽 짐칸은 나와 자전거를 충분히 실을만한 크기였지만, 트럭을 세웠다간 다시 움직이지 않을까봐 걱정되는 모양이었다. 트럭 뒷바퀴들이 이판암 위에서 공회전하고 있었다. 휴대전화로 지도 애플리케이션을 켜놓고 혹시라도 산꼭대기가 가까워지지 않았는지 계속 들여다봤지만, 내 위치를 표시하는 작은 점은 움직이지 않는 듯했다. 마치 제자리걸음이라도 하는 것 같았다.

　　심지어 늦은 오후에는 상황이 더 나빠졌다. 우선 자전거 앞바퀴에 펑크가 났다. 들개들과 마주쳤을 때 바퀴가 내려앉은 걸 느끼긴 했지만 그때는 타이어 교체가 불가능한 상황이었다. 하지만 이젠 타이어가 팬케이크마냥 납작해져 더 이상 미룰 수 없었다. 나는 길가에 자전거를 세우고 짐을 전부 내렸다. 또다시 자동차 한 대가 나타났다. 자동차에 탄 커플이 한순간 날 불쌍히 여겨 멈추려는 듯했지만 생각이 바뀌었는지 결국은 지나가버렸다.

　타이어 교체가 끝날 무렵 갑자기 희미한 바람이 불어오며 기온이 뚝 떨어지는 게 느껴졌다. 하지만 기대했던 것만큼 반가운 일은 아니었다. 눈앞의 계곡에 무시무시한 먹구름 더미가 떠올라있었으니까. 벌써부터 먹구름에서 번갯불이 떨어지는 게 보였다. 뇌우가 닥쳐올 것이었다. 진퇴양난이었다. 오르막길에는 듬성듬성 자란 나무 말고는 아무것도 없는 데다, 나무들 대부분은 이전에도 번개를 맞았던 듯 기괴하게 불탄 흔적이 남아있었다. 우리가 피할 곳이라곤 보이지 않았다.

　'오늘 더 이상 잘못될 수 있는 일이 남아있긴 한 거야?'

　나는 평소와 똑같은 실수를 저질렀다. 번개를 맞으면 어떻게 되는지 구글에서 검색했던 것이다. 덕분에 새로운 지식을 얻긴 했지만 기분이 나아지거나 안심될만한 내용은 없었다. 번개가 떨어진 지점에서 10m까지 여파가 번질 가능성도 있다고 했으니까. 하지만 이처럼 끔찍한 망상에 시달리는 중에도 한 가지 다행스러운 일은 날라가 여전히 깊이 잠들어있었다는 것이다. 내가 들여다볼 때마다 날라는 이동장 안에서 만사태평하게 몸을 말고 누워있었다.

　"내가 너라면 오늘 하루 종일 그 안에 있을 거야." 나는 날라를 보며 중얼거렸다.

　결국은 어찌어찌 남은 힘을 짜내어 남은 거리를 올라갈 수 있었다. 산꼭대기에 도착할 무렵 폭풍우가 머리 위까지 닥쳐왔고, 정상에 위치한 주차장에 이르렀을 때는 물에 빠진 생쥐 신세였다. 내게 남은 유일한 위안은 여기부터 산 너머까지 쭉 내리막길이라는 것뿐이었다. 그렇다 해도 다음 도시에 도착할 때까지 몇 시간은 더 걸리겠지만.

산꼭대기는 나 같은 관광객뿐만 아니라 현지인에게도 인기 있는 장소였다. 전망대 옆 작은 주차장에는 자동차가 여러 대 세워져 있었다. 아까 본 평상형 트럭도 있었다. 여기까지 왔으니 나도 경치나 즐겨야겠다는 생각이 들었다. 정말로 놀라운 풍경이었다. 그때쯤엔 먹구름도 다른 계곡으로 넘어간 상태였으니까. 반대 방향으로 바닷가까지 150km가 넘는 거리가 훤히 내려다보였다. 지난 며칠간 지나온 경로를 되돌아보니 내가 이룬 성취에 흐뭇했다.

거기 있던 사람들 중에 영어를 아는 사람이 말을 걸어왔다. 내가 코냐Konya를 거쳐서 카파도키아로 갈 계획이라고 설명하자 그는 내려가는 길에 태워줄 수 없어 유감이라고 말했다. 산꼭대기에 있는 사람들 대부분이 내가 올라왔던 길로 내려갈 거라면서. 실망스러운 얘기였지만, 이미 나는 자동차를 얻어 타는 걸 포기한 상태였다.

날라에게 먹을 것을 주고 출발하려 했을 때, 평상형 트럭에 타고 있던 여자가 내게 다가왔다. 아쉽게도 나로서는 그의 말을 알아들을 수 없었지만, 다음 순간 트럭을 운전하던 남자의 모습도 눈에 띄었다. 아내보다 좀 더 나이 든 그는 트럭 뒤쪽 칸막이를 내려놓고 아들의 도움을 받아 분주하게 짐칸에 자리를 만드는 중이었다. 대충 공간이 생기자 부자는 나를 보며 이리 오라는 듯 손짓했다. 나의 행운과 그들의 친절이 차마 믿기지 않았다. 그들은 나를 태워주려는 것이었다.

트럭 짐칸은 자갈로 가득 차있었지만 부자가 열심히 치운 덕분에 우리가 탈 자리는 있었다. 날라와 나, 그리고 자전거는 운전석 바로 뒤 방수포 지붕 아래 자리를 잡았다. 쿨쿨 자다 깬 날라는 다소 짜증스러워했지만 얼마 지나지 않아서 나만큼 편안히 늘어졌다. 운전석에 앉은 남자가 수동 기어를 넣고 내리막길로 트럭을 몰기 시작했다.

그가 어떻게 운전을 할 수 있는지 줄곧 놀라웠다. 길은 무섭도록 가파른 데다 바퀴자국이 깊이 패었고 와인 오프너만큼 꼬불꼬불했으니까. 게다가 폭풍이 쏟아진 직후인데도 흙먼지가 엄청났다. 트럭은 이리저리 미끄러지고 방향을 틀면서도 어떻게든 계속 나아갔다. 구덩이에 걸리거나 차대가 바위에 긁힐 때면 그는 뒤돌아 이 빠진 잇몸을 드러내고 웃으며 한쪽 엄지손가락을 들어 보였다. '괜찮아, 친구. 내가 알아서 할게.'라고 말하는 것처럼. 그는 전에도 이 길을 달려본 것 같았고 나로서는 그를 믿어볼 수밖에 없었다.

한 시간쯤 걸려 산 아래 이르렀을 무렵엔 폭풍은 흔적도 없이 사라졌고, 우리는 햇살 아래를 달리고 있었다. 40~50km쯤 더 달리자 작은 마을이 나왔다. 그는 거기서 트럭을 세우고 뒤쪽 칸막이를 내렸다. 아마도 여기서 작별해야 할 모양이었다. 내가 서투른 터키어를 쥐어짜 작별 인사를 건네자 그는 갑자기 라키raki 한 병과 술잔 몇 개를 꺼냈다. 잠시나마 함께한 여정을 기념해 건배하자는 것이었다. 거절할 수 없는 상황이었다. 그들 덕분에 힘겹게 산을 내려오는 일을 면하지 않았는가. 나는 술잔을 들고 그들 가족을 위해 건배한 다음 단숨에 비워 버렸다.

트럭을 얻어 탄 덕분에 해가 지기 전까지 길을 따라 더 큰 마을로 이동할 여유가 있었다. 그들 가족이 다시 트럭을 타고 떠나자 나는 날라와 함께 자전거에 올랐다.

온몸의 뼈와 근육이 비명을 지르는 듯했다. 종아리에 엄청난 통증이 느껴졌고 허벅지는 욱신거리다 못해 경련이 일어날 정도였다. 오르막을 따라 자전거를 민 탓에 팔의 삼두근도 찢어질 것 같았다. 하지만 이제는 한층 편하게 자전거를 탈 수 있었다. 평지로 내려왔으니까. 반 시간쯤 지나 다음 마을에 도착했을 때는 해가 저물고 있었다. 내가 조용한 쉼터를 기대했다면 실망했을 게 분명했다. 마침 결혼식이 있어서 음주가무를 즐기는 사람들로 길거리가 북적거렸으니까. 말 그대로 파티가 한창이었다.

나는 적당한 곳에 자전거를 세우고 시냇가로 가서 날라가 먹을 물을 떴다. 날라가 결혼식장 가까이 다가가자 곧바로 흰 셔츠와 드레스 차림의 아이들이 난리법석을 떨기 시작했다. 작은 카페 밖에 서있던 남자 몇 명이 내게 손을 흔들어 인사했다. 그들은 영어를 조금 알았기에 내가 어디서 왔고 어디로 갈 예정인지 간단하게나마 설명해줄 수 있었다. 정신을 차려보니 또 다시 내 손에 술잔이 들려있었다. 이번에는 보드카였다. 나는 잠시 그들과 함께 앉아 대화를 나누며 아이들과 함께 노는 날라를 바라보았지만, 오래 머물 순 없었다. 평소의 나라면 파티에 빠질 리가 없었지만 그날은 너무도 지쳐있었으니까.

마을 변두리로 자전거를 끌고 가봤지만 텐트를 칠만한 곳은 찾지 못했다. 어차피 텐트를 칠 기력도 없을 것 같았다. 그래서 조용한 숲속의 편안해 보이는 벤치 옆에 자전거를 세우고 배낭을 베개 삼아 드러누웠다. 날라는 언제나처럼 잠깐 이리저리 돌아다니다가 내 가슴 위에 자리를 잡고 길게 늘어졌다. 그날만큼은 날라보다 내가 먼저 곯아떨어졌다.

"당신은 경주를 하는 것도 아니잖아요.
그러니 서두를 게 뭐 있어요?
그냥 여정을 즐기면 돼요.
꾸준히 나아가면서 운명이 당신을
어디로 데려갈지 지켜봐요."

시렘의 현명한 조언이
계속 마음속에 울려 퍼졌다.
느려도 꾸준하게 가는 거야.
빨리 나아가는 것만이 중요한 건 아니니까.

팀 날라

날라의 입술에 난 상처는 처음 발견한 지 3주일 뒤에도 계속 나를 괴롭혔다. 진 빠지는 일이었다. 어떤 날은 상처 크기도 작아지고 아물어가나 싶으면, 다음 날은 어느 때보다도 흉물스럽고 아플 것 같이 보였으니까. 아무래도 날라가 가려울 때마다 상처를 건드리는 듯싶었다. 녀석이 입에 앞발을 갖다대려는 걸 몇 번이나 말려야 했다. 마치 손톱 물어뜯지 말라고 아이를 꾸짖는 아버지가 된 기분이었다. 날라는 도리어 날 정신 나간 사람 보듯 쳐다봤다.

어리석게도 나는 또다시 인터넷에 설치류 궤양을 검색해보는 실수를 저질렀다. 이 질병이 플라스틱을 통해 감염된다고 주장하는 수의사들도 있었다. 그래서 터키 안탈리아 시내를 지나던 중에 날라의 플라스틱 밥그릇을 재활용품 수거함에 넣고 금속으로 만든 새 밥그릇을 장만했다. 그런다고 도움이 될지는 알 수 없었지만 시도는 해볼만했으니까.

세메를 비롯해 우리 인스타그램을 팔로우하는 수의사 두 명과도 채팅으로 상담했다. 그들의 의견은 엇갈렸다. 걱정할만한 상처는 아닐 거라고 말하는 수의사도 있었지만, 아물지 않으면 다시 동물병원에 데려가야 한다고 말하는 수의사도 있었다. 세 명 수의사 모두 의견이 일치한 점이라면 날라를 최대한 푹 쉬게 해야 한다는 것이었다. 휴식은 뛰어난 치료제니까. 그 말에 나는 또다시 죄책감을 느꼈다. 지난 며칠간 산지를 지나느라 날라가 편안히 쉬지 못했던 것이다.

8월 말쯤 마침내 카파도키아의 괴레메Goreme에 도착하자 슬며시 안도의 한숨이 나왔다. 나는 괴레메에 일주일쯤 머물 계획이었고, 그동안 날라는 원한다면 하루 종일 잘 수도 있었다. 나 혼자서도 할 일이 많았기 때문이다.

첫 번째로, 유튜브 채널을 개설했다. 맨 처음 올린 영상은 솔직히 말해 형편없었다. 그리스 산토리니에서 찍은 사진과 영상을 편집하고 배경음악을 넣은 정도였으니까. 음악이 너무 크게 들어간 데다 편집도 어설펐다. 하지만 앞으로는 잘할 수 있겠다는 생각이 들었다. 이후로 우리의 터키 여행을 압축한 십분 이내의 영상을 두 개 더 만들었다. 새로 영상을 만들 때마다 이전 것보다 나아지는 게 뚜렷이 보였다. 이제부터는 일요일마다 새로운 영상을 올릴 계획이었다. 주중에는 여행하며 영상을 촬영하고 주말엔 호텔에 묵으면서 편집해 유튜브에 올리는 것이었다. 계속하다 보면 점점 나아질 것이 분명했다.

물론 내 최고의 자산은 진정한 스타 배우와 함께한다는 점이었다. 날라는 예쁜 고양이였을 뿐만 아니라 카메라 앞에서도 자연스럽게 행동했다. 때로는 녀석이 정말로 카메라를 의식하고 연기하는 건지 헷갈릴 정도였다. 그로부터 일주일 전 노천카페에 앉아서 햇볕을 피하며 쉬는 동안 있었던 일을 예로 들어보자. 낙엽과 돌멩이가 쌓인 그늘에서 뒹구는 날라를 보자 나는 새로 산 고프로를 땅바닥에 놓고 촬영을 시작했다. 그런데 녀석이 갑자기 일부러 카메라를 향해 돌을 굴리는 듯했다. 마치 극적인 효과를 연출하려는 것처럼 말이다. 촬영한 영상을 확인하니 아주 멋진 장면이 담겨있었다. 날라는 카메라 렌즈에 얼굴을 대고 누르기도 했는데, 정말 귀여워보였다. 언뜻 보면 유튜브 구독자들에게 '이거 봐, 재미있지?'라고 말을 거는 듯했다.

날라가 정말로 그런 생각을 하고 있었다면 성공한 것이 확실했다. 그사이 수만 명이 우리 유튜브 채널을 구독했으니까. 댓글로 판단하자면 사람들은 우리의 스타 배우를 자전거 손잡이에 앉힌 채 시골을 달리는 '날라캠Nalacam' 영상을 특히 좋아하는 듯했다. 우리 유튜브 구독자에 어느새 육십만 명을 넘긴 인스타그램 팔로워를 더하면 엄청난 숫자가 나왔다. 종종 나는 그들에 관해 생각하곤 했다. 어떤 사람들일까? 우리 유튜브나 인스타그램의 어떤 점이 좋은 걸까? 확실한 건 그들 대부분에게 우리는 바쁜 일상의 사소한 일부분에 지나지 않으리라는 것이었다. 그들은 새로 올라온 날라의 귀여운 사진을 보며 즐거워하고 눈이 하트가 된 이모티콘을 남긴 다음 떠나곤 했다. 하지만 우리에게 훨씬 강한 애착을 느끼는 사람도 많은 듯했다. 그들은 우리의 모험을 더욱 열심히 따라오면서 메시지를 보내고 진심 어린 충고와 조언을 남겼다. 이제는 그들이 날라를 따르는 팬클럽처럼 느껴졌다. 말하자면 '팀 날라'라고나 할까.

물론 그들에게도 나름의 의견이 있었다. 날라에게 무엇을 먹여야 하는지, 날라의 발톱을 깎아줘야 하는지 등 온갖 문제에 대한 선의의 충고가 끝없이 쏟아졌다. 내가 다음에 가야 할 곳(혹은 가면 안 될 곳)에 대해 단호한 주장을 펼치는 사람들도 있었다. 세상이란 곳이 복잡하다 보니 다들 의견이 엇갈렸다. 그것도 엄청나게. 가장 조심스러운 팔로워들의 의견을 받아들인다면, 나는 일찌감치 날라를 탈지면으로 감싸서 스코틀랜드로 돌아가는 비행기에 태웠어야 했다.

가장 감동적인 것은 사람들이 보내준 실질적 지원이었다. 그들의 원조는 따뜻하고 정성스러우며 때로는 압도적이기까지 했다. 산토리니에서 끝없이 쏟아져 들어왔던 선물은 다행히도 나의 만류로 멈췄지만, 아직도 자전거 용품이나 날라의 옷을 제공하겠다는 메시지가 규칙적으로 들어오곤 했다. 그중에 날라를 데리고 다니는 데 요긴할 장비와 독일 회사 슈발베의

거북이가 되는 것도 나쁘지 않아

내구성이 뛰어난 자전거 타이어는 받아들이기로 했다. 중앙아시아와 인도로 들어가면 그런 타이어가 유용할 터였다. 하지만 나머지 대부분은 거절하거나 답변을 보내지 않았다. 사람들이 보내주겠다는 물건을 전부 들고 다닐 수는 없었으니까.

내 생각에 가장 희한한 건 '만약 이쪽을 지나게 되면 자기 집에서 묵고 가라'는 메시지를 보내는 사람들이 의외로 많았다는 점이다. 그렇게 가능성이 희박한 이야기를 하다니 재미있는 일이었다. 인스타그램에서 나를 발견한 사람의 집앞을 내가 자전거로 지나칠 가능성이 얼마나 되겠는가? 아마도 복권에 당첨될 확률 정도일 것이다. 가장 고무적인 부분이라면 내가 어떤 사안을 이야기할 때마다 사람들이 기꺼이 주머니를 뒤져 돈을 내려고 했다는 것이다. 이런 일이 시작된 것은 물론 알바니아에서 발루를 구조했을 때였고, 그다음에는 산토리니의 크리스티나를 도왔을 때였다. 이런 경험을 통해 나는 우리에게 가치 있는 목적을 위해 돈을 모을 힘이 있다는 것을 깨달았다. 지니가 말했듯 나는 날라와 함께 있다는 이유만으로 모금에 어려움을 겪는 이들을 도울 특별한 기회를 누릴 수 있었다. 이런 점을 염두에 두고, 내게 주어진 기회를 어떻게 활용할 것인지 궁리하며 일주일의 휴가 대부분을 보냈다.

우선 5월에 산토리니에서 시작했던 복권 추첨 사업을 매듭지을 수 있었다. 좀 더 빨리 끝내지 못한 것이 유감이었지만 그때까지는 도저히 일을 처리할 시간이 나지 않았다. 1파운드짜리 복권을 사준 사람들은 전부 만삼천 명이나 되었다. 놀라운 일이었다. 당첨자를 추첨해 도자기 공방에 보관된 네 개의 사발 발송을 공방 주인 갈라테아에게 부탁하고 나니, 이제는 복권 판매액을 기부할 일이 남았다. 내 계획은 다양한 자선단체 열세 곳에 각각 1,000파운드를 기부하는 것이었다. 나는 벌써부터 자선단체 목록을 작성하기 시작한 터였다.

이 성과에 고무된 나는 더욱 야심찬 모금 사업을 계획했다. 날라의 사진 달력을 만들어 팔고 수익금 전액을 자선단체에 기부할 생각이었다. 한동안은 내 능력을 넘어서는 일을 벌인 게 아닌지 걱정스러웠다. 나도 컴퓨터는 조금 다룰 줄 알았지만 달력 디자인까지는 무리였으니까. 하지만 '팀 날라'에는 재능 있는 사람들이 많았기에 얼마 후 그들 중에서 내 계획을 실현해줄 능력자를 찾을 수 있었다. 미국 뉴욕에 사는 디자이너 캣 맥도널드였다. 이제 여러모로 내가 의미 있는 일을 하고 있다는 느낌이 들었다. 나는 세상을 변화시키고 있었다.

내게 들어오는 수천 개의 메시지 중에 부정적인 내용은 한두 개를 넘지 않았다. 사람들은 우리를 응원했고 우리 인스타그램을 좋아했다. 우리가 사람들 일상에 재미를 주며 어쩌면 세상에 소소한 기쁨을 선사하고 있다는 걸 느낄 수 있었다. 그렇다고 해서 허황된 생각은 하지 않았다. 내 소박한 유튜브 채널은 내셔널 지오그래픽이나 BBC 월드 서비스가 아니었으니까. 인스타그램은 내가 세상을 향해 열어둔 창구였고, 따라서 나의 다음 여정을 계획하는 일이 중요해졌다.

날라를 데리고 다닌다는 것은 고양이의 외국 여행 절차를 샅샅이 알아야 한다는 뜻이기도 했다. 이제 나는 새로운 국가로 넘어갈 때마다 수의사에게 날라의 건강 증명서를 받아야 한다는 걸 알고 있었다. 이는 국제 반려동물 여권 체제상 필수적인 절차였다. 따라서 날라의 입술이 완전히 아문다 해도 조지아로 넘어가기 전에 터키의 동물병원에 다녀와야 했다. 또한 조지아에서 아제르바이잔으로 건너가기 전에도 그래야 할 것이었다.

이제는 그런 것도 단순한 습관처럼 느껴졌다. 절차가 간단했기에 불안할 것도 없었다. 수의사가 날라의 서류를 살펴보고 몸 상태가 괜찮은지 간단히 점검한 다음, 다른 국가에 입국할 만큼 건강하다는 확인 서명을 해주는 것이었다. 날라가 겪을 수 있는 최악의 일이라고 해봤자 달갑지 않은 곳에 체온계가 꽂힐 수도 있다는 정도였다. 그보다 더욱 힘든 것은 앞으로의 여정을 짜는 일이었다. 상황이 점점 복잡해지고 있었다.

며칠 전 악사라이Aksaray방향 대로변에서 물과 간식을 사려고 주유소에 들렀다가 나와 같은 자전거 여행자 두 명을 만났다. 독일인 커플인 다비트와 린다였다. 그들도 인스타그램 계정이 있었는데 독일어로 '두 명의 (자전거) 라이더'를 뜻하는

'zwei_radler'였다. 우리는 함께 커피를 마시면서 한동안 같이 다니기로 결정했다. 동행이 있으니 기분이 좋았다. 날라는 유쾌하고 사랑스러운 녀석이지만 나도 가끔은 인간과의 대화가 그리웠으니까.

우리는 하루 종일 함께 달리고 나서 술탄하니Sultanhani 라는 아름다운 도시에 멈춰 야영 준비를 했다. 담벼락에 둘러싸인 오래된 모스크가 있는 시내를 구경하고, 날라와 함께 저녁을 먹으러 나갔다. 둘 다 나와 관심사가 많이 겹쳤기에 대화하는 게 무척 즐거웠다. 다비트와 린다는 내 또래로 몇 달 전 독일 바이에른Bayern에서 결혼식을 올렸다고 했다. 그들은 패키지 신혼여행을 떠나는 대신 자전거를 타고 아시아까지 간다고 했다.

"우리는 세계를 발견하고 싶은 거지 파괴하고 싶은 게 아니니까요." 린다가 말했다. 나 역시 린다의 말에 백 퍼센트 공감했다.

바이에른에서 출발한 두 사람은 오스트리아와 헝가리, 불가리아를 지나 터키까지 왔다.

"최종 목적지는 결정하지 않았어요." 다비트가 말했다. "아직 선택의 여지가 있죠."

"내년 3월까지 직장에 복귀하기만 하면 되거든요." 린다가 웃으며 말했다.

얼마 전까지만 해도 두 사람은 내가 계획한 것과 비슷한 경로로 이동할 계획이었다. 조지아와 아제르바이잔, 이란 북부를 통과해 투르크메니스탄과 우즈베키스탄의 파미르 하이웨이를 지나는 경로 말이다. 마르코 폴로Marco Polo 를 비롯한 여러 사람들이 유럽에서 중국까지 육로로 여행할 때 이용했던 실크로드와 겹치는 길이었다.

우즈베키스탄 부하라Bukhara, 사마르칸트Samarkand, 히바 Khiva 와 같은 아름다운 도시들을 지나고 히말라야 산맥을 넘어 인도로 내려가는 것이 두 사람의 계획이었다. 다비트와 린다도 나만큼 인도 여행을 고대했고 그들 모험의 절정이 될 것이라 예상했다. 하지만 저녁식사를 하면서 들어보니 두 사람은 그 계획을 취소한 터였다.

"이제 8월 말인데 벌써 계절이 바뀌고 있잖아요. 아무래도 우리가 늦은 것 같아요." 다비트가 설명했다. 파미르 하이웨이의 가장 험난하고 위험한 구간은 고도가 높다 보니 곧 눈이 쌓여 통과하기 어려워질 거라는 이야기였다. "겨울 내내 고립되어 있기에 좋은 장소는 아니죠."

내게는 꽤나 충격적인 소식이었다. 나도 시간이 촉박하다는 건 알았지만 이 정도일 줄은 몰랐다. 그래도 11월까지는 파미르 하이웨이가 열려있을 줄 알았는데. 다비트와 린다는 이제 아제르바이잔을 지나 남쪽의 이란으로 넘어갈 생각이었다. 거기서 파키스탄을 거쳐 인도, 미얀마, 태국으로 가려는 것이었다.

"하여간 계획은 그래요." 린다가 웃으며 말했다. "알다시피 자전거 여행을 하면 계속 계획이 바뀌게 마련이죠."

"무슨 말인지 알아요. 거기다 고양이까지 데리고 움직이면 어떻겠어요." 내가 대답했다.

우리는 다음 날 아침 헤어졌지만 앞으로도 연락하고 지내기로 약속했다. 아마도 나중에 또다시 마주칠 터였다. 그들과의 만남은 내게 많은 고민거리를 남겼다. 잠시 인터넷 검색을 해보니 더욱 골치 아픈 문제가 드러났다.

이란은 자전거 여행지로 호평받고 있었다. 지리적 구경거리도 많은 데다 이슬람 국가이니 날라도 환영받을 게 분명했다. 하지만 이란에는 정치적 문제가 있다는 것도 사실이었다. 영국 외무부 공식 사이트에서 확인해 보니 이란에 입국할 수 있는 영국인은 단체 관광객뿐이라고 했다. 그런 문제는 여행사의 도움을 받으면 해결할 수 있겠지만 그 과정이 상당히 귀찮을 듯했다. 게다가 자전거로 여행할 수 있는 지역도 제한되는 모양이었다. 무엇보다도 중요한 문제는 관광객을 위한 공식 호텔들이 날라를 받아들이지 않으리라는 것이었다. 날라는 야외에서 자거나 고양이 사육장에 맡겨야 했다. 이 점이야말로 결정적인 장애물이었다. 나는 앞으로의 일정에 관해 조언을 구하는 글을 인스타그램에 올렸다. 우리의 수많은 팔로워 중 여행사 직원이 있을지도 몰랐다. 아니면 누군가 흥미로운 해결책을 제시해줄 수도 있었다.

실제로 유익한 내용을 담은 메시지가 들어왔다. 터키항

공 직원이라는 사람이 자기네 회사에 인도 직행 항공편이 있다고 알려주었다. 그때까지 나는 날라를 비행기에 태우지 않으려고 했다. 녀석이 화물칸에 있어야 한다는 걸 견딜 수 없었기 때문이다. 확인해 보니 날라를 이동장에 넣는다면 객실에 데리고 있어도 된다고 했다. 하지만 절차가 복잡할 것이 분명했기에 아무래도 내키지가 않았다. 결국 나는 조지아와 아제르바이잔행을 강행하기로 했다. 일단 가보면 자전거든 기차든, 아니면 비행기든 배든 방법이 있을 터였다. 카스피 해안에 있는 아제르바이잔의 수도 바쿠Baku까지는 아직도 1,800km를 더 가야 했다. 어떻게든 해결되겠지.

카파도키아의 명물은 마치 〈스타워즈Star Wars〉 시리즈의 한 장면처럼 경이로운 주변 풍경이었다. 설탕으로 빚은 것 같은 무수한 원뿔 모양 봉우리가 계곡을 가득 메우고 있었다. 그 풍경을 감상하는 가장 좋은 방법은 열기구를 타는 것이었다. 새벽마다 수많은 열기구가 하늘로 떠올라 계곡 위를 떠다니곤 했다. 나도 꼭 한 번 타고 싶어서 열기구 여행사에 연락해 보았다. 놀랍게도 그들은 우리 인스타그램 계정을 알았고, 열기구를 탈 때 날라도 데려와달라고 요청했다.

나로서는 달갑지 않은 얘기였다. 날라가 크고 무시무시한 굉음을 싫어한다는 걸 잘 알았으니까. 그리스에서 페리에 탔을 때 녀석이 보였던 반응은 결코 잊을 수 없었다. 카파도키아의 열기구에는 귀가 먹먹해질 만큼 큰 소리를 내는 대형 버너가 달려있었다. 그 소리를 들으면 날라는 기겁할 게 분명했다. 결국 나는 그들의 제안을 거절하고 나 혼자 가기로 했다. 여행사 측은 아쉬워하며 나를 설득하려 했지만, 내 생각은 바뀌지 않았다. 공짜로 열기구를 타겠다고 날라를 겁먹게 할 수는 없다. 나도 남들처럼 돈을 내고 타면 되니까.

카파도키아에 도착한 며칠 뒤 나는 새벽 네 시 반에 일어나 약속된 장소로 향했다. 살짝 고소공포증이 있는 데다, 다른 사람들 십여 명과 함께 커다란 바구니 안에 서있을 생각을 하니 긴장되기도 했다. 하지만 기구를 타고 기묘한 풍경 위를 떠다니는 것은 잊을 수 없는 체험이었다. 연분홍빛과 연푸른빛 도는 새벽하늘 가득히 알록달록한 열기구 백여 개가 떠있는 모습도 장관이었다. 그런 체험을 하고 나니 내가 애초에 왜 세계 일주를 떠났는지 새삼 되새기게 되었다.

일주일 뒤 나는 카파도키아를 떠났다. 최대한 서둘러 빠른 시일 내로 흑해 해변을 지나 조지아까지 가겠다고 다짐하면서. 가끔씩은 거북이가 되는 것도 괜찮았지만, 이제부터 한동안은 토끼처럼 행동할 필요가 있었다. 다비트와 린다의 이야기가 내 간담을 서늘하게 했던 것이다. 희소식이라면 일주일을 쉰 날라가 한결 건강해진 모습이라는 것이었다. 어차피 국경을 넘기 전에 수의사를 만나야 할 테니 일찌감치 터키 중심부의 동물병원에 데려가기로 했다. 나는 수의사에게 날라의 입술을 살펴봐 달라고 말했다가 그의 반응에 깜짝 놀랐다. 그는 솜씨 좋게 녀석의 윗입술을 벌리더니 곧바로 어깨를 으쓱했다.

"아무것도 없는데요."

"뭐라고요?" 나는 그의 말을 믿지 못하고 몸을 굽혀 들여다보았다. 정말로 날라의 입술에 난 상처가 깨끗이 아물어있었다. 수의사는 날라의 온몸을 꼼꼼히 검사한 뒤 전혀 이상이 없다고 말했다.

"정말로 건강한 꼬마네요. 아주 열심히 돌보셨나봐요."

'이상 무' 선고를 받으니 한결 기운이 났다. 하지만 날라의 입술에 문제가 재발하는 위험을 무릅쓰고 싶진 않았다. 거기서 흑해로 가려면 또다시 산지를 지나야 했으므로 버스를 타고 해당 구간을 통과하기로 했다. 그렇게 하면 무더위 속에 산을 오르는 스트레스를 면할 수 있었다.

나는 시바스Sivas라는 도시에서 버스를 탈 생각이었다. 그래서 전날 밤 자전거를 타고 몇 킬로미터를 이동하여 출발 시간인 다음 날 오전 열 시보다 이르게 버스정류장에 도착했다. 버스정류장에 앉아서 잠든 날라의 모습을 지켜보는 재미로 시간을 보냈다. 오전 열 시가 지나고 열 시 반, 열한 시 반이 지났는데도 버스는 올 기미가 보이지 않았다.

버스정류장도 계속 닫혀있었지만, 그때쯤 되자 작은 승차권 판매소에 직원이 나타났다. 직원에게 문의해 보니 내가 시간표를 잘못 읽은 모양이었다. 내가 탈 버스는 오전 열 시가 아니라 오후 열 시에 출발할 예정이었다. 앞으로 열한 시간을 더

때워야 하는 셈이었다. 이 정도는 별일도 아니었다. 나는 시내를 돌아다니며 하루를 보내기로 했다. 사진을 찍고 작은 공원에서 낮잠도 즐겼다. 그러고는 저녁 일찍 버스정류장에 돌아와 이제 친숙해진 차고 밖 벤치에 자리를 잡았다.

오후 열 시가 되기 조금 전에 낡아빠진 버스가 정류장에 멈춰 섰다. 얼른 편안한 좌석에 앉아서 곯아떨어지고 싶었다. 운이 좋다면 눈을 떴을 때는 흑해 해변에 도착해있을 터였다. 운전기사가 버스에서 내리더니 승객들의 짐을 싣기 위해 차체 아래의 널따란 화물칸을 열었다. 승객은 몇 명 정도였고 트렁크를 가진 사람은 그중 하나뿐이었다. 나는 여유 있게 자전거에서 짐을 내렸고, 그러고도 시간이 남아서 트레일러와 짐가방들을 화물칸에 넣기 시작했다. 그러자 운전기사가 불쾌한 표정을 지으며 뭐라고 터키어로 외쳤다. 자기한테 맡기라는 뜻인 것 같았다. 충분히 이해할 수 있었다. 이 버스는 저 사람의 버스니까. 나는 손을 떼고 그에게 짐을 맡겼다. 승강구로 다가가 계단을 오르려는 순간, 운전기사가 또다시 내게 소리치는 것이 들렸다.

"케디(고양이)! 케디!"

날라는 내가 멘 이동용 배낭 안에서 푹 잠들어있었다. 저 사람은 녀석의 존재를 알아채지도 못할 거라고 생각했는데. 나는 운전기사에게로 돌아갔다. 그는 버스 아래쪽의 그물망이 덮인 상자를 가리켰다.

"케디."

통역은 필요없었다. 날라를 화물칸에 실어야 한다는 얘기였다. 나로서는 용납할 수 없는 일이었다. 나는 최대한 그에게 항의해 보았다.

"자고 있잖아요." 이동장을 보여주며 말을 건넸다. "잔, 다, 고, 요."

운전기사는 넘어오지 않았다. 영어를 조금 아는 다른 승객이 다가오더니 운전기사에게 뭐라고 말을 건넸다.

"고양이가 가는 도중에 계속 울어멜 거래요. 승객들이 잠을 못 잘 거라고요." 그는 내게 이렇게 전하며 어깨를 으쓱했다.

나는 항복의 의미로 양팔을 늘어뜨려 보이고, 자전거와 내 짐을 도로 챙겼다. 날라와 함께할 수 없다면 그 어디로도 갈 수 없었다. 운전기사는 맘대로 하라는 표정으로 나를 힐끗 쳐다보았다.

속상한 일이었다. 며칠 전 승차권 판매소에서 표를 사며 물어봤고 그날 오후에 또 한 번 확인했는데. 날라를 이동장에 넣기만 하면 버스에 데리고 타도 괜찮다고 확답을 받았는데.

자전거로 이동하기엔 너무 늦은 시간이었다. 도로는 어두컴컴했고 여전히 자동차들로 붐볐다. 텐트를 칠만한 곳도 보이지 않아서 나는 아까 앉았던 벤치에 드러누웠다. 이제 어떡할지는 내일 아침에 생각하기로 했다. 한동안 벤치에 앉아서 인스타그램에 글을 올리고 고향 사람들과 채팅을 했다. 슬슬 추워져서 침낭도 꺼냈다. 벤치에 누워있다가 자정 넘어 까무룩 잠이 들었다.

잠든 지 몇 분도 지나지 않아 뭔가 갈비뼈를 쿡쿡 찌르는 것이 느껴졌다. '이런, 내 행운도 이젠 끝이구나. 강도한테 털리려나봐.' 하는 생각이 스쳤다.

하지만 벌떡 일어나 앉은 순간 내 눈에 들어온 것은 두 사람의 웃는 얼굴이었다. 정확히는 두 여자였다.

"안녕하세요." 그중 하나가 어색한 영어로 말했다. "인스타그램 봤어요. 여기서 잘 필요 없어요. 우리 집에 와요."

한순간 나는 경악했다. 우리는 터키 한복판의 소도시에 있었다. 이곳 벤치에서 자게 되었다고 인스타그램에 올린 지 반시간도 지나지 않았다. 그런데 누군가 찾아와서 나를 자기 집에 재워주겠다는 것이다. 어떻게 이럴 수가? 내가 '팀 날라'를 얼마나 과소평가했단 말인가. 그들 중 하나의 집 앞을 '지나게 될' 가능성도.

나는 더 불편한 곳에서도 자봤다며 거절하려 했지만, 그들은 내 대답을 받아들이지 않았다. 우리는 자전거를 밀며 뒷골목을 지나 금세 시내의 작은 집에 도착했다. 내게 말을 건 여자의 이름은 아리야였고, 아리야의 친구는 부끄럽지만 나로서는 도저히 발음하기 어려운 터키식 이름을 갖고 있었다. 아리야는 내게 진수성찬까지 차려주었다. 왕에게나 어울릴 잔칫상이었다. 적어도 길가에서 대충 구한 과자나 과일로 연명하던 사람에겐 그렇게 느껴졌다. 어찌나 고마운지 말로 표현하기 어려울 정도였다. 나는 왕처럼 편안하게 잠들었다.

다음 날 아리야는 내게 시바스 시내를 구경시켜주었다. 그는 당연하게도 자기가 사는 도시를 무척 자랑스러워했고, 무슬림들의 대학인 메드레세와 터키탕 등 유명 관광지로 나를 안내했다. 나를 흑해 해안까지 태워주겠다는 사람도 찾을 수 있었다. 이번에는 돈을 내야 했지만, 그래도 상관없었다. 최대한 빨리 산지를 지나서 조지아로 가는 해안도로를 달리고 싶었다.

그날 늦은 오후까지는 내 모든 짐을 흰색 승합차에 실을 수 있었다. 좌석이 편하고 에어컨까지 달린 차였다. 아리야는 손을 흔들며 작별 인사를 했고, 자동차가 움직이기 시작하자 날라에게 키스를 보냈다. 기묘한 일이었다. 우리가 만난 지 하루도 지나지 않았는데 벌써 평생지기와 헤어지는 기분이 들었다. 그리고 터키에도 작별을 고하는 것처럼 느껴졌다.

산꼭대기를 향해 굽이굽이 올라가다 보니 어느새 눈앞에 흑해 해안이 나타났다. 해안선은 조지아 국경을 향해 동쪽으로 구부러져있었다. 나도 며칠 뒤면 저곳에 도착해있기를 바랐다. 터키에서의 시간은 끝나가고 있었지만 그리 쉽게 잊히진 않을 터였다.

생각해 보면 내가 세상을 직접 돌아보려고 했던 것, 신문이나 텔레비전 뉴스로 읽고 본 내용 대부분을 믿지 않았던 것은 옳은 일이었다. 그런 뉴스들은 항상 단순하고 흑백논리에 맞춰져 있었다. 사람들이 서로 불신하도록 몰아갔고, 종교와 인종과 문화가 우리와 다른 이들은 완전히 별종인 것처럼 묘사했다. 그렇다고 내가 순진무구한 사람은 아니다. 세상은 복잡한 곳이며 온갖 골치 아픈 정치, 사회적 상황과 나쁜 사람들로 가득하다는 건 안다. 당연한 얘기다.

하지만 나는 내심 언제나 인간은 모두 같다고 믿으려 했다. 악보다는 선을 행하는 것이 인간의 본성이라고. 터키는 내 생각이 옳았다는 증거를 차고 넘치게 보여주었다. 정말로 많은 사람들이 내게 우정의 손길을 내밀었다. 시렘과 제이슨, 아리야, 트럭에 타고 있던 가족, 그 밖의 다른 사람들…… . 내겐 그들 역시 '팀 날라'의 일원이나 마찬가지였다. 그들이 그렇게 행동한 것은 절박한 사람을 돕는 것이 그들의 타고난 천성이었기 때문이다. 내가 세계를 두 번 더 일주한다고 해도 이보다 더 감동적인 교훈을 얻을 수는 없으리라.

또 다른 세상

　나는 길을 잃고 헤매는 염소 한 마리를 피해 자전거를 돌리고 있었다. 갑자기 날라가 몸을 꼿꼿이 세우고 앉더니, 앞발로 자전거 손잡이를 꽉 붙잡고 두 귀는 쫑긋 세운 채 고개를 빠르게 이리저리 움직였다. 뭔가 흥미로운 것이라도 본 모양이었다. 그게 염소가 아니란 건 바로 알 수 있었다.

　우리 바로 앞에서 검은 원피스와 보닛 차림에 막대기를 든 할머니가 크고 흰 소 두 마리에게 소리를 지르고 있었다. 소들을 숲 가장자리의 작은 오두막으로 몰고 가려는 모양이었다. 하지만 녀석들은 고분고분하게 굴지 않았다. 오두막 앞문 몇 미터 앞에서 멈추더니 반항하듯 음매음매 울어대며 고집을 피웠다. 할머니는 아랑곳 않고 더 크게 소리치며 막대기로 두 마리 중 하나의 등짝을 때려댔다. 그게 효과가 있었는지, 잠시 후 녀석들은 고개를 수그려 대들보 아래로 들어서더니 좁다란 오두막 입구 안으로 사라졌다. 할머니도 따라 들어가서는 문을 닫아버렸다. 그 모습을 본 나는 큰 소리로 웃고 말았다.

"같이 차라도 마시자고 초대했나보네." 나는 날라의 목덜미를 쓰다듬으며 말하고 다시 페달을 밟기 시작했다.

조지아로 들어온 지 며칠이 지났다. 방금 전과 같은 광경을 보면 단순히 다른 국가가 아니라 다른 세상, 다른 시대에 온 것 같은 기분이 들었다.

그러고보면 국경에서부터 뭔가 이상했다. 조지아로 넘어오려는 트럭들이 수 킬로미터씩 꼬리를 물고 늘어서있었다. 나는 트럭 뒤에 줄 서지 않아도 되었지만 그럼에도 한참을 기다려야 했다. 마침내 줄 앞쪽에 이르니 군인뿐만 아니라 경비대원들도 빽빽이 늘어서서 모든 사람의 서류를 이 잡듯 꼼꼼히 검사하고 있었다. 날라가 자전거에서 내 팔 위로 올라와 어느 젊은 경비대원과 시선을 맞추려 했지만, 이번만은 녀석의 매력도 효과가 없었는지 그는 그냥 지나가버렸다. 그의 동료들은 거의 십오 분이나 우리 여권을 이리저리 넘겨보면서 자기네끼리 열심히 떠들어댔지만 결국 우리를 통과시켜주었다. 그중 한 사람이 뭐라고 투덜거릴 뿐이었다.

나는 천천히 길을 따라 내려갔다. 조지아 풍경의 첫인상은 알바니아와 비슷했다. 얼마 전까지만 해도 구소련의 일원이었기 때문인지, 공적 용도로 지어진 듯 근엄한 콘크리트 건물들이 군데군데 방치되어 무너져가고 있었다. 우리가 지나친 집과 마을들은 낡고 풍파에 시달린 데다 대부분 쓰러지기 직전이었다. 도로에도 구덩이가 많아서 자전거를 타기 힘들었다. 더 골치 아픈 것은 차선 개념이라곤 없어 보이는 운전자들이었다. 승용차건 화물차건 어찌나 우리 곁을 바짝 스쳐가는지 날라와 내가 사고를 당하지 않은 게 천만다행이었다. 오죽하면 날라가 운전자들을 사납게 노려볼 정도였으니까. 얼마 지나지 않아서 나는 그나마 안전한 국도를 이용하기로 마음먹었다. 조지아 시골은 아름다웠다. 푸르고 완만한 언덕과 그림 같은 계곡이 펼쳐지고 저 멀리 위풍당당한 산들이 솟아있었다. 하지만 자전거로 달릴수록 시간을 거슬러 올라가는 듯했다. 동화 속에서 튀어나온 어느 이상야릇한 나라로 들어가는 느낌이었다.

방금 전 할머니와 소 두 마리가 바로 그런 예였다. 조지아에는 동물이 무척 많았고 인간과 바싹 붙어 생활하는 듯했다. 염소나 소, 말라빠지고 굶주려보이는 말이 도로 한복판을 배회하곤 했다. 개, 고양이, 거위, 돼지, 닭까지 없는 동물이 없었다. 도로가 동물원이자 사람들의 농장 겸 논밭처럼 보였다. 하지만 아무도 동물들을 돌봐주지 않는 듯했고, 그래서인지 대부분의 동물은 건강 상태가 좋지 않았다.

물론 조지아 사람들은 가난해서 동물복지에 신경 쓰긴 어렵다고 말하는 이도 있을 것이다. 내가 그들의 처지를 온전히 이해할 수 없다는 건 사실이다. 하지만 다른 생명에게 친절하게 대하는 데 돈이 드는 건 아니지 않은가. 동물들의 비참한 모습 때문에 아름다운 주변 풍경도 빛을 잃는 듯했다.

내가 첫 번째로 향한 도시는 흑해의 휴양지로 유명한 바투미Batumi였다. 우리가 오후 늦게 바투미에 도착할 무렵에는 소나기가 내렸다. 내가 깨달았듯 대체로 가진 것이 적은 사람들일수록 오히려 마음 씀씀이는 넉넉하다. 나는 모든 손님이 한 식탁에서 저녁을 먹는 작은 호스텔에 묵기로 했다. 식당에 있던 사람들은 오래 못 만난 형제라도 본 듯 나를 반기며 얼마 후 첫 번째 보드카 잔을 권했다.

그것이 말썽의 시작이었다. 한 잔이 또 한 잔, 그리고 여러 잔으로 이어졌다. 나는 어쩌나 취했는지 다음 날 아침에도 꼼짝 못할 지경이었다. 원래는 일주일 안에 조지아의 수도 트빌리시Tbilisi까지 갈 생각이었다. 슈발베에서 제공하는 새 타이어를 받으려면 얼른 그곳에 도착해야 했지만, 숙취 때문에 움직일 수가 없었다. 하루 종일 쉬고 나서야 몸 상태가 나아졌다.

다시 자전거를 탈 수 있게 되자 조지아의 시골 풍경이 새삼 놀랍고 신기하게 느껴졌다. 어느 작은 마을에서는 소형 자동차가 대여섯 배는 큰 트럭을 견인하려고 필사적으로 엔진을 돌리는 광경을 보았다. 맙소사, 저 자동차 운전자는 어떻게 그런 일이 가능하다고 생각한 걸까. 근처에서는 아이들이 너덜너

덜한 농구공 하나로 놀고 있었다. 나무에 걸어둔 낡은 바구니를 향해 공을 던지며 웃고 떠드는 아이들을 보니 몇 달 전 그리스의 난민촌에서 만난 아이들이 떠올랐다. 그들처럼 이곳의 아이들도 값비싼 최신형 장난감 없이 즐겁게 노는 법을 알고 있었다.

여전히 사방에 동물들이 보였다. 집집마다 염소, 닭, 당나귀로 소규모 동물원이라도 차린 듯했다. 가는 곳마다 온갖 종류와 몸집의 개들이 있었다. 대부분은 유기견인지 길과 들판을 무작정 떠돌며 다음번 끼니나 잠자리를 찾아다니고 있었다. 가슴 아픈 광경이었다. 몇 시간 가다 보니 그런 개 중 하나가 우리를 따라오기 시작했다. 다리가 길고 귀가 축 늘어진 갈색과 흰색 얼룩무늬 개였다. 고향 집에서 키우던 포인터 틸을 닮은 듯했지만 건강 상태는 훨씬 나빠 보였다. 뼈와 가죽밖에 없다시피 했으니까. 얼룩무늬 개는 고개를 푹 수그린 채, 하지만 우리에게서 눈을 떼지 않고 20~30m 뒤처져 따라오고 있었다. 내가 잠시 자전거를 멈추고 인사하며 간식거리를 주었더니 녀석은 한입 만에 꿀꺽 삼켜버렸다. 가엾게도 며칠 동안 음식 구경도 못한 모양이었다. 이쯤 했으니 녀석도 슬슬 자기 집이나 어딘가로 돌아가겠거니 생각했지만, 얼룩무늬 개는 몇 킬로미터가 넘도록 끈질기게 우리를 쫓아왔다. 트빌리시 방향 고속도로에 이르러서야 간신히 녀석을 떼어놓을 수 있었다. 자전거를 고속도로로 몰고 들어가기 전에 나는 문득 뒤를 돌아보지 않을 수 없었다. 녀석은 아직도 길가에 멈춰 서있었지만, 그걸로 끝이었다. 그 뒤로 20km를 달리는 동안에도 그 모습이 잊히질 않았다. 이후로도 나는 며칠이나 돌아가서 그 개를 데려와야 하나 생각하곤 했다.

그처럼 불쌍한 동물들을 계속 만나다 보니 날라가 한층 소중하게 느껴졌다. 날라도 한때는 그들과 똑같이 홀로 무력하게 버려진 처지였으니까. 내가 날라를 발견하여 훨씬 건강하고 편안하게 지내도록 할 수 있었다는 것이 정말 다행이었다.

날라가 아기고양이였던 시절이나 터키에서 지내던 시기의 걱정은 사라진 지 오래였다. 날라 입술의 상처는 흔적조차 없이 사라졌고, 터키의 수의사는 녀석이 건강 그 자체라고 단언했다. 나와 내 자전거도 똑같은 상태였다면 얼마나 좋았을까.

노숙을 하고 지저분한 싸구려 호스텔에 머물면서 뭔가에 감염된 것일까? 내 눈에 기이한 가려움증이 생겼다. 도저히 참지 못하고 눈을 비볐더니 상태가 더 나빠졌다. 트빌리시까지 절반쯤 갔을 무렵엔 증상이 어찌나 악화되었는지 눈을 뜨기도 어려울 정도였다. 눈을 감고 자전거를 탄다는 건 위험천만한 일이었다. 조지아의 도로 상태를 고려하면 더더욱 그랬다. 20km쯤 달린 끝에 나는 그날의 여정을 포기해야 했다. 게다가 자전거 바퀴에 계속 펑크가 났다. 도로 상태를 고려하면 당연한 일이었지만, 이는 타이어의 수명이 다되어간다는 신호이기도 했다. 설상가상으로 디스크 브레이크가 갈라지고 심하게 구부러졌다. 아무래도 자전거를 제대로 손봐야 할 것 같았다. 다행히도 트빌리시에 가면 트렉 자전거 정비소가 있다고 했다.

트빌리시까지 며칠은 걸릴 거리를 남겨놓고 날씨가 심하게 궂어지자 나는 결단을 내렸다. 마침 우리는 트빌리시행 기차가 운행되는 역 근처에 와 있었다. 기차역에 들어서자마자 하늘이 어두컴컴해지고 내 평생 들어본 중에 가장 무시무시한 천둥소리가 들려왔다. 우리는 간신히 오후 기차에 탈 수 있었다. 빗발이 어찌나 거센지 창밖의 조지아 시골 풍경이 거의 보이지 않을 정도였지만, 날라는 즐거워보였다. 기차가 철컹대며 달려가는 동안 녀석은 줄곧 창에 흘러내리는 빗방울을 앞발로 붙잡으려 했다.

우리는 이른 저녁 트빌리시에 도착하여 미리 예약한 작은 아파트로 향했다. 언덕 위에 있어 시내가 내려다보이는 아파트였다. 마음껏 뛰어다닐 공간이 충분해서 날라도 마음에 든 것 같았다. 그곳에서라면 남의 방해를 받거나 거꾸로 남을 방해할 염려없이 몇 시간이고 함께 놀 수 있었다. 게다가 나 혼자 외출할 일이 있을 때 날라가 아파트에 있으면 훨씬 안전하고 마음이 놓일 터였다.

트빌리시에서의 첫 며칠은 자전거 정비를 받고 타이어를 교체하느라 바빴다. 슈발베에서 제공한 타이어는 보호막이 추가로 한 겹 더 있어서, 원칙적으로는 유리조각이나 못처럼 날카로운 물건 위로 자전거를 타고 지나가도 타이어 안의 튜브가 터지지 않는다고 했다. 덕분에 자전거가 거의 새것처럼 변신했다.

트빌리시의 아파트는 그간 소홀했던 온라인 활동을 재개하기 좋은 곳이기도 했다. 나는 도자기 복권 판매 수익을 기부하기 시작했다. 쉬운 일은 아니었다. 기부를 받아야 할 자선단체가 얼마나 많은지 머리가 핑핑 돌 지경이었으니까. 첫 번째 자선단체를 정할 때가 되자 머리보다 가슴에 이끌려 결정을 내렸다.

여섯 살 무렵 할아버지와 함께 그분 집 마당에 호랑가시나무 묘목을 심은 적이 있다. 할아버지는 고향의 우리 집 근처에 살고 계셨다. 그분은 내게 나무가 지구에 얼마나 중요한지, 어떤 식으로 산소를 만들고 탄소를 저장하여 토양을 안정시키며 야생동물의 보금자리가 되는지 이야기해주셨다. 그 내용이 지금도 생생히 기억난다. 할아버지가 돌아가신 뒤 아버지와 나는 호랑가시나무를 파내서 우리 집 마당에 다시 심었고, 그 나무는 여전히 그곳에 있다.

할아버지를 기리는 의미에서, 나는 첫 번째 1,000파운드를 '원트리플랜티드OneTreePlanted'라는 비영리단체에 기부했다. 이들은 지구온난화 방지에 헌신하며 기부금 1달러마다 나무 한 그루를 심고 있다. 이제 할아버지와의 추억을 기념하는 나무 1,000그루가 새롭게 자라날 것을 생각하니 흐뭇했다.

첫 번째 선택은 힘들었지만 다음은 결정하기가 그럭저럭

쉬웠다. 그동안 나를 도와주었던 루치아, 크리스티나, 지니가 운영하는 단체들도 포함시켰으니까. 그들이라면 1,000파운드로 아주 많은 일을 해낼 수 있을 터였다. 오스트레일리아의 산호초 보존 기금을 비롯해 내가 중요하게 여기는 다른 환경운동 자선단체에도 기부금을 보냈다.

날라가 없었다면 기부금은 단 한 푼도 모이지 않았으리라는 것을 나는 잘 알고 있었다. 그래서 10월 첫째 주에 조지아에서 구할 수 있는 참치 통조림 중 최고급 제품을 날라에게 사다 주었다. 날라는 충분히 선물을 받을 자격이 있었다. 내게 유익한 일을 할 기회를 준 것도 그렇지만, 그날이 바로 날라의 첫 번째 생일이었으니까. 몬테네그로의 수의사가 날라의 여권에 적은 날짜에 따르면 녀석은 이제 어엿한 한 살짜리 고양이였다.

기온이 20℃를 살짝 밑도는 아름다운 늦가을 날이었다. 우리는 생일 축하 삼아 시내를 한참 산책했다. 날라가 내 어깨에 앉아있든, 목줄에 이끌려 걸어가든 줄곧 사람들의 감탄하는 시선이 쏟아졌다. 우리는 트빌리시 여기저기에 위치한 예쁜 공원 중 한 곳에 한 시간쯤 머물렀다. 날라는 꽃밭을 뛰어다니고 나무에 기어오르며 신나게 놀았다. 즐거워하는 날라의 모습을 보니 처음 만난 이후로 녀석이 얼마나 자랐는지 실감하게 되었다. 내가 길가에서 발견했던 아기고양이보다 몸집도 네다섯 배 더 커졌지만, 그보다 더 성장한 것은 개성과 존재감이었다. 고양이의 첫 해는 인간의 열다섯 살까지에 해당한다고 어디선가 읽은 적이 있었다. 내가 봐도 그런 것 같았다. 날라는 내가 그 나이였을 때보다 훨씬 점잖았지만 그래도 여러모로 십대 청소년 같은 면이 있었다. 그러던 중 날라가 어느 노부부에게 모이를 받아먹고 있던 비둘기 떼에게 덤벼들었다. 다행히 잘 늘어나는 목줄이나마 매고 있었기에 녀석을 말려 그 자리에서 끌어낼 수 있었다. 하지만 날라가 계속 몸을 비틀며 목줄에서 빠져나오려고 하는 바람에 결국 공원을 떠나야 했다. 반항하듯 야옹야옹 울어대는 소리가 어찌나 컸던지 러시아 모스크바Moskva까지 들릴 지경이었다.

우리는 구시가의 근사한 식당에 가서 점심식사를 했다. 공원을 산책하느라 지친 날라가 식탁 한복판에 놓인 화분 속에서 잠드는 바람에 식당에서 식사하던 현지인과 관광객 모두가 즐거워했다. 나 역시 실컷 웃었다. 날라에게는 잠들어있을 때도 사람들을 즐겁게 하고 주목받는 능력이 있었던 것이다. 오후 늦게 언덕을 올라 우리의 임시 거주지로 돌아오자 날라는 바로 곯아떨어졌고, 결국 나 혼자 축배를 들며 그날 하루를 마무리했다. 맥주를 홀짝이며 인스타그램에 들어가보니 수백 개의 생일 축하 메시지가 도착해있었다.

축하 메시지들을 읽으니 눈시울이 촉촉해졌다. 날라가 나뿐만 아니라 정말로 많은 사람들에게 영향을 미쳤다는 걸 새삼 실감할 수 있었다. 날라와 내가 우연히 만나지 않았더라면 지금쯤 어떻게 되었을까 하는 생각도 들었다. 난 어디에 있었

을까? 태국이나 오스트레일리아 해변에서 빈둥거리고 있었을
까? 아니면 여행을 그만두고 내 인생을 바꾸려는 희망을 포기
한 채 고향에 돌아갔을까? 다행히도 이 모든 것은 가정일 뿐이
었다. 나는 날라와 함께 이곳에 있고 예상치 못했던 모험의 매
순간을 즐기며 우리가 거둔 성취에 뿌듯해하고 있으니까. 게다
가 우리는 앞으로도 훨씬 많은 일을 함께할 수 있을 것이었다.

나는 슬슬 여정의 다음 단계를 고민하기 시작했다. 이란
횡단은 매력적인 목표였지만 넘기 어려운 난관이 너무 많았다.
그사이 정치적 상황이 더 악화되었던 것이다. 어떤 이유로든
그곳 관청의 비위를 거슬리게 해서 이란 감방에 처박히게 된다
면 전부 내 탓일 터였다. 날라를 생각해서도 그런 위험은 감내
할 수 없었다.

파미르 하이웨이로 갈 수 없다고 생각하니 실망스러웠다.
겨울을 넘기고 다음해 봄에 다시 산길이 뚫리면 그쪽으로 갈까
하는 생각도 해 보았다. 하지만 대체 어디서 다섯 달이나 머무
를 것인가? 트빌리시도 괜찮은 곳이긴 했지만 소일거리가 별로
없었다. 터키 이스탄불Istanbul로 돌아간다면 더 많은 선택지가
생길 터였다. 잠시 이스탄불에 머물다가 자전거를 타고 흑해를
따라갈 수도 있었다. 북쪽으로 불가리아와 루마니아, 동유럽까
지 올라가는 거다. 아니면 비행기를 타고 인도나 다른 곳으로
가는 방법도 있었다. 선택지가 너무 많아서 머리가 어지러울

지경이었다. 결국 나는 현재에 충실하기로 결심했다. 날라를 돌보고 새로운 프로젝트에 착수하는 데 집중하기로 말이다.

날라의 사진 달력을 만드는 일에는 약간의 애로사항이 있었다. 유통을 맡기로 했던 업체가 계획을 포기했기 때문이다. 내가 구상한 전 세계 범위의 유통은 감당할 수 없다는 이유였다. 그래서 인스타그램을 통해 '팀 날라'에 도움을 요청하며 바쁘게 대안을 찾는 중이었다. 스코틀랜드의 가족과 친구들도 방법을 알아보겠다고 했다. 어쨌든 결국엔 길을 찾아낼 수 있을 터였다. 내가 돕고 싶은 자선단체 목록은 나날이 길어지고 있었으니까.

우리의 유튜브 채널도 착실히 성장하는 중이었다. 반갑게도 약간의 수익까지 얻을 수 있었다. 사람들이 어떤 영상을 가장 좋아하는지 분석하는 일은 즐거웠다. 날라와 내가 자전거를 타면서 티격태격하는 장면을 모은 짧은 영상, 그리고 그리스 산토리니에서 내가 다리를 다쳤을 때 날라와 해먹에 누워서 찍은 영상이 특히 인기인 듯했다. 후자는 재생횟수가 수만 번이나 되었다. 자전거로 천천히 달리며 시골 풍경을 촬영한 영상도 반응이 좋았다. 사람들이 직접 가보기 어려운 세계 곳곳을 랜선 여행처럼 구경할 수 있었으니까. 조지아를 자전거로 횡단하는 동안 나는 이상적인 시골 풍경을 담아낼 수 있었다. 슬슬 트빌리시를 떠날 때가 되자 아제르바이잔도 그만큼 아름다웠으면 하는 기대감이 들었다.

우리는 10월 말의 어느 날 아침 일찍 출발했다. 아제르바이잔 국경까지는 50~60km가 남아있었지만 다행히 이 구간은 도로 상태가 좋았다. 대부분은 고속도로 안쪽의 자전거 도로 비슷하게 생긴 차선에서 달렸다. 새 타이어로 교체하고 나니 훨씬 빨리 달릴 수 있었고, 오후 서너 시쯤에는 국경 500m 앞에 이르렀다.

이같은 성취에 들떠서 자전거를 세우고 서류를 꺼내려는데 도로변에 있는 뭔가가 눈에 들어왔다. 처음에는 희끄무레한 색이라는 것 말고는 알아보기 어려웠지만, 그간 한층 예리해진 본능 덕분에 그것의 정체를 곧바로 깨달을 수 있었다. 개였다. 제법 멀리 떨어져 있었지만 몸을 벌벌 떠는 것만 봐도 고통스러워하고 있는 게 분명했다. 나는 자전거에서 뛰어내려 좀 더 가까이 다가갔다.

조지아를 여행하며 끔찍한 광경을 종종 보긴 했지만, 이건 정말이지 눈뜨고 보기 어려웠다. 생후 몇 주가 넘지 않았을 작고 누리끼리한 강아지였다. 비쩍 마른 데다 탈수 상태라 눈을 뜨고 있기도 어려워보였다. 꼬리를 흔들 힘조차 없는 듯했고 이미 사는 것을 포기한 기색이었다. 내 반응은 무의식적이었다. 여기서 죽게 놔둘 순 없어. 어떻게든 해야 돼. 하지만 곧바로 익숙한 상황이라는 생각이 들었다. 열 달 전 몬테네그로 국경에서도 똑같은 감정을 느낀 적이 있었다. 이런저런 생각에 마음이 어지러웠다. 이 녀석을 어쩌지? 대체 어디로 데려가야 한

담? 그리고 어떻게?

보스니아헤르체고비나에서 쓴 방법을 되풀이할 수는 없었다. 일단 나는 이미 국경 경비대의 시야에 들어와 있었다. 지금 이 순간에도 누군가 나를 모니터로 지켜보고 있을지 몰랐다. 게다가 이 강아지에겐 서류도 없었다. 조지아 국경에서 겪은 일을 근거로 판단한다면 이곳의 경비대도 상당히 엄격할 게 분명했다. 나는 십중팔구 이 녀석을 빼앗길 터였다.

결정을 내리기까지 그리 많은 시간이 걸리진 않았다. 나는 몸을 굽혀 최대한 조심스럽게 강아지를 들어올렸다. 녀석은 고통스럽게 울부짖으며 내 손에서 빠져나가려는 듯 꼬물거렸다. 나는 강아지를 달래어 이동용 배낭에 집어넣었다. 날라가 나를 당혹스러운 눈빛으로 쏘아보았다. '이번엔 또 뭘 주운 거야?'라는 듯이.

나는 날라의 목덜미를 쓰다듬으며 말했다. "미안, 날라. 조금만 되돌아갈게."

그러고는 뒤로 돌아 트빌리시로 돌아가기 시작했다.

어느새 오후가 되어있었다. 동물병원이 문을 닫기 전에 시내로 돌아가야 했다. 강아지의 상태를 보니 뭔가 조치를 취하지 않으면 그날 밤도 못 넘길 것 같았다. 하지만 돌아가는 길은 너무나 길게 느껴졌다. 오전에 지나오면서는 못 봤던 언덕길이 갑자기 나타나곤 했다. 오후 늦게 트빌리시 외곽에 이르렀을 때는 온몸이 땀에 흠뻑 젖어있었다. 인터넷으로 24시간 영업하

거북이가 되는 것도 나쁘지 않아

는 동물병원을 검색해서 지금 가는 중이라고 전화로 알렸다. 의료진들은 강아지의 상태를 보자마자 바로 치료에 들어갔다. 몇 분도 지나지 않아 강아지의 몸에 체액을 보충하기 위한 링거 주사가 꽂혔고, 그다음에는 수의사와 간호사가 녀석을 엑스레이실로 데려갔다. 나도 두 사람 곁에서 모니터에 뜬 흑백 사진을 열심히 들여다보았다.

"뼈 상태가 좋지 않네요. 관절이 약한 것 같아요." 간호사가 내게 영어로 설명했다. 옆에서 수의사가 조지아어로 뭐라고 덧붙였다.

"확실하진 않지만 아마도 먹으면 안 되는 걸 먹은 모양이래요." 간호사가 전달해주었다.

간호사의 말에 따르면, 며칠 더 입원하면서 다른 검사도 받는 게 좋겠다는 것이 수의사의 의견이었다.

"그다음에는요?" 내가 물었다.

"얘가 갈 집이 있을지 여부에 달렸죠." 간호사의 대답은 모호하게 들렸다. 그 말에 나는 결단을 내렸다.

"내가 얘 집을 찾아줄게요. 그 문제는 걱정 마세요. 하지만 지금은 자전거를 타고 아제르바이잔의 바쿠까지 가야 해서요. 내가 돌아올 때까지만 맡아줄 수 있나요?"

"갔다 오는 데 얼마나 걸리는데요?" 간호사가 미심쩍은 표정을 지으며 물었다.

"한 열흘쯤요."

"열흘이라고요, 알겠어요. 하지만 그 뒤에는 어디든 애가 갈 곳을 찾아줘야 해요. 트빌리시에는 동물보호소가 많지 않거든요."

"애를 버리지만 말아줘요." 내가 부탁했다. "반드시 돌아올게요. 약속해요."

우리는 전화번호를 교환하고 계속 연락하기로 합의했다.

"곧 다시 만날 거야." 나는 강아지에게 인사하고 병원을 떠났다.

다음 날 아침, 나는 새로운 목표를 갖고 다시 길에 나섰다.

거북이가 되는 것도 나쁘지 않아

티타임

휴대전화 지도 애플리케이션에 따르면 조지아 국경에서 카스피 해안의 아제르바이잔 바쿠까지는 500km쯤 떨어져 있었다. 그만큼의 거리를 빠르면 일주일, 늦어도 최대 아흐레 안에 달려야 했다. 그러면 트빌리시로 돌아가는 기차를 타고 강아지를 데리러 갈 수 있었다. 조금이라도 늦어서는 안 되었다. 녀석을 계속 돌봐달라고 동물병원에 부탁해봤자 소용없을 게 분명했다. 시간이 촉박했다. 도로 상태와 날씨가 괜찮기를, 날라와 내 몸에 탈이 없기를 바랄 뿐이었다. 처음에는 모든 게 계획대로 돌아갔다.

알바니아와 조지아에서의 경험 이후로 또다시 구소련의 일원이었던 국가의 국경에 진입하려니 걱정스러웠다. 하지만 아제르바이잔 국경 경비대원들은 나와 잡담을 나누고 날라를 쓰다듬고 사진을 찍을 생각밖에 없는 듯했다. 그들은 마치 친지와 작별 인사하듯 열심히 손을 흔들며 우리를 배웅해주었다. 조짐이 좋았다. 하늘은 푸르렀고 기온은 10월치고는 놀랍도록 포근했지만, 주변 풍경은 그리 근사하지 않았다. 멀리 웅장한 산들이 내다보이긴 했지만 대로변에는 황량한 시골 평야만 펼쳐져 있었다.

여정의 대부분은 마치 초대형 공사장을 관통하는 느낌이었다. 사방에 거대한 공장과 기계가 보였다. 아제르바이잔에 천연가스와 석유가 풍부하다는 건 알고 있었지만, 새로 발견한 자원에 힘입어 아예 국가 전체가 새로 건설 중인 듯싶었다. 하지만 여정 중에 자주 접한 광경은 좀 더 평범한 것이었다. 아제르바이잔이 천연가스와 석유 부국이긴 했어도 그곳 국민들을 움직이는 연료는 다른 것, 즉 홍차였다.

이 주변 지역에서 즐겨 마시는 진한 홍차는 터키와 조지아에서 이미 접했다. 서양배 모양의 작은 유리잔에 담아 내오는데 살짝 쓴맛이 나서 나는 설탕을 넣어 마시곤 했다. 금세 알게 되었지만 아제르바이잔 사람들은 차를 마시는 습관에 유난히 집착하는 듯했다.

내가 어디에 멈추든 앉아서 차를 마시고 가라며 붙잡는 사람들이 있었다. 그들은 얼른 부엌으로 달려가서 차 혹은 '차이chai'와 달콤한 빵이나 과자, 잼을 담은 쟁반을 가져오곤 했다.

아제르바이잔 사람들에게 차 대접은 이방인에게도 환대를 베풀는 그들의 문화를 증명하는 중요한 관습이었다. 하지만 나로서는 시간이 문제였다. 이틀 만에 네 번이나 차를 얻어마신 뒤로는 모든 초대를 정중히 거절해야 했다. 초대받을 때마다 응한다면 바쿠까지 열흘이 아니라 10주일이 걸릴 지경이었으니까.

일요일이었던 사흘째 밤까지 충분한 거리를 달린 덕분에 간자Gandzha시내의 호텔에서 하루 푹 쉬며 새로운 유튜브 동영상을 편집해 올릴 수 있었다. 이제는 이삼십 분에 이르는 긴 영상도 만들기 시작했다. 사람들이 좋아할 촬영분이 많았으니 안 그럴 이유가 없지 않은가? 기존 구독자들도 새로운 영상이 마음에 드는 듯했다.

매주 1,000파운드씩 자선단체에 기부하는 일도 계속 진행했다. 조지아 트빌리시의 동물병원과 계속 연락을 취하는 중이었기에 이번에도 동물보호단체에 기부하는 게 좋을 듯싶었다. 그 주에는 레슬리 르윈스라는 여성이 운영하는 '오만의 길고양이들Street Cats of Oman'이라는 자선단체에 기부하기로 결정했다. 르윈스는 영국인이지만 남편이 오만에서 일하게 되자 그리로 옮겨갔고, 루치아와 지니가 그리스와 터키에서 하는 비슷한 활동을 해왔다. 그리고 인도에서 어린이들과 지역공동체에 동물복지의 필요성을 교육하는 단체 '애니멀 에이드animal aid'에도 1,000파운드를 기부했다. 조지아에도 비슷한 단체가 있다면 좋을 것 같다는 생각이 들었다. 내 생각엔 조지아야말로 더 나은 동물보호 교육기관이 필요한 국가였으니까.

이제 차츰 기부의 영향력이 나타나는 듯싶었다. 사진 달력 제작과 관련해서도 처리할 일이 있었다. 날라의 사진뿐만 아니라, 유능한 캐나다인 예술가 켈리 울리치가 우리의 모험을 바탕으로 그리기 시작한 연재만화도 골라서 넣어야 했다. 달력이 1~2만 부만 팔려도 우리가 나름의 성취를 거두었다고 자부할 수 있을 터였다.

월요일 아침 나는 다시 자전거에 올랐다. 계획한 열흘의 여정에서 절반이 지났고 바쿠까지의 거리도 절반으로 줄어있었다. 물을 사려고 잠시 주유소에 멈췄는데 밖에 세워진 두 대의 자전거가 눈에 띄었다. 작은 가게 안으로 들어가니 예상대로 다비트와 린다가 거기 있었다. 두 사람은 터키에서 나와 헤어진 뒤로 전혀 다른 경로를 지나왔다고 했다.

날라도 두 사람을 다시 만나서 반가운 듯했다. 특히 린다와는 지난번에 무척 친해진 터였다. 첫날 밤 야영 준비를 마치자마자 날라와 린다는 함께 놀기 시작했다. 시간상으로는 충분히 여유가 있어서, 트빌리시로 돌아가기 전에 잠시 바쿠를 둘러볼 수도 있을 듯싶었다. 그러다 보니 두 사람과 함께 자전거를 탄다는 생각이 즐거웠다. 며칠간 좀 더 사교적인 사람이 될 수도 있을 터였다. 이 지역에서도 길모퉁이를 돌 때마다 차와 과자를 들고 가라고 초대받을 게 분명했으니까.

잠시 후 나올 교차로에서의 이별을 앞두고 우리는 노천 카페에 들렀다. 각자의 길을 가기 전에 마지막 식사를 함께했던 것이다. 별로 깔끔해 보이는 카페는 아니었다. 내가 주문한 오믈렛은 딱 봐도 수상쩍었다. 잿빛이 돌고 흐물흐물한 데다 아무 맛도 나지 않았으니까. 하지만 어쨌든 음식이긴 했으니 빵과 함께 씹어 삼키고 (당연히) 차로 씻어내린 다음 다시 길에 나섰다.

린다와 다비트에게 작별 인사를 고할 때쯤엔 이미 속이 메슥거렸다. 식중독에 걸린 게 분명했다. 가장 의심스러운 건 오믈렛이었다. 그걸 먹으면 안 된다는 본능적 느낌을 따랐어야 했는데. 내 안색도 새파랗게 질렸던 모양이다. 다비트와 린다가 내게 괜찮으냐고, 계속 함께 갔으면 좋겠냐고 몇 번씩 물어왔으니까. 나는 예전의 허세 부리는 남자로 되돌아갔다. "괜찮을 거야. 별거 아니야."라며 손을 흔들어 두 사람을 배웅했다. 마음속으로는 결코 그렇지 않다는 걸 잘 알면서도.

얼마 지나지 않아 상태가 더 나빠졌다. 나는 몇 킬로미터도 못 가서 한계에 이르렀다. 두 다리에 납덩이가 달린 것 같았다. 어질어질하고 진땀이 비 오듯 쏟아졌다. 잠시 페달을 밟다가도 금세 또 멈춰야 했다. 주위 풍경도 점점 더 험난해지고 있었다. 나무가 푸른 산길이었지만 살아 움직이는 생명체는 거의 보이지 않았다. 계속 가다가 멈추었다 하며 물을 들이켜고 구역질을 하는 수밖에 방법이 없었다. 이미 내 상태를 알아차린 날라는 이동장 안에 똑바로 앉아서 내가 구덩이나 냇가에 몸을 굽히고 속을 게워낼 때마다 걱정스레 쳐다보고 있었다. 온몸에 힘이 쑥 빠져서 페달을 밟아 자전거를 앞으로 움직이는 것조차 어려웠다. 몇 번이나 비틀거리다 자전거에서 떨어질 뻔했다.

'이걸로 끝인가?' 퍼뜩 이런 생각이 들었다. '지나가던 사람이 아제르바이잔 한복판의 구덩이에서 내 시체를 발견하게 될까?'

내가 선택한 길은 아제르바이잔에서 유독 황량한 지역들을 지났지만, 마침 그날 통과하게 된 구간이야말로 가장 인적이 드문 곳이었다. 사람이라고는 코빼기도 보이지 않았다. 휴대전화 지도 애플리케이션을 켜보았지만, 거기서 가장 가까운 호텔까지도 65km는 더 가야 했다. 끔찍한 일이었다. 대체 어떻게 더 나아갈 수 있을지 막막했다. 나는 몇 킬로미터쯤 더 길을 따라가다가 어느 폐건물 앞의 땅바닥에 푹 고꾸라졌다.

내 곁에 날라가 있었다는 게 정말 다행이었다. 날라는 길고 유연한 목줄을 매고 있어서 20~30m쯤 마음대로 돌아다닐 수 있었음에도 그 자리를 떠나지 않았다. 녀석은 내 목에 붙어 누워서 계속 골골대며 내 이마를 핥아주곤 했다.

한 시간쯤 자고 나니 그나마 계속 나아갈 힘이 돌아왔다. 이후의 65km는 내 평생 가장 힘든 여정이었다. 마침내 호텔에 도착하자 나는 옷과 신발을 하나도 벗지 않은 채 샤워기 아래로 뛰어들었다. 온몸이 엉망진창이었고 끔찍하게 지저분했다.

샤워를 마치고 나와서 침대에 쓰러졌다. 내가 누운 방이 빙빙 돌아가는 것처럼 느껴졌다. 열이 펄펄 끓어서 몸도 마음도 말을 듣지 않았다. 그때까지의 여정을 통틀어 가장 길고 고통스러운 하룻밤이었다. 나는 의식이 혼미했고 온갖 이상한 꿈을 꾸었다. 그 작고 흰 강아지가 길가에 도로 내버려져 있는 모습이 스쳐갔다. 힘겹게 내 자전거를 쫓아 달려오던 날라, 그리고 고향에 계신 부모님의 모습도. 구불구불 끝없이 뻗은 도로를 달리는데 대형 트럭들이 계속 위협적으로 달려들거나, 보스니아헤르체고비나의 다리에서 한없이 아래로 떨어져 내리기도 했다.

중간중간 악몽도 꿨지만, 다행히 내게는 날 위로하고 안심시켜주는 날라가 있었다. 녀석은 계속 옆에 누워 내 몸에 코를 비벼대며 위로해주듯 나직이 골골거렸다. 기괴한 꿈을 꾸다 깨어날 때마다 날라의 얼굴이 눈에 들어왔다. 마치 나를 현실 세계에 붙잡아주는 닻처럼 보였다. 그리스 산토리니에서는 내 상상일 거라고 짐작했지만, 이제는 확신할 수밖에 없었다. 내가 아플 때면 날라도 그걸 느낀다는 사실을. 그래서 또다시 간호사 날라, 나의 털북숭이 수호천사가 되어 나를 지켜봐주고 있다는 것을. 그날 밤만큼 날라의 존재에 감사한 적도 없었다.

밤이 영원히 끝나지 않을 것만 같았다. 나는 침대에서 뒤척거리다 화장실로 달려가 머리 위에 샤워기를 틀었다. 고역스러웠지만 효과는 있었다. 다음 날 아침엔 몸 상태가 나아지기 시작했으니까. 물을 몇 모금 삼키고 빵도 몇 입 먹을 수 있었으니 고비는 넘긴 게 확실했다. 날라도 그런 기미를 눈치챘는지 내 곁을 떠나 방 안을 뛰어다니기 시작했다. 같이 숨바꼭질하자고 조르는 것처럼.

"지금은 안 돼." 나는 날라의 아침밥을 챙겨주며 달래듯 말했다. "이제 다시 길을 떠나야지."

살짝 어지러웠지만, 이른 오후에는 바쿠로 향하는 고속도로에 복귀할 수 있었다. 다리가 무겁고 숨 쉬는 것도 불편했으나 적어도 다시 움직일 수는 있었다. 그때까지의 여정 중 가장 암담했던 밤을 보낸 뒤라 그것만으로도 고맙게 느껴졌다.

앓고 났더니 기운이 쭉 빠진 것 같았다. 다음 날 자전거로 바쿠에 도착했을 때는 묘하게 우울했다. 어느 정도는 병 때문이었지만, 트빌리시로 돌아가야 할 때까지 겨우 스물네 시간밖에 남지 않았다는 좌절감 때문이기도 했다. 애초에 이 여정의 목적은 새롭고 흥미로운 장소를 둘러보고 체험하는 것이었는데, 바쿠를 겉핥기로만 구경해야 한다니 안타까웠다. 바쿠는 화려한 현대 건축물과 역사 유적들이 카스피 해를 내려다보며 공존하는 인상적인 도시였다.

나는 전망이 근사한 현대식 고층 건물에 방 하나를 예약했다. 해가 지자 바쿠의 웅장한 마천루들이 알록달록한 조명 쇼를 펼치기 시작했다. 도시 전체가 영화 〈블레이드 러너Blade Runner〉 시리즈와 같은 SF 세계관에서 빠져나온 것처럼 보였다. 날라와 나는 발코니에 서서 그 모습을 감상했다.

미묘하게 뒤섞인 감정이 느껴졌다. 나는 고향에서 수천 킬로미터 떨어져 있었다. 중앙아시아와 인도 아대륙, 나아가 중동 지역으로 향하는 관문에 도달했던 것이다. 아니, 정확히 말하면 그렇지 않았다. 내게 바쿠는 그 어떤 관문도 될 수 없었다. 더이상 이 길을 따라 나아갈 수가 없었기에.

참 희한한 일이었다. 새롭고 흥미진진한 세계가 바로 코앞에 있었다. 오늘 저녁 저기 보이는 항구로 가서 아무 배에나 숨어든다면, 다음 날 밤에는 카스피 해를 건너 투르크메니스탄에 도착해있을 것이다. 아마도 도착하는 즉시 감방에 갇히겠지만. 비자도 없는 내가 그런 짓을 한다면 날라는 어떻게 될지 감히 생각하기도 무서웠다.

나는 이란이 있는 남동쪽을 내다보면서도 비슷한 상상을 펼쳤다. 저 부두에 늘어선 거대한 천연가스와 석유 탱크 일부는 아마도 이란 남부의 해안으로 운송되겠지. 심지어 내게 비자가 있다고 해도 온갖 위험에 처할 수 있었다. 영국과 오스트레일리아 출신 두 자전거 여행자에 대한 기사를 읽은 적이 있었다. 두 사람은 영국 런던에서 오스트레일리아 시드니Sydney까지의 여정을 유튜브에 동영상으로 올리고 있었는데, 촬영용 드론을 날렸다가 이란의 테헤란Teheran에서 악명 높은 교도소에 수감되었다. 그들에게 악의는 없었지만 하필 군사기지 근처에서 드론을 날렸던 것이다. 제대로 된 재판도 없이 수감된 두 사람이 얼마나 거기 있게 될지는 아무도 몰랐다.

하지만 지금은 다음 목적지를 심사숙고할 때가 아니었다. 열흘의 시간이 거의 지났고 이제 강아지를 데리러 트빌리시로 돌아가야 했으니까. 바쿠에서의 짧은 여유를 최대한 만끽해야 했다. 그날 밤에는 바쿠 시내를 맛보기로 돌아보았고, 다음 날 오전에는 정신없이 돌아다니며 볼일을 마쳤다. 우선은 날라가 조지아에 재입국할 만큼 건강하다고 증명해줄 수의사를 찾아야 했다. 이제 신체 검진에 익숙해진 날라는 수의사가 제 몸을 검사하는 동안 야옹 소리 한 번 내지 않았다.

"착하구나, 날라." 수의사도 줄곧 녀석을 칭찬해주었다.

날라의 여권에 스탬프를 찍고 서명하는 절차까지 반 시간 만에 끝났다. 그러고 나니 아름다운 구시가와 해안을 돌아보며 즐길 시간이 남았다.

이른 저녁에는 새로 지어 번쩍거리는 바쿠 기차역에 도착할 수 있었다. 영화 〈오리엔트 특급 살인Murder on the Orient Express〉에서 빠져나온 듯 웅장한 침대차가 플랫폼에서 우리를 기다리고 있었다. 자주색 제복 차림에 근엄한 표정의 여자 검표원도. 딱 봐도 융통성이라고는 없을 인상이었다. 안 그래도 내 짐을 기차에 실을 수 있을지 걱정스러웠다. 워낙 짐이 많았으니까. 하지만 승차권을 확인하고 난 검표원은 우리의 짐보다도 날라가 더 신경 쓰이는 듯했다. 그는 날라를 가리키며 열심히 양팔을 휘저어댔다.

'이번엔 안 돼.' 나는 속으로 빌었다. '이번 기차를 못 타면 제시간에 강아지를 데리러 갈 수 없단 말이야.'

다행히도 다른 검표원 몇 명이 더 나타났다. 그중 기껏해야 열여덟 살 정도로 보이는 청년이 영어를 꽤 잘했다.

"괜찮아요." 문제의 검표원과 열띤 대화를 하고 난 청년이 내게 말했다. "고양이가 객실에 타는 건 지금껏 본 적이 없다고 하셔서요. 하지만 승차권이 있으니까 타셔도 돼요. 문제없어요."

"고마워요." 나는 감사를 표하며 그의 등을 두드렸다. 그는 공모자의 눈빛을 하고 내게 몸을 기울이며 소곤거렸다.

"하지만 조심하세요. 저분도 기차에 탈 거예요. 가능하면 계속 객실에 계시는 게 좋아요. 통로를 돌아다니다가 잡히기라도 하면 끝장이에요. 고양이는 그러면 안 되거든요."

잠시 후 우리는 앞으로 스물네 시간 동안 지내게 될 좁지만 아늑한 2인실에 자리를 잡았다. 기차가 역을, 그리고 도시를 빠져나갈 무렵 해가 지기 시작했다. 기차의 규칙적인 진동에 날라는 금세 곯아떨어졌다.

사위어가는 햇빛 속에 바쿠로 들어가는 대로가 희미하게 보였다. 묘한 일이었다. 저 길을 따라 자전거를 타고 온 게 바로 전날이었는데. 다른 시기나 상황이었다면 되돌아가는 게 실망스럽거나 속상하다고 느꼈을지도 모른다. 지금은 전혀 그렇지 않았다. 무엇보다도, 지난 몇 달간 확인한 게 있었다면 나의 세계 일주가 남들과는 전혀 다를 거라는 사실이었으니까. 나는 일직선을 달리거나 잘 알려진 경로를 따라 여행하지 않을 것이었다. 결국 내가 여행하는 것은 날라의 세상이었다. 날라가 내 곁에 있는 한 아무런 문제도 없었다. 우리는 서로를 돌볼 터였다.

트빌리시로 돌아가야 하는 또 다른 중요한 이유도 있었다. 내겐 주어진 의무가 있었으니까. 강아지의 운명이 나에게 달려 있는데 그 녀석을 실망시킬 순 없었다. 기차가 속도를 높였다. 칠흑처럼 깜깜한 아제르바이잔의 시골 풍경을 내다보면서, 나는 마음속에 일말의 의혹도 느끼지 않았다. 나는 되돌아가는 것이 아니라 올바른 방향으로 움직이고 있었던 것이다.

(　세 번째 이야기 　)

고양이와 함께라면
모든 게 완벽하지

#최고의 털북숭이 친구
#든든한 옆자리
#날라와 함께한 세상

조지아 ···› 터키 ···› 불가리아 ···› 세르비아 ···› 헝가리

고스트

전날 저녁 아제르바이잔 바쿠에서 기차를 탄 직후 강아지를 데려가라는 동물병원 측의 연락을 받았다. 그래서 다음 날 아침 일찍 트빌리시 기차역에 도착하자마자 구시가에 임대한 아파트로 직행했다. 짐을 내려놓고 날라를 위해 사료를 듬뿍 담아준 뒤 허둥지둥 동물병원으로 달려갔다. 간호사들이 반가운 미소를 지으며 나를 맞았다.

"기다리고 있었어요." 영어를 할 줄 아는 간호사가 휴대전화를 들어 내 인스타그램 페이지를 보여주며 말했다. 몇 시간 전 기차가 조지아 트빌리시에 도착한 새벽녘에 객차 창밖을 내다보는 날라의 사진을 올린 터였다. 간호사는 손짓으로 나를 접수처 너머 진료소 뒤쪽에 불러들였다.

"강아지는 위층 사육장에 있어요. 여기서 기다리시면 내가 데려올게요."

몇 분 뒤 간호사가 강아지를 품에 안고 돌아왔다. 간호사의 양팔에 코를 비벼대는 모습이 열흘 전보다 훨씬 생기 있어 보였다. 털도 한층 반드르르하고 깨끗해진 데다 눈빛까지 한층 맑고 활기가 넘쳤다.

"도저히 못 알아보겠는데요." 내가 감탄했다.

"치료가 효과 있었거든요. 하지만 아직 앞발을 끌고 다녀요. 뒷다리 관절도 허약하고요." 간호사가 고개를 끄덕이며 말했다. 간호사는 강아지를 바닥에 내려놓았다. 나는 한동안 녀석이 뛰어노는 모습을 지켜보았다. 녀석은 꼬리를 흔들어대며 자기 좀 봐달라는 듯 폴짝거렸다.

"그래서 이젠 어떡할 건가요?" 간호사가 물었다.

나는 이미 고향에 있는 누나와 의논을 끝낸 터였다. 누나는 애인 스튜어트와 함께 살고 있는데 마침 두 사람이 키우는 반려견 맥스의 친구를 찾던 참이었다. 이 녀석을 영국까지 보내줄 수만 있다면 기꺼이 입양하겠다는 게 누나의 얘기였다.

"스코틀랜드에서 얘가 살 집을 찾아주려고요. 그러려면 동물 여권을 만들어야 하는데요."

"좋아요. 열흘쯤 지나면 건강 상태가 더 좋아질 테니 그때 첫 번째 예방접종을 하죠." 간호사가 대답했다. "마이크로칩도 넣어줘야 하고요."

나는 또다시 미묘한 기시감을 느꼈다.

"네. 그리고 생후 3개월째엔 광견병 주사도 맞아야겠죠."

간호사가 고개를 끄덕이며 미소 지었다.

"전에도 다 겪어본 모양이네요. 날라 때문이죠? 하지만 개의 경우는 생후 4개월이에요. 그러니까 광견병 주사는 새해 직후에 놓으면 되겠네요."

나는 간호사가 가져다준 몇 가지 서류를 작성하기 시작했다. 강아지를 영국에 보내는 데 필요한 서류들이었다. 이번에는 이름도 미리 지어놓았다. 녀석을 발견했을 때 마침 래퍼 옐라울프YelaWolf의 음악을 듣고 있었는데, 그 이름이 〈왕좌의 게임A Game of Thrones〉 시리즈에 등장하는 존 스노의 흰 다이어울프(약 만 년 전 멸종된 대형 갯과 동물 – 옮긴이) 고스트Ghost를 연상시켰던 것이다.

"안녕, 고스트. 집에 데려가줄게." 나는 녀석을 들어올려 날라의 이동용 배낭에 넣으면서 말했다.

아파트로 돌아가는 길에 동물용품 가게에 들러 삑삑 소리 나는 장난감, 강아지 침대와 사료, 밥그릇과 물그릇 몇 개도 장만했다.

내가 아파트로 돌아오면 날라는 덤벼들어 내 다리에 몸을 비벼대며 안아달라고 조르곤 했지만, 그날은 내가 데려온 일행에 더 관심을 보였다. 열흘 전 길에서 만났던 개가 맞는지 확인이라도 하려는 듯 고스트의 냄새를 킁킁 맡았다. 반면 고스트는 놀 생각밖에 없는 듯했다. 내가 방바닥에 내려놓자마자 녀석은 날라더러 함께 놀자고 조르듯 새된 소리로 깽깽거렸다. 날라는 처음엔 내키지 않는 듯했지만 오후 동안 고스트와의 거리를 점점 좁혀갔다. 이른 저녁이 되자 두 녀석은 나란히 드러누워 서로 물어뜯으며 몸을 비벼대고 있었다. 마치 공원 모래밭을 굴러다니는 두 어린아이들 같았다. 정신없는 일주일이었지만, 이렇게 둘이 어울려 놀며 즐거워하는 걸 보니 일주일간 고생한 가치가 있었다는 생각이 들었다.

내 계획은 일주일 정도 고스트를 데리고 있으면서 동물병원 밖 생활에 적응시키고, 녀석을 스코틀랜드로 보낼 때까지 서너 달 맡아줄 임시 보호자를 찾는 것이었다. 나는 터키 이스탄불로 자전거를 타고 가서 인도행 비행기를 타야 했기 때문이다. 당장은 이런저런 선택지 중에 그것이 최선이자 유일한 방법처럼 보였다. 그전까지는 고스트에게 최대한 애정과 관심을 주고 싶었다. 녀석은 충분히 사랑받을 가치가 있었으니까.

흘끗 보기만 해도 고스트가 여전히 앞발에 통증을 느낀다는 걸 알 수 있었다. 녀석은 앞발에 무게를 실으려고 할 때마다 움찔거리며 끙끙대고 울었다. 뒷다리도 움직이기 불편한 듯했다. 반질반질 윤이 나는 방바닥은 고스트에겐 마치 빙판 같아서, 녀석은 뛰어다니다 계속 미끄러져 넘어지곤 했다. 나는 운동을 시켜야 다리에 힘이 생길 거라는 생각에 아파트 안에서 이리저리 장난감을 던지며 녀석이 물어오게 했다. 날라도 합세하여 마치 데르비시dervish(춤사위를 통해 법열에 빠지는 이슬람 신비주의 종파의 수도승 – 옮긴이)처럼 날뛰며 눈에 보이는 것마다 덤벼들었다.

고스트는 온순했지만, 보스니아헤르체고비나에서 나를 처음 만났을 때의 날라처럼 정신적 외상의 기미를 드러냈다. 녀석은 종종 불안해하며 가만히 서서 뭔가 두려운 듯 주변을 두리번거렸다. 내가 사다준 소리 나는 장난감도 무서워했다. 장난감을 공격하듯 덥석 물었다가 삑삑 소리가 나면 소스라치게 펄쩍 뛰어 물러났던 것이다.

개를 오래 키워본 나는 식사 시간이 중요한 고비임을 알고 있었다. 개는 음식에 관해서라면 갑자기 공격성을 띠거나 텃세를 부릴 수 있다. 그래서 밥을 줄 시간이 되자 고스트와 날라를 멀리 떼어놓았다. 날라의 밥그릇은 1층 창턱에 올려뒀고 고스트의 밥그릇은 반대쪽 거실 끝 방바닥에 놓았다. 분쟁이 생기는 일은 피하고 싶었다.

고스트는 내가 내려놓은 밥그릇을 이게 꿈이냐 생시냐 하는 눈길로 쳐다보았지만, 그게 자기 밥이라는 걸 알아채자마자 내게 으르렁대며 이빨을 드러냈다. 그 의미는 명확했다. '내 거야, 저리 가!' 녀석은 단 이 초 만에 밥그릇을 싹 비워버렸다.

나로서는 기쁘고 다행스러운 일이었다. 고스트가 밥을 먹는 날라에게 달려들었다면 둘 사이에 싹트려던 우정도 바로 사라지고 말았을지 모른다. 하지만 이제 두 녀석은 한층 더 사이가 돈독해졌다. 그날 저녁 내가 소파에 앉아 영화를 보는 동안 날라와 고스트는 소파 저쪽 끝에서 딱 붙어 누워있었다. 날라는 이리저리 흔들리는 고스트의 꼬리에서 눈을 뗄 줄 몰랐다. 점점 둘이 친해지고 있다는 게 느껴졌지만, 잘 시간이 되자 나는 또다시 둘을 떼어놓기로 했다. 창턱에 고스트의 잠자리를 마련하고 의자와 빨래 건조대로 바리케이드를 쳤다. 밤새 녀석이 아파트 안을 돌아다니며 세간을 망가뜨리는 일을 막기 위해서였다. 그런 다음 날라를 데리고 복층 침대로 올라왔다. 날라는 내 결정이 마음에 들지 않은 게 분명했다. 한밤중에 깨어보니 평소 내 가슴 위에서 자던 날라가 없었다. 1층을 내려다보자 날라가 고스트 잠자리 옆의 의자에 누워 만족스럽게 코를 골고 있었다. 한순간 나는 질투에 가까운 감정을 느꼈다.

다음 여정도 결정되었으니, 이제 해야 할 일은 서류를 준비하는 동안 고스트가 머물 곳을 찾아주는 것이었다. 그리고 새해가 되면 고스트를 스코틀랜드로 보낼 수 있을 터였다.

간호사가 경고했듯 조지아에는 동물보호소가 턱없이 부족했지만, 어떤 사람이 인스타그램 메시지로 믿기 어렵도록 근사한 제안을 보내왔다. 스페인 출신인 그의 이름은 파블로였고 인스타그램 계정은 'bikecanine'이었다. 파블로는 다른 두 친구, 그리고 히피라는 개와 함께 서쪽에서 동쪽으로 자전거 세계 일주를 하고 있었다. 친구들이 조지아에서 강아지 두 마리를 구조한 터라 겨울이 끝나고 중앙아시아로 가는 길이 열리길 기다리는 동안 임시 동물보호소를 운영하는 중이라고 했다. 파블로 일행은 근사한 정원이 딸린 콘도에 머물고 있었다. 고스트도 마음에 쏙 들어할 공간이었다. 나는 며칠 쉬며 바쿠에서 급하게 돌아온 피로를 풀고 나서 바로 그곳을 방문했다.

파블로와 친구들은 모두 좋은 사람이었고 나와 만나자마자 마음이 잘 맞았다. 그들이 구조했다는 강아지 두 마리는 놀라울 정도로 고스트를 빼닮아있었다. 세 마리 모두 누르스름한 흰색에 몸집도 비슷했다. 한 어미의 배에서 나온 새끼라고 해도 믿을 그 모습을 보니 고스트를 여기 맡기는 게 한층 더 안심이 되었다. 파블로는 새해가 될 때까지 고스트를 맡아주는 데 동의했다. 발루를 위해 모금했던 크라우드 펀딩 페이지에 아직 돈이 남아있어서, 누나와 스튜어트가 고스트를 입양하는 데 필요한 서류 비용을 치를 수 있을 듯했다. 하지만 파블로는 내게 사례를 받지 않겠다고 했다. 그에게도 따로 크라우드 펀딩 사이트가 있다는 이유였다.

파블로와 친구들을 알면 알수록 여기가 고스트에게 딱 맞는 곳이라는 확신이 들었다. 파블로 일행이 구조한 강아지 두 마리는 내가 발견했을 때의 고스트만큼 심각한 상태는 아니었지만, 그중 하나는 옆구리에 커다란 세균 감염 흔적이 있었다. 마침 둘 다 첫 번째 예방접종을 받을 때가 됐다고 해서 다음 날 고스트까지 셋을 모두 동물병원에 데려가기로 했다. 그렇게 하면 세 마리가 동시에 예방접종 절차를 진행할 수 있을 테니까.

다음 날 우리는 동물병원에서 다시 만났다. 하지만 우리가 바란 것처럼 바로 예방접종을 진행할 수는 없었다. 세균에 감염된 강아지는 접종에 앞서 한동안 치료가 필요하다고 했다. 그리고 고스트도 혈액 검사부터 받아야 했다. 수의사가 고스트의 혈색이 좋지 않다고 말했기 때문이다. 집으로 돌아올 무렵에는 적어도 앞으로 몇 주간 무엇을 해야 할지 정리가 된 상태였다. 내가 고스트를 회복 단계에 올려놓은 건 확실했으니 이제는 녀석을 다른 사람들에게 맡겨도 될 터였다.

　고스트와 녀석의 물건들을 다음 날 파블로의 숙소로 가져다주기로 하고 그들과 헤어져 아파트로 돌아왔다. 하룻밤만 지나면 날라와 나는 고스트에게 작별 인사를 해야 했다. 마음 편한 밤은 아니었다. 나도 그사이 고스트를 정말로 좋아하게 되었으니까. 원체 착한 녀석이고 이제야 우리에게 마음을 열려는 참이었는데. 내가 새 장난감 밧줄을 사주자 녀석은 신나게 아파트 안을 뛰어다니며 도로 물고 와서 나와 한참 터그 놀이를 즐겼다. 그사이 날라도 고스트와 더욱 친해졌고 여전히 1층에 있는 녀석의 잠자리 곁에서 자곤 했다. 우리 둘 다 고스트를 그리워할 터였다.

　이 모든 과정은 이미 발루와 헤어지면서 겪은 일이었다. 처음에는 녀석을 떠나보낸 게 미안하고 우울했지만, 결과적으로는 모든 게 잘 풀리지 않았던가. 이제 다른 개들처럼 건강하게 런던의 공원을 뛰어다니는 발루의 사진을 보면, 녀석이 올해 초만 해도 끔찍한 상태였다는 게 도저히 믿기지 않았다.

"다음번에 만날 때는 고향의 바닷가를 산책하자꾸나." 소
파에서 날라와 내 곁에 드러누운 고스트에게 나는 작별 인사를
건넸다.

녀석의 미래가 확실히 정해졌다고 생각하니 다음 날 아침
파블로에게 고스트를 맡기고 오면서도 동요하지 않을 수 있었
다. 살짝 눈물이 맺히긴 했지만, 창피할 만큼 엉엉 울지는 않
았다.

자전거로 조지아와 터키 국경을 지나 이스탄불까지 돌아
가는 길은 여러모로 무척 힘겨웠다. 일단 조지아에서 터키로
넘어올 때 최악의 검문을 겪어야 했다. 지금까지 만난 국경 경
비대원 중에서 날라의 여권에 찍힌 스탬프를 일일이 확인한 사
람은 아무도 없었는데, 이번에 터키 경비대원이 그렇게 했을
뿐 아니라 내게 온갖 질문 공세를 퍼부었다. 내가 아는 한 아무
문제가 없었음에도 그는 계속해서 나를 다그쳤다. 심지어 내용
물을 확인하겠다며 내 짐가방을 일일이 열어보라고 요구했다.
검문소가 한적해서 딱히 할 일이 없는 모양이었다. 하지만 덕
분에 매번 수의사에게 날라의 건강을 확인받는 게 얼마나 중요
한 일인지 재차 실감할 수 있었다. 안 그랬다간 날라가 위태로
웠을 테니까. 그 경비대원이 조금이라도 문제를 발견했다면 주
저 없이 녀석을 내게서 빼앗아갔을 게 분명했다.

그다음에는 그때까지 지나온 지역 중 가장 추운 곳을 자전 거로 지나가야 했다. 카르스Kars로 가는 구릉 지대에서 야영한 며칠 밤은 정말이지 얼어 죽는 줄 알았다. 나는 카르스에서 앙 카라Ankara로 가는 기차표를 예약해뒀다. 스물아홉 시간 동안 터키 중부 지역을 관통하는 여정이었다. 하지만 이번에도 제복 차림의 승무원이 날라를 객차에 태우는 문제로 시비를 걸어왔 다. 동료 하나가 휴대전화로 철도청 사이트에 들어가 고양이를 객차에 태워도 된다는 규정을 직접 보여주고서야 그는 우리의 승차를 허락했다. 이럴 때마다 기차에서 내리기만 하면 다시 자전거에 올라 내 운명을 스스로 책임질 수 있다는 게 고마울 따름이었다. 공무원들과 그놈의 규율이 슬슬 내 신경을 거스르 기 시작했다.

앙카라로 향한 데는 몇 가지 이유가 있었다. 터키의 수도 인 데다 한번쯤 가 볼만하다는 얘기를 듣기도 했지만, 슬슬 인 도행 비행편을 예약하고 싶었던 것이다. 그러려면 관료제의 끔 찍함을 한바탕 겪어야 할 게 분명했다. 얼마나 많은 행정절차 를 치러야 할지 짐작조차 가지 않았지만, 당장은 그나마 그것 이 최선의 방법인 듯했다. 내 계획은 인도 델리Delhi 혹은 뭄바 이Mumbai까지 비행기를 타고 가서 히말라야 산맥과 그 주변을 자전거로 돌아보는 것이었다.

마음 한구석에서 기대감이 솟구쳤다. 나는 일 년 동안 인 도를 돌아보기를 꿈꿔왔으니까. 인도에는 볼거리가 넘쳐났다.

내가 기부금을 보낸 단체 중 하나인 '피플 포 애니멀스People for Animals'에서 연락도 받은 터였다. 유명한 정치가 집안 출신인 마네카 간디가 운영하는 단체였는데, 내가 인도에 도착하면 의료진을 보내주겠다고 했다. 인도 여행은 우리 둘에게 엄청난 영향을 미치겠지만 나보다 날라의 타격이 더욱 클 게 분명했다. 수의사는 우리가 인도에 적응하도록 도와줄 터였다.

　인도 다음에는 캄보디아, 베트남, 태국을 돌아보고 싶었다. 운이 따라준다면 자전거로 말레이시아를 지나 싱가포르까지 가고, 그다음엔 어떻게든 오스트레일리아로 건너갈 생각이었다. 시드니에 사는 사람이 우리를 초대하면서 그곳의 엄격한 동물 격리 규칙에 관해서도 최대한 도움을 주겠다고 제안했다. 그가 말하길 사전 계획과 신체 검진만 미리 끝내면 몇 달씩 격리당하지 않고서도 입국이 가능하다는 것이었다. 오스트레일리아 내륙 오지Outback와 골드코스트Gold Coast 해안을 자전거로 횡단한다는 생각은 매력적이었다. 아제르바이잔에서 막다른 골목에 부딪히고 나니 다시 한 번 활짝 열린 세상을 보고 싶었다. 하지만 먼저 인도 입국에 필요한 서류를 준비해야 했다. 일단 우리 둘의 비자 문제부터 복잡했다.

　앙카라의 영국 대사관에 상담해 보려고 하루 시간을 내서 자전거를 타고 갔지만, 상담을 하려면 사전 예약이 필요하다는 대답을 들었을 뿐이다. 그래서 사전 예약을 하고 상담했더니 이번에는 인도 대사관에 가보라는 대답을 들었다. 하지만 인도 대사관에서 만난 공무원은 내 말을 듣고 당황한 기색이었다. 고양이를 데리고 인도행 비행기를 타겠다는 사람은 지금까지 듣도 보도 못했다는 것이다. 그는 나를 영국 대사관으로 되돌려보냈다.

내가 거의 포기했을 무렵 '팀 날라'의 몇몇 친구들이 나서서 여기저기 문의를 넣기 시작했다. 며칠 지나자 서류가 제대로 접수된 것처럼 보였고, 어느 터키 여행 가이드 덕분에 12월 첫째 주에 떠나는 임시 비행편에 좌석을 얻을 수 있었다. 하지만 이번에도 날라가 객실에 탈 수 있는지를 재차 확인해야 했다. 그럴 수 없다면 아예 비행기를 타지 않을 생각이었으니까.

이제는 이스탄불의 동물병원에서 날라의 건강 상태를 새로 확인받는 일만 남았다. 인도 입국 규정에 따르면 우리 둘 다 몇 가지 조건을 갖춰야 했다. 날라가 비행 전에 주사를 몇 번 더 맞는 정도로 무사 통과할 수 있기를 바랄 뿐이었다.

이 모든 행정절차 때문에 머리가 어지러웠던지라, 단순한 일거리가 생겼을 때는 오히려 반가울 지경이었다. 나는 11월 말쯤 사진 달력 디자인이 완성되었다는 연락을 받았다. 캣 맥도널드의 디자인은 아주 근사했다. 온라인 동물용품 사이트 '수파키트Supakit'에서 대량 주문도 들어온 터였다. 초판은 무려 사천 부나 되었다. 두근두근하면서도 불안한 심정이었다. 과연 달력을 사주는 사람이 있을까, 아니면 날짜 지난 달력만 몇 상자씩 남게 될까?

그 대답은 몇 시간만에 밝혀졌다. 초판이 매진되었던 것이다. 그것도 순식간에. 전 세계 사람들이 달력을 주문했고, 한꺼번에 몇 개씩 사는 이들도 있었다. 폭발적인 수요에 깜짝 놀란 우리는 서둘러 재판 일정을 잡았다. 이번에도 초판과 똑같이 사천 부를 찍었다. 내가 선불로 치를 수 있는 제작비는 그 정도가 한계였으니까.

너무나 기쁜 일이었다. 인쇄 및 유통 비용을 지불하고 남을 금액을 계산해 보니 80,000파운드 이상을 기부할 수 있었다. 놀라운 일이었다. 나는 벌써부터 기부금을 보낼 자선단체 목록을 작성하기 시작했다. 다양한 명분을 지닌 자선단체들을 골고루 지원할 수 있다고 생각하니 짜릿한 기분이 들었다. 내가 옳은 일을 했다는 자신감이 더욱 커졌고, 고역스러운 인도 여행 준비를 마무리할 힘도 새롭게 얻을 수 있었다. 하지만 자전거와 장비를 어떻게 비행기에 실을 것인가 하는 문제가 남아있었다. 자전거를 분해해서 트레일러와 모든 짐가방과 함께 컨테이너에 싣고 특수 화물로 운송하는 편이 좋을 듯했다. 그러면 비행기에는 배낭 하나와 날라가 든 이동장만 가지고 탈 수 있었다.

11월 말이 가까워오자 나는 이스탄불에 사는 한 남자와 약속을 잡았다. 그는 취급에 주의가 필요하거나 특별한 화물을 포장하는 데 전문가라고 했다. 모든 것이 제대로 굴러가는 듯싶었다. 나는 계획이 무사히 진행되고 있다는 안도감을 느끼며 앙카라를 떠나 이스탄불로 향했다. 그토록 많은 시행착오 끝에 이제야 다음 여정이 시작된 것이다. 큰 문제가 없는 한 크리스마스까지는 인도에 도착할 터였다.

이 동네의 영웅

터키 이스탄불까지 절반쯤 왔을 무렵이었다. 사카리아Sa-karya 시내 근처의 번잡한 고속도로를 자전거로 통과하는데 휴대전화에 파블로의 이름이 떠올랐다. 파블로가 연락하는 일은 드물었기에, 문자 메시지를 확인하려고 휴대전화를 집어들면서부터 불길한 예감이 들었다. 첫머리의 몇 단어만 봐도 내 예감이 옳았음을 알 수 있었다.

'딘, 안 좋은 소식이 있어. 강아지들이 아파.'

나는 즉시 파블로에게 전화를 걸었다. 그는 속상해서 울음을 터뜨리기 직전이었다.

"검사 결과가 나왔는데, 셋 다 파보 바이러스에 감염된 상태야. 전염성이 있는 데다 개한테는 엄청 위험한 바이러스래.

히피도 감염됐어."

파보 바이러스에 관해서는 나도 들은 바가 있었다. 무척 심각하고 치명적일 수도 있는 바이러스로, 내장 기관에 영향을 미쳐 심한 설사와 구토를 일으킨다고 했다.

"하지만 치료 방법이 있을 거 아냐?" 내가 물었다.

"아니, 어린 강아지들은 약으로 치료할 수 없대. 자체 면역력으로 이겨내길 바라는 수밖에 없어." 파블로의 대답이었다. "하지만 체력이 약한 강아지라면……." 그의 말을 끝까지 듣지 않아도 다음 내용은 충분히 짐작할 수 있었다.

무기력함과 죄책감이 밀려왔다. 내가 고스트 곁에 있어줘야 했는데. 나는 더듬더듬 돈 얘기를 꺼내며 비용이 얼마나 들든 모아보겠다고 말했다.

"고마워. 하지만 돈이 문제가 아닌 것 같아." 파블로가 대답했다. "물론 나로서는 상황이 어찌되든 최선을 다하겠지만 말이야."

우리는 계속 연락하자고 약속하며 통화를 끝냈다. 나는 다시 자전거에 올라 이스탄불 방향으로 페달을 밟았지만, 내 정신은 다른 곳에 가 있었다. 머릿속엔 고스트 생각뿐이었다. 어쩌다 그런 바이러스에 감염된 걸까? 우리가 함께 지낸 일주일 사이에 옮았을까? 녀석이 다른 개들에게 옮긴 건가? 아니면 몇 주 전부터 감염된 상태였을까? 내가 녀석을 구조했을 때도 감염되어 있었던 걸까? 하지만 이 모든 건 대답하기 불가능한 질문일 뿐이었다. 그러다 문득 더욱 끔찍한 생각이 떠올랐다. '그럼 날라는?' 날라도 감염되었을까? 검사를 받아봐야 하는 걸까?

그날 밤 나는 작은 호텔에 묵었고, 파블로뿐만 아니라 셰메를 비롯해 예전에 도움을 받은 모든 사람들과 밤늦게까지 대화를 나눴다. 한 가지 좋은 소식이 있었다. 셰메에 따르면 날라가 파보 바이러스에 감염되었을 가능성은 제로에 가깝다는 것이었다. 개에게는 흔하지만 고양이가 옮는 일은 드문 바이러스였기 때문이다. 그래도 좀처럼 안심이 되진 않았다. 셰메가 파보 바이러스의 위험성을 적나라하게 설명해준 터였기 때문에 더욱 그랬다.

"유감이네요, 딘. 하지만 내 생각에 그 강아지가 무사할 확률은 오십 퍼센트를 못 넘을 거예요. 최대한 낙관적으로 판단한다고 해도요."

나는 인스타그램에 고스트 이야기를 적었다. 희망보다는 절망에서 나온 행동이었다. 팔로워들이 곧바로 사이트 링크를 보내주었다. 파보 바이러스에서 무사히 회복된 강아지들의 사례를 전달해준 사람도 있었다. 모두가 선의의 표시였지만, 그렇다고 해서 달라질 것은 없었다. 애초에 그들에게 도움을 요청한 내 잘못이었다. 사실상 부질없는 기대였고, 그 누구도 개입할 수 없는 일이었다. 고스트의 운명은 우리의 손을 벗어나있었다.

며칠 뒤에는 이스탄불 외곽에 이르렀다. 늦은 오후였고 벌써부터 교통 체증이 극심해져 있었다. 승용차, 버스, 트럭들이 빠른 속도로 휙 스쳐지나갔다. 내비게이션을 따라가느라 애를 먹던 나는 중요한 교차로에서 길을 잘못 들고 말았다. 이런 마음 상태로는 도저히 안전하게 달릴 수 없을 것 같아 택시를 타고 예약해둔 아파트까지 가기로 했다. 나 자신이나 날라의 목숨을 위해서라도 그러는 것이 최선이었다.

나는 절망에 빠졌다. 나 역시 이스탄불 구경을 기대해왔다. 게다가 나를 초대해준 수많은 사람들과 기관들이 기다리고 있었다. 하지만 그림처럼 아름다운 거리를 거닐고 인상적인 모스크와 궁전을 올려다보면서도 우울한 마음을 떨칠 수 없었다. 내가 두 갈래, 아니 세 갈래로 찢기는 느낌이었다. 한 부분은 당장 조지아 트빌리시로 되돌아가 고스트를 돌봐주길 원했다. 또 한 부분은 파보 바이러스라는 말에 심한 충격을 받아서 여기에 머물며 날라만이라도 잘 보살펴야 한다고 생각했다. 하지만 사실 앞으로 일흔두 시간 동안은 그 둘 중 어느 쪽도 실행할 수 없었다. 타이밍이 이보다 더 나쁠 수도 없었으리라. 내게는 도저히 취소할 수 없는 중요한 약속이 있었으니까.

"승객 여러분, 잠시 뒤 착륙하겠사오니 좌석 등받이를 똑바로 올려주시고 안전벨트를 착용해주십시오."

기내 방송이 깊이 잠들어있던 나를 깨웠다. 나는 안전벨트를 채우고 비행기 창밖을 내다보면서 구름 무더기 사이로 수천 미터 아래 영국 런던의 삭막한 풍경을 확인하려 했다. 흥분되면서도 살짝 초조한 기분이었다. 앞으로 며칠간은 분주하게 지내야 했다. 특별한 일정 때문에 잠시 급하게 귀국한 것이었기 때문이다. 바로 우리 외할머니의 구순 잔치였다.

날라는 지난번 터키 여행 중 알게 된 두 사람과 함께 이스탄불에 머물고 있었다. 안탈리아에서 온 곡수와 그의 언니 에세나즈였다. 나는 곡수에게서 인스타그램 메시지를 받고 안탈리아를 지나는 길에 두 사람을 만나 차를 마신 적이 있었다. 둘 다 금세 날라와 친해졌고 이후로도 계속 나와 연락하며 지냈다. 이스탄불에서 날라를 봐줄 사람이 필요하다고 인스타그램에 올리자 그들 자매는 바로 지원했고, 내가 임대한 아파트에서 며칠간 날라와 함께 지내기 위해 비행기까지 타고 날아왔다. 둘 다 고양이를 돌본 경험이 많았기에, 내가 자리를 비운 동안 날라를 믿음직한 이들에게 맡겼다고 확신할 수 있었다.

나는 급하게 공항으로 달려가느라 옷이라곤 한 벌도 못 챙긴 터였다. 그러다 보니 스코틀랜드 에든버러를 거쳐 북쪽으로 던바까지 달리는 기차에서도 무척 눈에 띄었을 것이다. 겨울에 반바지와 민소매 셔츠만 입은 사람은 드물었으니까. 오후 열한 시를 조금 넘겨서야 던바에 도착했고, 곧바로 시내의 한 술집으로 향했다. 이전에 동행이었던 친구 리키와 만나기로 약속했기 때문이다.

정확히 일 년 전에 헤어진 뒤로 나와 리키는 거의 연락한 적이 없었다. 그러다 보니 내가 보낸 메시지에 리키가 답장했을 때는 정말로 기뻤다. 잠시 던바를 방문할 예정인데 너도 만날 수 있겠냐는 메시지였다. 종종 리키가 원한을 품고 있을까 봐 걱정이 되었다. 설사 그렇다 해도 리키를 원망할 수는 없었다. 나는 우리가 일 년 전 출발했을 때 공유한 야심을 실현하고 있었던 반면 리키는 자연히 과거 던바에서와 똑같은 생활로 돌아간 것처럼 보였으니까. 리키가 나를 원망한다 해도 충분히 이해할만한 일이었다. 하지만 내가 술집에 들어간 순간 리키는 일어나서 나를 꽉 껴안아주었다.

"이것 봐라, 우리 동네 영웅이 왔잖아." 리키가 말했다. "사인 좀 해줄래?"

나는 리키에게 집어치우라고 말했다(물론 실제로는 훨씬 상스러운 표현을 썼지만). 그러고 나서 우리가 마실 맥주를 주문했다. 애초에 리키와 헤어진 적도 없던 것만 같았다. 우리는 금세 서로 티격태격하며 농담을 주고받고 있었다. 마음속에서 큰 짐을 덜어낸 기분이었다. 리키는 놀라운 소식 몇 가지도 전해주었다.

첫째로 우리가 헤어졌던 그날 밤에 리키도 보스니아헤르체고비나의 모스타르에서 묵었다는 것이다. 몇십 킬로미터쯤 이동했을 거라고 생각했는데 사실은 나와 고작 몇 블록 떨어진 곳에서 하룻밤을 보냈던 것이다. 내가 그 사실을 알았더라면 바로 그날 밤 술 한잔하며 앙금을 떨쳐냈을 텐데. 둘째로 리키도 새로운 여행 계획을 세웠다는 것이다. 일단 새해에 오스트레일리아로 가서 발길 닿는 대로 움직이겠다고 했다.

"도중에 코알라나 캥거루 한 마리를 구조할 수도 있겠지." 리키가 웃으며 말했다.

"걔들이 네 자전거를 얻어타고 싶겠냐." 내가 대꾸했다.

하지만 사실 나도 속으로는 리키의 새로운 여행 소식에 기뻐하고 있었다.

"절대 후회하지 않을 거야." 나는 잔을 들어 리키와 건배하며 말했다. "난 완전히 다른 사람이 됐어. 인생의 가치를 전보다 훨씬 실감하게 됐거든."

우리는 술집을 나와 바닷가 주차장에 자리를 잡고 앉았다. 밤이 늦어 새벽에 이를 때까지 이런저런 얘기를 나누었다. 서로 화해하고 리키가 나를 원망하지 않는다는 걸 알게 되니 기분이 좋았다. 하지만 얼마 지나지 않아 또다시 끔찍한 사건이 일어나고 말았다.

나는 고향 방문 계획을 누나에게만 알린 터였다. 부모님과 외할머니를 깜짝 놀래켜주고 싶었기 때문이다. 그날 밤에는 근처에 사는 누나와 스튜어트의 집에서 신세를 지기로 했다. 두 사람은 바닷가에 있는 고향집으로부터 걸어서 오 분 거리인 시내의 신축 주택으로 이사한 참이었다. 다음 날 아침 누나와 스튜어트는 내게 고스트 얘기를 해달라고 졸랐다. 내가 찍은 고스트의 최근 사진을 보며 기뻐하는 두 사람에게 파보 바이러스 얘기를 꺼내려니 정말이지 힘들었다. 잠시 후 내 휴대전화에 파블로의 이름이 떠올랐다. 전날 밤 나는 파블로에게 고스트와 다른 개들의 상태를 묻는 문자 메시지 몇 개를 보냈다. 그의 답장은 모호했다. 히피와 강아지 두 마리는 괜찮은 듯했지만, 고스트에 관해서는 아무 말도 없었다. 그 이유는 곧 분명해졌다. 이번에 온 문자 메시지의 첫머리만 읽어도 알 수 있었다. "유감이야."

나쁜 소식을 각오해야 한다고 다짐한 터였지만, 그럼에도 날벼락을 맞은 기분이었다. 나는 흐느끼며 휴대전화를 방바닥에 떨어뜨렸다. 부엌에 있던 누나가 그 소리를 듣고 달려와 무슨 일이냐고 물었다.

"고스트가 죽었대." 내가 말했다.

누나도 나만큼 충격받은 기색이었다. 스튜어트와 함께 계획했던 일들이 수포로 돌아간 것이다. 두 사람 모두 크게 상심했다.

우리는 누군가를 잃고 나면 너무도 쉽게 자기 자신을 원망한다. 아마도 그게 인간의 천성이겠지만. 대부분의 경우 우리가 할 수 있었던 일은 아무것도 없는데도 자꾸만 이런 생각이 드는 것이다. 내가 아제르바이잔에 가지 않고 고스트 곁에 머물렀다면 어땠을까? 겨우내 파블로 일행과 함께 트빌리시에서 지냈더라면? 그러면 고스트를 회복시키고 봄에 녀석의 집을 찾아준 뒤 투르크메니스탄으로 떠날 수 있지 않았을까?

물론 생각해 보면 나로서는 어쩔 도리가 없는 일이었다. 파보 바이러스는 치명적이고 잠복기도 긴 병이다. 고스트는 나를 만나기도 전에 감염되어 있었을지 모른다. 하지만 그런 생각은 위로가 되지 않았다. 인스타그램에 이 소식을 올렸을 때 팔로워들이 보내준 위로의 말도 아픔을 가라앉혀주진 못했다. 내가 고스트를 저버렸다는 죄책감만 깊어질 뿐이었다.

고스트 문제를 마음 한구석에 묻어야 한다는 건 나도 알았다. 어쩔 수 없는 일이었고 나는 외할머니 구순 잔치에 집중해야 했으니까. 하지만 내 마음속에 큰 변화가 일어났다는 것, 이 사건이 나의 여정에서 또 다른 전환점이 되리라는 것은 벌써부터 느낄 수 있었다.

외할아버지 빌과 외할머니 애그니스는 내 청소년기에 중요한 역할을 하신 분들이다. 내가 다닌 중학교는 그분들의 집 바로 뒤에 있어서, 나는 매일 아침 조회 시간에 맞추기 위해 자전거를 그 집에 세워놓고 학교 담장을 넘곤 했다. 점심 시간은 물론, 부모님이 야근을 할 때면(종종 있는 일이었다) 저녁 시간에도 밥을 얻어먹으러 들렀다. 외할머니의 마카로니 치즈 그라탱은 환상적이었다. 나의 성장과 인생관에 그분들만큼 큰 영향을 미친 사람도 또 없으리라. 특히 외할머니는 내게 세 번째 부모님 같은 분이었다.

외할머니 구순 잔치는 다음 날인 토요일에 우리 동네의 주요 호텔 겸 술집인 '맥'에서 열릴 예정이었다. 스코틀랜드 전역에서 친척들이 오기로 했고 심지어 뉴캐슬에 사는 아버지의 사촌들도 온다고 했다. 엄청난 행사가 될 것이었다. 나로서는 잔칫날 외할머니를 깜짝 놀라게 해드리고 싶은 생각이 굴뚝같았지만, 그분에게 심장마비라도 올까봐 걱정이 되었다. 그래서 누나의 귀띔대로 그날 오후에 본가를 찾아갔다. 하지만 그래도 조금이나마 장난치고 싶은 마음을 누를 수 없었다.

나는 어린 시절부터 짓궂은 장난꾸러기로 악명이 높았다. 한번은 푸에르테벤투라Fuerteventura 섬(스페인 카나리아 제도의 섬 중 하나 – 옮긴이)으로 가족 휴가를 갔을 때 잠자던 아버지의 오른쪽 눈썹을 싹 밀어버리기도 했다. 아버지는 내가 알림판에 분필로 이렇게 적어둔 술집을 지나고 나서야 그 사실을 알아차렸다. "닐 니컬슨의 사라진 눈썹을 찾습니다. 사례금 20유로." 하지만 가족들이 내게 복수한 일도 몇 번쯤 있었다. 외할머니의 마카로니 치즈 그라탱에서 이빨이 나왔다고 거짓말했다가 어머니가 마카로니 회사 이름으로 보낸 가짜 손해배상 편지와 상품권에 완전히 낚였던 것이다.

그래서 나는 본가 부엌에 들어가 부모님을 놀라게 한 뒤 그분들과 함께 계획을 짰다. 외할머니도 본가에 같이 사셨지만 마침 미용실에 가신 참이었다. 외할머니가 돌아오면 누나와 아버지가 이렇게 말하기로 했다. "어머니는 침대에 누워있어요.

파티 준비로 스트레스를 많이 받았나봐요."

그러면 외할머니는 분명히 어머니 상태를 보러 올 것이었다. 그분이 어머니 침실에 들어와 이불을 벗기면, 거기 누워있는 사람은 바로······. 어머니는 외할머니가 놀라지 않을까 염려하셨지만, 결과적으로 외할머니는 정말 기뻐하셨다. 내게 온통 키스를 퍼붓고 하루 종일 몇 번씩 나를 껴안아주셨다.

외할머니의 구순 잔치를 준비하면서 가족들 소식을 들으니 참 좋았다. 우리는 어느새 내가 어린 시절 얼마나 말썽꾸러기였는지 추억담을 주고받기 시작했다. 외할머니 말씀에 따르면, 내가 아홉 살 무렵 던바 해변을 따라 자전거를 타다가 손잡이 앞으로 거꾸러지는 바람에 양쪽 손목이 골절된 적도 있었다는 것이다.

"그런 일이 있고 나서는 네가 자전거로 어딜 갈 거라고 생각조차 못했는데 말이다." 외할머니가 웃으며 말했다.

어머니도 비슷한 시기의 사건 하나를 기억해냈다. 내가 잘못을 저질러 근신 처분을 받았는데도 청년 클럽의 디스코 텍에 가서 춤추려고 몰래 집을 빠져나갔던 일이다.

"정원 헛간에 여벌 옷을 숨겨놓고서 부엌 창문으로 빠져나갔더라고." 어머니는 미소 지었다. "넌 항상 파티에 가기 위해서라면 수고를 아끼지 않았지."

저녁식사 시간에는 화제가 내 여행 쪽으로 옮겨갔다. 나는 중앙아시아를 거쳐 극동과 인도로 가려던 계획이 위기에 처했다고 설명했다. 하지만 부모님은 느긋한 반응이셨다.

"네가 이겨내리란 걸 안다. 넌 매번 옳은 결정을 내리는 건 아니지만 어쨌든 결정을 내리잖니. 그게 중요하지." 아버지가 말했다. "네가 부러울 뿐이다. 나도 너처럼 떠나보고 싶구나."

하지만 나를 가장 놀라게 한 것은 어머니의 말이었다. "네가 집에 있을 때보다 멀리 떠나있을 때 오히려 걱정이 덜 된단다."

다음 날 열린 구순 잔치는 사람들로 넘쳐났다. 손님이 백 명은 온 듯했다. 친척들을 만나니 반가웠다. 방 안을 돌아다니며 사촌, 삼촌과 숙모들에게 인사하는 데만 한 시간쯤 걸렸다. 다들 내 여행 소식이 궁금한 듯했다.

"이것 봐라, 고양이가 누굴 물고 들어온 거야?" 사촌 하나가 이런 농담을 던졌다.

"문제는 내가 고양이를 안 데려왔다는 거지." 내가 응수했다.

"아쉽네. 너보다는 그 녀석을 더 만나고 싶었는데." 사촌도 이렇게 받아쳤다.

익숙한 농담들을 들으니 고향에 왔다는 실감이 났다. 내가 있어야 할 곳에 돌아왔다는 느낌이었다. 모든 게 예전 그대로인 듯싶었다. 단 한 가지만 제외하고 모든 것이.

여행을 떠나기 전에 내가 무슨 일을 하는지, 내 인생 계획이 무엇인지 궁금해하는 사람은 거의 없었다. 그런 질문에 내가 뭐라고 대답할지 다들 잘 알았기 때문이다. "별거 없어." 진지한 문제에 대해 내 의견을 묻는 사람도 드물었다. 사람들이 보기에 나는 진지한 인물이 아니라 파티광이자 자유인이었으니까. 하지만 이제는 달랐다. 사람들은 내가 어디에 다녀왔는지, 다음엔 어디로 갈 것인지, 앞으로의 계획은 무엇인지 끊임없이 물어왔다. 모두가 나를 다시 보게 된 것 같았다. 나는 더이상 '동네 바보'가 아니었다. 심지어 다들 내가 무슨 역할 모델이라도 되는 것처럼 대했다. 한 친구가 내게 말하길 자기네 커플도 우리 누나와 스튜어트처럼 해외 동물보호소에서 개를 입양할 생각이라는 것이었다. 그는 아침에 인스타그램에서 고스트 소식을 봤다며 애도를 표했다.

"하지만 포기하면 안 돼. 넌 좋은 일을 하고 있으니까. 앞으로 그렇게만 해줘."

나는 무덤덤한 표정을 짓고 있었지만, 그 친구의 말은 내게 소중하고 고마운 것이었다. 내가 인스타그램과 유튜브에서 매주 수천 명의 낯선 사람들에게 칭찬을 듣는 건 사실이었다. 하지만 어릴 때부터 알고 지낸 사람에게 그런 말을 듣는 건 전혀 다른 일이었다. 나와 가깝고 나를 가장 잘 아는 사람이 내가 하는 일을 존중한다고 말해주다니. 아마도 평생 처음으로 내 자신이 자랑스럽다는 생각이 들었다. 물론 그렇게 말할 수는 없었지만 말이다. 내 고향에서는 그 누구도 잘난 척하는 것이 용납되지 않았으니까.

구순 잔치는 밤늦게까지 이어졌지만, 나는 해변을 따라 본가로 돌아갔다. 달빛 비치는 해안선이 친숙하고 정겨웠다. 스코틀랜드 바다 냄새를 맡고 북해에서 불어오는 차디찬 바람을 얼굴에 맞으니 가슴이 저릿했다. 하지만 그것은 향수병이 아니라 정반대의 감정이었다. 떠나고 싶어 온몸이 근질근질했다. 나는 고향을 사랑했지만, 잠시 돌아와 모두를 만났으니 다시 떠날 마음의 준비가 되어있었다. 다들 행복하게 잘 지내고 있었다. 모든 것이 예전 그대로 돌아가고 있었다. 여행이 끝났을 때 모두가 여기 그대로 있으리라는 걸 확인하니 기뻤지만, 내겐 아직도 갈 길이 한참 남아있었다.

확실한 건 이제 내가 있을 곳은 날라의 곁이라는 사실이었다. 나는 날라와 함께 여행을 계속하고 싶었다. 우리가 시작한 일을 제대로 마치고 싶었다. 다음 날 나는 글래스고 공항을 향해 떠났다. 한결 마음이 가벼워진 터였지만, 슬슬 중대한 결정을 내려야 할 때가 되었다는 것도 알고 있었다.

고스트 소식을 들은 이후로 나는 전전긍긍했다. 하지만 고향에서는 워낙 분주했던 터라 상황을 제대로 볼 수 없었다. 이스탄불로 돌아가는 비행은 내게 딱 필요한 시간이었다. 몇 시간 동안 모든 것을 숙고하며 내 위치를 점검해볼 수 있었으니까. 내가 어떤 상황에 처해있는지는 나도 잘 알았다.

스코틀랜드로 떠나기 전 이스탄불에서 몇몇 사람과 나눈

대화를 떠올리면 초조해졌다. 그중 한 사람은 고양이 한 마리를 데리고 오토바이로 인도를 횡단했다는 블로거이자 유튜버였다. 우리는 서로의 유튜브를 구독했고 채팅도 했다. 그가 말하길 인도의 도로 상태는 상상을 초월한다고 했다. 승용차, 오토바이, 트럭과 인력거가 도로 표지판과 교통법을 무시하고 돌아다녀 그 사람도 몇 번이나 사고를 당할 뻔했다는 것이다. 그로부터 하루 이틀 뒤에는 날라에게 예방접종을 해주기로 한 수의사와도 채팅을 했다. 그는 날라가 아플까봐 무척 걱정하고 있었다.

"기후와 생활방식의 변화는 날라의 몸에 큰 충격을 줄 수 있어요. 인간은 낯선 지역에 가면 몸에 탈이 나죠. 동물도 마찬가지예요. 그러니 날라의 건강에 최대한 신경 써야 해요."

수의사의 경고에 나는 경악했다. 그도 내 표정에서 그 사실을 눈치챈 모양이었다.

"정말로 비행기를 타는 게 최선인가요?" 수의사가 물었다. "자전거로 인도에 건너갈 수는 없겠어요? 그러면 당신도 날라도 서서히 자연스럽게 낯선 풍토에 적응할 수 있을 텐데요."

그날 밤 불빛이 환한 중부 유럽 위로 날아가는 비행기 안에서, 나는 두 사람의 말이 옳다는 것을 깨달았다. 인도는 날라뿐만 아니라 내게도 엄청난 도전이 될 터였다. 우리 둘 다 미지의 세계로 뛰어드는 것이었다. 하지만 생각해 보면 꼭 그래야 할 필요는 없지 않은가. 나는 불안을 품고 지도를 한참 들여다보았다. 자전거로 세계를 일주한 여행자들의 블로그와 사이트 글을 읽어보기도 했다. 확실히 인도를 대체할 경로가 존재했다. 북쪽으로 달려 동유럽을 통과한 다음 러시아로 들어가 모스크바를 지나 극동까지 가면 된다. 러시아 동쪽에 있는 도시 블라디보스토크Vladivostok에는 일본과 한국으로 가는 배편이 있었다. 항공편 대신 육로로, 러시아를 횡단해 먼 길로 돌아가는 셈이었다.

기나긴 여정이 될 터였다. 러시아는 동서로 9,600km를 뻗어있는 세계에서 가장 큰 나라다. 게다가 날씨가 춥고 유난히 겨울이 혹독해서 나처럼 굳센 스코틀랜드 사람에게도 만만치 않을 것이다. 하지만 그건 중요치 않다. 나에게 정해진 기한 같은 건 없으니까. 시간은 차고 넘친다. 내게 중요한 건 시간이 아니다.

안전벨트 착용 신호에 불이 들어오고 비행기가 이스탄불 공항 활주로로 내려가기 시작했을 무렵, 내 마음은 이미 정해져 있었다. 인도로 가는 위험을 무릅쓰기엔 날라의 건강이 너무나 중요했다. 나는 이미 고스트를 잃었다. 날라마저 잃는 건 생각할 수 없는 일이었다.

한 남자와 고양이

　크리스마스까지 일주일밖에 남지 않았다는 것을 나는 모르고 있었다. 전나무나 꼬마전구는 보이지 않았고 캐럴 합창이나 교회 종소리도 들리지 않았으니까. 날라와 나는 꼬박 사흘째 안개에 갇혀 불가리아 남부의 진창 속에 고립되어 있었다. 안개는 차갑고 찐득할 뿐만 아니라 어찌나 짙은지 칼로 썰 수도 있을 것 같았다. 어쩌다 텐트 밖으로 고개를 내밀면 채 3m 앞도 보이지 않을 정도였다. 들리는 것이라고는 이따금 몇백 미터 떨어진 도로를 지나는 승용차나 트럭 소리뿐이었다. 심지어 새들조차 침묵을 지켰다. 다른 때였다면 그런 상황이 무시무시하고 소름 끼친다고 느꼈으리라. 하지만 그 순간에는 이 세상에 날라와 나 둘만 존재한다는 생각도 나쁘게 느껴지지 않았고, 오히려 반가운 휴식처럼 느껴졌다.

터키 이스탄불을 떠나온 지도 일주일이 지났다. 하지만 우리가 만난 지 일주년이 된 12월 10일에는 아직 그곳을 떠나지 않은 상태였다. 보스니아헤르체고비나 산꼭대기에서의 일요일 아침 이후로 열두 달밖에 지나지 않았다는 생각을 하니 놀라웠다. 그 뒤로 우리는 많은 일을 겪었고 많은 곳을 보았으며 많은 사람을 만났으니까. 게다가 우리 둘 다 각자 다른 방식으로 훌쩍 성장했다. 나는 한 살을 더 먹었고 확실히 성숙해졌다. 마치 인생이라는 대학을 속성 코스로 수료한 것 같았다.

이스탄불을 떠나기 전에 사진 달력의 마지막 인쇄 분량도 판매할 수 있었다. 이번에는 팔천 부를 찍었는데도 순식간에 다 팔렸다. 이익금을 계산해 본 결과는 놀라웠다. 약 90,000파운드를 자선단체에 기부할 수 있었다. 이 정도의 거금을, 게다가 다른 곳에서 더 유익하게 쓸 수 있을 돈을 오랫동안 깔고 앉아 있긴 싫어서 이후 몇 주 동안은 기부금을 보낼 다양한 자선단체 목록 작성에 매진했다. 이번에는 비교적 덜 알려진 소규모 단체에 3,000파운드씩 보낼 계획이었다. 그들에게는 엄청난 변화를 일으킬 수 있는 금액일 터였다. 이런 일들 덕분에 우리의 여행과 미래를 한층 새롭고 낙관적인 감정으로 전망할 수 있었다.

인도행 비행편을 취소하기로 결정한 것이 다행스럽게 느

껴졌다. 어깨에서 무거운 짐을 덜어낸 기분이었다. 지구의 반 바퀴를 비행기로 이동하는 데 필요한 절차 따윈 잊고, 홀가분하게 내가 가장 좋아하는 일로 돌아가는 데 집중할 수 있었다. 날라와 함께 탁 트인 길을 자전거로 달리는 것.

오랜만에 자전거를 타려니 예상보다 훨씬 힘들었다. 첫날부터 이스탄불을 벗어나 북쪽으로 80km를 주파했더니 저녁에는 그 여파가 온몸으로 느껴졌다. 적나라하게 표현하면 등골이 쑤셔 죽을 지경이었다. 기차로 여행하다보니 근육이 물러진 모양이었다. 나는 해먹에 누워 통증을 달래려고 애썼다.

이 주변 지역의 날씨가 얼마나 예측 불가능한지도 실감할 수 있었다. 나는 그때그때 찾아낸 도로변의 폐가나 버려진 건물에서 한뎃잠을 자는 생활로 돌아가기를 기다려왔다. 이틀 동안은 실제로 폐건물을 찾아 그 안에서 잤지만, 불가리아 국경에 가까워진 사흘째 밤에는 탁 트인 공터에서 야영하기로 했다. 밤새 날씨가 맑을 거라고 휴대전화로 확인한 데다 겨울이 다가오고 있어 야영할 기회도 얼마 남지 않았기 때문이다. 엄청난 실수였다. 몇 시간 뒤 갑자기 소나기가 쏟아지는 바람에 근처의 작은 호텔로 피신해야 했다. 대체 언제쯤에야 기상 예보 애플리케이션을 믿는 바보짓을 그만둘 수 있을까?

터키를 떠나 불가리아로 입국하는 과정도 순탄하지 않았다. 터키 국경 경비대원이 내 비자를 확인하고는 체류 기간을 사흘 넘겼다고 말했던 것이다. 벌금을 내거나 오 년간 터키 입국을 금지당하거나 둘 중 하나였다. 나는 30파운드의 벌금을 내기로 선택했다. 지금까지의 여정을 고려하면 입국 금지라는 위험을 감수할 수 없었다. 어쩌면 일주일 만에 터키로 되돌아와야 하는 일이 생길 수도 있었다. 경비대원에게 화가 나지는 않았다. 비자 만기일을 확인하지 않은 건 내 잘못이었으니까.

설상가상으로 날씨도 나빠졌다. 불가리아에 들어설 무렵에는 하늘이 불길한 진회색 장막처럼 보였다. 햇빛이 어찌나 흐릿하고 음울한지 누군가 조명 밝기를 확 줄인 것 같았다. 저 구름 위 어딘가에 태양이 떠있다는 게 믿기지 않았다. 얼마 지나자 안개까지 깔렸다. 그래도 한동안은 계속 자전거를 탈만했지만, 첫 번째로 나온 도시 스빌렌그라드Svilengrad를 지나치고 나서는 기상 상황이 급속도로 악화되었다. 한순간은 100m 거리까지 훤히 내다보이다가 다음 순간에는 6m 앞조차 흐릿해질 정도였다. 우리는 금세 위험한 상황에 처했다. 승용차, 승합차, 트럭이 안개 속에서 갑자기 튀어나왔다. 그중 한두 대는 우리를 피하기 위해 다급히 운전대를 꺾어야 했다. 주변은 구릉 지대였고 도로도 꼬불꼬불했다. 이러다가 산등성이에 처박히거나 급커브를 돌자마자 마주 오는 차에 들이박을 것만 같았다. 결국 나는 합리적인 선택을 내렸다. 대로에서 충분히 떨어지고 무성한 수풀로 가려진 들판 한구석에 멈추어 자리를 잡았다. 기상예보 애플리케이션에 따르면 안개가 하루 이상 가지는 않을 거라고 했지만, 이제는 기상예보 내용을 좀 더 회의적으로 해석할 수 있었다. 안개는 다음 날 아침에 걷힐 수도 있었고 일주일쯤 지속될 수도 있었다.

　나는 텐트를 치고 모든 짐을 그 안에 집어넣은 다음 날라와 잠복할 준비를 마쳤다. 우리가 며칠 먹을 식량은 충분했다. 여러모로 행복하고 단순했던 예전 생활로 돌아간 느낌이었다. 딱 일 년 전 날라를 만난 직후 몬테네그로 부드바에서 지낸 첫 일주일이 기억났다. 그때는 우리 둘이서 온 세상에 맞서는 것만 같았는데. 아무도 우리를 몰랐고 우리에게 신경 쓰지 않았다. 우리는 악천후를 무릅쓰고 텐트에서 지내는 한 남자와 고양이일 뿐이었다. 하지만 난 그게 좋았다. 덕분에 날라와 단둘이 있는 것이 얼마나 즐거운지 새삼 느낄 수 있었다.

　고스트를 둘러싼 비극과 고향 방문으로 인해 지난 몇 주 동안 날라에게 신경을 쓰지 못한 기분이었다. 이제 날라를 하루 종일 돌볼 수 있어 기뻤다. 적어도 텐트에서 지낸 첫날엔 날라도 심심하다고 불평할 수 없었을 것이다. 내가 그만큼 오랫동안 날라를 간지럽히고 엎치락뒤치락하며 놀아준 날도 없었으니까. 텐트에서의 첫날, 날라는 내가 끈에 매달아 흔들어준 장난감을 어찌나 오래 쫓아다녔는지 저녁밥을 먹자마자 그대로 곯아떨어졌다. 날라가 코를 고는 동안 나는 드러누워 빈둥대며 음악을 들었다. 다행히 노트북이 충전되어 있어서 메일을 확인하고 유튜브로 동영상도 시청할 수 있었다. 그래도 전력을 남겨둘 수 있도록 조심했다. 터키에서 곰이 습격해온 날의 공포를 기억하고 있었기 때문이다. 만약 도망갈 일이 생긴다면 이번에는 제대로 된 조명등을 소지하고 싶었다.

둘째 날 아침에 나는 8km쯤 떨어진 다음 도시로 이동할 만큼 안개가 걷혔기를 바라며 잠에서 깼다. 하지만 안개는 어제보다 더 짙어졌다. 날라가 볼일을 보도록 내보내준 뒤 나도 스트레칭을 하러 나갔지만, 텐트에서 몇 미터 떨어진 수풀 밖을 벗어나진 않았다. 늦은 오후에는 주변이 벌써 껌껌해져서 그날 중으로 여정을 재개할 생각은 포기해야 했다. 셋째 날에도 똑같은 상황이었다.

셋째 날 밤 자리에 눕고 보니 슬슬 식량 부족이 걱정되었다. 날라의 사료는 충분했지만, 내가 먹을 것은 콩 통조림 몇 개와 코코넛워터 정도였다. 하룻밤 더 머물게 되면 곤란해질 상황이었지만 크게 걱정되진 않았다. 이보다 큰 시련도 겪어봤으니까. 하루쯤 굶어야 한다면 그래야지 뭐.

적어도 내 마음속 안개는 걷혀가고 있었다. 막간을 이용해 새로운 여행 계획을 구체화하기 시작했던 것이다. 원칙은 딱 하나였다. 꼭 필요한 경우 외에는 날라에게 스트레스를 주지 말 것. 따라서 당분간 비행기는 타지 않을 생각이었다. 러시아 내륙으로 들어가면 주요 도시를 오가는 유명한 시베리아 횡단 열차를 언제든 이용할 수 있었다. 기차라면 날라도 좋아했으니까. 하지만 그렇다 해도 날씨가 온화한 봄여름 동안에는 최대한 자전거를 타고 싶었다.

장기적으로 보면 육로로만 세계를 일주하는 건 불가능할 터였다. 하지만 일 년쯤 뒤 러시아 동부에 도착할 수 있다면 일본이나 한국행 배를 탈 수 있었다. 그때쯤이면 날라도 두 살일 테니 다양한 풍토에 더 잘 적응할 것이다. 하지만 지금으로서는 날라의 몸에 충격을 주는 일을 피하고 싶었다. 아직도 고스트의 기억이 생생했으니까.

넷째 날 아침, 텐트에서 고개를 내밀어 보니 다음 도시로 달려갈 수 있을 만큼 시야가 맑아져 있었다. 그날은 12월 20일이었다. 크리스마스 이브까지 불가리아 제2의 도시 플로브디프Plovdiv에 도착하는 것이 내 목표였다. 조금만 운이 따라준다면 충분히 가능할 듯했다. 아직도 해가 침침해서 자동차들이 자전거 곁을 바짝 스쳐가곤 했다. 그래서 잠시 후 주유소가 나왔을 때 나 자신에게 이른 크리스마스 선물을 사주었다. 눈에 잘 띄는 야광 조끼였다. 지금 내게 딱 필요한 물건이었다.

우리는 크리스마스 이브에 플로브디프로 들어왔다. 그곳에서 멋진 아파트를 빌려 몇 주간 머물기로 했다. 유럽의 문화 수도로 통하는 도시니 즐길 거리가 많았다. 다들 크리스마스엔 쉬기 마련인데 나라고 안 될 건 없지 않겠는가? 나는 인스타그램과 유튜브에 크리스마스 인사를 전하고 연말연시 동안 쉬어가겠다고 알렸다. 인스타그램에 가끔 사진은 올리겠지만 유튜브는 새해에 재개하겠다고 말이다. 그동안 충분히 휴식을 취하면서 상황을 정리할 생각이었다. '팀 날라' 모두가 이해해주었다. 수많은 이들이 내게 다정한 메시지를 보내며 행운을 빌어주었다.

크리스마스 날은 차분히 보냈다. 근처 슈퍼마켓에서 그럴싸한 음식을 사와 날라와 나눠먹고 유튜브로 영화와 동영상을 보며 쉬었다. 고향의 부모님과 가족들에게 인사를 전하는 것도 잊지 않았다. 가족들 얼굴을 보니 향수병이 살짝 도지는 듯했다. 작년 크리스마스도 쉽지 않았지만 올해는 고향에서 멀리 떨어져 있다는 게 유난히 힘들게 느껴졌다. 지난 몇 주간 급격한 감정 변화를 겪은 탓일까. 신체보다도 정신이 소진된 느낌이었다. 이번에도 날라가 내게 교훈을 주었다. 날라는 아파트를 마음에 들어했고 특히 아름다운 거리가 내다보이는 작은 발코니를 좋아했다. 거기서 몇 시간씩 세상을 구경하다가 마음 내키는 대로 낮잠을 즐기곤 했다. 나도 다시 한 번 날라를 본받아야 마땅했다. 모든 걸 내려놓고 하루하루를 즐길 필요가 있었다. 나는 실제로 그렇게 했다.

크리스마스 며칠 뒤에 휴대전화가 울렸다. 화면에 떠오른 이름을 보고 나는 내 눈을 의심했다. 그리스 산토리니 카약 여행사의 토니였다.

"안녕하세요, 토니." 나는 반갑게 전화를 받았다.

"안녕, 딘. 내가 지금 어디 있게?"

토니가 불가리아에서 유학했다고 말한 것이 희미하게 기

억났다. 불가리아에 아파트가 있다는 얘기도 했던 것 같았다. 그런데 그곳이 플로브디프였다니. 정말로 놀라운 우연의 일치였다. 토니는 플로브디프에 사는 사람에게 구입한 자동차를 가지러 아테네에서 온 참이라고 했다. 새해까지는 이곳에 머물 계획이라고 말이다. 그도 내 인스타그램을 팔로우하는 터라 내가 여기 있다는 걸 알고 있었다. 새로운 소식도 있었다. 토니의 여자 친구인 리아는 나도 산토리니에서 몇 번 만난 적이 있었다. 그런데 둘이 몇 주 전에 결혼식을 올렸고, 리아가 임신했다는 것이다.

"우리 같이 축하하자고." 토니가 말했다.

덕분에 나의 조용하고 차분한 생활도 막을 내렸다. 그 뒤로 새해까지는 다시 산토리니로 돌아간 것처럼 보냈다. 지난 한 해를 기념하고 신혼부부와 곧 태어날 아기의 행운을 빌며 몇 잔씩 축배를 들었다. 솔직히 그렇게 보내는 시간이야말로 내게 꼭 필요했던 것이다. 내 곁에 친구가 있다는 게 기뻤다. 새해 전날은 토니 친구의 집에서 열린 성대한 파티에 참석했다. 내가 빌린 아파트에서 멀지 않은 곳이었다. 나는 날라가 안전하게 쉬고 있는 것을 확인한 뒤 사료를 가득 담아놓고 나왔다.

"그런데 새해엔 어쩔 계획이야?" 토니가 장난스러운 미소를 지으며 내게 물었다. "또 한 해 동안 빙빙 맴돌기만 할 건가?"

"그래도 날마다 같은 섬을 카약으로 빙빙 도는 것보다는 유럽과 아시아를 돌아다니는 쪽이 낫겠죠."

"제법인데." 토니가 웃었다.

나는 토니에게 현재의 계획을 설명했다.

"러시아에 입국할 수만 있다면 온 세상이 내 앞에 열리는 셈이죠. 운이 따라준다면 늦봄까지는 일본에 도착할 거예요. 여름까지는 태국과 베트남을 여행할 테고요."

"러시아에 가게 되면 조심해." 토니가 말했다. "거기 도로는 정말 위험하니까."

내게 그렇게 말한 사람은 토니가 처음이 아니었다. 이제는 그런 말도 딱히 두렵지 않았다. 위험이 하나도 없는 길이란 존재하지 않는다는 걸 깨달았기 때문이다.

새해 첫째 주가 되자 토니는 그리스로 돌아갔다. 나도 다음 여정을 준비했다. 크리스마스 휴가 동안 플로브디프에 폭설이 쏟아졌다. 동유럽에서는 이런 폭설을 자주 겪게 될 것이 확실했기에, 날라와 내가 최대한 따뜻하게 지낼 수 있도록 대비하는 것이 중요했다.

날라의 바구니는 여름 내내 제구실을 했지만 겨울이 된 지금은 추울 듯싶었다. 나는 좀 더 탄탄하고 보온성이 뛰어난 이동장을 장만하기로 했다. 방수 기능이 있고 지붕도 분리할 수 있는 양동이 모양의 이동장이었다. 딱 하나 옥의 티가 있었는데, 이동장 앞쪽에 달린 로고가 고양이가 아닌 개라는 것이었다. 다행히 날라도 그 점은 눈감아주기로 했는지 불평하진 않았다. 슈발베에 신제품 바퀴 두 개와 타이어 한 벌도 주문했다.

미세한 스파이크가 박혀있어 접지력이 좋은 눈길 및 빙판용 타이어였다. 조만간 그런 타이어가 필요할 것이 분명했다.

　나는 구체적인 러시아 횡단 계획을 짜기 시작했다. 1월 중순에는 영국 런던의 러시아 대사관에 있는 러시아 관광청과 대화할 기회가 있었다. 러시아 주변국 관광을 전문으로 하는 여행사에도 연락을 취했다. 그들이 제시한 또 하나의 러시아 횡단 방법이 내 상상력을 자극했다. 자전거와 기차로 시베리아까지 간 다음, 중국을 관통해 베트남 사이공 Saigon에 도착하는 기차를 타는 것이었다. 나는 예전부터 동남아시아 자전거 일주를 꿈꿔왔지만, 중국에 가려면 엄청난 행정절차를 감당해야 하며 날라도 더 많은 주사를 맞아야 한다는 걸 알고 있었다. 그들이 제시한 방법은 도중에 기차에서 내릴 필요가 없으니 훨씬 수월하게 여행할 수 있을 것이고, 우리 앞에 새로운 세계를 열어주는 완벽한 해결책처럼 들렸다.

　하지만 어느 방법을 선택하든 러시아 비자부터 받아야 했다. 평범한 관광 비자로는 안 되었다. 관광 비자는 한 달이면 만료되는데 나는 거의 10,000km를 자전거로 달려야 했으니까. 도중에 몇 차례 기차를 이용하더라도 엄청난 거리였다. 게다가 중간중간 우회하여 카자흐스탄이나 몽골 등 다른 국가에 들르고 싶은 생각도 있었다. 잠시 우즈베키스탄에 들러 파미르 하이웨이를 일부나마 지날 수 있다면 좋을 것 같았다.

　러시아 대사관의 관광청과 여행사 모두 내게 일 년짜리 상용 비자를 신청해 보라고 권했다. 그러려면 러시아 정부의 추천서가 필요했지만, 나와 통화한 러시아 대사관의 빅토르는 그건 자기가 처리해줄 수 있다고 장담했다. 나는 빅토르에게 우리 둘에 관한 자료를 무더기로 보냈다. 신문 기사부터 내 인스타그램 계정과 유튜브 채널까지. 우리 인스타그램 팔로워와 유튜브 구독자는 팔십만 명이 넘은 터였다. 대부분은 가보기 힘든 러시아의 아름다운 풍경을 많은 사람들에게 보여주고 싶다는 설명도 덧붙였다. 내게 비자를 줄 수 있는 최종 결정자가 누구인지 나는 몰랐다. 어쩌면 우리에 관한 자료가 크렘린 궁까지 전달될 수도 있었다. 어쨌든 나로서는 최선을 다했다.

1월 말이 가까워오자 인도행 비행기를 타지 않길 잘했다는 확신이 굳어졌다. 우리의 새로운 선택지는 모든 면에서 만족스러웠다. 관광 면에서도, 나 자신에게도, 무엇보다 날라를 위해서도. 갑자기 눈앞에 전 세계를 가로지르는 길이 훤히 뚫린 것만 같았다. 마음이 들뜨고 기운이 솟구쳤다. 1월의 마지막 날 우리는 플로브디프를 떠나 다시 길로 나섰다.

2월 초의 동유럽 날씨는 스코틀랜드 출신인 내게도 엄청난 충격이었다. 하루는 텐트에서 야영하고 일어나니 바닥에 깔아둔 방수포가 얼어붙어있었다. 나는 빙판에 얼굴을 대고 잤던 것이다. 텐트 밖을 내다보니 밤새 쏟아진 눈이 높이 쌓여있었다. 날라에게는 최고로 신나는 소식이었다. 온 세상이 커다란 운동장으로 변해버렸으니까. 날라는 새해 휴가 동안 플로브디프에 눈이 내렸을 때 외출한 적이 있었지만, 쌓인 눈을 밟아 보는 건 이번이 처음이었다. 녀석이 눈가루 속에 조심스레 앞발을 내딛는 모습은 정말 우스웠다. 머뭇머뭇 한 걸음을 떼놓는가 싶더니 어쩔 줄 몰라하며 내게 불안한 눈빛을 던졌다. '이 괴상한 건 뭐야? 으으, 엄청 차갑네!'

하지만 날라의 경계심은 금세 씻은 듯 사라졌다. 그 뒤로 족히 십 분은 눈밭에 이리저리 뒹굴며 보냈으니까. 날라는 눈속에 머리를 집어넣어 구멍을 만들더니 뒤로 물러나서 자신의 작품을 감상하듯 쳐다봤다. 거대한 눈 더미 주위를 춤추듯 맴돌며 폴짝폴짝 뛰노는 날라를 지켜보던 나는 더 이상 못 참고 눈을 뭉쳐 녀석에게 집어던졌다. 눈뭉치가 날라의 귓가를 스쳐 뒤쪽 눈 더미에 픽 하고 떨어졌을 때 녀석의 표정은 볼만했다. 깜짝 놀란 것 같기도 했고 재미있어 하는 것 같기도 했다. 하지만 다음 순간 날라가 지은 표정은 훨씬 이해하기 쉬웠다. 녀석은 눈을 가늘게 뜨며 고개를 살짝 기울였다. '이 아저씨가 진짜, 가만 안 둬.'

2월 첫째 주가 끝날 무렵엔 세르비아 국경을 넘을 수 있었다. 이 지역의 도로 상태는 좋았다. 아스팔트 포장도로와 도로 표시가 새것처럼 깨끗했고, 자전거 전용 주행 차선에도 충분한 공간적 여유가 있었다. 덕분에 자전거 타는 게 정말로 즐거웠다. 우리는 빠른 속도로 북쪽을 향해 나아갔다. 이 속도라면

2월 말에는 헝가리에 도착할 듯했다. 거기서부터는 폴란드를 지나 슬로바키아 혹은 체코로 가게 될 것이었다. 체코 쪽이 더 무난할 듯했다. 다뉴브 강을 따라 달리면 길이 훨씬 평탄할 테니까.

밸런타인데이에 우리는 니시Nis 시내로 진입했다. 우리는 인스타그램 팔로워인 카타리나와 조바나의 초대를 받은 터였다. 두 사람은 내게 맛있는 식사를 차려주고 날라에게도 밸런타인데이 선물과 카드를 주었다. 이처럼 낯선 사람들이 베풀어주는 친절은 몇 번을 겪어도 놀라울 뿐이었다.

우리는 니시를 떠나 헝가리 국경을 향해 나아갔다. 모든 게 계획대로 진행되고 있었다. 나는 지금까지의 여정을 통틀어 가장 빠르게 달리고 있었다. 하루에 80km를 넘어 100km를 주파하기도 했다. 이대로라면 3월 안에 부다페스트Budapest로, 그리고 6월에는 러시아 모스크바까지 갈 수 있을 게 분명했다.

한 가지 걱정거리는 런던의 여행사 직원이 보내온 소식이었다. 머피의 법칙이 실현된 것이다. 우리가 중국을 통과해 베트남으로 가는 경로를 선택하자마자 새로운 골칫거리가 생겼다. 중국에 일종의 독감 혹은 바이러스가 유행해서 여행에 차질을 일으키고 있다고 했다. 나도 뉴스를 본 것 같긴 했지만 주의를 기울이진 않았다. 바깥 세상의 문제들과 단절될 수 있는 게 자전거 여행의 가장 큰 장점이니까. 하지만 여행사 직원 유리가 메일로 보내오는 단편적인 정보들에 따르면 상황이 점점

심각해지는 듯했다. 중국의 우한Wuhan이라는 도시에 전염성
이 강하고 치명적인 바이러스가 발생하여 면역계가 손상되거
나 연로한 사람들이 사망하고 있다는 것이었다. 유리가 알려준
바로는 우한에서 이미 팔십 명이 사망했고, 바이러스가 외부로
전파되지 않도록 도시 전체를 봉쇄했다고 했다. 다음에 온 메
일은 상황이 더욱 악화되었다는 내용이었다. 바이러스가 우한
밖으로 퍼져 홍콩까지 번진 것이었다. 중국 정부는 규제를 더
욱 강화했으며 특히 외국인 관광객을 통제하고 있었다.

"중국을 통과하는 베트남 사이공행 기차를 타는 건 어렵겠
어요. 그 지역에서 단체관광이 일절 금지되었거든요." 유리는
메일에 이렇게 적어 보냈다. 나는 크게 실망했다. 완벽한 경로
라고 생각했는데. 하지만 어떻게든 유연하게 대처해 다른 방법
을 찾아보는 수밖에 없었다.

'적어도 온 세상이 닫혀버린 건 아니니까.' 나는 이렇게 생
각했다. 이 말이 화근이었던 것일까…….

지난 몇 달간 확인한 게 있었다면
나의 세계 일주가 남들과는
전혀 다를 거라는 사실이었으니까.
결국 내가 여행하는 것은 날라의 세상이었다.
날라가 내 곁에 있는 한 아무런 문제도 없었다.
우리는 서로를 돌볼 터였다.

극성팬

　2월 말에는 눈도 녹고 희미하게나마 공기 중에 봄기운이 감돌기 시작했다. 상쾌하고 맑은 아침 날씨와 쨍하게 파란 하늘 덕분에 자전거 타기가 정말로 즐거웠다. 야영하기에도 딱 좋은 날씨였다. 어느 날 저녁은 세르비아 베오그라드Beograde에서 남쪽으로 80km 떨어진 벨리카 플라나Velika Plana라는 소도시를 지나서 숲속 깊은 곳에 텐트를 쳤다. 나는 숲속에서 자는 걸 좋아했다. 숲이 이루는 천연의 지붕 아래에서 느낄 수 있는 냄새와 소리, 짜릿한 감각이 좋았다. 지금처럼 나무가 헐벗은 계절이어도, 숲속에서는 갓난아기처럼 깊고 편안히 잠들 수 있었다. 날라와 나는 얼른 저녁밥을 먹고 나서 바로 해먹에 누워 잠들었다.

새벽 다섯 시쯤 가까운 곳에서 개들이 짖는 소리에 잠에서 깼다. 날라도 그 소리를 듣고 순간 불안한 표정을 지으며 위험이 있는지 확인하려는 듯 쿵쿵 공기 냄새를 맡았다. 개 짖는 소리는 잦아들었지만, 우리 둘 다 계속 긴장한 상태였다. 그 뒤로는 쭉 다시 잠들지 못하고 해가 뜰 때까지 뜬눈으로 초조하게 누워있었다.

오전 여덟 시쯤 숲속 어딘가에서 사람 목소리가 들려왔다. 텐트 근처에 숲 산책로가 있다는 건 알고 있었기에, 처음에는 누군가 개를 산책시키며 말을 건네는 줄만 알았다. 하지만 잠시 후 그 목소리가 영어로 말하고 있으며 점점 더 가까워지고 있다는 걸 깨달았다.

"저기요, 여보세요."

해먹 밖으로 고개를 내밀자 눈앞에 믿기 어려운 광경이 나타났다. 3m쯤 떨어진 곳에 한 여자가 서있었다. 이십 대 정도의 젊은 여성으로 옷차림도 말쑥했다. 그는 웃으면서 뭔가 담긴 보온병을 내밀었다.

"커피 좀 만들어왔어요." 그러더니 외투 주머니를 뒤져 깡통 하나를 꺼냈다.

"날라한테 줄 참치 통조림도 가져왔고요."

나는 어안이 벙벙했다. 이른 아침 숲속 한복판에 있는 나한테 웬 여자가 커피를 가져다주다니, 이게 대체 무슨 일이지? 나도 모르는 새 내 엉덩이로 '딜리버루deliveroo(유럽 전역에서 운영되는 음식 배달 업체 – 옮긴이)' 세르비아 지사 전화번호라도 누른 걸까? 게다가 이 사람이 날라 이름은 어떻게 안 거지? 한순간 별별 생각이 다 들었다. 전날 밤 날라가 해먹에 드러누운 사진을 인스타그램에 올리긴 했지만, 주변에 똑같이 생긴 나무가 수백 그루는 되지 않는가. 어떻게 그 사진만 보고서 우리를 찾아낸 걸까? 숲 전문 탐정이나 프로 추적자라도 되는 건가? 내 머리로는 도저히 이 상황을 이해하기 어려웠지만, 무례하게 보이고 싶진 않았기에 일단 해먹에서 기어나왔다.

"감사합니다. 정말 친절하시네요." 나는 이렇게 말하며 보온병을 받아 내 스테인리스 머그잔에 커피를 따랐다.

"괜찮으시다면 우리 집에 와서 아침식사 드세요. 그리 멀지 않으니까요." 그 여자가 말했다.

나는 남이 베푸는 호의를 이리저리 따지는 성격이 아니다. 그래서 순순히 제의를 받아들이고 텐트를 걷었다. 여자는 길가에 세워둔 자가용을 탔고, 나는 자전거를 몰아 뒤따라갔다. 오 분쯤 가자 작은 농가가 나타났다. 트랙터 몇 대가 세워져 있었고 주변 곳곳의 별채에서 닭과 오리, 고양이 몇 마리가 뛰어놀고 있었다. 그는 나를 집 안으로 안내했다. 내게 커피를 또 한 잔 따라준 다음 날라의 아침밥도 차려주었다.

고양이 두세 마리가 집 주변을 돌아다니고 있었지만, 날라와 잠시 대치하면서 녀석이 하악대는 소리를 듣자 순순히 물러났다. 어딘지 몰라도 자기네가 좋아하는 장소로 숨어버렸던 것이다.

"걱정 마렴, 날라. 쟤들이 널 괴롭히진 않을 거야." 여자가 말하며 열심히 사료를 먹는 날라의 목덜미를 쓰다듬었다. 어느새 날라도 가스레인지 앞에 선 그의 다리에 몸을 비벼대고 있었다. 상대가 마음에 들었다는 신호였다.

"미안한데 아직 물어보질 않았네요. 당신의 이름이 뭔가요?" 내가 물었다.

"조반카라고 불러요." 여자가 대답했다.

"만나서 반가워요. 조반카에게 인사해야지, 날라."

조반카의 남편은 스위스에서 일한다고 했다. 조반카 자신도 스위스에 직장이 있으며 바로 다음 날 그리로 복귀해야 한다는 것이었다.

"그래서 이렇게 영어를 잘하는 거군요?"

"칭찬 고마워요. 네, 직장 때문에 영어를 할 줄 알아야 했죠." 조반카가 대답했다. "내가 여기 있는 동안 당신과 날라가 근처를 지나게 되다니 운이 좋았어요. 하루만 더 늦게 여기로 왔어도 만나지 못했겠죠. 그러면 정말 속상했을 거예요. 난 당신들의 극성팬이거든요. 인스타그램 계정이 생겼을 때부터 팔로우했다고요."

조반카는 내게 맛있는 아침밥을 만들어주었다. 계란과 빵과 토마토로 이루어진 세르비아식 식사였다.

"궁금한 게 있는데요." 나는 밥을 먹다가 말을 꺼냈다.

"대체 어떻게 그 숲속에서 우릴 찾은 거죠?"

"터키 버스정류장에서 당신들을 찾아낸 여자 분과 똑같은 방법이죠. 인스타그램에 올라온 사진 말예요."

내가 터키 시바스에서 만났던 아리야까지 기억하고 있다니, 다시 한 번 놀라지 않을 수 없었다.

"하지만 이번엔 다르죠. 그때 우리는 대도시의 버스정류장에 있었는 걸요. 쉽게 찾을 수 있는 곳이었어요. 근데 당신은 숲한가운데에서 우릴 찾아냈잖아요."

조반카가 미소를 지었다.

"아, 그게 말이죠. 당신이 올린 사진에 여기서 가장 가까운도시 이름이 뜨더라고요. 남편에게 보여줬더니 당신이 어디쯤있을지 바로 알아내던데요."

"어떻게요?"

"그이는 그 숲을 자주 산책하니까 어딘지 알아본 거죠. 나도 그이 말이 믿기지 않아서 확인해 보려고 새벽 다섯 시에 거기까지 갔지만요."

"새벽 다섯 시에 우릴 찾아왔다고요? 그러고 보니 그때 개들 짖는 소리가 들렸는데."

"맞아요. 나 때문이었겠네요. 덩치 큰 울프하운드 몇 마리를 키우는 농장 옆에 내 자동차를 세워놨거든요."

나는 고개를 내저으며 헛웃음을 지었다. 내가 자기 말을 못 믿는 걸 알아챘는지 조반카는 한순간 민망한 기색이었다.

"미안해요. 내가 무슨 미치광이 스토커라도 되는 것 같네요. 하지만 당신들을 너무 일찍 깨우고 싶진 않아서 그때는 집으로 되돌아왔거든요."

사실 나도 한순간 영화 〈미저리Misery〉(1990)를 떠올리지 않을 수 없었다. 어느 작가가 그의 '극성팬'과 마주치는 내용의 영화 말이다. 배우 캐시 베이츠Kathy Bates가 연기한 극성팬은 알고 보니 작가에게 집착하는 사이코패스였고 그를 감금해버린다.

조반카가 우리를 찾아내려고 들인 수고를 생각하면 그야말로 우리의 '극성팬'인지도 몰랐다. 조반카와 이야기를 나눌수록 그가 날라와 나의 모험에 관해 낱낱이 알고 있다는 게 분명해졌다. 하지만 조반카가 상냥하며 살짝 수줍기까지 한 사람이라는 것도 분명했기에 나도 더는 걱정할 필요가 없었다. 날라 역시 조반카를 마음에 들어 하지 않았는가. 조반카가 날라에게 내준 사료 냄새를 맡았는지, 이번에는 깜찍한 흰 고양이가 들어왔다. 조반카는 다른 밥그릇 하나를 꺼내 사료를 담더니 부엌 반대쪽 끝에 놓아주었다.

"고양이를 몇 마리나 키우는 거예요?" 내가 물었다.

"다섯 마리요. 하지만 마을이나 근처 농장에서 찾아오는 길고양이들도 있어요. 여긴 공간이 남아도니까요. 우리 부모님도 이 농장에 계시고요. 내가 여기 없을 땐 두 분이 애들을 돌봐주시죠."

밥을 먹어치운 고양이는 가스레인지 앞에 서있는 조반카에게 달려가더니 제 주인의 얼굴에 볼을 비비기 시작했다. 조반카가 나를 바라보며 미소 지었다.

"무조건적인 사랑이야말로 고양이가 주는 기쁨이죠. 안 그래요? 우리를 평가하거나 뭔가 요구하지 않는다는 사실도요."

"뭐, 그렇게 요구가 많지는 않지만요." 나도 히죽 웃었다. "날라가 나한테 당장 아침밥 내놓으라고 울어대는 소리를 들어봐야 하는데요."

조반카는 소리 내어 웃었다.

조반카가 대화하기 편한 사람이라는 게 다행이었다. 내 여행에 관한 조반카의 질문 공세에 대답해줘야 했으니까. 열심히 이야기를 나누다 보니 오전이 거의 지나가버렸다. 그새 날씨가 추워졌고 비도 내릴 듯싶어서, 나는 점심밥까지 먹고 가라는 조반카의 제안에 응했다. 조반카는 팬케이크를 구웠다.

"잘됐네요. 한잔 마실래요?" 조반카가 커다란 헨드릭스 진 술병을 들어 보이며 물었다.

"진 피즈gin fizz(레모네이드에 진을 탄 칵테일 – 옮긴이) 어때요?"

"당신도 마실 거라면요." 내가 대답했다.

"안 될 거 없겠죠?"

이제 그날 중으로 여정에 복귀할 가능성은 사라진 셈이었다. 그래서 저녁밥을 먹고 하룻밤 묵어가라는 제의까지 받아들이기로 했다. 조반카가 차고에 편안해 보이는 매트리스를 깔아주었다. 오후가 지나고 저녁이 되자 우리의 대화는 더욱 느긋해졌다.

"근데 우리를 팔로우하는 이유가 뭐예요?" 내가 물었다.

"물론 애 때문이죠." 조반카는 의자에 길게 드러누워 깊이 잠든 날라를 고개로 가리키며 대답했다. "그 영상들 정말 좋아해요. 날라가 자전거 앞자리에 앉아서 스쳐가는 풍경을 구경하는 영상 말이에요."

"'날라캠' 말이죠." 내가 대답했다.

"네, 하지만 당신이 별난 사람이라는 점도 좋아요. 어떻게 그런 곳에서 야영을 하는지 정말 신기해요. 당신 특유의 유머도 좋고요."

몇 개월 전 나는 날라를 드론에 매달아 날린 것처럼 보이도록 절묘하게 편집한 동영상을 유튜브에 올린 적이 있었다. 일부 민감한 구독자들은 비판적인 반응을 보였지만, 조반카는 그 영상이 멋졌다고 말했다. 나는 적당한 틈을 타서 질문을 하나 던졌다. 터키 이스탄불을 떠나온 뒤로 줄곧 내 마음에 걸렸던 질문이었다.

"우리가 인도로 가지 않아서 실망했나요?"

"실망이라니요, 왜요?"

"음, 어쨌든 우리 인스타그램 계정은 '1bike1world'니까요. 세계 일주를 하는 게 우리 계획이잖아요. 하지만 이제 날라와 나는 거의 출발점으로 돌아온 셈인걸요."

사실이었다. 확인해 보니 내 현재 위치는 보스니아헤르체고비나 트레비네에서 직선거리로 겨우 270km쯤 떨어져 있었다. 예의 운명적인 일요일 아침에 내가 출발했던 그 도시 말이다. 조반카는 내게 진 피즈를 한 잔 더 따라주며 이렇게 대답했다.

"당신들이 안전하고 건강하기만 하다면 어떤 경로로 가든, 얼마나 시간이 걸리든 아무도 뭐라 하지 않을 거예요. 사람들이 당신들을 팔로우하는 건 당신들이 호감가고 유쾌하기 때문이니까요."

내가 듣고 싶었던 말이었다. 다른 사람이, 그것도 처음부터 우리에게 깊은 관심을 기울여주었던 사람이 그렇게 말하는 걸 들으니 안심이 되었다. 우리는 진 피즈를 몇 잔 더 마시며 밤 늦게까지 이런저런 이야기를 나누었다.

휴대전화로 뉴스를 확인해 보니 일본에서는 승객 사백 명이 탄 크루즈 여객선에서 전염병 환자가 나오는 바람에 배가 통째로 격리되어 있다고 했다. 코로나 바이러스라고 불리는 그 전염병이 유럽에도 번질까봐 다들 걱정하고 있었다.

"저렇게 격리되는 게 상상이 되나요? 나라면 미쳐버릴 거예요." 내가 말했다. "불가리아에서 안개 때문에 사흘간 텐트에 갇힌 걸로도 정신이 나갈 뻔했는 걸요."

"상황이 꽤나 심각한가봐요." 조반카의 대답이었다. "프랑스와 이탈리아에서도 이미 환자가 발생했다고 하더라고요."

"그렇다면 내가 정반대 방향으로 간다는 게 다행이네요."

나는 날라와 함께 차고에서 푹 잠들었지만, 다음 날 아침 잠에서 깨어나자 엄청난 숙취에 시달렸다. 마치 누군가 내 머리를 바이스에 넣고 조여대는 것 같았다. 반면 조반카에게서는 어젯밤 술자리의 흔적이라곤 찾아볼 수 없었다. 그날 오후 스위스로 떠나는 비행기를 타기 위해 짐을 싸야 했음에도, 조반카는 내게 또 한 번 거창한 아침상을 차려주겠다고 우겼다. 게다가 샌드위치와 케이크, 어딘가에서 꺼내온 진 한 병 등의 간식거리까지 싸주었다.

"미안해요. 이것까지 집어넣을 자리는 없겠네요." 나는 정중하게 술병을 돌려주며 말했다. "설사 넣을 자리가 있다 해도 한동안 진은 못 마실 것 같아요."

"아, 그럼 나랑 남편이 마실 게 더 늘었네요." 조반카가 웃으며 말했다.

조반카는 자기 인스타그램 계정을 알려주었고 나와 연락하고 지내기로 약속했다. 날라와 나는 다시 자전거에 올라 그날 저녁 베오그라드에 도착했다. 그날 밤 호텔 침대에 눕고 나서야 조반카의 인스타그램을 찾을 수 있었다. 조반카가 SNS를 열심히 하진 않는다고 말한 건 사실이었다. 그동안 내내 우리를 지켜봐왔던 게 확실한데도 정작 자기 인스타그램에는 이제야 첫 번째 사진을 올린 참이었으니까. 날라와 나, 그리고 우리 자전거 앞에서 함께 찍은 사진이었다. 그리고 내가 올리는 영상과 사진에 감사를 표하는 짧지만 따뜻한 한 마디도.

"당신과 날라 여왕님의 여정은 많은 사람들을 행복하게 해주고 있어요. 안전한 여정을 빌어요. 당신의 헨드릭스 스토커가."

베오그라드에서 며칠 머문 뒤 헝가리를 향해 나아갔고, 3월 초에는 국경을 넘었다. 수월하게 자전거를 타고 절경도 즐길 겸 다뉴브 강줄기를 따라 달렸다. 나는 착실히 앞으로 나아가고 있었다.

일주일쯤 뒤에는 부다페스트에 도착했다. 부다페스트는 곧바로 나를 매혹시켰다. 건축물도 놀라웠지만, 이 도시의 진짜 매력은 카페와 술집들로 가득한 길거리에 있었다. 나는 부다페스트에 며칠 머물며 시내를 찬찬히 돌아보기로 했다.

부다페스트에 도착하기 전 여행사에서 일한다는 율리아라는 여성이 내게 연락을 취해왔다. 도시 안내를 해주겠다는 율리아의 제안을 나는 덥석 받아들였다. 우리는 금세 가까워졌는데 그 이유 중 하나는 날라가 율리아를 엄청나게 마음에 들어했기 때문이다. 그리스 아테네에서 꼬마 리디아와 함께했던 시절로 돌아간 것 같았다. 둘은 처음 만난 순간부터 사랑에 빠졌고 바로 단짝이 되었다.

부다페스트에 어느 정도 익숙해질 무렵 고향 친구인 프레이저와 마야가 메시지를 보냈다. 그곳으로 주말 여행을 올 거라는 내용이었다. 두 사람을 만나고 고향 소식도 들어서 좋았지만, 프레이저는 내가 묵는 호텔로 가서 날라를 보는 데 더 관심이 있는 듯했다. 당연히 코로나 바이러스 이야기도 나왔다. 듣자 하니 영국에서는 프레이저와 마야가 떠나온 것 같은 주말여행도 금지해야 한다는 의견이 대세인 듯했다.

"미쳐 돌아간다니까." 나와 함께 맥주를 마시던 프레이저가 말했다. "온 세상이 돌아버린 것 같아."

프레이저의 말대로였다. 이탈리아에서는 수천 명이 코로나 바이러스에 감염되었고 사망자 수가 급증하고 있었다. 이탈리아 정부는 엄격한 이동 금지령을 내렸다. 여러 도시가 봉쇄에 들어갔고 사람들이 집 밖으로 나오는 것도 금지되었다. 프레이저가 전해준 바로는 영국의 상황도 비슷한 모양이었다. 남들과 거리를 두고 악수도 하지 말라는 권고가 있었다. 소위 '사회적 거리두기'를 실천하라는 것이었다. 곧 술집과 식당도 닫힐거라는 얘기가 돌았다. 게다가 미국, 캐나다, 인도, 오스트레일리아 등 세계 어디서나 규제가 시작되고 있었다. 최신 뉴스를 찾아보니 헝가리도 곧 봉쇄에 들어가고 국경을 폐쇄할 거라는 얘기가 나오고 있었다.

이런 상황을 고려할 때 고향에 있는 가족 생각을 하지 않을 수 없었다. 어머니는 취약하고 고립된 노인들을 돌보고 계셨다. 듣자 하니 코로나 바이러스는 노인들에게 가장 위험하다고 했다. 나는 적어도 우리 부모님과 외할머니는 함께 지내시니 괜찮을 거라 생각하며 마음을 달랬다.

이 사태가 내 여행에 심각한 영향을 미치겠다고 생각하게 되었을 무렵, 러시아 대사관의 빅토르가 새로운 메일을 보냈다. 러시아 정부 당국의 편지가 도착했다는 내용이었다. 내가 영국에 와서 면접 절차만 밟으면 일 년짜리 상용 비자를 내주겠다고 했다. 나는 복잡하게 생각지 않기로 했다. 앞으로 어떻게 될지는 아무도 모르지 않는가? 포기하기엔 아까운 기회였다. 마침내 세계 일주의 가능성이 확보되었다. 극동으로 가는 길이 내 앞에 열린 것이다.

비자는 4월 초부터 유효할 거라고 했지만, 모든 상황을 보건대 서둘러 여정에 나서는 편이 좋을 듯싶었다.

율리아에게 며칠만 날라를 돌봐줄 수 있겠냐고 요청하자 기꺼이 응했다. 율리아라면 날라를 믿고 맡길 수 있을 터였다. 내가 없는 동안 날라의 온갖 응석을 다 받아주겠지. 나는 빅토르와 약속을 잡고 다음 날 출발하는 영국행 비행편을 예약했다. 서둘러 여행 가방을 꾸리고 날라를 율리아의 아파트로 데려갔다. 녀석이 가장 좋아하는 장난감과 간식도 잊지 않았다. 그러고는 날라를 한번 꼭 껴안아주고 달려나와 공항행 택시를 탔다.

"율리아 말 잘 들어. 곧 돌아올 테니까." 나는 날라의 목덜미를 쓰다듬어주고 뽀뽀하며 이렇게 인사했다. 정말로 그렇게 되기를 간절히 바라면서.

러시안룰렛

착륙을 알리는 기내 방송은 이제 익숙했다. 눈 아래 펼쳐진 영국의 우울한 잿빛 시골 풍경도. 하지만 이번에 안전벨트를 채우면서 느껴지는 감정은 예전과 전혀 달랐다. 세 달 전에 돌아왔을 때는 들떠있었지만, 오늘은 어지럽고 긴장될 뿐이었다. 자꾸만 시계를 들여다보게 되었다.

내 계획은 런던에 도착한 뒤 서른여섯 시간 안에 다시 비행기를 타는 것이었다. 하룻밤 자고 다음 날 비행편으로 날라가 있는 헝가리 부다페스트에 돌아가야지. 이번만은 나도 철저히 시간표대로 움직였다. 다음 날 런던의 러시아 대사관을 방문하기로 약속하고 아슬아슬하게 부다페스트발 비행기를 잡아탔다. 모든 일을 계획한 대로 실행해야만 했다. 그날 오후와 저녁 시간은 다음 날 면접에 필요한 것들을 전부 준비했는지 확인하며 보냈다. 이발을 하고 여권 사진도 새로 찍었다.

런던은 묘한 분위기였다. 다음 날 아침 일찍 지하철을 타니 상당수의 사람들이 마스크를 쓰고 손 소독제와 물티슈로 손을 닦아낼 뿐만 아니라 서로 최대한 거리를 두려는 모습을 볼 수 있었다. 불안해서 안절부절못하는 사람들도 눈에 띄었다. 아침 뉴스에 따르면 다음 주 안에 영국 전체가 완전 봉쇄에 들어갈 것으로 예상된다고 했다. 슈퍼마켓에서는 사재기가 시작되고 있었다. 마치 폭풍 직전의 고요 같았다. 어떤 종류의 폭풍이 될지는 나도 알 수 없었지만.

노팅힐 게이트 지하철역에서 내려 베이스워터 로드를 따라 걸어갔다. 러시아 대사관 본관은 켄싱턴 궁전 근처의 웅장하고 낡은 빅토리아 시대 건물이었지만, 내가 찾아가야 하는 사무실은 그 근방에 있는 현대식 건물이었다. 나는 그곳이 열리는 시간에 맞춰 일찌감치 도착했다. 그동안 쭉 연락하며 지냈던 러시아 관광청 직원 빅토르가 나를 맞으러 나왔다. 빅토르는 친근한 인상의 청년이었다. 내가 그런 곳에서 일할 거라 상상했던 무시무시한 인물과는 딴판이었다. 그는 내 앞으로 나온 러시아 정부의 공식 초청장을 보여줬다.

"그러니까 당신에게 일 년짜리 상용 비자를 내주는 데 동의했다는 거죠." 빅토르가 웃으며 말했다. "그동안 마음대로 러시아에 드나들 권리도요."

나는 빅토르에게 여권 사진을 건네주고, 이미 온라인으로 작성한 서류 양식을 그와 함께 확인하기 시작했다. 하지만 아직도 작성해야 하는 서류와 좀 더 구체적으로 서술해야 할 부분이 남아있었다. 예를 들면 러시아에서 내가 여행할 지역의 상세 목록 같은 것이었다. 러시아를 여행하려면 일거수일투족을 해명하고 식당과 호텔 영수증을 모두 보관해야 한다는 얘기를 들었던 터라 걱정이 되었다. 하지만 빅토르가 곧바로 그런 걱정을 해소해주었다.

"그러니까 아직 대강의 계획밖에 없는 거죠?" 그가 미소를 띠며 말했다.

"네. 모스크바까지 자전거로 가되 도중에 시베리아 횡단열차도 탈 수 있으면 좋겠네요. 그 밖에도 다양한 지역을 자전거로 여행하고, 카자흐스탄과 몽골에도 갈 수 있으면 해요."

빅토르가 컴퓨터 키보드를 두드리기 시작했다.

"그럼 대도시들을 방문할 거라고 적어둘게요. 모스크바Moskva, 예카테린부르크Ekaterinburg, 옴스크Omsk, 노보시비르스크Novosibirsk, 이르쿠츠크Irkutsk, 블라디보스토크Vladivostok 정도로요."

"좋아요." 내가 대답했다.

"하지만 몽골 북쪽 시베리아에 있는 바이칼호수에는 꼭 가봐야 해요. 세계에서 가장 깊은 호수니까요. 자전거 타기에도 아주 좋은 곳이고요." 빅토르가 충고했다.

"그렇다고 하더군요." 나는 고개를 끄덕였다. 다 잘될 거라는 확신이 강해졌다. 나는 계속 시계를 들여다보았다. 개트윅 공항에서 부다페스트행 비행기를 타기까지 충분한 시간이 있었다. 한밤중까지는 날라 곁으로 돌아갈 수 있겠지.

"그럼 잠깐 여권 좀 보여주실까요?" 빅토르가 물었다.

"물론이죠." 나는 대답하며 여권을 건넸다. 온라인으로 서류를 작성하며 기입한 인적사항을 확인하려나보다 짐작하면서. 하지만 그건 착각이었다.

"이건 우리가 며칠 맡아둬야겠네요. 여기에 비자를 첨부해야 하니까요." 빅토르의 말이었다.

"잠깐만요, 뭐라고요?"

전혀 예상치 못한 일이었다. 잠시만 기다리면 상용 비자를 받게 될 줄 알았는데. 아니면 누군가 나 대신 찾아서 보내줄 수 있는 별도의 서류로 나오거나.

"며칠이라고요? 정확히 얼마나요?"

"어쩌면 내일 밤까지 준비될 수도 있지만, 장담은 못해요. 대체로 휴일을 빼고 나흘 만에 나오죠. 그러면 다음 주가 되겠네요. 주말이 지나고 나서요."

나는 무례한 말을 내뱉지 않으려고 애썼다. 빅토르는 최대한 애써주었고, 어쨌든 내 실수였으니까. 내가 안내사항을 제대로 안 읽었거나, 읽었더라도 뭔가 오해한 게 분명했다.

"더 빨리는 안 되나요? 부다페스트로 돌아가야 하거든요."

"미안합니다." 빅토르가 대답했다. "최대한 빨리 처리해 보겠지만, 나흘보다 덜 걸릴 거라고 확언할 수는 없겠네요."

1~2주일 전이었다면 나도 그리 걱정하진 않았을 터였다. 일정이 사나흘 늦어진다고 큰 문제가 생기진 않았을 테고 그동안 유유자적하게 지낼 수도 있었을 테니까. 지금은 상황이 뒤바뀌고 있었다. 그것도 급속도로. 마치 러시안룰렛을 하고 있는 기분이었다. 부다페스트행 비행기를 연기한다면 그사이 헝가리 상황이 달라질지 몰랐다. 국경이 폐쇄되어 날라가 헝가리에 고립되고 나는 영국에 갇힐 수 있었다. 어쩌면 다시는 날라를 못 보게 될지도 몰랐다. 빅토르는 여전히 내 여권을 들고 있었다. '자, 이제 당신 결정에 달렸어요.'라는 표정으로. 망설일 시간이 없었다. 다른 사람들도 비자를 받으려 기다리고 있었으니까. 게다가 그들도 각자 나름의 고민이 있을 게 분명했다. 어떻게든 결정을 내려야 했다.

"미안해요. 이 사태가 정리되면 그때 다시 와서 매듭을 지을게요." 내가 말했다. "지금은 너무 위태로워서요."

"이해합니다. 아무래도 상황이 위험하게 돌아가고 있으니까요. 원하는 대로 하세요." 빅토르가 내 여권을 돌려주며 대답했다. "여기 거의 완성된 비자가 있으니 언제든 편할 때 돌아와서 여권을 제시하시면 돼요. 행운을 빕니다."

깊은 절망감이 몰려왔다. 너무나 아까운 일이었다. 초청장도 받았고 요구받은 자료도 모두 제출했는데. 하지만 지금은 도박을 할 수 없었다. 나는 지하철역까지 걸어가며 내 자신을 욕했다. 어쩜 그렇게 멍청했을까? 왜 이렇게 될 것을 예상치 못했을까? 혹시나 해서 그간 주고받은 메일 내용을 훑어보았지만, 그쪽에서 내 여권을 맡아둘 거라는 암시는 없었다. 전혀.

'어쩌면 내게 또 다른 여권이 있을 거라고 생각했는지도 모르지.' 문득 이런 생각이 떠올랐다.

순간 나는 그 자리에 딱 멈춰 서버렸다.

'잠깐만, 또 다른 여권이라고?'

그날 안으로 여권을 하나 더 발급할 수 있다면 될 터였다. 그걸 빅토르에게 건네주고 나중에 우편이나 소포로 돌려달라고 말하면 되니까. 잠시 동안은 정말로 가능할 것만 같았다. 아직 아침나절이었으니 시간은 충분했다. 외교부 여권과에 전화해 보니 추가 요금을 내면 당일 내로 여권을 발급해준다고 했다. 하지만 내 희망은 금세 사라졌다. 방문 예약 가능한 시간이 사흘 뒤부터였으니까. 나는 또다시 낙심하고 기운을 잃었다. 도저히 방법이 없어 보였다. 신문 판매대를 지나는데 유럽 전역이 봉쇄에 들어가고 국경도 폐쇄될 거라는 기사 제목이 눈에 띄었다.

'대체 무슨 짓을 한 거야, 딘?'

나는 개트윅 공항행 열차에 뛰어올랐다. 머릿속에 별별 생각들이 스쳐갔다. 그냥 머물러서 비자를 받았어야 했나? 내 선택이 옳았을까? 모든 것이 불확실했다. 휴대전화로 뉴스를 훑어볼수록 상황이 절박하게 느껴졌다. 여행이 규제될 거라는 최신 뉴스 표제들이 눈에 들어왔다. 마치 전 세계가 봉쇄되려는 것 같았다. 헝가리는 어떤 상황인지 알아보려고 했지만 그곳에 관한 뉴스는 하나도 없었다. 거긴 어떻게 되어가는지 도무지 알 길이 없었다. 벌써 국경이 폐쇄되고 내 비행편도 취소되었을지 몰랐다. 정말 그렇다면 나는 완전히 망한 거였다.

개트윅 공항에 도착했을 때는 이른 저녁이었다. 출발할 때까지 두 시간 반이 남아있었다. 공항 분위기는 이상했다. 모두가 초조해하는 게 느껴졌다. 출국장에 들어서니 안내 데스크와 거대한 출발 안내 전광판 주위에 사람들이 모여있었다. 사업가 몇 명이 전광판을 올려다보고 고개를 젓더니 휴대전화에 대고 뭔가 열심히 얘기했다. 옆에서는 젊은 아시아 여자가 애인에게 위로를 받고 있었는데, 그 이유는 바로 눈치챌 수 있었다. 나는 전광판을 훑어보며 내가 탈 비행기 번호를 찾았다. 상당수의 비행편이 결항되거나 지연된 상태였다. 마침내 내 비행편을 발견한 순간 숨이 턱 막혔다. 이런 문장이 떠있었던 것이다. '다음 공지를 기다려주십시오.'

나는 공항 안의 술집으로 향했다. 한잔 마시고 싶은 생각이 간절했다. 그야말로 진 빠지는 하루였으니까. 희한하게도 몇 사람이 술집에 앉은 나를 알아보고서 함께 사진을 찍자고 요청해왔다. 어깨에 날라를 얹지도 않았는데 어떻게 알아봤는지 알 수 없는 일이었다. 술집에 앉아있노라니 머리 위의 텔레비전

화면에서 번쩍이는 뉴스 자막이 눈에 띄었다. 붉은색 표제가 계속 뒤바뀌며 최신 코로나 바이러스 소식을 전달하고 있었다. '국경 폐쇄'와 '결항'이 줄곧 언급되었다. 설사 내가 부다페스트에 도착하더라도 비행기에서 내리는 순간까지는 도착했다는 사실을 믿기 어려울 듯싶었다.

인스타그램 메시지가 쇄도하는 바람에 마음이 더 초조해졌다. 전날 잠시 런던에 다녀오겠다고 공지했던 터라 벌써부터 다들 나를 걱정해주고 있었다. 내가 헝가리로 돌아가는 데 난관이 있으리라는 걸 많은 이들이 눈치챈 것이다. 부다페스트의 율리아에게 메시지를 보냈더니 곧바로 답장이 왔다. 율리아도 걱정스러운 듯했다. 그날 저녁 헝가리 지역 신문에 따르면 하루 이틀 내로 국경이 폐쇄될 거라고 했다. 어쩌면 바로 그날 밤에 폐쇄될지도 모른다고 말이다.

"내가 도착하지 못한 상태면 어떻게 되는 거야?" 나는 율리아에게 물었다. "날 되돌려보내려나?"

"나도 모르지. 아무도 몰라." 율리아가 대답했다.

잠시 후 율리아가 자기 집 소파에 몸을 말고 누워있는 날라의 사진을 보내왔다. 언제나처럼 세상 근심이라곤 하나도 모르는 태평한 모습이었다. 물론 나를 위로해주려고 보낸 사진이었겠지만 내겐 오히려 역효과를 일으켰다. 끔찍한 죄책감이 밀려왔다. 내가 어떻게 날라를 버리고 떠나올 수 있었지? 무슨 생각으로 이런 위험을 감수한 거야? 날라와 재회할 수 있는 걸까?

이륙 예정 시각까지 한 시간도 안 남았다. 나는 더욱 긴장하고 초조해졌다. 몇 번이나 술집을 나가서 전광판까지 달려갔다 오곤 했다. 내 비행편 이후에 출발할 비행편 상당수는 상세 사항이 나왔는데, 내 비행편만 여전히 깜깜무소식이었다. 전광판의 안내문이 바뀌기만을 간절히 빌면서도 한편으로는 '결항'이라고 뜰까봐 무서웠다. 점점 더 그렇게 뜨는 비행편이 늘어나고 있었으니까. 전광판은 온통 까만색 '결항' 표시로 가득했다. 이륙 삼십 분쯤 전에야 마침내 전광판 상태가 변했다. 갑자기 탑승구 번호와 함께 '탑승'이라는 안내문이 뜬 것이었다. 나는 텅 빈 공항 복도를 전속력으로 질주했다.

이미 탑승객들이 비행기 안으로 들어가고 있었다. 경사로를 내려가 기내에 들어서니 좌석이 거의 비어있었다. 나 외에 여남은 명이 전부였는데, 새로운 사회적 거리두기 규정에 따라 띄엄띄엄 떨어져 앉아야 했다.

비행 과정도 초현실적이었다. 승무원들은 마스크를 착용하고 장갑을 낀 채 음식을 가져다주었다. 식판에 담긴 것을 전부 닦으라며 알코올 물티슈도 내주었다. 이 모든 것이 불안감을 불러일으켰지만, 어쨌든 나는 부다페스트로 돌아가는 중이었다. 이제는 내게 주어진 선택지를 다시 고려해야 했다. 물론 나로서는 길 위로 돌아가고 싶었다.

국경이 봉쇄된다면 부다페스트 근처에서 인적 없는 곳을 찾아 야영하며 지내는 게 좋을 듯했다. 지구상에 몇 사람밖에 남지 않았다는 설정의 재난영화 속 등장인물처럼 사는 거다. 물론 내 곁에는 고양이도 한 마리 있겠지만. 나로서는 구미가 당기는 생각이었다. 하지만 생각해 보니 그건 위험할 듯싶었다. 지금은 비상 상황이었고, 경찰이나 군에서 나를 위험인물로 판단할 가능성도 있었다. 내게 필요한 것은 날라와 둘이서 안전하게 지낼 은신처였다. 부다페스트로 돌아가면 어떻게든 방법을 생각해야 했다.

비행기가 착륙했을 무렵 부다페스트는 자정에 가까워있었다. 나는 바로 택시를 잡아 율리아의 아파트로 달려갔다. 계단을 뛰어올라 현관문을 두드리는데 심장이 쿵쾅쿵쾅 뛰었다. 말도 안 되는 소리겠지만 내 평생 이처럼 누군가가 보고 싶었던 적이 없었다. 현관에 들어서기도 전에 율리아의 품에 안겨 있던 날라가 로켓처럼 튀어나왔다. 날라가 어찌나 힘차게 매달리는지 내 얼굴에 녀석의 숨결이 느껴질 정도였다. 숨을 거칠고 가쁘게 몰아쉬는 바람에 당장에라도 갈비뼈가 튀어나올 것만 같았다. 현재 상황이 어떤지, 내가 얼마나 아슬아슬하게 영국을 빠져나왔는지 날라도 다 아는 건가 착각할 정도였다.

그날 밤 날라는 어느 때보다도 내게 착 달라붙어서 잠들었다. 내 귓가에 대고 골골 소리를 내면서. 날라의 본능이 얼마나 날카로운지 새삼 놀랄 수밖에 없었다. 우리는 예전에도 잠시 떨어진 적이 있었다. 내가 발루를 만나러 알바니아에 갔다 왔을 때, 그리고 외할머니를 뵈러 고향에 다녀왔을 때. 이번엔 뭐가 달랐던 걸까? 내 불안을 눈치챘거나 내 숨소리에서 심상치 않은 기미를 느낀 걸까?

　다음 날 아침 내 아파트로 돌아와서 전날 밤 뉴스를 훑어보니 무시무시한 소식이 눈에 들어왔다. 부다페스트에 있는 헝가리 정부가 즉시 국경을 폐쇄하겠다고 선언했던 것이다. 아무도 출국하거나 입국할 수 없었다. 내가 얼마나 위태로운 상황이었는지 믿기지 않을 정도였다. 정말이지 간발의 차이였다.

훌륭한 여행자

 며칠 동안 상황은 점점 더 급박해졌다. 모든 게 시시각각 뒤바뀌는 것 같았다. 헝가리 정부는 새로운 규제를 발표했다. 사람들은 실내에 머물러야 했고 생존에 필수적인 활동을 제외하면 이동할 수 없었다. 약국이나 슈퍼마켓에는 갈 수 있었지만 그것이 전부였다. 시내 한복판의 아파트에 처박혀있으려니 나도 힘들었지만 날라에게는 더 나쁜 상황이었다. 녀석에게는 마음껏 뛰어다닐 공간이 필요했다. 아직은 어린 고양이였으니까.

 인터넷으로 검색해 보았지만 우리가 머물기에 적당한 공간은 찾을 수 없었다. 대부분은 '임대 불가능' 표시가 붙어있었다. 봉쇄가 확실하게 진행되는 중이었다. 날라를 데리고 스코틀랜드로 돌아갈 방법을 찾아볼까 했지만 여러모로 무리인 것 같아서 결국 포기했다. 다행히 해결책이 저절로 내 앞에 나타났다. 내가 깨달았듯이 걱정을 내려놓고 모든 것을 순리에 맡기면 그런 일도 생기는 법이다.

예상치 못한 일이었지만, 내 인스타그램 팔로워인 카타라는 여성이 머물 곳을 제공하겠다는 메시지를 보내왔다. 카타와 남편, 그리고 아이들은 부다페스트에서 반 시간 거리의 시골집에 사는데 마침 영국에 갔다가 격리된 상태라고 했다. 내가 가서 그 집을 관리해준다면 고마울 거라는 얘기였다. 나는 곧바로 그러겠다는 답장을 보냈다. 그야말로 이상적인 해결책이었다. 카타는 자기 부모님도 같은 주소지에 살지만 정원 끝의 작은 집에서 따로 지내신다고 일러주었다.

나는 곧바로 자전거에 올라 부다페스트를 떠났다. 그때만 해도 아직 바리케이드나 장벽 같은 것은 없었고 경찰도 봉쇄를 엄중하게 적용하진 않았다. 몇 시간쯤 지나서 그 집에 도착했다. 언덕 위의 조용하고 작은 동네 오솔길을 따라 조금 들어가면 나오는 집이었다. 3층이나 되는 데다 내게 필요한 편의시설도 전부 갖춰져 있었다. 게다가 근사한 주변 풍경이 내려다보이는 발코니까지 딸려있었다.

날라와 나에게 딱 맞는 집이었지만, 이웃사람들은 (적어도 당장은) 우리가 마음에 안 드는 것 같았다. 내가 도착한 걸 보고 옆집에 사는 부부가 카타의 부모님에게 불평했다는 것이다. 이방인이 마을에 코로나 바이러스를 퍼뜨릴까봐 걱정되는 모양이었다. 전혀 근거없는 걱정은 아니라서 그들을 탓할 수는 없었지만, 그래도 속상한 일이었다. 나는 마을 사람들에게 도움이 되고 싶었는데. 노약자나 외출이 어려운 사람에게 식료품을 가져다줄 수도 있을 터였다. 하지만 그런 일을 하려면 다소 시간이 걸릴 듯싶었다. 당장은 다들 나를 미심쩍게 여겼으니까. 내 인상은 상황이 좋을 때도 험상궂게 보였으니 이런 상황에서는 더욱 그럴 터였다. 그리하여 나는 자의보다도 타의로 집 안에 은둔하게 되었지만, 그래도 규칙적인 일과를 지키려고 애썼다. 적어도 내겐 날라라는 조수가 있었다.

그 집에는 날라가 뛰어놀기 좋은 널따란 정원이 있었다. 나는 자전거를 타고 5km 거리에 있는 가장 가까운 슈퍼마켓에 다녀왔다. 집 근처 호숫가에서 운동도 했다. 하지만 대부분의 시간은 집 안에서 고향 친구들과 채팅을 하거나 날라와 놀아주며 보냈다. 스코틀랜드에 계신 아버지를 상대로 체스도 종종 두었다.

밖에 나갈 때마다 세상이 점점 더 적막해지는 게 느껴졌다. 어쩌다 보이는 사람들도 초조하고 조급해 보였다. 다들 입을 꼭 다물고 있었다.

희한한 상황 속에서 내 생일인 3월 31일이 왔다. 나는 인스타그램에서 많은 축하 메시지를 받았고, 스코틀랜드에 계신 부모님과 누나와도 통화했다. 하지만 그날 실제로 얼굴을 본 사람은 바로 옆에 사는 카타의 아버지뿐이었다. 정원에서 바쁘게 일하던 그분이 나를 보고 살짝 손을 흔들어 보였다. 정말로 그게 전부였다.

항상 그렇듯 이런 상황에도 나름대로의 장점은 있었다. 우리의 세상이 쪼그라든 만큼 날라와 나의 거리도 한층 더 좁아졌다. 나로서도 믿기 어려운 일이었지만, 심지어 우리는 그전보다 더욱 가까워졌다. 나는 정원이나 집 안에서 몇 시간씩 날라와 놀아주었다. 날라는 현관문 바로 앞의 잔디밭을 돌아다니거나 복도의 나무 계단을 뛰어내리길 좋아했고, 그럴 때면 나는 계단 틈새로 손을 넣어 날라를 붙잡곤 했다. 고립이 오래 지속되면 이런 생활도 지겨워질까봐 두려운 마음이 없지 않았지만, 날라는 절대 지겨워하는 법이 없었다.

내게도 최소한 당분간은 몰두할 일거리가 충분히 있었다. 그간 찍은 사진들을 훑어봐야겠다고 몇 달 전부터 생각해오던 참이었다. 휴대전화와 노트북에 저장해둔 사진이 수백 장, 아니 수천 장은 되었다. 그래서 사진 파일을 정리하고 생생히 남아있는 기억을 되살려 캡션을 달면서 시간을 보내기 시작했다. 먼 훗날 언젠가는 이 사진들을 다시 들여다보고 싶어질 게 분명했으니까. 많은 추억들이 바로 전날 있었던 일처럼 뚜렷했다. 보스니아헤르체고비나 산꼭대기에서 날라를 발견했던 일, 몬테네그로와 알바니아에서 함께 지낸 초창기 시절, 그리스 산토리니에서 보낸 시간과 터키 여행……. 그리고 우리가 만난 사람들도 있었다. 그처럼 다양하고 흥미로운 이들을 만날 수 있었던 건 날라 덕분이었다. 그리스 난민촌에서 나와 함께 오렌지를 먹은 남자, 터키에서 우리를 차에 태우고 산길을 내려간 가족, 토니와 파블로, 시렘과 제이슨, 일리아나와 닉과 리디아……. 우리는 멋진 사람들을 많이 만났고 그중에는 평생 친구로 지내고 싶은 이들도 있었다. 그들에게 감사하는 마음을 나는 평생 잊지 않을 것이었다. 무엇보다도 날라와 내가 함께했던 순간들이 있었다. 좋은 일과 궂은 일, 유쾌한 기억과 무서운 기억…….

사진들을 살펴보니 새삼 날라에게 고마운 마음이 솟구쳤다. 날라는 내게 많은 것을 가르쳐주었다. 인생에서 가장 소중한 순간을 즐기는 방법, 가끔씩 자신을 되돌아보고 내가 정말 하고픈 일에 집중하며 다른 것은 잊는 방법, 그러면서도 남들에게 유익한 존재가 되는 방법을. 날라는 내게 다른 많은 사람들을 도울 수 있는 길을 열어주었고, 나는 계속 그 길로 나아갈 생각이었다.

물론 날라는 우정에 관해서도 내게 많은 가르침을 주었다. 좋은 친구라면 항상 옆에 있지 못하더라도 중요한 순간에는 곁을 지켜야 한다. 나도 그렇게 날라 곁에 있었다고 생각하고 싶다. 분명 날라는 상황이 안 좋을 때마다 내 곁에 있어주었으니까. 산토리니에서, 그리고 아제르바이잔의 황무지에서. 날라가 터키의 산속에서 우리 텐트 밖을 서성대던 곰(혹은 다른 무언가)의 존재를 경고해준 그날 밤도 결코 잊을 수 없었다. 그때 날라가 없었더라면 난 지금쯤 어찌 되었겠는가?

날라는 모든 면에서 내게 긍정적인 영향을 미쳤다. 나는 약 이 년 전 고향을 떠났던 천덕꾸러기보다 한층 현명하고 차분하며 성숙한 사람이 되었다고 느꼈다. 날라는 내게 안정감과 신중함을 주었으며 내가 지치고 초조할 때 기분을 풀어주었다. 봉쇄로 헝가리에 발이 묶인 바로 이 순간에도.

내 곁에 몸을 말고 누운 날라는 현재의 고립을 어쩔 수 없는 현실로 자연스럽게 받아들이고 있었다. 녀석이 항상 그래왔듯 상황에 유연하게 적응한 것이다. 나도 날라처럼 마음을 비우고 느긋하게 까라져있기로 했다. 안 그러면 어쩌겠는가? 지구에서 가장 힘센 권력자라도 이 사태 앞에서는 무기력할 수밖에 없었다. 우리가 처한 상황에 맞서 싸워봤자 부질없는 일이었다.

이제 내게는 더욱 큰 계획과 중요한 문제들을 심사숙고할 시간적 여유가 생겼다. 내가 스코틀랜드를 떠나온 것은 세상의 다채로움과 복잡함을 실제로 접하기 위해서였다. 하지만 지금까지 전 세계의 십 퍼센트도 안 되는 열여덟 개 국가밖에 가보지 못했다. 모두가 엄청나게 달랐지만, 비슷한 점도 많았다. 생각해 보면 어느 국가에서든 사람들은 똑같은 문제로 고민하고 똑같은 동기로 움직였다. 이렇게 전염병이 유행하는 상황에서는 더욱더 그랬다.

현재로서는 내가 헝가리에 있든 하와이Hawaii에 있든, 고향에 있든 남아프리카공화국의 더반Durban에 있든 다를 것이 없다. 나 역시 다른 모든 사람과 같은 처지니까. 전 인류가 운명

공동체라는 증거가 필요하다면 지금 상황이야말로 그 증거다. 우리가 마침내 코로나 바이러스를 극복하고 전 세계가 그 교훈을 돌아보는 날이 온다면 무엇보다도 이 사실을 명심할 수 있기를 나는 간절히 바란다. 지구는 하나의 별이며 모든 인간은 한 팀이다. 서로를 배려하고 협력하지 않는다면 인류는 끝장나고 말 것이다.

날라와의 여행을 통해 나는 우회와 봉쇄에 익숙해졌다. 몬테네그로, 알바니아, 그리스, 불가리아와 조지아에서도 겪은 일이었다. 과거의 폭풍우들을 무사히 넘겼듯 이번 폭풍우도 넘길 수 있을 터였다. 그동안 자선단체에 기부도 계속 할 수 있으리라. 이 상황에서 그 어느 때보다도 기부금이 간절한 자선단체들이 있을 테니까.

나는 여전히 날라와 내가 세계 일주를 할 방법이 있으리라고 믿는다. 어떤 경로로 여행할 것인지, 시간이 얼마나 걸릴지는 더 이상 중요하지 않다. 지금까지의 여행을 통해 정말로 중요한 것과 그렇지 않은 것을 명확히 구분할 수 있게 되었기 때문이다.

지난 크리스마스에 고향 친구 한 명이 여행에 관한 명언집을 선물로 보내주었다. 나는 종종 그 책을 들춰보며 특별히 마음에 드는 구절들을 발견하곤 했다. 그중 첫 번째는 다음과 같다. '훌륭한 여행자는 계획을 짜지 않으며 어딘가에 도착하려 하지도 않는다.' 나 역시 전적으로 동의한다.

여정에 나선 뒤로 나는 모든 것을 확실하게 계획하려는 건 의미없는 짓임을 깨달았다. 여행을 통해 얻은 교훈이 있다면 예상 밖의 사태가 일어날 것을 예상해야 한다는 것이었다. 지난 몇 달간의 경험이 그 교훈을 분명히 증명했다.

두 번째 구절은 소설가 어니스트 헤밍웨이Ernest Hemingway가 쓴 것이다. '당신이 사랑하지 않는 이와 함께 여행에 나서지 말라.' 이 말도 내 가슴에 와닿았다. 나는 날라와 함께하면서 완벽한 길동무라는 축복을 누릴 수 있었다. 내가 날라를 사랑하는 것은 날마다 함께 자전거를 타면서 느끼는 즐거움 때문만이 아니었다. 이 세상을 날라의 눈으로 볼 수 있게 되었기 때문만도 아니었다. 내가 날라를 사랑하는 건 녀석이 내 삶을 한층 풍요롭게 해주었기 때문이다. 날라는 내게 삶의 의미를 선사해주었다. 이전엔 몰랐던 책임감, 목표의식과 방향감각을. 날라는 내가 바른 길로 갈 수 있게 해주었다.

우리가 결국 어디로 향하게 될지는 아무도 모르는 일이다. 동쪽, 서쪽, 남쪽, 아니면 북쪽? 항상 그랬듯 운명이 변수가 되리라. 결국은 그리될 수밖에 없는 것이야말로 운명이 아니겠는가. 날라와 나의 길이 처음 만난 이후로 계속 그래왔듯. '일어날 일은 일어나기 마련이다.' 이 길이 우리를 어디로 데려갈지 두고 볼 수밖에 없다. 날라와 내가 함께하는 한, 모든 게 괜찮을 테니까.

❧ 감사의 말 ❧

이 책을 쓰는 일은 (어떤 면에서) 여행 도중에 겪은 온갖 어려운 일들 못지않게 힘겨웠다(그보다 더 힘들었다고 말할 수는 없겠지만). 책의 주인공은 날라와 나지만, 세계 곳곳에서 우리와 마주친 사람들 또한 이 이야기의 주인공이기도 하다. 출간 과정에서 나를 도와준 모든 이들에게 감사를 전한다.

이 책의 집필을 제안받은 것은 보스니아헤르체고비나의 산기슭에서 날라를 발견한 동영상이 '도도' 페이스북에 올라와 내 인생이 완전히 뒤바뀐 직후였다. 내가 책을 쓸 수 있으리라고는, 그것도 내 자신에 관한 책을 쓰게 되리라고는 생각조차 해본 적이 없었다. 그래서 게리 젠킨스가 그리스 산토리니까지 나를 만나러 왔을 때는 너무나도 신기했다. 메갈로코리 마을에서 열리는 불꽃놀이를 구경하며 맥주 몇 잔을 마신 뒤 우리는 책을 쓰기로 합의했다. 이후로 에이큰 알렉산더 에이전시의 담당자 레슬리 손, 런던의 호더 앤 스터턴 출판사에 소속된 로위나 웹과 그가 이끄는 출판인들, 그리고 뉴욕의 그랜드 센트럴 출판사의 엘리자베스 컬라닉이 우리의 여정에 합류했다. 이들과 함께하는 직원들의 헌신이 없었다면 이 책은 빛을 볼 수 없었을 것이다. 여정의 모든 단계를 나와 함께해준 우리 가족과 전 세계의 친구들에게도 깊이 감사를 전한다. 일일이 열거하지 않아도 다들 잘 알고 있으리라.

물론 그 누구보다도 날라에게 감사해야 마땅하다. 날라는 인간이 바랄 수 있는 최고의 길동무가 되어주었고, 내 노래 실력과 요리 솜씨를 비롯해 미처 깨닫지도 못했던 온갖 나쁜 습관들을 참아주었다. 난 정말로 운이 좋은 사람이다! 그날 아침 산속에서 날 기다려줘서 고마워, 날라.

2020년 7월, 유럽 어딘가에서
딘 니컬슨

날라와 함께한 세상

초판 1쇄 인쇄일 2021년 12월 2일
초판 1쇄 발행일 2021년 12월 9일

지은이 딘 니컬슨 · 게리 젠킨스
옮긴이 신소희

발행인 박헌용, 윤호권
편집 강경선 **디자인** 박정원 **일러스트** 버터와소 @butterandso(본문)
발행처 ㈜시공사 **주소** 서울시 성동구 상원1길 22, 6-8층(우편번호 04779)
대표전화 02-3486-6877 **팩스(주문)** 02-585-1755
홈페이지 www.sigongsa.com / www.sigongjunior.com

이 책의 출판권은 (주)시공사에 있습니다.
저작권법에 의해 한국 내에서 보호받는 저작물이므로
무단 전재와 무단 복제를 금합니다.

ISBN 979-11-6579-774-4 03840

*시공사는 시공간을 넘는 무한한 콘텐츠 세상을 만듭니다.
*시공사는 더 나은 내일을 함께 만들 여러분의 소중한 의견을 기다립니다.
*잘못 만들어진 책은 구입하신 곳에서 바꾸어 드립니다.